Der Autor

Stefan Bouxsein wurde 1969 in Frankfurt/Main geboren. Studium der Verfahrenstechnik und des Wirtschaftsingenieurwesens an der FH Frankfurt. Seit 2006 verlegt er seine Bücher im eigenen Traumwelt Verlag.

Bisher erschienen von Stefan Bouxsein:

Krimi-Reihe mit Siebels und Till:
  Das falsche Paradies, 2006
  Die verlorene Vergangenheit, 2007
  Die böse Begierde, 2008
  Die kalte Braut, 2010
  Das tödliche Spiel, 2011
  Die vergessene Schuld, 2013
  Die tödlichen Gedanken, 2014
  Die Kronzeugin, 2015
  Projekt GALILEI, 2018
  Seelensplitterkind, 2021
  Der böse Clown (Kurzkrimi), 2014

Außerdem:
  Kurz & Blutig (Vier Kurzkrimis), 2015

Humor: Idioten-Reihe mit Hans Bremer:
  Der nackte Idiot, 2014
  Hotel subKult und die BDSM-Idioten, 2016

Erotischer Roman von Susann Bonnard
  Die schamlose Studentin, 2017
  Mein perfekter Liebhaber, 2019

Erfahren Sie mehr über meine Bücher auf:
  www.stefan-bouxsein.de

Stefan Bouxsein

Die Kronzeugin

Kriminalroman

© 2021 by Traumwelt Verlag
Stefan Bouxsein

Johanna-Kirchner-Str. 20 · 60488 Frankfurt/Main
www.traumwelt-verlag.de · info@traumwelt-verlag.de

Alle Rechte vorbehalten.

Umschlaggestaltung:
Nuilani – Design und Kommunikation, Ralf Heller
www.nuilani.de · info@nuilani.de

Lektorat:
Stefanie Reimann

Titelbild: fotolia

ISBN 978-3-939362-19-7

4. Auflage, 2021

1

Montag, 6. Oktober 2014

Es war der erste Arbeitstag für Paul Lemgo in seiner neuen Funktion als Leiter der Frankfurter Mordkommission. Paul Lemgo saß im Büro des Polizeipräsidenten. Es war 8:00 Uhr morgens. Der Polizeipräsident saß vor einem aufgeräumten Schreibtisch. Nur eine Akte lag darauf.

»Ihre Akte ist nicht sehr aussagekräftig«, bemerkte der Polizeipräsident und schaute Paul Lemgo misstrauisch an.

»Vielleicht müssen Sie mehr zwischen den Zeilen lesen«, erwiderte Lemgo ungerührt.

»Wenn ich das mache, bekomme ich Bauchschmerzen. Ich habe noch nie eine Akte von einem Polizisten gesehen, in der fast alles geschwärzt ist. Die letzten fünf Jahre Ihrer beruflichen Laufbahn unterliegen der absoluten Geheimhaltung. Sind Sie sicher, dass Sie in der Lage sind, ein Team der Mordkommission zu führen?«

»Mit der Frage haben sich zuvor schon andere Leute beschäftigt. Ich habe den Job bekommen.«

»Ich weiß«, seufzte der Polizeipräsident. »Sie wurden uns von ganz oben empfohlen. Oder besser gesagt: Sie wurden uns aufgezwungen.«

»Manche Leute muss man halt zu Ihrem Glück zwingen«, erwiderte Lemgo und saß dem Polizeipräsidenten dabei sehr entspannt gegenüber.

»Ich nehme an, Sie haben die letzten fünf Jahre im Ausland verbracht?«, fragte der Polizeipräsident und schlug die Akte seines Gegenübers auf.

»Ich nehme an, Sie wissen, dass ich darüber keine Auskunft geben darf?«

Der Polizeipräsident klappte die Akte wieder zu und ließ sie auf den Tisch fallen. »Warum habe ich bloß das Gefühl, dass mir mit Ihnen eine tickende Zeitbombe untergejubelt wurde?«, seufzte er.

Ein eingehender Anruf auf dem Apparat des Präsidenten ersparte Paul Lemgo eine Antwort. Scheinbar wartete schon Arbeit auf den neuen Hauptkommissar bei der Mordkommission. Der Präsident blickte Lemgo an und sagte seinem Gesprächspartner am Telefon, dass sich der zuständige Kommissar gleich auf den Weg machen würde.

»Ihr erster Fall«, sagte der Präsident knapp, nachdem er das Gespräch beendet hatte. »Ein Mord an einem Restaurantbesitzer. Ein italienisches Edelrestaurant in der Innenstadt. Das Dolce Vita. Frau Forster wartet in Ihrem Büro auf Sie.«

Paul Lemgo betrat zwei Minuten später sein neues Büro. Er hatte es vor seinem Antritt beim Polizeipräsidenten das erste Mal betreten und nur fünf Minuten darin verbracht. Es war ein geräumiger Raum mit einer Zwischentür zu einem größeren Büro. Dem Büro seines neuen Teams. Zum Team gehörte Julia Forster. Sie war 29 Jahre alt, hatte blonde lange Haare und war groß gewachsen.

»Herr Lemgo?«, fragte sie, als Lemgo das Büro betrat.

Lemgo reichte ihr die Hand. »Paul Lemgo. Wo sind die anderen?«

»Samuel König fährt von zuhause direkt zum Tatort.«

»Und der Rest?«

»Welcher Rest?«

»Das Team sollte aus vier bis fünf Leuten bestehen.« Lemgo schaute ungläubig in das große Büro. Es gab vier Arbeitsplätze, von denen nur einer besetzt war. Die Handtasche von Julia Forster lag auf dem Schreibtisch.

»Keine Ahnung. Bisher gibt es nur Samuel und mich. Wir haben beide auch erst vor einer Woche unseren Dienst hier angetreten.«

»Das fängt ja gut an«, stöhnte Lemgo. »Machen wir uns auf den Weg. Ich hoffe, Sie haben wenigstens schon einen Dienstwagen.«

»Haben Sie denn keinen?«

»Kennen Sie sich in Frankfurt aus?«, stellte Lemgo eine Gegenfrage.

»Ich bin hier aufgewachsen«, antwortete Julia Forster, während sie mit schnellen Schritten zum Parkplatz lief.

Steffen Siebels kam gerade vom Kindergarten zurück, wo er seinen Sohn Dennis abgeliefert hatte. Nun stand er vor dem Reihenhäuschen im Frankfurter Stadtteil Eschersheim, das er vor drei Wochen mit seiner Familie bezogen hatte. An der kleinen Mauer, die sein Grundstück vom Bürgersteig trennte, hing seit gestern das nagelneue Messingschild.
Steffen Siebels - Private Ermittlungen.
Siebels blieb einen Moment davor stehen und genoss den Anblick. Klienten hatte er zwar noch keine, aber er wollte es ja auch langsam angehen lassen. Es waren erst drei Monate vergangen, seitdem er seinen Dienst bei der Frankfurter Mordkommission aufgegeben und sich in das Leben eines Privatiers gestürzt hatte. Dafür ging seine Frau Sabine nun wieder zum Dienst. Sie war Kommissarin bei der Milieukriminalität und hatte nun nach einer mehrjährigen Baby- und Erziehungspause mit ihrem Mann getauscht. Siebels hatte seinen Entschluss, den Dienst zu quittieren und Vollzeitpapa und Teilzeitdetektiv zu werden, schon gefasst gehabt, als ihm die Leitung der gesamten Mordkommission angeboten worden war. Nach reiflicher Überlegung hatte er das aber abgelehnt. Bisher bereute er diesen Entschluss noch nicht. Er stand noch vor seinem neuen Messingschild, als ein roter Alfa Romeo vor seinem Haus anhielt. Eine Frau stieg aus dem Wagen und kam auf ihn zu.

»Sind Sie Herr Siebels? Der Privatdetektiv?«

Siebels nickte und betrachtete neugierig die Frau. Sie war Anfang dreißig, hatte schwarzes Haar, einen blassen Teint und haselnussbraune Augen. »Ja, der bin ich. Ich wollte gerade ins Haus gehen. Was kann ich für Sie tun?«

»Sie haben doch bestimmt auch ein Büro im Haus, wo ich mit Ihnen sprechen kann, oder?«

»Natürlich, kommen Sie.« Siebels führte seine Besucherin ins Haus und in sein Büro. »Kann ich Ihnen etwas anbieten? Einen Kaffee?«

»Nein, danke.« Die Frau setzte sich auf den Besucherstuhl und weihte das neue Möbelstück ein. Siebels nahm auf der anderen Seite des Schreibtisches Platz.

»Wie sind Sie auf mich gekommen?«, fragte Siebels neugierig.

»Sie waren mal Hauptkommissar bei der Kripo«, sagte die Frau ihm auf den Kopf zu.

Siebels nickte. »Bis vor Kurzem, ja.«

»Sie hatten vor einiger Zeit einen interessanten Fall. Dabei haben Sie dem organisierten Verbrechen einen empfindlichen Schlag zugeführt.«

Siebels runzelte die Stirn und beäugte seine Besucherin jetzt etwas misstrauischer. Sie sprach anscheinend von dem Fall Sabine Lehmann. Der Fall begann damals ganz unspektakulär. Sabine Lehmann hatte ihren Lebenspartner erschlagen. Eine Beziehungstat, die keiner großen Aufklärung mehr bedurfte. Aber Siebels fing an zu graben und er grub die internationale Beratungsgesellschaft World Consulting aus, die eng mit dem organisierten Verbrechen verbandelt war. Sabine Lehmann war eine Schlüsselfigur bei World Consulting gewesen, die Verbindungsfrau zwischen einer renommierten Unternehmungsberatung und der Mafia. Letztendlich hatte das BKA sie aus den Fängen der Mordkommission gezogen und als Kronzeugin eingesetzt.

»Sprechen Sie von World Consulting?«, vergewisserte sich Siebels.

Die Frau nickte unmerklich. »Ich hatte vor einigen Jahren Kontakt mit Frau Lehmann.«

Siebels wurde hellhörig. »Handelte es sich dabei um illegale Geschäfte?«

»Ich habe damals meinen Schwager unterstützt. Er betreibt verschiedene Geschäfte. Unter anderem ein Wettbüro.«

Siebels erinnerte sich, dass Sabine Lehmann auch bei der Manipulation von Fußballspielen beteiligt gewesen war. Vor allem in osteuropäischen Ligen war sie als Beraterin für ihre Klientel tätig gewesen. Spieler wurden entweder bestochen oder massiv bedroht, um die Ergebnisse ihrer Mannschaften zu manipulieren. Sabine Lehmann trat als Vermittlerin zwischen der Wettmafia und den Spielern auf.

»Was wollen Sie jetzt von mir?« Siebels wurde immer neugieriger.

»Ich möchte Ihre Dienste als Privatdetektiv in Anspruch nehmen.« Die Frau fixierte Siebels mit einem durchdringenden Blick.

»Sind Sie noch in diesem Milieu tätig? Ich übernehme keine Aufträge für die Unterwelt«, wehrte Siebels ab.

»Darf ich rauchen?«

Siebels war seit einer Woche Nichtraucher. Aber in der Schublade hatte er ein Notfallpäckchen und einen Aschenbecher parat liegen. Er stellte den Aschenbecher vor seiner Besucherin auf den Schreibtisch. Die Frau kramte ein Päckchen Zigaretten aus ihrer Handtasche hervor. Siebels gab ihr Feuer. Sie blies den Rauch Richtung Decke und fing an, von ihrem Anliegen zu berichten.

»Mein Name ist Maria Serano. Ich bin die Schwester von Patricia Silotti. Patricia ist mit Silvio verheiratet. Die beiden haben einen Sohn. Marco. Er ist acht Jahre alt. Ich liebe meinen Neffen Marco, als wäre er mein eigenes Kind. Ich selbst kann leider keine Kinder bekommen. Vor zwei Stunden wurde Marco entführt. Ich möchte Sie beauftragen, ihn aufzuspüren und mir zu übergeben.« Die Frau zog nervös an der Zigarette.

Siebels schaute seine Besucherin verwundert an. »Vor zwei Stunden? Gibt es schon eine Lösegeldforderung? Haben Sie oder die Eltern die Polizei schon informiert?«

»Nein«, sagte Maria Serano und senkte ihren Blick. »Es handelt sich nicht um einen klassischen Entführungsfall, bei dem die Entführer ein Lösegeld fordern.«

»Sondern?«

»Meine Familie stammt aus Sizilien«, fuhr Maria Serano stockend fort. »Es handelt sich um eine sogenannte familiäre Angelegenheit. Mein Schwager würde niemals die Polizei einschalten.«

Siebels atmete tief durch. Es fiel ihm schwer, jetzt nicht auch zur Zigarette zu greifen. »Es tut mir leid«, sagte Siebels nach einer kurzen Bedenkpause. »Wie bereits gesagt, übernehme ich keine Aufträge für die Unterwelt. Schon gar nicht für die Mafia.«

»Deswegen habe ich mich für Sie entschieden. Ich habe mich von der Familie gelöst. Und ich will meinen Neffen da rausholen. Er ist ein guter Junge.« Maria Serano sah Siebels jetzt hilfesuchend an. »Ich zahle gut und gebe Ihnen einen

Vorschuss.«

»Warum wurde Ihr Neffe entführt? Woher wissen Sie, dass er entführt wurde, wenn es keine Lösegeldforderung gibt?«

»Ich weiß es. Mehr kann ich Ihnen dazu nicht sagen.«

»Ich wüsste nicht, wie ich Ihnen da behilflich sein könnte«, seufzte Siebels.

»Sie können Kontakt mit Sabine Lehmann aufnehmen.«

»Was hat sie damit zu tun?«

»Nichts. Aber sie kennt meinen Bruder, sie kennt seine Geschäfte, sie kennt seine Geschäftspartner, sie kennt die Familie.«

»Ich brauche Bedenkzeit.«

»Ich habe keine Zeit. Ich weiß, dass die Entführung meines Neffens eine spontane Aktion war. Das war nicht geplant und nicht vorbereitet. Sie werden ihn töten.«

Siebels rieb sich die Schläfen. Als er sich entschlossen hatte, nebenbei ein bisschen Privatdetektiv zu spielen, dachte er an Beschattungen von untreuen Ehemännern oder krankgeschriebenen Angestellten, die kerngesund anderen Tätigkeiten nachgingen. Nun saß diese Frau vor ihm und wollte ihn in einen Mafiakrieg hineinziehen. Mit seinem Vorsatz, sich hauptsächlich um die Erziehung seines Sohns zu kümmern, war das überhaupt nicht zu vereinbaren. Andererseits ging es um das Leben eines Kindes. Konnte er da den Auftrag einfach ablehnen?

»Sie wissen also mehr darüber. Warum wollen Sie mir die Hintergründe verheimlichen?«

»Mehr kann ich Ihnen im Moment nicht dazu sagen. Es tut mir leid. Sprechen Sie mit Sabine Lehmann. Bitte.«

»Also gut, ich werde versuchen mit Sabine Lehmann Kontakt aufzunehmen«, teilte er Maria Serano seine Entscheidung mit. »Je nachdem, was dabei herauskommt, werde ich mich dann mit dem Fall beschäftigen oder auch nicht. Wie kann ich Sie erreichen?«

Maria Serano schrieb ihre Mobilnummer auf einen Zettel und reichte ihn Siebels. Dann fischte sie einen Umschlag aus ihrer Handtasche und legte ihn auf den Schreibtisch. »Die Anzahlung. Sie können mich jederzeit anrufen.« Maria

Serano erhob sich. Siebels begleitete sie zur Haustür. Als er in sein Büro zurückkam, öffnete er den Umschlag. Er zählte 10.000 Euro. Er widerstand erneut dem Drang, sich eine Zigarette anzustecken. Stattdessen rief er beim LKA in Wiesbaden an. Dort war sein ehemaliger Partner bei der Frankfurter Mordkommission, Till Krüger, nun als Hauptkommissar bei der Aufklärung von schweren Verbrechen zuständig. Till hatte gleichzeitig mit Siebels die Mordkommission verlassen. Das LKA war durch den Fall Sabine Lehmann auf Till aufmerksam geworden und hatte ihn abgeworben.

»Hallo, Till«, begrüßte Siebels seinen ehemaligen langjährigen Partner.

»Ach, nee. Der Herr Privatier persönlich. Hast du etwa schon Langeweile und suchst jemanden zum Plaudern?«

»Ganz im Gegenteil. Ich bin wieder mittendrin im Geschehen. Und wie läuft es bei dir?«

»Ziemlich trocken. Ich sitze jetzt hauptsächlich im Büro und komme kaum noch auf die Straße raus. Ich weiß bald gar nicht mehr, wie richtige Polizeiarbeit draußen überhaupt geht.«

Siebels lachte. »Zur Not kannst du ja immer noch mich fragen. Aber jetzt hätte ich mal eine Frage an dich.«

»Schieß los.«

»Hast du eine Ahnung, was aus unserer kalten Braut geworden ist?«

Am anderen Ende der Leitung blieb es einen Moment still. »Sabine Lehmann?«, fragte Till dann zögerlich.

»An andere kalte Bräute kann ich mich nicht erinnern.«

»Warum willst du das wissen?«

»Rein beruflich. Ich würde mich gern mit ihr unterhalten. In meiner Funktion als Privatdetektiv.«

»Du hast dich nicht verändert«, stöhnte Till. »Was für Leichen buddelst du denn gerade wieder aus?«

»Ich will mich doch nur mal nett mit einer alten Bekannten unterhalten. Vielleicht hat sie ja noch den einen oder anderen Traum, von dem sie mir erzählen möchte?« Als Siebels damals Sabine Lehmann wegen des Mordes an ihrem Lebenspartner, einem Enthüllungsjournalisten, befragen wollte, erzählte sie ihm nur von ihren völlig verworrenen

Träumen. Erst viel später kam Siebels dahinter, dass es sich dabei um verschlüsselte Geständnisse ihrer kriminellen Machenschaften handelte.

»Sabine Lehmann gibt es nicht mehr. Sie hat die Kronzeugenregelung voll ausgeschöpft und lebt unter einer neuen Identität. Die Frau steht ganz oben auf der Abschussliste der Mafia.«

»Genau deswegen würde ich gerne mal mit ihr plaudern.«

»Mensch, Siebels. Du bringst mich in Teufels Küche. Wenn ich dir sage, wie sie jetzt heißt, begehe ich Geheimnisverrat.«

»Ihr neuer Name interessiert mich doch gar nicht. Ich treffe mich irgendwo mit ihr, wir sitzen wie zufällig auf einer Parkbank nebeneinander und reden ein paar Sätze. Dann trennen sich unsere Wege wieder. Kannst du das arrangieren? Ich würde dich nicht darum bitten, wenn nicht einiges davon abhängen würde.«

»Ich sehe, was ich tun kann. Ich melde mich bei dir.«

»Es wäre allerdings eilig«, schob Siebels hinterher.

»Okay. Kein Telefonkontakt mehr. Ich lasse mir was einfallen.«

2

Julia Forster fuhr den zivilen Audi mit dem Blaulicht auf dem Dach und schaltete das Martinshorn nur bei Bedarf ein. Paul Lemgo saß auf dem Beifahrersitz. Das Restaurant war an der Fressgass angesiedelt.

»Wer hat den Mord gemeldet?«, erkundigte sich Lemgo, als Julia Forster den Wagen über die Fußgängerzone rollen ließ. Das Restaurant war bereits weiträumig mit Absperrband abgeriegelt. Mehrere Uniformierte standen vor dem rotweißen Band. Zwei Fahrzeuge der Spurensicherung, mehrere Streifenwagen und der Mercedes von Samuel König verstopften die Fußgängerzone.

»Jemand vom Personal«, antwortete Julia Forster knapp und schaltete den Motor aus.

Lemgo zeigte den Beamten seinen Ausweis und ging schnurstracks in das Restaurant. Julia Forster folgte ihm. Die Leute von der Spurensicherung machten ihre Arbeit. Eine Leiche war nirgendwo zu sehen.

»Wo ist denn der Tatort?«, erkundigte sich Julia Forster bei einem der Spurensicherer.

Der Angesprochene deutete in den hinteren Teil des Restaurants. »Da hinten geht es die Treppe hoch zum Büro. Dort finden Sie das Opfer.«

Lemgo und Forster stiegen die schmale Treppe hinauf. Oben wurden sie von Samuel König empfangen.

»Hallo, Julia, da bist du ja endlich«, begrüßte er seine Kollegin.

Julia Forster deutete auf Paul Lemgo. »Herr Lemgo. Unser neuer Chef.«

»Schöne Scheiße«, murmelte Lemgo und sah an Samuel König vorbei.

»Freut mich auch«, erwiderte Samuel König und verdrehte die Augen.

»Vorstellen können wir uns ja auch später im Präsidium bei einer Tasse Kaffee«, schlug Julia Forster vor.

Lemgo betrachtete sich das Opfer aus der Nähe. Es handelte sich um einen etwa fünfzigjährigen Mann. Er trug einen maßgeschneiderten Anzug, der mit Blutflecken besudelt war. Auch sein sorgfältig gestutzter Vollbart war mit getrocknetem Blut verschmiert. Er saß auf einem Holzstuhl. Der Stuhl stand in der Mitte des Raumes. Das Gesicht des Toten war dem Fenster zugewandt. Arme und Beine waren mit Kabelbindern an den Stuhllehnen und Stuhlbeinen gefesselt. Ihm fehlten sieben Fingernägel. Alle fünf der linken Hand und die von Daumen und Zeigefinger der rechten Hand. Starke Strangulationsspuren am Hals, die obersten drei Knöpfe seines Hemdes waren abgerissen. Ihm fehlten zwei Schneidezähne, sein rechtes Auge war blutunterlaufen. Getötet worden war er durch einen Genickschuss.

»Wahrscheinlich mit Schalldämpfer«, mutmaßte Samuel König.

»Haben wir schon einen Todeszeitpunkt?«, wollte Lemgo wissen.

Die Gerichtsmedizinerin Anna Lehmkuhl stand direkt neben Lemgo. »Heute Nacht gegen zwei Uhr. Wie lange er zuvor gefoltert wurde, kann ich noch nicht sagen. Die Fingernägel wurden ihm anscheinend mit einer dafür vorgesehenen Zange gezogen. Sie befinden sich nicht am Tatort. Zwei Schneidezähne lagen auf dem Fußboden neben der Leiche.«

Lemgo betrachtete sich den toten Mann aus allernächster Nähe. »Der hat lange durchgehalten. Aber es hat ihm nichts genutzt. Am Ende hat er alles preisgegeben, was man von ihm wissen wollte.«

»Woher wollen Sie das wissen?«, fragte Julia Forster.

»Der, der das getan hat, versteht etwas von seinem Handwerk. Er hätte ihm auch die restlichen drei Nägel gezogen und ihm anschließend einzeln die Finger abgeschnitten, wenn er nicht geredet hätte. Haben wir in Frankfurt einen Mafiakrieg?«, fragte Lemgo in die Runde. Er erntete nur Schulterzucken. »Das fängt ja gut an«, stöhnte der neue Leiter der Frankfurter Mordkommission. »Sechs Leute sollten im Team sein. Jetzt sind es gerade mal zwei, die über keinerlei Hintergrundwissen verfügen.«

»Jetzt machen Sie mal einen Punkt«, beschwerte sich Samuel König. »Wir sind bei der Mordkommission und nicht bei der organisierten Kriminalität. Ich kann Ihnen jedenfalls mehr sagen, als dass er wahrscheinlich von einem Profi gefoltert und getötet wurde.«

»Schießen Sie los«, forderte Lemgo ihn auf.

»Der Tote ist Mattheo Pastori, 49 Jahre alt, italienischer Staatsbürger. Er lebte seit über 30 Jahren in Deutschland und betrieb das Restaurant seit 20 Jahren.«

»Wer hat ihn gefunden?«

Samuel König spickte auf seinen Notizblock. »Luigi Caluzi. Er gehört zum Personal und hält sich im Moment unten in der Küche auf.«

Lemgo wechselte mehrmals die Position im Raum und betrachtete sich den Toten aus verschiedenen Perspektiven. »Mit diesem Caluzi werde ich mich gleich unterhalten. Herr König, Sie besorgen sich sämtliche Videoaufzeichnungen der letzten Nacht im Umkreis des Restaurants. Wir sind hier im Herzen der Stadt, da gibt es jede Menge Kameras. Frau Forster, Sie besorgen umgehend die Passagierlisten von allen ankommenden Flügen der letzten drei Tage aus Süditalien und von den heute und morgen abgehenden. Setzen Sie die Flughafenpolizei in erhöhte Alarmbereitschaft. Das betrifft den Frankfurter Flughafen und vor allem den Flughafen Frankfurt-Hahn. In drei Stunden machen wir Lagebesprechung im Büro.« Lemgo verließ den Tatort und ging schnellen Schrittes die Treppe zum Restaurant herunter.

Siebels saß an seinem Schreibtisch und machte sich einige Notizen über sein Gespräch mit Maria Serano, als es an der Haustür klingelte. Er schaute aus dem Fenster. Ein Taxi stand vor der Tür. Missmutig ging er zur Eingangstür, um dem Fahrer zu erklären, dass der sich in der Adresse geirrt haben musste.

»Taxi für Siebels«, sagte der Fahrer und musterte Siebels neugierig.

»Das ist ein Irrtum. Ich habe kein Taxi bestellt.«

»Auf Sie wartet eine kalte Braut. Kommen Sie.« Der Taxifahrer drehte sich um und ging zur Straße.

»Ich komme sofort«, rief Siebels ihm hinterher und zog sich hastig die Schuhe an. Dass Till so schnell und so konspirativ handelte, hätte er nicht für möglich gehalten.

»Sie haben zehn Minuten, wenn wir da sind. Dann verschwindet Ihre kalte Braut wieder«, sagte der Fahrer, als Siebels auf dem Rücksitz saß.

Siebels kam sich vor wie in einem schlechten Agentenfilm. Er sah auf die Uhr. Jedenfalls war er dann rechtzeitig zurück, um Dennis wieder vom Kindergarten abzuholen.

»Sind Sie vom LKA?«, fragte er den Fahrer.

»Ich bin Taxifahrer.«

»Na gut. Wohin geht die Fahrt?«

»Sie wollten doch zum Palmengarten, oder?« Der Taxifahrer war auf die Eschersheimer Landstraße Richtung Innenstadt gefahren.

»Wie konnte ich das nur vergessen?«, antwortete Siebels mit ironischem Unterton.

»Machen Sie sich keine Sorgen, falls dort noch andere Taxifahrer rumlungern«, sagte der Fahrer im gemütlichen Plauderton.

Siebels bemerkte, dass sein Chauffeur den Verkehr hinter ihnen mit Argusaugen im Rückspiegel beobachtete. Wegen des Treffens mit Sabine Lehmann schien Till einen ausgedehnten LKA-Einsatz auf die Beine gestellt zu haben. An einem Treffen zwischen der kalten Braut und ihm schien nicht nur Maria Serano interessiert zu sein. Siebels fragte sich, in was er da gerade hineingeriet. Das Taxi bog nach rechts auf die Miquelallee ab und kurz vor der Autobahnauffahrt nahm der Fahrer die Abbiegung nach Bockenheim. Bald darauf erreichten sie die Palmengartenstraße. Das Taxi hielt direkt vor dem Eingang.

»Gehen Sie direkt ins Palmenhaus. Ihre Braut wird dort auf einer Bank sitzen.«

Siebels stieg aus, kaufte sich eine Eintrittskarte und nahm den Weg zum Palmenhaus. Das Taxi blieb vor dem Eingang stehen. Siebels fühlte sich beobachtet, als er seinem Ziel entgegenging. Aber er drehte sich nicht um und schaute weder nach links noch nach rechts. Er betrat das Palmenhaus, in dem ein tropisches Klima herrschte. Siebels kam an einer

Bank vorbei, auf der ein Mann saß und die Tageszeitung las. Der Mann hatte einen winzigen Knopf im Ohr. Siebels ging weiter, unter Palmenblättern hindurch. Auf einer Bank weiter hinten saß eine Frau. Sie trug ein Kopftuch und eine Sonnenbrille. Während Siebels langsam auf sie zuging, versuchte er ihr Gesicht zu erkennen. Wenn es Sabine Lehmann war, hatte sie sich verändert.

»Darf ich mich zu Ihnen setzen?«, fragte Siebels und war sich immer noch unsicher, ob er die richtige Frau ansprach.

»Möchten Sie etwas über meine Träume erfahren?«, fragte die Frau mit leiser Stimme.

Siebels setzte sich. Er musste an sein erstes Treffen mit Sabine Lehmann denken. Sie lag völlig erschöpft im Krankenhaus. Siebels war nur dort gewesen, um ihr Geständnis aufzunehmen. Den Mord an ihrem Lebenspartner. Sabine Lehmann legte aber ein ganz anderes Geständnis ab. Ein Geständnis, dass sich aus vielen schlimmen Träumen zusammensetzte. Aber das hatte Siebels erst sehr viel später verstanden. »Freut mich, dass wir uns mal wiedersehen«, sagte Siebels, ohne seine Gesprächspartnerin dabei anzusehen.

»Die Freude ist ganz meinerseits, Herr Siebels. Ich habe gehört, Sie haben den Dienst quittiert und verdingen sich nun als Privatermittler.«

»Sie sind gut informiert. Hat das LKA Sie eingestellt? Oder arbeiten Sie jetzt für das BKA?«

»Oh, ich mache eigentlich das Gleiche wie früher auch. Ich bin als Beraterin tätig. Es gibt tatsächlich verschiedene Institutionen, die von meinen spezifischen Fachkenntnissen profitieren möchten. Wie mir mitgeteilt wurde, haben Sie auch akuten Beratungsbedarf. Was kann ich für Sie tun, Herr Siebels?«

Paul Lemgo blieb vor der Schwingtür am Kücheneingang stehen und warf durch das gläserne Bullauge einen Blick in die Küche. Zwischen den Kochflächen aus Edelstahl saß ein Mann an einem Klapptisch und rauchte eine Zigarette. Er war etwa im gleichen Alter wie das Mordopfer, trug einen hellgrauen Anzug und ein rosafarbenes Hemd, dessen obere

Knöpfe geöffnet waren. Die schwarzen Haare waren mit Gel zurückgekämmt. Lemgo studierte das Gesicht des Mannes und atmete erleichtert auf. Er kannte den Mann nicht. Schwungvoll stieß er die Schwingtür auf und hielt Luigi Caluzi seinen Ausweis entgegen.

»Luigi Caluzi? Sie haben den Toten gefunden?«

Der Italiener nickte und drückte seine Zigarette im Aschenbecher aus.

»Sie gehören zum Personal von Herrn Pastori? Was ist Ihr Job?«

Luigi Caluzi stand auf und stellte sich mit den Händen in den Hosentaschen vor Lemgo. »Ich bin der Geschäftsführer.«

»Der Geschäftsführer? Von welchen Geschäften?«

Luigi Caluzi nahm die Hände aus den Hosentaschen und breitete die Arme aus. »Na, von dem Restaurant hier. Und von dem anderen Restaurant, das Mattheo betrieben hat. Das haben wir vor zwei Monaten im Europaviertel eröffnet.«

»Welche Geschäfte führen Sie sonst noch? Bordelle? Spielhallen? Wettbüros?«

»Es gibt nur die Restaurants.«

Lemgo nickte. »Um welche Zeit haben Sie Herrn Pastori heute tot aufgefunden?«

»Heute Morgen um kurz nach acht. Wir waren verabredet, wollten die Umsatzzahlen vom letzten Monat besprechen.«

»Er wurde heute Nacht gegen zwei Uhr umgebracht. Was hat er um diese Zeit im Büro gemacht?«

Luigi Caluzi zuckte mit den Schultern. »Manchmal arbeitete er die ganze Nacht durch.«

»Wo waren Sie heute Nacht?«

»Ich war zuhause. Von elf Uhr abends bis heute Morgen um halb acht.«

»Gibt es dafür Zeugen?«

»Ja. Ich war mit einer Frau zusammen. Sie gehört übrigens zum Personal. Sie arbeitet als Bedienung in unserem Restaurant im Europaviertel. Annette Weiland.«

»Gab es in letzter Zeit Probleme wegen der Zahlung Ihrer Schutzgelder?« Lemgo schaute seinem Gegenüber direkt in die dunkelbraunen Augen. Luigi Caluzi wich Lemgos Blick aus und schaute über dessen rechte Schulter.

»Schutzgelder? Wir zahlen kein Schutzgeld.«

»Warum glaube ich Ihnen das jetzt bloß nicht?«, fragte Lemgo in einem übertrieben freundlichen Tonfall.

»Wahrscheinlich, weil Sie mit Vorurteilen gegen italienische Mitbürger belastet sind«, sagte Caluzi und lächelte Lemgo aalglatt an.

Mit einer schnellen Bewegung griff Lemgo den Italiener am Hemdkragen und zog ihn dicht an sich heran. »Erzähl mir keine Scheiße«, zischte Lemgo. »Wer kassiert hier ab?«

»Niemand«, keuchte Caluzi. »Nehmen Sie Ihre Finger von mir.«

Lemgo packte fester zu und drückte Caluzi über eine Arbeitsplatte. »Du bist ein Zocker. Zocker wie dich rieche ich zehn Meilen gegen den Wind. Wie hoch sind deine Spielschulden?«

»Lassen Sie mich los, Mann. Oder ich zeige Sie an wegen Körperverletzung.«

Lemgo ließ Caluzi los. Als der sich wiederaufrichtete, schlug Lemgo ihm die Faust in die Magengrube. »Jetzt kannst du mich wegen Körperverletzung anzeigen.«

»Wie heißen Sie?«, stöhnte Caluzi in gekrümmter Körperhaltung.

»Lemgo. Hauptkommissar Paul Lemgo. Seit wann arbeiten Sie für Mattheo Pastori?«

Caluzi richtete sich aus seiner gekrümmten Haltung wieder auf. »Seit zwei Jahren.«

»Haben Sie mir sonst noch irgendwas zu sagen?«

»Ja. Sie sind ein Arschloch«, zischte Caluzi.

»Ich weiß. Und ich mag keine Folter.«

»Ich habe mit dem Tod von Mattheo nichts zu tun.«

»Warum wurde er gefoltert? Was sollte er preisgeben?«

»Ich habe keine Ahnung. Ich konnte es selbst nicht glauben, als ich ihn in diesem Zustand aufgefunden habe. Er war ein seriöser Gastronom. Schon seit Jahrzehnten.«

»Das wird sich zeigen. Ist diese Annette Weiland noch bei Ihnen zuhause?«

»Nein. Sie hat meine Wohnung heute Früh verlassen. Sie hat ein Zimmer im Studentenwohnheim in der Ginnheimer Landstraße.«

»Sie studiert?«

»Psychologie. Sie jobbt bei uns nebenher.«

Siebels überlegte, wie viel er preisgeben konnte. Oder ob er überhaupt irgendwas von seinem Anliegen vortragen sollte. Alles, was er Sabine Lehmann mitteilen würde, würde auch das LKA erfahren. Wahrscheinlich trug sie sogar ein Mikrofon am Körper. Andererseits hatte Till dieses Treffen organisiert und seinem langjährigen Partner von der Mordkommission vertraute er blind. Siebels dachte an seine Mandantin Maria Serano. War die ganze Sache vielleicht nur eine Finte? War die Geschichte von der Entführung des achtjährigen Marco bloß erfunden? Sabine Lehmann stand bei der Mafia ganz oben auf der Todesliste. Sie war eine Überläuferin und sie war untergetaucht. War Maria Serano von der Mafia geschickt worden, um über ihn Sabine Lehmann aus der Deckung zu locken? Dann machte die professionelle LKA-Aktion durchaus Sinn.

»Meine Mandantin hat mir empfohlen, mich an Sie zu wenden«, begann Siebels vorsichtig das Gespräch. »Ihr Name ist Maria Serano. Kennen Sie sie?«

»Nein, diesen Namen habe ich noch nie gehört.«

»Ihr Schwager betreibt Wettbüros. Sein Name ist Silvio Silotti.«

»Ach, Silvio. Ja, für den habe ich einige Aufträge übernommen.

Ich war in den osteuropäischen Fußballligen aktiv, wie Sie wissen. Ich hatte mir über dreißig Spieler durch Bestechung und Bedrohung gefügig gemacht. Silvio habe ich aber gebraucht, um Wetten auf einen italienischen Provinzclub zu platzieren. Einer meiner Kunden war Fan von diesem Verein und hat hohe Summen auf die Siege seiner Mannschaft gesetzt. Der Verein war zum Siegen verdammt und ich habe dafür gesorgt, dass die Gegner schlecht genug spielen.

Warum ist Silvios Schwägerin zu Ihnen gekommen?«

»Weil Sie nicht zur Polizei gehen will«, sagte Siebels und war sich ziemlich sicher, dass Till ganz in der Nähe war und mit Kopfhörern jedes Wort mitverfolgte.

»Dafür wird sie gute Gründe haben. Silvio entstammt einer sizilianischen Familie. Er ist Ende der achtziger Jahre nach Deutschland gekommen.«

»Von seiner Schwägerin Maria Serano haben Sie aber nie etwas gehört?«

»Nein. Frauen spielen bei der Mafia aber auch keine Rolle. Die erledigen den Haushalt. Die Mafia ist ein reiner Männerclub.«

»Sie sind aber eine Frau«, stellte Siebels verwundert fest.

Sabine Lehmann schmunzelte. »Ich bin aber kein Mitglied einer Mafiafamilie gewesen. Ich war für Paulsen und für World Consulting tätig. Die Mafia gehörte zu meinem Kundenkreis. Das ist etwas anderes.«

»Kann es sein, dass die Mafia Maria Serano zu mir geschickt hat, um über mich an Sie heranzukommen?«, fragte Siebels jetzt geradeheraus.

»Ihr Wunsch, mich zu sprechen, hat jedenfalls einige Leute in eine betriebsame Hektik versetzt. Vielleicht sollten Sie jetzt besser beichten, welchen Auftrag Maria Serano Ihnen erteilt hat.«

Siebels entschied sich für eine Zusammenarbeit mit Till. Till war der Einzige, dem er blind vertraute. Aber Siebels wollte zunächst die Fäden in der Hand behalten. »Till, hörst du zu?«, fragte Siebels ganz offen.

»Sprechen Sie weiter«, forderte Sabine Lehmann ihn auf.

»Finde heraus, ob Maria Serano einen Neffen hat. Marco, acht Jahre alt. Ein Sohn von Marias Schwester Patricia und Silvio Silotti. Wenn dem so ist, möchte ich wissen, ob er sich in seiner gewohnten Umgebung befindet.«

Es blieb eine Weile still. Siebels hatte keinen Knopf im Ohr von Sabine Lehmann ausgemacht. Till konnte wahrscheinlich nur zuhören. Aber der Mann, der am Eingang des Palmenhauses gesessen hatte, hatte einen Knopf im Ohr gehabt. Und der kam jetzt auf Siebels zugelaufen. Siebels sah dem Mann neugierig entgegen, bis der vor ihm stehenblieb.

»Wir prüfen das. Ihr Taxi wartet. Sie sollten jetzt gehen. Ihr Taxifahrer wird Sie wieder abholen, wenn eine Fahrt nötig ist.« Der Mann drehte sich um und ging zurück zu seiner Ausgangsposition.

»Ich komme mir vor wie ein Geheimagent«, sagte Siebels kopfschüttelnd.

»Irgendwas ist im Gange«, flüsterte Sabine Lehmann. »Ein Sturm zieht auf.«

»Wie heißen Sie jetzt eigentlich?«, erkundigte sich Siebels bei Sabine Lehmann, die so ja nicht mehr hieß.

»Sie können mich Liliane nennen. Ein schöner Name, oder?«

»Ein sehr schöner Name. Ich muss los, mein Taxi wartet. Danke, dass Sie so schnell Zeit für mich gefunden haben.«

3

Paul Lemgo stand vor den zahlreichen Namensschildern am Eingang des Studentenwohnheims in der Ginnheimer Landstraße und suchte nach Annette Weiland. In dem Hochhaus gegenüber dem Sportgelände der Universität waren über 280 Wohneinheiten untergebracht. Annette Weilands Unterkunft befand sich im sechsten Stockwerk. Eine Gruppe junger Leute kam gerade aus dem Haus und Lemgo trat durch die geöffnete Tür ein. Er nahm den Fahrstuhl nach oben. Das Zimmer von Annette Weiland lag am Ende des Ganges. Lemgo klopfte an. Als sich nichts rührte, klopfte er lauter gegen die Tür. Kurz darauf öffnete ihm die junge Frau und sah ihn fragend an. Lemgo hielt ihr seinen Ausweis vor die Nase. Er war sich sicher, dass Luigi Caluzi sie schon auf seinen Besuch vorbereitet hatte.

»Sie studieren Psychologie?«, erkundigte sich Lemgo und folgte der Studentin in das beengte Zimmer. Er setzte sich auf den einzigen Stuhl. Annette Weiland nahm auf der Bettkante Platz.

»Im dritten Semester. Warum will die Polizei das wissen?«

»Das hat Herr Caluzi Ihnen doch schon mitgeteilt.«

»Nein. Dass die Polizei sich für mein Studienfach interessiert, hat er nicht gesagt.«

»Warum lässt sich eine junge hübsche Psychologiestudentin mit einem in die Jahre gekommenen windigen Typen wie Caluzi ein?«, fragte Lemgo frei heraus.

»Sind Sie eifersüchtig?« Annette Weiland sah Lemgo herausfordernd an.

»Vorher würde ich versuchen, Sie ihm auszuspannen.«

Annette Weiland legte ihren Kopf leicht schief. »Ich weiß nicht so recht, ob Sie mein Typ sind«, sagte sie gespielt nachdenklich.

»Finden Sie es heraus«, forderte Lemgo sie auf.

»Ich bin schon dabei. Aber ich bin noch unentschlossen.«

Lemgo gefiel die offene Art der jungen Frau. Und ihre langen dunkelbraunen Locken gefielen ihm auch. »Haben Sie die letzte Nacht zusammen mit Luigi Caluzi verbracht?«

»Wenn Sie nicht solche Fragen stellen würden, würden Sie mir sogar ganz gut gefallen, glaube ich.«

»Sie gefallen mir sehr gut«, ging Lemgo in die Offensive. »Ich muss Ihnen trotzdem diese Frage stellen. Hat Herr Caluzi Ihnen gesagt, warum er ein Alibi benötigt?«

»Nein. Er hat mir nur Ihren Besuch angekündigt und mir gesagt, dass ich Ihnen bestätigen soll, dass ich die Nacht bei ihm verbracht habe.«

»Und? Bestätigen Sie das?«

»Ja, ich habe bei ihm geschlafen. Sind Sie nun zufrieden?«

»Nein, ich bin nicht zufrieden. War er zwischen Mitternacht und zwei Uhr morgens mit Sicherheit in seinem Schlafzimmer?«

»Ja. Er hat laut geschnarcht. Es war furchtbar. Warum wollen Sie das eigentlich wissen?«

»Das erzähle ich Ihnen heute Abend. Vielleicht in einer Bar?«

Annette Weiland sah Lemgo neugierig an. »Jetzt wollen Sie es also wirklich wissen?«

»Ich hole Sie um neun Uhr ab, in Ordnung?«

»Haben wir ein Date? Oder wollen Sie mich ins Kreuzverhör nehmen?«

»Vielleicht kann ich ja das Angenehme mit dem Nützlichen verbinden?«

»Sie machen mich neugierig. Also gut, einverstanden. Bis heute Abend.«

Als Lemgo wieder im Polizeipräsidium ankam, ging er schnurstracks zum Büro des Präsidenten. Die Vorzimmerdame wollte ihn abwimmeln, aber Lemgo marschierte unbeeindruckt in das Büro.

»Das Team sollte außer mir aus sechs weiteren Beamten bestehen«, polterte Lemgo los. Der Präsident saß an seinem Schreibtisch und unterschrieb Dokumente, die in einer Mappe vor ihm lagen. »Es sind aber nur zwei. Was soll das?«

»Lassen Sie sich das nächste Mal einen Termin geben, wenn Sie ein Gespräch wünschen«, ließ der Präsident Lemgo abblitzen.

Lemgo stützte sich mit beiden Händen auf dem Schreibtisch ab und beugte sich so weit vor, bis seine Nasenspitze fast die des Präsidenten berührte. »Beim nächsten Mal lasse ich mir sehr gerne einen Termin geben. Aber jetzt will ich eine Antwort auf meine Frage.«

»Vielleicht sind Ihnen die Personalengpässe bei uns ja nicht bekannt«, holte der Präsident aus.

»Reden Sie sich nicht raus«, fuhr Lemgo ihm dazwischen. »Sie haben ein Problem mit mir und wollen mich schnellstmöglich wieder loswerden. Wahrscheinlich haben Sie die Leute zu meinem Dienstantritt alle in den Urlaub geschickt.«

Der Präsident schob die Mappe auf seinem Schreibtisch zur Seite, lehnte sich auf seinem Stuhl zurück und schaute Lemgo nachdenklich an. »Dass Sie Probleme machen, habe ich mir gedacht. Dass es gleich an Ihrem ersten Tag damit losgeht, überrascht mich aber doch etwas. Aber Sie haben recht. Ich hätte nichts dagegen, falls Sie uns wieder verlassen wollen. Ihre Einstellung wurde über meinen Kopf hinweg entschieden. Ich hatte etwas andere Vorstellungen von dem Leiter unserer Mordkommission.«

»Ich weiß nicht, was für Vorstellungen Sie von mir haben, und es interessiert mich auch nicht. Ich bearbeite gerade meinen ersten Fall. Ein Mann wurde gefoltert. Von einem Profi. Das Opfer ist italienischer Abstammung, Besitzer von zwei Edelrestaurants. Ich gehe davon aus, dass die Hintergründe des Falles mit der organisierten Kriminalität zu tun haben. Mit der Mafia, um es deutlich zu sagen. Frau Forster und Herr König sind bestimmt sehr fähige Leute. Aber nur mit den beiden komme ich jetzt nicht schnell genug voran.«

Der Präsident trommelte nervös mit den Fingern auf die Schreibtischplatte. »Mafia? Sind Sie sicher?«

Lemgo nickte. »Ich kenne mich in diesem Milieu aus«, sagte er leise. »Ich war so tief drin, dass einige Leute es für besser hielten, meine Akte zu schwärzen. Leute, die weit über Ihnen stehen und über Ihren Kopf hinweg entscheiden.«

»Auf die Schnelle bekomme ich kein sechsköpfiges Team für Sie zusammen«, stöhnte der Präsident. »Sie können auf Charly Hofmeier zurückgreifen. Der macht zwar nur Innendienst, hat aber unsere ehemaligen Kommissare Steffen Siebels und Till Krüger immer tatkräftig unterstützt. Für Notfälle steht Ihnen auch Kommissar Kulmbacher zur Verfügung. Auf den haben Ihre Vorgänger ebenso zurückgegriffen, wenn Not am Mann war. Meistens, wenn Observationen anstanden.«

»Okay. Das langt aber nicht. Ich brauche noch mehr Leute, die rausgehen.«

»Mehr Leute stehen nicht zur Verfügung, tut mir leid«, entgegnete der Präsident achselzuckend.

»Mir tut es auch leid«, zischte Lemgo, drehte sich um und verließ das Büro.

Zwei Stunden nach dem Treffen zwischen Siebels und Liliane im Palmengarten setzte sich das Team beim LKA in Wiesbaden zu einer Besprechung zusammen. Neben dem Abteilungsleiter Thomas Heck waren Till Krüger sowie Liliane anwesend.

»Dem Taxi ist auf dem Weg zum Palmengarten niemand gefolgt«, eröffnete Thomas Heck die Besprechung.

»Dann war es keine Falle«, resümierte Liliane.

»Schwer zu sagen«, gab Thomas Heck zur Antwort. »Wir haben die Aktion ziemlich schnell nach der Kontaktaufnahme von Maria Serano bei Siebels gestartet. Vielleicht waren sie noch gar nicht in Stellung gegangen.«

»Oder sie haben den Braten gerochen«, gab Till zu bedenken.

»Warum nennt diese Maria Serano Sie als Ansprechpartnerin für Siebels? Wie kommt sie auf Sie?«, fragte Heck Liliane mit nachdenklicher Stimme.

»Sie muss auf jeden Fall über die Geschäfte ihres Schwagers im Bilde gewesen sein«, antwortete Liliane zögerlich.

»Haben Sie Silvio Silotti beim BKA auffliegen lassen? Mir ist dieser Mann gar nicht bekannt.«

Liliane dachte angestrengt nach. Unzählige Verhöre mit Beamten vom BKA lagen hinter ihr. Sie hatte alle ihre

Geschäftsbeziehungen mit kriminellem Hintergrund offengelegt. Fast hundert Leute hatte sie belastet. Nicht mit allen hatte sie direkten Kontakt gehabt. Aber sie kannte die Verbindungen zwischen den illegalen Geschäftsbeziehungen aus ihrem Kundenkreis. Beim BKA war die deutsche Abteilung von Europol zuständig. Ihre Aussagen wurden zur Zentrale von Europol nach Den Haag weitergeleitet. In Den Haag wurde der europaweite Schlag gegen den europäischen Ableger von World Consulting geplant. Fast zeitgleich wurde in zwölf europäischen Ländern gegen die Beratungsgesellschaft vorgegangen. Die Aktion war ein voller Erfolg. Das Netzwerk von World Consulting war praktisch über Nacht zusammengebrochen. Hunderte Verhaftungen wurden vorgenommen. Vor allem in Schweden, Spanien, Italien, Deutschland und Österreich. Europol in Den Haag sammelte unzählige Fakten und Protokolle von Vernehmungen aus den betreffenden Ländern. Liliane wurde aufgrund der neuen Informationen aus den anderen Ländern immer wieder befragt. Bis sie schließlich an das LKA in Wiesbaden vermittelt wurde, weil dort die Ermittlungen gegen die Unternehmensberatung Paulsen durchgeführt wurden. Liliane erinnerte sich wieder an ihre Aussage zu Silvio Silotti. »Silotti spielte beim BKA irgendwann plötzlich keine Rolle mehr«, gab Liliane ihre Erinnerung preis. »Möglicherweise gab es einen Deal zwischen Silotti und dem BKA. Oder mit der Staatsanwaltschaft. Ich weiß es nicht. Ich hatte Silotti bei einer meiner letzten Vernehmungen noch einmal erwähnt. Man sagte mir, dass ich Silotti vergessen solle. Die Ermittlungen gegen ihn seien eingestellt worden.«

»Ich werde mich beim BKA und bei Europol erkundigen, was da gelaufen ist. Aber ich befürchte, dass ich keine Antworten erhalten werde«, seufzte Thomas Heck. »Wir sollten ihn auf jeden Fall gründlich durchleuchten. Das Gleiche gilt für Maria Serano.« Heck blätterte in seinen Unterlagen. »Letzte Nacht gab es einen Mordfall in Frankfurt«, sagte er dann nachdenklich. »Mattheo Pastori wurde in seinem Restaurant auf der Fressgass mit einem Genickschuss hingerichtet. Zuvor wurde er gefoltert. Sieht auf den ersten Blick nach einem Mafiamord aus.« Heck schaute Liliane an.

»Kann es einen Zusammenhang zwischen diesem Mord und dem Auftauchen von Maria Serano geben?«

»Natürlich. Ein Auftragsmord und eine Kindesentführung, das kann den gleichen Hintergrund haben. Aber ich habe keine Ahnung, welchen.«

»Ich werde die Ermittlungen der Frankfurter Mordkommission auf jeden Fall im Auge behalten«, sagte Heck.

»Wer leitet denn bei der Frankfurter Mordkommission die Ermittlungen?«, fragte Till neugierig.

»Paul Lemgo.«

»Nie gehört«, sagte Till etwas enttäuscht.

Paul Lemgo ließ sich von seinem zweiköpfigen Team die ersten Ermittlungsergebnisse präsentieren. Samuel König hatte aus der Mordnacht die Videoaufzeichnungen von den U-Bahn-Stationen Alte Oper, Hauptwache und Konstablerwache sowie von den Bankfilialen, Juwelieren und dem Apple-Store auf der Fressgass besorgt und sich im Schnelldurchlauf die vier Stunden von 22:00 Uhr bis zum voraussichtlichen Todeszeitpunkt um 2:00 Uhr durchgesehen.

»Ich habe mehrere Verdächtige und eine sehr verdächtige Person ausmachen können«, begann er mit seinem Bericht.

»Beschränken Sie sich zunächst auf die sehr verdächtige Person«, fiel Lemgo ihm ins Wort.

Samuel König spielte eine Videoaufzeichnung von der U-Bahn-Haltestelle Alte Oper ab. »Um 22:55 Uhr steigt dieser Mann aus der Linie U6. Kurz darauf ist er auf der Aufzeichnung vor der Commerzbankfiliale am Opernplatz zu sehen. Man kann noch sehen, dass er auf die Fressgass läuft. Die Kameras vor dem Apple-Store und Swarowski haben ihn nicht mehr erfasst. Das Restaurant liegt genau dazwischen.«

»Gute Arbeit«, lobte Lemgo. »Haben Sie ihn auch nach dem Todeszeitpunkt auf Video?«

»Ja, um 2:15 Uhr läuft er an der Commerzbankfiliale am Opernplatz vorbei. Zu dieser Zeit fahren keine U-Bahnen mehr. Wohin er dann gegangen ist, lässt sich nicht sagen.«

»Das könnte schon unser Mann sein. Zoomen Sie sein Gesicht mal heran.«

Samuel König wählte einen Bildausschnitt von der U-Bahn-Station. Lemgo und Julia Forster betrachteten sich den Mann. Er war etwa Mitte dreißig, schlank, dunkelhaarig und trug Jeans und eine schwarze Jacke.

»Was ist das für ein Strich auf seiner linken Wange?«, fragte Julia Forster, die angestrengt das Bild betrachtete.

»Ist mir noch gar nicht aufgefallen«, murmelte Samuel und zoomte das Gesicht des Mannes noch näher heran. Das Bild wurde aber unschärfer.

»Sieht aus wie eine Narbe«, sagte Lemgo. »Zirka vier Zentimeter lang, senkrecht verlaufend auf der linken Wange. Vielleicht von einer Messerstecherei. Lassen Sie das als Merkmal mal durch den Computer laufen. Haben Sie auch schon was, Frau Forster?«

»Ich habe mir die Passagierlisten der von Italien ankommenden Flüge durchgesehen und auf alleinfliegende Männer mit italienischer Staatsangehörigkeit reduziert. Meine Liste enthält noch über achtzig Kandidaten. Wenn ich die Daten von dem Mann hier mit der Liste abgleiche, wird es interessant. Der größte Teil auf meiner Liste ist nämlich über vierzig Jahre alt.« Julia Forster strich auf ihrer Liste sämtliche Namen, deren Geburtsdatum vor 1984 lag. Als sie fertig war, blieben noch acht Namen auf der Liste stehen. Davon waren zwei auf dem Flughafen Frankfurt-Hahn gelandet, die anderen sechs waren mit Direktflügen auf dem Frankfurter Flughafen angekommen.

»Versuchen Sie auf den Flughäfen Videoaufnahmen zur Ankunftszeit dieser acht Männer zu bekommen«, forderte Lemgo sie auf. »Wenn wir Glück haben, ist unser Narbengesicht dabei.«

»Wird erledigt.« Julia Forster und Samuel König fühlten sich schon fast am Ziel. Paul Lemgo beschlich ein ungutes Gefühl.

Siebels ging auf die Knie und empfing mit ausgebreiteten Armen seinen Sohn Dennis, der ihm freudestrahlend entgegengerannt kam. Im Kindergarten ging es gerade hoch her, außer Siebels waren noch einige Mütter gekommen, um ihren Nachwuchs abzuholen.

»Hallo, Herr Siebels«, hörte Siebels eine Stimme hinter sich.

Er stellte sich wieder auf, behielt Dennis an der Hand und nickte der Kindergärtnerin freundlich zu. »Hallo, Frau Klein. Hat sich Herr Siebels junior gut benommen?«

»Na ja, er schießt manchmal etwas über das Ziel hinaus, der Herr Siebels junior.« Frau Klein schaute Dennis an, aber der versteckte sich hinter Herrn Siebels senior.

»Er hat sich doch hoffentlich nicht geprügelt?«, seufzte Siebels.

»Nein, das nicht. Er ist ja schließlich ein vorbildliches Polizistenkind. Vielleicht etwas zu vorbildlich. Er hat die kleine Melanie verhaftet und in der Besenkammer eingesperrt.«

Siebels ging in die Knie und schaute Dennis ernst an. »Stimmt das? Du hast ein kleines Mädchen verhaftet?«

Dennis nickte und schmollte.

»Was hat sie denn verbrochen?«, wollte Siebels wissen.

»Sie hat dem Markus seine Schokolade weggegessen«, sagte Dennis laut und empört.

»Und deswegen hast du sie in die Besenkammer gesperrt? Wie alt ist die Melanie denn?«

Dennis hob seine Hand und streckte vier Finger in die Luft.

»Vier Jahre. Aha. Hat sie den Markus denn vorher gefragt, ob sie etwas von seiner Schokolade haben darf?«

Dennis schüttelte den Kopf. »Sie hat sie einfach genommen und aufgegessen.«

»Das ist aber nur ein ganz kleines Verbrechen«, stellte Siebels fest. »Aber wenn du sie eingesperrt hast, ist das ein viel größeres Verbrechen. Das darfst du nämlich nicht. Das darf nur die Frau Klein. Frau Klein muss nämlich auf alle Kinder hier aufpassen. Das weißt du aber schon, oder?«

»Mmh, ja«, murrte der verhinderte Kindergartenpolizist.

»Dann entschuldigst du dich jetzt am besten bei Frau Klein und bei Melanie.«

Dennis schaute Frau Klein an. »Tschuldigung«, murmelte er.

Frau Klein tätschelte ihn am Kopf. »Die Melanie ist schon abgeholt worden. Die hat ganz schön viel geweint in der Besenkammer. Bei der entschuldigst du dich morgen, in Ordnung?«

»Okay. Aber Melanie muss sich auch bei Markus entschuldigen.«

»Ja, das muss sie natürlich auch. So, dann sehen wir uns morgen wieder. Tschüss, Dennis. Tschüss, Herr Siebels.«

Siebels lief mit Dennis zum Auto und hievte ihn dort auf den Kindersitz. Als er ihn festgeschnallt hatte und um den Wagen zur Fahrertür lief, sah er auf der gegenüberliegenden Seite einen roten Alfa Romeo am Straßenrand parken. Es war das gleiche Modell, mit dem Maria Serano bei ihm vorgefahren war. Am Steuer saß ein dunkelhaariger Mann. Er trug eine Sonnenbrille. Siebels blieb vor seinem Wagen stehen und überlegte, ob das der gleiche Alfa war, den er heute schon einmal gesehen hatte. Der Mann drehte seinen Kopf zu Siebels, schaute ihn durch die dunkle Sonnenbrille einen Moment lang an, startete dann den Motor und fuhr los. Der Alfa gliederte sich in den dichten Verkehrsstrom ein. Siebels fluchte leise, weil er das Nummernschild nicht sehen konnte.

4

Silvio Silotti lebte mit Frau und Sohn in einem Haus auf dem Sachsenhäuser Lerchesberg. Das Haus wurde von einer meterhohen Hecke umschlossen und war von außen nicht einsehbar. Till saß in seinem Wagen auf der gegenüberliegenden Straßenseite und beobachtete das Haus seit einer Stunde. Er hatte noch niemanden Kommen oder Gehen gesehen. Drei Videokameras hatte er vor dem Eingangsbereich ausgemacht. Der Eingang war durch ein schmiedeeisernes Tor verschlossen. Till überlegte, ob Silotti sein Geld immer noch mit seinen Wettbüros verdiente und ob er noch in Wettmanipulationen verstrickt war, obwohl die Ermittlungen gegen ihn anscheinend eingestellt worden waren. Das große Haus in dieser Gegend sprach jedenfalls dafür. Über ihm senkte sich eine Boeing zum Landeanflug. Seitdem die neue Landebahn des Frankfurter Flughafens in Betrieb war, lastete über dem Lerchesberg eine deutlich höhere Lärmbelastung. Die exklusive Wohngegend war nun nicht mehr ganz so exklusiv. Till dachte wieder über seine Aufgabe nach. Wie sollte er herausfinden, ob der kleine Marco Silotti entführt worden war? Am liebsten wäre er ausgestiegen, hätte an dem schmiedeeisernen Tor geklingelt und sich bei einer Haushälterin oder der Mutter über den Verbleib von Marco informiert. Das konnte er aber nicht tun. Er musste sich etwas Besseres einfallen lassen. Im Rückspiegel sah er ein paar Jungs den Bürgersteig entlanglaufen. Sie trugen Sportkleidung und waren etwa in Marcos Alter. Einer von ihnen trug einen Fußball unter dem Arm. Die Jungs liefen auf das Auto von Till zu. Till stieg aus.

»Hey, geht ihr kicken?«, fragte er die Jungs, als sie an ihm vorbeiliefen.

»Nee, wir gehen zum Ballett«, antwortete der Blondschopf mit dem Ball unter dem Arm und trottete unbeirrt weiter.

»Sehr witzig«, stöhnte Till. »Kickt Marco auch bei euch mit? Marco Silotti? Ich bin sein großer Cousin und suche ihn.«

Die Jungs blieben stehen und musterten Till. »Marco ist nicht da«, sagte dann der Blondschopf. »Seine Mutter hat gesagt, er wäre für ein paar Tage bei seinem Onkel in Italien.«

»Davon weiß ich ja gar nichts«, beschwerte sich Till. »Es sind doch gar keine Schulferien.«

»Stimmt. Aber Marco ist trotzdem weg. Der hat halt coole Eltern. Die haben ihn für die Schule entschuldigt. Sind Sie auch Italiener?«

»Halbitaliener«, sagte Till aus dem Bauch heraus. »Meine Mutter kommt aus Italien, mein Vater ist Österreicher.«

Die Jungs zogen weiter und Till rief Thomas Heck an und unterrichtete ihn über seine neuen Erkenntnisse. Heck war der Meinung, dass das ausreiche, um an der Sache dranzubleiben.

Julia Forster saß im Büro der Flughafenpolizei des Flughafens Frankfurt-Hahn. Der kleine Flughafen lag zirka 60 Kilometer von Frankfurt entfernt und wurde unter anderem von Ryanair angeflogen. Die Anzahl der Flüge war überschaubar, es gab mehrere Verbindungen zu italienischen Flughäfen. Julia Forster schaute schon seit über einer Stunde die Aufnahmen von den eintreffenden Fluggästen an. Ihre Konzentration begann schon nachzulassen, als sie plötzlich das Narbengesicht erkannte. Julia Forster zoomte das Gesicht des Mannes näher heran. Sie war sich sicher, das war der gleiche Mann, der auch an der U-Bahn-Station Alte Oper und an der Fressgass in der Mordnacht aufgezeichnet worden war. Die Identität des Mannes konnte mit der Aufnahme nicht geklärt werden. Aber die Flughafenpolizei konnte ihr mitteilen, dass der Mann mit einem Flug aus Cosimo gekommen war. Laut Passagierliste gab es nur zwei alleinreisende Männer, die in dem Alter des Narbengesichtes waren. Bruno Di Lagio und Stefano Belozzi. Julia Forster ließ prüfen, ob sich die Männer noch in Deutschland befanden oder schon wieder ausgereist waren. Während eine Mitarbeiterin der Fluggesellschaft die Ausreisedaten prüfte, rief Julia Forster bei Paul Lemgo an und informierte ihn über den Treffer.

»Cosimo«, überlegte Paul Lemgo. »Das passt.«

»Was heißt, das passt?«, fragte Julia Forster.

»Cosimo ist eine Gemeinde mit etwa 30.000 Einwohnern in der Provinz Ragusa im Süden Siziliens. Von dort werden gerne junge Männer für besondere Aufgaben rekrutiert. Sie reisen ein, erledigen einen Job und reisen wieder aus.«

»Auftragskiller«, resümierte Julia Forster. »Sie kennen sich gut aus. Ich habe von Cosimo noch nie etwas gehört.«

»Jetzt schon. Und ich befürchte, Sie werden bald mehr über Sizilien wissen, als Ihnen lieb ist. Rufen Sie mich sofort an, wenn Sie die Information über den Verbleib der beiden Männer haben.«

Julia Forster musste sich nicht mehr lange gedulden. Die freundliche Mitarbeiterin übergab ihr schon kurz nach ihrem Anruf bei Lemgo die gewünschte Auskunft. Bruno Di Lagio war noch nicht abgereist. Sein Rückflug war für den übernächsten Tag gebucht. Stefano Belozzi hatte seinen Rückflug bereits angetreten. Er war vor etwa einer Stunde in Cosimo gelandet. Julia Forster informierte Paul Lemgo. Lemgo rief daraufhin in Italien an. Er hatte dort gute Bekannte.

Samuel König und Paul Lemgo blieb noch die Suche nach Bruno Di Lagio. Sie riefen bei sämtlichen Frankfurter Hotels an und erkundigten sich nach dem Italiener. Samuel König hatte mit seinem 23. Anruf den ersehnten Treffer gelandet. Bruno Di Lagio war im City Hotel in der Allerheiligenstraße abgestiegen. Die Allerheiligenstraße in der Frankfurter Innenstadt machte ihrem Namen keine große Ehre. Neben dem Hotel florierten dort ein Bordell, Spielhallen und der Drogenhandel. Lemgo und König machten sich umgehend auf den Weg dorthin. Sie weihten bei der Fahrt den Dienstwagen von Lemgo ein. Lemgo musste sich zuvor noch die Papiere und den Schlüssel besorgen.

Während der Fahrt zum City Hotel bekam Lemgo den Rückruf aus Italien. Er schaltete die Freisprechanlage an.

»Ciao, Mario. Habt ihr ihn erwischt?«

»Wir kamen leider zu spät. Der Vogel war schon ausgeflogen. Aber wir verfolgen seine Spur. Sollen wir ihn in Gewahrsam nehmen, wenn wir ihn finden?«

»Wenn ihr seinen Aufenthaltsort ausfindig macht, rufst du mich besser noch mal an, bevor du ihn dir schnappst. Du kannst dich rund um die Uhr bei mir melden.«

»Du hast dich nicht verändert, Paolo. Immer im Einsatz.« Mario lachte leise.

»Eigentlich wollte ich es jetzt ruhiger angehen lassen. Aber ihr Sizilianer lasst mir einfach keine Ruhe.«

»Pass auf dich auf, mein Freund. Ich melde mich. Ciao.«

Lemgo schaltete das Telefon ab und fluchte leise. »Fast hätten wir ihn gehabt.«

»Wer ist Mario?«, fragte Samuel König.

»Mario ist ein guter alter Freund. Er kennt sich bestens mit der Mafia aus und freut sich über jeden Tag, den er überlebt.« Lemgo klang melancholisch. Samuel König fragte nicht weiter nach. Sie hatten das City Hotel erreicht. Lemgo parkte den Wagen in zweiter Reihe direkt vor dem Hotel. Er verschaffte sich zunächst einen Überblick über die Örtlichkeiten rund um das Hotel. Dann ging er mit Samuel König hinein, zeigte dem Portier seinen Polizeiausweis und erkundigte sich nach der Zimmernummer von Bruno Di Lagio.

Als die beiden vor Zimmer 112 standen, machte Samuel König Anstalten, gegen die Tür zu klopfen. Lemgo hielt ihn davon ab. »Nehmen Sie Ihre Waffe und sichern Sie mich ab«, forderte Lemgo ihn auf. Dann klopfte Lemgo an die Zimmertür. »Roomservice«, rief er und klopfte gleich noch mal gegen die Tür.

»Uno momento«, rief eine Stimme. Kurz darauf wurde die Tür geöffnet. Lemgo hatte seine Waffe in der Zwischenzeit auch entsichert. Als der Italiener die Tür öffnete, hielt Lemgo ihm sofort die Pistole unter die Nase und drückte den dicken Mann ins Zimmer zurück.

»Bruno Di Lagio?«

Der dicke Italiener nickte verängstigt.

»Policia. Sprechen Sie deutsch?«

»Nix deutsch. Italiano.«

Der Mann war definitiv nicht das Narbengesicht. »Was machen Sie in Frankfurt?«, fragte Lemgo und deutete Samuel König an, dass der seine Waffe wieder in das Holster stecken sollte. Lemgo behielt seine Pistole noch in der Hand.

»Sind Sie auf Geschäftsreise? Do you visit Frankfurt for a business trip? Viaggio di lavoro?«

»No. Io vistia mia sorella. Marina Di Lagio. Marina lavorare qui in hotel. Room service«, stammelte der Italiener.

»Ihren Ausweis bitte, documento d'identità«, verlangte Lemgo und steckte auch seine Waffe wieder weg.

Der Mann fing an zu schwitzen und suchte seinen Ausweis in seiner Brieftasche. Er überreichte seinen italienischen Pass an Lemgo.

Lemgo schaute sich das Dokument genau an. Dann gab er dem Mann seinen Pass zurück. »Sie kommen aus Cosimo?«

»Si Cosimo. Si, si.« Di Lagio nickte heftig.

Lemgo wandte sich an König. »Gehen Sie mal zum Empfang und erkundigen Sie sich nach einem Zimmermädchen namens Marina Di Lagio. Wenn Sie Dienst hat, bringen Sie sie bitte her.«

König machte sich auf den Weg und kam kurze Zeit später mit einem Zimmermädchen zurück.

»Sie sind die Schwester von dem Herrn? Marina Di Lagio?«, vergewisserte Lemgo sich.

Die Frau war Mitte dreißig und sprach gut Deutsch. »Ja. Gibt es ein Problem?«

»Wir haben nur ein paar Routinefragen an Ihren Bruder. Können Sie ihm unsere Fragen übersetzen?«

»Ja, natürlich. Stimmt etwas nicht mit seinem Pass?«

»Wir suchen einen Mann, der aus Cosimo eingereist ist und hoffen, dass Ihr Bruder uns vielleicht einen Hinweis geben kann. Fragen Sie ihn doch bitte, ob er einen Stefano Belozzi kennt.«

Marina Di Lagio übersetzte die Fragen von Lemgo.

Ihr Bruder schüttelte den Kopf.

»Er kam im gleichen Flieger wie Sie hier an. Auf seiner linken Wange hat er eine lange Narbe.« Lemgo strich sich mit dem Zeigefinger über seine Wange. »Haben Sie den Mann im Flugzeug gesehen?«

Bruno Di Lagio nickte. Seine Schwester übersetzte: »Ja, er saß zwei Plätze neben mir. Aber wir haben kein Wort miteinander gesprochen.«

»Was hat der Mann während des Fluges gemacht? Hatte er einen Laptop dabei?«

»Soweit sich mein Bruder erinnert, hat er nichts gemacht. Er hat auf seinem Platz gesessen und sich nicht gerührt. Was ist mit ihm?«

»Vergessen Sie ihn wieder. Ich wünsche Ihrem Bruder noch einen angenehmen Aufenthalt in Frankfurt. Entschuldigen Sie bitte vielmals die Störung. Es handelt sich um ein Missverständnis.«

Heck hatte den Bericht auf dem Tisch liegen, den er mit dem Vermerk ›Eilig‹ von einer Mitarbeiterin seiner Abteilung angefordert hatte. Nachdem er die Recherchen über die bekannten Namen aus dem angeblichen Entführungsfall kurz überflogen hatte, bat er Till zu einer Besprechung in sein Büro.

»Irgendwas stimmt nicht mit dieser Maria Serano«, sagte Heck nachdenklich und gab Till eine Zusammenfassung des Berichts.

»Beim Einwohnermeldeamt, dem Finanzamt und sonstigen Behörden gibt es keine Einträge zu dieser Frau. Wir haben schließlich eine aufwendige Suche nach einem Bankkonto bei den in Frankfurt ansässigen Banken auf den Namen Maria Serano durchgeführt und sind dabei fündig geworden. Im März 2013 wurde ein Bankkonto bei der Frankfurter Niederlassung der Banco di Roma in der Wilhelm-Leuschner-Straße auf ihren Namen eröffnet. Seitdem erhält Frau Serano regelmäßig Einzahlungen von monatlich 5000 Euro. Sie geht aber keiner Beschäftigung nach. Jedenfalls keiner offiziellen. Die Einzahlungen kommen von einer Enterprise International Holding mit Sitz in Rom. Maria Serano hat keine Schulden und keine Kredite zu bedienen. Auf sie ist kein Auto zugelassen und es gibt keine Meldeadresse. Es gibt keinerlei Anhaltspunkte, aus welchem Anlass sie von Italien nach Deutschland gekommen ist.«

»Klingt wirklich merkwürdig«, bestätigte Till. »Glaubst du, dass sie hier im Untergrund lebt?«

»Wir haben ihre Adresse ausfindig gemacht. Die Firma, die ihr monatlich das Geld überweist, besitzt seit 2013 auch eine Eigentumswohnung in Frankfurt. In der Rotlintstraße.«

»Das heißt aber noch nicht unbedingt, dass Frau Serano dort wohnt, oder?«

»Nicht unbedingt. Aber es passt zeitlich genau mit der Ankunft von Frau Serano in Frankfurt zusammen. Diese Enterprise International Holding ist damals das erste Mal in Deutschland aktiv gewesen.«

Till ließ sich die Informationen kurz durch den Kopf gehen. »Gehört dieses Unternehmen vielleicht der Mafia?«, fasste er seine Überlegungen zusammen.

Heck zuckte mit den Schultern. »Wir haben noch mehr Ungereimtheiten bei der Überprüfung von Silvio Silotti, dem Schwager von Maria Serano, aufgedeckt. Silotti ist 1989 mit seiner Frau nach Deutschland eingewandert. Er hat noch im gleichen Jahr die SilSil Import-Export GmbH gegründet. Silotti handelte mit italienischen Waren. Seine Firma wurde 2002 von der Monieri S. A. übernommen. Die Monieri S. A. ist in der Rüstungsbranche tätig. Der Inhaber dieser Firma heißt Antonio de Rossi und wird mit internationalem Haftbefehl wegen illegaler Waffenexporte gesucht. Kurz vor der Ausstellung des Haftbefehls durch die italienischen Behörden ist de Rossi vor zwei Wochen untergetaucht.«

»Das wird ja richtig spannend«, befand Till. »Womit verdient Silotti jetzt sein Geld?«

»Er gründete nach dem Verkauf der SilSil Import-Export an die Monieri seine neue Firma best bet, ein Büro für Sportwetten. In den folgenden Jahren zog er mehrere Zweigstellen in der ganzen Bundesrepublik auf. 2010 wurde Anklage gegen ihn wegen Mitwirkung bei Wettmanipulationen erhoben. Drei Monate später wurde die Anklage fallengelassen. Scheinbar hat sich die Staatsanwaltschaft auf einen Deal mit Silvio Silotti eingelassen. Die wahren Hintergründe zu der fallengelassenen Anklage konnten wir leider noch nicht herausfinden. Die Wettbüros betreibt Silvio Silotti bis heute.«

»Sollten wir jetzt davon ausgehen, dass die Entführung von Marco Silotti mit den Geschäften seines Vaters zusammenhängt?«

»Das können wir nicht ausschließen. Es gibt da aber noch etwas, was mich stutzig macht. Wir haben versucht, bei den italienischen Behörden etwas über die Familie Silotti und Maria Serano herauszufinden. Aus der Zeit, als sie noch in Italien wohnhaft waren.«

»Und?«

»Nichts. Offiziell gab es diese Leute in Italien niemals. Wir haben in Rom etwas Druck gemacht und unter Umwegen herausgefunden, dass die Daten strengster Geheimhaltung unterliegen und nur wenigen Leuten zugänglich sind. Da kommen wir nicht dran.«

Paul Lemgo wollte die Leitung der Frankfurter Mordkommission übernehmen, um endgültig mit seinem alten Leben abzuschließen und sich etwas Neues aufzubauen. Gleich an seinem ersten Arbeitstag hatte ihn sein altes Leben aber wieder eingeholt. Es gab für ihn anscheinend kein Entrinnen. Als er vor dem ermordeten Restaurantbesitzer Mattheo Pastori gestanden hatte, war das Feuer in ihm wieder ausgebrochen. Er hatte sich nicht dagegen wehren können. Hatte es nicht einmal versucht. Seine Gedanken, seine Handlungen, alles lief automatisch ab. Nun stand er vor der Garage. Seine Verabredung mit der Psychologiestudentin Annette Weiland stand an. Die junge Frau hatte in ihm etwas ausgelöst. Ein Gefühl, dass er lange Zeit nicht mehr verspürt hatte. Sie war zu jung für ihn, aber das verdrängte er. Er hatte sich von der ersten Sekunde an zu ihr hingezogen gefühlt. Paul Lemgo öffnete das Garagentor. Sein Blick verharrte eine Weile auf dem einzigen verbliebenen Erinnerungsstück aus seinem alten Leben. Der rote Ferrari Testarossa war etwas eingestaubt. Lemgo hatte noch genug Zeit, den Wagen durch die Waschanlage zu fahren. Er setzte sich hinein und startete den Motor. Das dröhnende Motorengeräusch zauberte Lemgo ein Lächeln auf die Lippen. Irgendwie hatte er das vermisst.

Siebels war im Stress. Dennis wollte amüsiert werden, während er in der Küche das Abendessen für die Familie zuzubereiten versuchte. Frikadellen, Nudeln und Salat. Seine

Kochkünste waren noch ausbaufähig, aber seit seinem Start als Hausmann und Teilzeitdetektiv ohne Aufträge hatte er sich schon deutlich verbessert. In der Anfangszeit nach dem Rollentausch mit seiner Frau Sabine gab es zum Abendessen entweder Tiefkühlpizza oder Pizza vom Lieferservice. Als Sabine die Nase von Pizza voll hatte, schenkte sie ihm einen Kurs im Maggi-Kochstudio, den Siebels widerstrebend, aber einsichtig besucht hatte.

»Wann kommt Mama?«, wollte Dennis wissen.

»Gleich«, murrte Siebels und zupfte Salatblätter.

»Ich will keinen Salat«, kommentierte Dennis dessen Bemühungen.

»Was willst du denn?«

»Schokoladenpudding!«

»Den gibt es zum Nachtisch«, gab sich Siebels kompromissbereit.

»Ich habe aber jetzt Hunger.«

»Mama kommt ja gleich. Willst du ein Glas Saft trinken?«

»Nein. Spielst du Verbrecher und Polizist mit mir?«

»Wenn du Hunger hast und was zu essen willst, muss ich mich jetzt um das Abendessen kümmern. Außerdem spielen wir das nicht mehr.« Siebels fing an zu weinen, weil er eine Zwiebel klein hackte.

Dennis blickte seinen Vater erbost an. »Warum spielen wir das nicht mehr?«

»Weil du das dann auch im Kindergarten spielst und kleine Mädchen in die Besenkammer einsperrst. Und ich bekomme dann Ärger mit deiner Kindergärtnerin.«

»Du hast mich doch auch gefangengenommen und im Badezimmer eingesperrt«, erinnerte Dennis seinen Vater an das letzte gemeinsame Verbrecherspiel.

Siebels legte das Messer und die kleingehackte Zwiebel zur Seite und wischte sich die Tränen aus den Augen. Dann schnappte er sich Dennis und setzte ihn sich auf den Schoß. »Also pass mal auf. Erstens bist du ein Verbrecher gewesen. Zweitens war das Badezimmer ein Gefängnis und drittens darfst du das auf keinen Fall deiner Kindergärtnerin erzählen. Alles klar?«

Dennis hüpfte vom Schoß seines Vaters und rannte in den Flur, wo seine Mutter gerade zur Tür hereinkam. »Mama, Mama, spielst du Verbrecher und Polizist mit mir?«

Sabine betrat mit Dennis im Schlepptau die Küche. »Das schaut ja schon ganz lecker aus«, lobte sie ihren Mann.

»Du bist verhaftet«, schrie Dennis seinen Vater übermütig an und versuchte ihn an der Hand aus der Küche zu ziehen.

»Ich habe doch gar nichts verbrochen«, stöhnte Siebels.

»Doch. Du hast eine Bank ausgeraubt. Jetzt kommst du in den Knast«, rief Dennis völlig überdreht.

Sabine lachte und versuchte den diensteifrigen Polizisten zur Räson zu bringen, als es an der Haustür klingelte. Sabine schaute aus dem Fenster. »Ein Taxifahrer. Der hat sich bestimmt in der Adresse geirrt.«

Siebels sprang von seinem Stuhl auf und schaute auch aus dem Fenster. »Das ist für mich. Ich muss mal kurz wohin«, erklärte er und klang ziemlich konfus.

»Jetzt? Mit dem Taxi?« Sabine schaute ihren Mann verständnislos an.

»Erkläre ich dir später. Es wird nicht lange dauern. Na ja, vielleicht doch. Keine Ahnung. Die Frikadellen müssen in die Pfanne und die Nudeln ins Wasser«, plapperte Siebels vor sich hin, während er in Schuhe und Jacke schlüpfte.

»Bist du jetzt völlig gaga?«, wunderte sich Sabine.

Siebels drückte ihr noch einen flüchtigen Kuss auf die Wange. »Schokoladenpudding ist im Kühlschrank. Den habe ich Dennis versprochen. Aber nur, wenn er auch Salat isst. Bis später.« Damit verschwand Siebels und Sabine sah ihn kurz darauf vom Küchenfenster aus in das Taxi steigen.

»Was war das denn?«, fragte sie Dennis.

»Der Verbrecher ist geflüchtet«, antwortete Dennis schmollend.

»Wird es lange dauern?«, fragte Siebels den Taxifahrer.

»Wir drehen nur eine Runde um die Häuser. Dann setze ich Sie wieder zuhause ab.« Der Taxifahrer fuhr kreuz und quer durch den Stadtteil Eschersheim und bog dann auf die Hügelstraße in Richtung des angrenzenden Stadtteils Ginnheim ab. Dabei beobachtete er stets den Verkehr durch die Rückspiegel. Nachdem er ungefähr eine Viertelstunde

schweigend herumgefahren war, sprach er Siebels wieder an.
»Nehmen Sie den Auftrag von Frau Serano an. Aber seien Sie vorsichtig. Die Frau hat einen sehr undurchsichtigen Hintergrund. Dasselbe gilt für ihren Schwager Silvio Silotti.«

»Der kleine Marco wurde tatsächlich entführt?«

»Er ist nicht da, wo er sein sollte.«

Siebels dachte angestrengt nach. Er hatte große Lust, wieder zu ermitteln. Aber diese Sache kam ihm nicht ganz geheuer vor. »Bin ich da in einer Mafiageschichte gelandet? Ich habe Frau und Kind. Ich mache mir Sorgen.«

»Wir behalten Sie im Auge. Wenn Sie Ermittlungsergebnisse haben, informieren Sie uns umgehend. Öffnen Sie das Handschuhfach und nehmen Sie das Handy. Mit der gespeicherten Nummer können Sie jederzeit ein Taxi rufen. Im Notfall braucht unser Taxiservice keine 20 Sekunden bis zu Ihrem Haus.«

»Sehr beruhigend«, sagte Siebels mit ironischem Unterton. »Warum übernimmt das LKA die Sache nicht komplett, wenn an der Entführung etwas dran ist?«

»Wir haben Sie nicht ausgesucht. Frau Serano will mit Ihnen zusammenarbeiten.«

»Die gehört auch zur Mafia, habe ich recht? Liliane ist Ihr Köder und mich benutzen Sie als Türöffner zur Unterwelt.«

»Wir sondieren noch die Lage«, erklärte der Taxifahrer und bog wieder in die Straße ein, in der Siebels wohnte. Das Taxi hielt vor Siebels Haus. Nachdenklich ging Siebels zurück zu seiner Familie.

5

Annette Weiland staunte nicht schlecht. Als sie das Studentenwohnheim verließ, erwartete Paul Lemgo sie in einem roten Ferrari. Ganz nach alter Schule öffnete er ihr die Wagentür. Annette Weiland trug das kleine Schwarze und hochhackige Schuhe.

»Schönes Auto«, sagte die Studentin, als Lemgo den Wagen zwischen fahrradfahrenden Studenten durch den Wendekreis am Ende der Zeppelinallee vor dem Wohnheim lenkte. »Solche Autos fahren aber bestenfalls korrupte Bullen, oder?«

Lemgo lächelte und gab Gas, als er aus der verkehrsberuhigten Zone auf die Franz-Rücker-Allee Richtung Innenstadt abbog. Er warf einen Blick auf seine Beifahrerin. »Du siehst sehr sexy aus«, kommentierte er das Outfit seiner Begleiterin.

»Danke. Das war aber keine Antwort auf meine Frage, Herr Kommissar.«

»Ich gehöre zur seltenen Sorte der Unbestechlichen«, erwiderte Lemgo in einem etwas unterkühltem Ton. »Aber als alternder Bulle muss man sich ja was einfallen lassen, wenn man einer jungen attraktiven Dame imponieren möchte.«

»Ich fühle mich geschmeichelt. Wohin fahren wir denn?«

»Nicht weit. Ich dachte an einen Drink in der Innenstadt. Ist das okay für dich?«

»Klar. Obwohl ich auch nichts dagegen hätte, in diesem Traumauto übers Land zu fahren.«

»Vielleicht ein andermal. Ich habe das gute Stück lange nicht mehr gefahren. Ich hatte schon befürchtet, er würde gar nicht anspringen.«

Lemgo fuhr über die Bockenheimer Landstraße. Der Ferrari stand mehr vor roten Ampeln, als dass er fuhr.

»Ich habe heute meinen Job als Bedienung gekündigt«, erzählte Annette Weiland, als sie wieder mal auf grünes Licht warteten.

»Gute Entscheidung. Ist der schmierige Italiener dann auch Vergangenheit?«

»Du klingst schon merkwürdig eifersüchtig, Herr Kommissar. Wir kennen uns doch kaum.«

»Das kann sich ja ändern«, sagte Lemgo und konnte seine damit verbundene Hoffnung nicht unterdrücken.

»Ich habe einen Job bei einer Werbeagentur bekommen. Ich denke, das ist interessanter als die Kellnerei.«

Lemgo steuerte den Wagen in ein Parkhaus in der Innenstadt. Von dort aus liefen die beiden noch ein paar Meter bis zur Neuen Mainzer Straße. Sie betraten das Eurotheum. In dem gläsernen Hochhaus waren in den ersten 21 Etagen Büros untergebracht und in den Stockwerken darüber lagen Hotelzimmer. Zwischen Büroräumen und Hotelzimmern war die 22nd Lounge & Bar in der 22. Etage untergebracht. Dort hatte Lemgo zwei Plätze vor einem großen Fenster reserviert. Der abendliche Blick über das beleuchtete Frankfurt war atemberaubend. Lemgo und Annette Weiland sanken in die schwarzen Clubsessel und gaben ihre Bestellung auf. Sie tranken Martinis.

»Weißt du schon, wer Mattheo Pastori umgebracht hat?« Annette Weiland klang aufrichtig neugierig.

Lemgo nickte verhalten. »Den Täter haben wir mit hoher Wahrscheinlichkeit identifiziert. Aber die Hintergründe sind noch völlig unklar.«

»Das ging aber trotzdem schnell. Respekt, Herr Kommissar.«

»Kanntest du Mattheo Pastori persönlich?«

Annette Weiland nippte an ihrem Martini. »Ich habe ihn ein paarmal gesehen. Aber wir haben nie miteinander gesprochen. Er kam abends manchmal in das Restaurant. Einige Male auch mit seiner Freundin. Sie haben dann zusammen dort gegessen. Ein Tisch war nur für den Chef reserviert.«

»Wer war seine Freundin?«

»Sie ist auch Italienerin. Maria Serano heißt sie. Beim Personal gingen Gerüchte um. Angeblich wollte Mattheo seine Restaurants verkaufen und sich mit Maria ein schönes Leben machen. Na ja, das hat sich ja jetzt erledigt. Tut mir richtig leid für seine Freundin. Sie war immer sehr zuvorkommend und freundlich, wenn sie im Restaurant war.«

»Wie war das Verhältnis zwischen Mattheo Pastori und seinem Geschäftsführer Luigi Caluzi?« Lemgo suchte noch nach einem Motiv für den Mord. Dass es tatsächlich um Schutzgeld ging, wie er es Caluzi vorgeworfen hatte, glaubte er nicht. Mit diesem Geschäftszweig hielt sich die Mafia in Deutschland zurück. Abgefackelte Restaurants oder andere Repressalien für zahlungsunwillige Kunden schadeten dem Ruf der ehrenwerten Gesellschaft in Deutschland. Hier wurden die Geschäfte still und ohne Aufsehen erledigt. Der eingeflogene Auftragskiller passte aber auch nicht zur vornehmen Zurückhaltung der Mafia auf deutschem Boden.

»Wird das jetzt doch ein Verhör?«, antwortete Annette Weiland gespielt empört.

»Erst die Pflicht, dann das Vergnügen«, zwinkerte Lemgo ihr zu.

»Das Vergnügen eines angenehmen Gespräches meinen Sie hoffentlich, Herr Kommissar?«

»Selbstverständlich. Nenn mich Paul, das klingt besser.«

Annette Weiland verzog nachdenklich das Gesicht. »Paul? Ich weiß nicht. Ich nenne dich Lemgo. Lemgo klingt gut.«

»Na schön. Waren die beiden gut befreundet? Pastori und Caluzi?«

»Pastori hat Luigi nicht über den Weg getraut, glaube ich. Es gab immer eine gewisse Distanz zwischen den beiden. Ich weiß nicht genau, wie ich das erklären soll. Luigi hat sich um alles gekümmert. Pastori kam mir mehr wie eine Marionette vor. Offiziell war er der Chef, aber eigentlich hat Luigi alle Entscheidungen getroffen.«

»Gab es auch Streit zwischen den beiden?«

Annette Weiland zuckte mit den Schultern. »Ich kannte Pastori ja nur vom Sehen und mit Luigi war ich auch nur einige Male zusammen. Keine Ahnung, ob die sich auch gestritten haben. Luigi ist aber nervös geworden, weil Pastori seine Restaurants verkaufen wollte.«

»Ich dachte, das sei nur ein Gerücht gewesen?«

»Ja. Aber ich habe Luigi danach gefragt. Da hat er ziemlich komisch reagiert. Hat auf Italienisch geflucht und Pastori als Vollidioten beschimpft. Er ist richtig ausgerastet. Dann hat er sich aber wieder beruhigt und das Thema gewechselt. Das ginge mich gar nichts an, hat er nur noch dazu gesagt.«

»Wollte Pastori seine beiden Restaurants zusammen verkaufen?«

»Die Restaurants und das Bordell.«

»Was für ein Bordell?« Lemgo sah Annette Weiland verwundert an.

»Das Haus der Lust. Ein Puff im Bahnhofsviertel. Es gehörte zwar Pastori, aber mit dem Betrieb hatte er nur wenig zu tun, glaube ich. Das hat alles Luigi gemanagt. Jedenfalls hat mir das der Oberkellner im Restaurant so erzählt.«

»Wo finde ich diese Maria Serano?«

Annette Weiland zuckte erst mit den Schultern, dann besann sie sich aber anders. »Rotlintstraße 64«, kam es ihr zaghaft über die Lippen. »Jetzt ist der dienstliche Teil des Abends aber beendet. Erzählst du mir ein bisschen was von dir? Bist du verheiratet? Hast du Kinder?«

Lemgo schüttelte unmerklich den Kopf. »Weder noch«, fasste er sich kurz. »Warum studierst du Psychologie?«

»Ich interessiere mich für die Menschen. Für das, was sich hinter den Fassaden versteckt.«

»Das ist meist nichts Gutes«, sinnierte Lemgo.

»Du suchst ja auch immer nur das Schlechte im Menschen. Liegt wohl an deinem Beruf.«

»Vielleicht. Ich glaube, ich ziehe die schlechten Menschen magisch an. Das liegt in meiner Natur. Deswegen bin ich auch Bulle geworden, denke ich.«

»Glaubst du, ich bin mit dir ausgegangen, weil ich ein schlechter Mensch bin?«

Lemgo presste die Lippen aufeinander, als er merkte, was er da gerade von sich gegeben hatte. »Ich glaube, du bist eine tolle Frau. Ausnahmen bestätigen ja bekanntlich die Regel. Habe ich dich denn magisch angezogen?«

»Hmm, schwer zu sagen. Aber irgendwie hast du mich schon beeindruckt, als du heute Vormittag in meine Studentenbude gestürmt kamst.« Annette Weiland lächelte kokett.

»Darf ich dich noch auf einen Kaffee bei mir einladen?«, fragte Lemgo etwas schüchtern.

Nachdem Siebels mit leichter Verspätung mit der Familie zu Abend gegessen hatte und Dennis von seiner Mutter noch eine Gute-Nacht-Geschichte vorgelesen bekam, zog er sich in sein Arbeitszimmer zurück. Er hielt die Karte von Maria Serano in der Hand und dachte nach. Einerseits machte er sich Gedanken, dass er sich und seine Familie in Gefahr bringen könnte, wenn er an der Sache dranblieb. Auf der anderen Seite war sein alter Polizisteninstinkt wieder zum Leben erwacht und seine Neugierde auf die Hintergründe der Geschichte war schon sehr groß. Außerdem verspürte er Lust, in dieser Sache mit Till zusammenzuarbeiten. Siebels nahm das Telefon und wählte die Nummer von Maria Serano. Das Gespräch wurde sofort angenommen.

»Guten Abend, Frau Serano. Siebels am Apparat. Ich hatte heute ein kurzes Gespräch mit Sabine Lehmann.« Siebels ließ seine Worte wirken und wartete auf die Reaktion seiner Gesprächspartnerin.

»Werden Sie meinen Auftrag annehmen?«

»Frau Lehmann hat noch nie von Ihnen gehört. Sie kennt aber Ihren Schwager Silvio Silotti«, versuchte Siebels das Gespräch noch offen zu halten.

»Dann hat Sie Ihnen bestätigt, was ich Ihnen schon angedeutet habe?«

»Gewissermaßen, ja. Ich benötige aber mehr Informationen, falls ich Ihren Auftrag annehmen sollte.«

Am anderen Ende der Leitung blieb es einen Moment still. Dann hörte Siebels ein leises Schniefen, bevor Maria Serano auf seine Frage einging. »Kurz bevor ich Sie aufgesucht habe, wurde mein Freund ermordet. Sein Name war Mattheo Pastori. Er wurde in seinem Restaurant, dem Dolce Vita in der Fressgass, mit einem Genickschuss hingerichtet.«

Siebels schluckte. »Mein Beileid. Gibt es einen Zusammenhang zwischen diesem Mord und dem Verschwinden Ihres Neffen Marco?«

»Davon können Sie ausgehen. Finden Sie Marco. Bitte. Diese Leute kennen kein Mitleid. Auch nicht mit Kindern.«

»Sie wissen aber nicht, wer Marco entführt haben könnte?«

»Ich weiß nicht, wer die Fäden zieht. Mein Freund Mattheo war Inhaber von zwei Restaurants. Außerdem besaß er ein Bordell im Bahnhofsviertel. Dieses Etablissement dient als Zwischenstopp für Frauen, die illegal ins Land geschleust und für die Prostitution vorbereitet werden. Mein Freund hat dieses Geschäft nicht freiwillig betrieben. Man hat ihn ausgewählt, weil er mit seinen Restaurants schon ein akzeptierter Unternehmer in der Stadt war und entsprechende Verbindungen zu den Behörden hatte. Man hat ihm einen Geschäftsführer an die Seite gegeben. Der hat sich um alles gekümmert. Sein Name ist Luigi Caluzi.«

Siebels machte sich eifrig Notizen. Die Informationen, die er bekam, bereiteten ihm Bauchschmerzen. »Gibt es eine Verbindung zwischen den Geschäften Ihres Schwagers Silotti und den Geschäften, von denen Sie mir gerade berichteten?«

»Die Marionetten hängen alle an Fäden. Einer hält alle Fäden in der Hand.«

»Und ich soll den Puppenspieler ausfindig machen?«, fragte Siebels etwas gereizt.

»Finden Sie Marco. Mehr verlange ich nicht und ich bezahle Sie gut.«

»Ich nehme Ihren Auftrag an«, sagte Siebels und wunderte sich über seine eigenen Worte. Dann fiel ihm noch etwas ein. »Ach, noch eine Frage. Mir ist heute Mittag ein roter Alfa Romeo aufgefallen. Ein dunkelhaariger Mann saß darin. War das vielleicht Ihr Auto?«

»Nein, außer mir fährt niemand mit meinem Wagen.«

»Dann war es wohl nur ein Zufall«, sagte Siebels und war wenig überzeugt davon.

Frau Meier war Anfang siebzig, Witwe und lebte allein in einem zweigeschossigen Haus, nur etwa hundert Meter entfernt von Siebels. Sie vermietete manchmal ein Zimmer in der oberen Etage an Messegäste. Heute Mittag hatte sie es an das LKA vermietet. Thomas Heck und Till saßen vor den technischen Geräten und hörten das Gespräch zwischen Siebels und Maria Serano mit. Der Taxifahrer stand am Fenster und beobachtete die Straße.

»Tja, mit unserer Liliane hat das alles anscheinend gar nichts zu tun«, seufzte Thomas Heck. »Der Mord an diesem Pastori scheint mit der Entführung des Kindes zusammenzuhängen. Es könnte sich um einen Streit zwischen zwei Familien handeln, der gerade eskaliert.«

»Soll das heißen, dass wir uns wieder zurückziehen?«, fragte Till.

»Wir beobachten die Sache erst mal weiter. Du hängst dich an Siebels dran, wenn der jetzt in die Schlacht zieht. Aber du bleibst nur sein Schatten, verstanden?«

»Okay. Ich werde auf ihn aufpassen und unsichtbar bleiben.«

»Hat einer von euch eine Ahnung, wer dieser Typ in dem roten Alfa Romeo sein könnte?«, fragte der Taxifahrer.

Thomas Heck zuckte mit den Schultern und Till kratzte sich am Kopf.

»Gute Frage«, sagte Heck nach einer kurzen Bedenkzeit. »Till, mach eine Halterabfrage, falls dir der Alfa über den Weg fährt, wenn du an Siebels klebst.«

Lemgo wohnte in einem Fachwerkhaus im Frankfurter Stadtteil Niederursel. Die Gegend mit dem noch gut erhaltenen dörflichen Charakter bildete einen Kontrast zur modernen Frankfurter Bankenmetropole. Lemgo gefiel das, weil er hier die ersehnte Ruhe nach dem Feierabend zu finden hoffte. Zu seinem Grundstück gehörte ein kopfsteingepflasterter Innenhof mit einer Doppelgarage, in der er neben seinem Volvo auch den Ferrari unterstellen konnte. Seine Hauseinrichtung war allerdings mehr als spärlich. Das dunkelbraune Parkett glich fast einer Tanzfläche. Im großzügig ausgelegten Wohnzimmer standen nur ein Sessel und ein kleiner Beistelltisch. An der Wand hing ein Flachbildschirm. Die Kücheneinrichtung bestand aus einem Holzstuhl und einer Kaffeemaschine. Schließlich gab es noch ein Doppelbett im Schlafzimmer. Jetzt lagen auf dem Parkettfußboden verstreut Kleidungsstücke herum. Ein schwarzes

Kleid, ein Hemd, ein Slip, eine Hose, ein BH.

Es war lange her, dass Lemgo mit einer Frau in seinem Bett gelegen hatte. Entsprechend ausgehungert war er auch über Annette Weiland hergefallen, nachdem sie noch zusammen einen Kaffee getrunken und sich unterhalten hatten.

Jetzt lag sie neben dem schlafenden Polizisten und beobachtete ihn nachdenklich. Plötzlich bäumte Lemgo sich neben ihr auf. Annette Weiland erschrak. Lemgo nahm sie gar nicht wahr. Er keuchte und stöhnte und fing an zu schreien. Annette Weiland setzte sich aufrecht ins Bett. Lemgo keuchte und fing an zu schwitzen. Aber er war nicht bei sich. Er schlief noch. Ein Albtraum plagte ihn.

»Nein«, schrie Lemgo. »Nein. Nicht.« Seine Arme schlugen aus. Er traf Annette Weiland mit dem Unterarm am Kopf, aber das nahm er nicht wahr.

Annette redete beruhigend auf ihn ein. Als das nichts brachte, rüttelte sie ihn an der Schulter. Lemgo reagierte daraufhin noch heftiger.

»Helft mir doch«, schrie er und klang panisch.

Annette Weiland rüttelte ihn heftiger und verpasste ihm eine Ohrfeige. Plötzlich schlug Lemgo die Augen auf. Er sah Annette Weiland an. Sein Blick war völlig verwirrt. Schweißperlen bildeten sich an seinem ganzen Körper. Dann blieb er ganz ruhig liegen. Versuchte seinen Atem wieder unter Kontrolle zu bekommen. Langsam atmete er ein und aus. Der Schweiß trocknete auf seiner Haut.

»Tut mir leid«, murmelte er nach einer Weile. »Ich habe schlecht geträumt.«

»Passiert dir das jede Nacht?«, fragte Annette mitfühlend.

Lemgo nickte. »Wenn ich genug Whiskey trinke, schlafe ich manchmal auch eine Nacht durch.« Er klang deprimiert.

»Du hast etwas Schlimmes erlebt, habe ich recht?«

»Ich kann damit umgehen«, versuchte Lemgo abzuwiegeln.

»Hast du dich jemals psychologisch behandeln lassen?« Annette betrachtete Lemgo nachdenklich.

»Nein. Ich versuche das Alte hinter mir zu lassen und zu vergessen. Irgendwann wird es mir gelingen.«

»Am Tage verdrängst du es und in der Nacht kommt es immer wieder hoch. Du hast noch nie mit jemandem darüber gesprochen, oder?«

Lemgo schluckte. »Vielleicht war ich so scharf auf dich, weil du Psychologie studierst. Aber ich eigne mich nicht als Forschungsobjekt für Studentinnen. Tut mir leid. Ich versuche jetzt noch etwas zu schlafen.« Lemgo drehte sich auf die Seite und schlief kurz darauf wieder ein.

6

Dienstag, 7. Oktober 2014

Familie Siebels saß am Frühstückstisch, im Radio lief HR3 und der Moderator verkündete gerade die morgendlichen Staus. Auf der A3 hatte es zwischen dem Offenbacher Kreuz und Hanau geknallt und der Verkehr war zum Erliegen gekommen. Die Bahnreisenden hatten es auch nicht einfacher, weil die Lokführer wieder einmal in den Streik getreten waren. Siebels hörte aber nur mit halbem Ohr zu. Er überflog die Schlagzeilen der Frankfurter Neuen Presse und kaute dabei auf seinem Käsebrot herum. Dennis verschüttete seinen Orangensaft und Sabine prüfte auf ihrem Smartphone die eingegangenen E-Mails.

»Kennst du eigentlich das Haus der Lust im Bahnhofsviertel?«, fragte Siebels seine Frau, die als Kommissarin bei der Sitte regelmäßigen Kontakt zur Frankfurter Rotlichtszene hatte.

»Wenn wir beim Frühstück solche Gespräche führen, musst du dich nicht wundern, wenn Dennis im Kindergarten auffällig wird«, sagte Sabine mit vorwurfsvoller Stimme.

»Was ist ein Haus der Lust?«, fragte Dennis dann auch und sah seinen Vater mit großen Augen an.

»Das ist ein Kaufhaus wo es ganz viel Spielzeug zu kaufen gibt«, versuchte Siebels die Situation zu retten und schaute entschuldigend seine Frau an.

»Da will ich hin. Wann gehen wir in das Haus, Papa?«

Sabine grinste und schmierte Marmelade auf ihren Toast.

»Am Samstag«, versprach Siebels seinem Sohn. »Und jetzt iss dein Brot auf und dann geh dir die Zähne putzen. Es ist schon spät, wir müssen bald los zum Kindergarten.«

Als Dennis endlich zum Zähneputzen im Bad verschwunden war, kam Sabine wieder auf seine Frage zurück.

»Natürlich kenne ich das. Warum fragst du? Suchst du etwa nach etwas Ablenkung von deinem tristen Hausmannsalltag?«

»Der ist nicht trist. Ganz im Gegenteil.«

»Muss ich mir Sorgen machen? Dein kleiner Ausflug gestern Abend mit dem Taxi hat mich ja schon etwas nachdenklich gemacht.«

»Ich habe halt meinen ersten Fall als Privatdetektiv an Land gezogen«, wiegelte Siebels ab. »Kannst du mir was zu diesem Bordell erzählen?«

»Es gab immer mal wieder Hinweise, dass in dem Laden illegal eingereiste Mädchen einen Zwischenstopp einlegen. Wir haben schon einige Razzien dort durchgeführt, sind aber nie auf kriminelle Machenschaften gestoßen. Die Mädchen dort waren immer sauber, wenn wir aufgekreuzt sind. Das hat natürlich nichts zu heißen. Du weißt ja, wie das läuft.«

Siebels nickte. »Kennst du den Inhaber von dem Laden?«

»Ja, wir haben ihn einmal ins Präsidium bestellt und befragt. Ihm gehören auch zwei oder drei Restaurants. Warum willst du das wissen?«

»Er wurde gestern ermordet.«

»Ich glaube, ich muss mir doch Sorgen machen«, seufzte Sabine. »Du willst doch nicht etwa privat in einem Mordfall im Milieu ermitteln?«

»Nein, nein. Mein Fall hat nur am Rande damit zu tun. Der Mann hieß Mattheo Pastori. Er hatte einen Geschäftsführer. Luigi Caluzi. Kennst du den auch?«

»Luigi Caluzi. Das ist ein ziemlich schmieriger Typ. Mit dem hatten wir es immer bei den Razzien zu tun. Falls der tatsächlich immer vorab informiert war, wenn wir angetanzt sind, hat er sehr gute Kontakte. Pass also auf, mit wem und auf was du dich da einlässt.«

»Ich pass auf, versprochen. So, und jetzt bringe ich unseren kleinen Hilfspolizisten zum Kindergarten.«

Paul Lemgo betrat mit einer Tasse Kaffee in der Hand das Büro seines Teams. Julia Forster und Samuel König saßen zu zweit vor einem Bildschirm und betrachteten sich bei Google Maps die Landkarte von Sizilien.

»Guten Morgen, Herr Lemgo«, begrüßte Julia Forster ihren neuen Chef. Samuel König nickte ihm nur höflich zu.

»Nennen Sie mich einfach Lemgo. Das Herr können Sie sich sparen.«

»Und ich bin der König«, sagte Samuel König und grinste breit.

Die Festlegung der Ansprechrituale bei der Mordkommission wurde unterbrochen, als der Polizeipräsident das Büro betrat. »Morgen, Herr Lemgo. Guten Morgen, Frau Forster, guten Morgen, Herr König. Herr Lemgo, geben Sie mir doch bitte einen kurzen Überblick über den Stand der Ermittlungen.«

»Der Kollege König gibt Ihnen eine kurze Zusammenfassung«, sagte Lemgo und überließ König das Wort.

Nachdem König seinen Bericht abgeschlossen hatte, baute sich der Polizeipräsident vor Lemgo auf. »Demnach haben Sie den Fall ja schon geklärt. Ein Auftragskiller aus Italien also. Für was brauchen Sie denn jetzt noch Verstärkung? Ob wir einen Auslieferungsantrag für diesen Stefano Belozzi stellen, wird an anderer Stelle entschieden.«

Lemgo trank den letzten Schluck von seinem Kaffee, bevor er darauf einging. »Wahrscheinlich haben wir den Täter ermittelt, ja. Aber wir wissen noch nichts über die Hintergründe der Tat. Wer hat den Mord in Auftrag gegeben? Und warum? Ein Auftragskiller kommt, erledigt seinen Job und verschwindet wieder. Das Opfer wurde aber über einen längeren Zeitraum an einen Stuhl gefesselt und gefoltert, bevor es hingerichtet wurde. Da wollte jemand Informationen aus Matttheo Pastori herauspressen. So etwas macht kein gewöhnlicher Auftragskiller. Woher hatte Belozzi die Tatwaffe und wo ist sie abgeblieben? Nein, der Fall ist noch lange nicht geklärt und Verstärkung wird dringend benötigt.«

»Halten Sie mich mit den Ermittlungsergebnissen auf dem Laufenden«, forderte der Polizeipräsident und verließ das Büro, ohne auf Lemgos Drängen nach mehr Leuten einzugehen.

Lemgo ging zur Tagesordnung über. »Julia und König, ihr zwei schaut euch in Pastoris Wohnung und in seinen Geschäftsräumen um. Prüft nach, ob er noch andere Büros als das vom Tatort benutzt hat. Bringt alle Rechner, Laptops und Mobiltelefone zur Untersuchung her. Anschließend besucht ihr die Restaurants von Pastori und unterhaltet euch mit den Bediensteten. Mit allen. Sammelt so viel Informationen wie möglich. Im Moment wissen wir noch nicht, was wichtig ist. Ach, eine der Bedienungen hat gestern gekündigt. Eine Studentin. Annette Weiland. Mit der habe ich schon gesprochen, um die braucht ihr euch nicht mehr zu kümmern. Den Geschäftsführer Luigi Caluzi lasst ihr außen vor. Um den kümmere ich mich. Den Puff von Pastori schaue ich mir auch an. Außerdem hatte Pastori eine Geliebte. Eine gewisse Maria Serano. Mit der spreche ich auch.« Lemgo klatschte in die Hände. »Also los. Morgen früh um acht treffen wir uns zur nächsten Teambesprechung.«

Siebels hatte Dennis im Kindergarten abgeliefert und war dann ins Frankfurter Westend gefahren. Hier wohnte Luigi Caluzi in einer Penthousewohnung im Kettenhofweg. Siebels parkte wenige Meter von dem Haus entfernt und blieb im Wagen sitzen. Er beobachtete das Haus. Auf dem Beifahrersitz lag ein ausgedrucktes Foto von Caluzi. Es war das Profilbild von dessen Facebook-Seite. Caluzi veröffentlichte dort regelmäßig, auf welchen Partys er zugegen war. Er war auf ziemlich vielen Partys anzutreffen. Siebels wartete eine halbe Stunde. Dann kam Caluzi aus dem Haus. Er stieg in einen 911er Porsche, der direkt vor dem Haus geparkt war. Siebels ließ den Motor an und folgte dem Porsche. Die Fahrt dauerte nicht sehr lange. Caluzi war ins Bahnhofsviertel gefahren. Er stellte seinen Porsche in einer Hofeinfahrt in der Moselstraße ab, stieg aus und verschwand hinter einer Tür. Haus der Lust stand in einem roten Schriftzug über dem Eingang. Siebels fuhr langsam weiter. Er bog in die Münchener Straße ein und fand dort einen Parkplatz. An einem Straßencafé kaufte er sich einen Kaffee im Pappbecher und an einem Kiosk eine Zeitung. Er lief zurück in die Moselstraße und beobachtete aus einiger Entfernung das Haus der Lust. Das Bordell erstreckte sich über vier Etagen. Viel Betrieb herrschte am frühen Vormittag noch nicht.

Lemgo kam mit den Händen in den Hosentaschen die Moselstraße entlanggeschlendert. Vor dem Haus der Lust blieb er stehen. Er begutachtete den Porsche in der Hofeinfahrt und notierte sich das Kennzeichen. Dann betrat er das Bordell. Es gab in dem Haus nur einzelne Zimmer. Die meisten Zimmertüren waren verschlossen. Vor einigen wenigen Zimmertüren warteten die Frauen auf Kundschaft. Gleich hinter dem Eingang gab es eine verschlossene Tür, an der ein Schild angebracht war. Privat. Lemgo drückte die Klinke herunter. Die Tür öffnete sich. Caluzi saß hinter einem Schreibtisch und zählte ein Bündel Geldscheine. An der gegenüberliegenden Wand stand ein Sofa. Darauf saß eine Frau mit langen blonden Haaren. Sie war nur mit einem Tanga und einem BH bekleidet.

»Können Sie nicht lesen? Das ist ein privater Raum«, blaffte Caluzi.

»Für die Polizei gilt das aber nicht«, antwortete Lemgo und lächelte Caluzi an. Er setzte sich neben die Blondine auf das Sofa.

»Ach, Sie sind es«, sagte Caluzi wenig begeistert, als er Lemgo anschaute.

»Warum haben Sie mir dieses Geschäft hier denn verschwiegen und mir nur von den Restaurants erzählt?«

»Habe ich das? Ist mir in der Aufregung wohl entfallen. Was wollen Sie?«

»Wer bekommt denn jetzt die Einnahmen, nachdem Ihr Chef nicht mehr am Leben ist?«

»Weiß ich nicht. Ich bringe es zur Bank, wie immer.«

»Gibt es noch Familienangehörige von Herrn Pastori?«

»Er war Witwer. Seine Frau ist vor über zehn Jahren gestorben. Keine Kinder. Keine Geschwister. Ich denke, er hat ein Testament gemacht und mir seine Geschäfte überschrieben. So hat er es mir gegenüber jedenfalls mal angedeutet. Sein Anwalt wird das bald klären.«

»Wie heißt der Anwalt?«

»Dr. Michael Westphal. Seine Kanzlei liegt im Westend, in der Schumannstraße. Am besten fahren Sie gleich zu ihm und lassen mich in Ruhe meine Arbeit machen.«

»Vielleicht hat Herr Pastori seine Geschäfte ja auch seiner Geliebten vererbt«, überlegte Lemgo nachdenklich.

Caluzi bedachte ihn mit einem bösen Blick. »Welche Geliebte?«

»Maria Serano. Stellen Sie sich doch nicht blöder als Sie sind, Caluzi. Das nervt.«

»Ach, die meinen Sie. Er hat sie manchmal zum Essen in eines seiner Restaurants ausgeführt. War mehr so ein kulturelles Ding mit der Dame. Essen gehen, Kino, Theater. Sie waren beide einsam. Vermacht hat er ihr bestimmt nichts.«

»Wo finde ich Maria Serano?«

»Keine Ahnung. Fragen Sie Dr. Westphal. Vielleicht kann der Ihnen weiterhelfen.«

Lemgo wendete sich der Frau neben ihm zu. »Wie heißt du?«

»Ich bin die Biggi.« Die Frau schaute verunsichert zu Caluzi.

»Freut mich, Biggi. Ich bin der Lemgo. Bist du hier die rechte Hand von dem schmierigen Typen da?«

»Ich kümmere mich hier um den Ablauf und um die Mädchen.«

»Wie viele Mädchen arbeiten hier?«

Biggi wollte gerade etwas antworten, aber Caluzi kam ihr zuvor. »Das ist unterschiedlich. Die Frauen kommen und gehen. Wir haben 20 Zimmer, die sind meistens alle vermietet.«

Lemgo stand auf und ging zum Schreibtisch. »Annette Weiland hat Ihr Alibi übrigens bestätigt.«

»Das freut mich. Dann brauchen Sie mich in Zukunft ja auch nicht mehr zu belästigen.«

»Da bin ich mir nicht so sicher. Halten Sie sich in Zukunft von Annette Weiland fern.«

Caluzi lächelte. »Haben Sie sich etwa in die Kleine verknallt? Die ist scharf, nicht wahr?«

Lemgo blickte Caluzi einen Moment lang in die Augen. Dann drehte er sich um und ging zur Tür. Er war schon halb draußen, als er sich noch einmal umdrehte. »Ach, übrigens. Stefano Belozzi hat Scheiße gebaut. Schönen Tag noch.«

Lemgo hoffte, mit seiner letzten Bemerkung etwas Betriebsamkeit bei den Hintermännern von Caluzi auszulösen. Er war gespannt, ob sich etwas regen würde.

Siebels beobachtete aus einiger Entfernung das Haus der Lust. Vereinzelt gingen Männer herein, andere kamen wieder heraus. Einer von ihnen erweckte seine Aufmerksamkeit. Er verließ das Bordell gerade wieder und lief Richtung Kaiserstraße weiter. Siebels überlegte einen Moment, ob er diesen Mann verfolgen sollte. Er überlegte es sich aber anders, als Caluzi auf der Straße erschien. Caluzi hielt sich das Handy ans Ohr und schaute sich nach allen Richtungen um. Als er sein Gespräch beendet hatte, öffnete er das Tor zur Hofeinfahrt und fuhr den Porsche in den Hinterhof. Siebels ahnte, dass sich hier bald etwas tun würde, und blieb auf seinem Posten. Nur wenige Minuten später fuhr ein schwarzer Lieferwagen durch die Hofeinfahrt. Kaum war der Wagen in dem Hof verschwunden, kam Caluzi und sperrte das Hoftor wieder ab. Siebels wurde unruhig. Er vermutete, dass in dem Wagen junge Frauen saßen, die gerade durch den Eingang zur Hölle befördert worden waren. Siebels überlegte, ob er seiner Frau bei der Sitte einen Tipp geben sollte. Aber er war sich unsicher. Falls der Wagen doch nur Getränke oder Bettwäsche von der Reinigung brachte, würde er als Privatdetektiv eine dumme Figur abgeben. Das Gelächter seiner Ex-Kollegen wäre ihm sicher. Siebels hielt das Handy schon in der Hand. Doch er zögerte. Wollte sich zunächst die Sache aus der Nähe betrachten. Er schmiss seine Zeitung und den Pappbecher in den nächsten Papierkorb und versuchte so unauffällig wie möglich zum Eingang des Bordells zu schlendern. Als er daran vorbeilief, versuchter er, durch das Hoftor zu spähen. Er konnte aber weder den Lieferwagen noch den Porsche sehen. Die Autos mussten hinter dem Haus stehen. Siebels drückte die Klinke des Tores herunter, aber es war verschlossen. Unschlüssig machte er ein paar Schritte zum Eingang des Hauses. Er warf einen Blick hinein, konnte aber nur einen leeren Vorraum erkennen. Plötzlich hörte er Geräusche auf dem Hof. Er ging wieder zum Tor. Ein Mädchen kam über den Hof gerannt. Sie schrie etwas, das Siebels nicht verstehen konnte. Mit etwas Abstand kamen zwei Männer hinter ihr hergelaufen. Die Männer waren glatzköpfig und muskulös. Siebels stellte sich instinktiv auf eine Querstrebe des Tores. Sein Oberkörper ragte über das Tor. Er hielt dem Mädchen beide Hände entgegen. Das Mädchen blieb vor dem Tor stehen und schaute Siebels ängstlich an.

»Komm, ich helfe dir«, zischte Siebels. Die beiden Männer kamen schnell näher und brüllten. Es klang russisch.

»Come on. I help you. Dawai, dawai«, redete Siebels hektisch auf das Mädchen ein. Sie griff nach seinen Händen und Siebels zog sie über das Tor. Er ergriff ihre Hand und rannte mit ihr los. Er hörte, wie die Männer hinter ihm über das Tor kletterten. Siebels schaute nicht zurück. Er rannte zu seinem Wagen und zerrte das Mädchen mit sich. Als sein Wagen in Sicht kam, griff er in die Hosentasche, nahm den Autoschlüssel in die Hand und drückte hektisch auf die Fernbedienung. Die Blinker des Wagens blinkten auf. Siebels hörte die Männer dicht hinter sich. Einige Passanten waren auf die Szene aufmerksam geworden. Siebels hatte das Gefühl, dass sich sein Abstand zu den Männern vergrößerte. Vielleicht hatten sie aufgegeben, weil sie zu viel Aufmerksamkeit erregten. Siebels riss die Wagentür auf und stieß das Mädchen hinein. Als er auf dem Fahrersitz saß, verriegelte er die Türen. Dann warf er einen Blick in den Rückspiegel. Die Männer kamen auf ihn zu. Sie versuchten unauffällig zu gehen. Deswegen war der Abstand größer geworden. Aber nun hatten sie den Wagen erreicht. Siebels startete den Motor. Durch die Windschutzscheibe sah er die Pistolenmündungen, die auf ihn und das Mädchen gerichtet waren. Das Mädchen weinte und schrie. Siebels überlegte fieberhaft, was er tun sollte. Er war eingeparkt und konnte nicht schnell flüchten. Die Männer grinsten. Siebels fluchte und wollte schon aufgeben, um das Leben des Mädchens nicht zu gefährden. Er sah den Männern in die Gesichter und erkannte darin brutale Entschlossenheit. Sie würden schießen, wenn er nicht aufgab. Siebels verfluchte sich, weil er keine Waffe dabeihatte. Das Mädchen hielt sich die Hände vor die Augen und jammerte verzweifelt. Plötzlich ließen beide Männer die Pistolen fallen und erhoben die Hände. Siebels verstand nicht, was gerade geschah. Dann erkannte er Till, der mit vorgehaltener Waffe hinter den beiden aufgetaucht war. Siebels ließ das Fenster herunter.

»Was machst du hier?«, fragte er und schaute verwirrt zu, wie Till die beiden in Schach hielt.

»Das frage ich dich«, entgegnete Till mit angespannter Stimme. »Wer ist das Mädchen?«

»Keine Ahnung. Ich habe sie da rausgeholt. Aus dem Bordell.«

»Super«, stöhnte Till und versuchte die beiden Männer mit Handschellen aneinanderzuketten. »Fahr los, Mann.«

Siebels manövrierte den Wagen aus der Parklücke. »Wo soll ich denn mit ihr hin?«

»Weg von hier«, ereiferte sich Till, der sich einer wachsenden Anzahl von gaffenden Passanten gegenübersah. »Das SEK ist unterwegs. Aber ich weiß nicht, wie viele von den Typen noch in dem Puff rumlungern und gleich nach ihren Kollegen hier Ausschau halten. Also mach dich endlich aus dem Staub.«

»Danke für deine Unterstützung«, sagte Siebels und fuhr los.

7

Lemgo war vom Haus der Lust direkt zur Kanzlei von Dr. Michael Westphal gefahren. Die Räumlichkeiten lagen im Erdgeschoss eines sechsstöckigen Gebäudes mit großbürgerlicher Altbau-Atmosphäre, wie sie für das Westend typisch war. Eine adrette Vorzimmerdame wollte Lemgo zunächst abwimmeln und ihm einen Termin geben. Aber Lemgo machte ihr schnell klar, dass er sofort einige Auskünfte benötigte, und marschierte unter Protest der Dame in das angrenzende Büro. Dr. Westphal hatte dichtgelocktes braunes Haar. Lemgo stellte eine gewisse Ähnlichkeit mit Atze Schröder fest. Allerdings schien Dr. Westphal keinen großen Sinn für Humor zu haben. Mit missmutigem Gesichtsausdruck hörte er sich an, wie Lemgo sich als leitender Ermittler im Mordfall Mattheo Pastori vorstellte.

»Herr Caluzi hat mich gestern darüber informiert«, sagte der Anwalt und schaute Lemgo durchdringend an. »Das ist eine schreckliche Sache. Wie kann ich Ihnen weiterhelfen?«

»Hat Herr Pastori in letzter Zeit Ihre Dienste beansprucht?«

»Ja, es ging aber nur um Formalitäten. Er hat vor Kurzem ein neues Restaurant im Europaviertel eröffnet. Das La Taverna. Dazu mussten einige vertragliche Dinge geregelt werden. Bei dem Mietvertrag habe ich etwas bessere Konditionen für ihn aushandeln können. Außerdem wurden einige neue Arbeitsverträge für das Personal aufgesetzt.«

»Hat Herr Pastori Andeutungen gemacht, dass er seine Restaurants verkaufen will?«

Dr. Westphal zog die Augenbrauen hoch. »Verkaufen? Nein, wie kommen Sie darauf? Herr Pastori war mit Leib und Seele Gastronom.«

»Ihm gehörte aber auch ein Bordell. War er da auch mit Leib und Seele dabei?«

»Weniger. Die Restaurants waren sein Steckenpferd. Das andere Geschäft nutzte er als Investitionsobjekt. Er war nicht nur ein hervorragender Gastronom, er war auch ein ausgezeichneter Geschäftsmann.«

»Stehen Sie ihm auch beim Betrieb des Bordells mit anwaltlichem Rat zur Seite?«

»Selbstverständlich. Herr Pastori hat mich alle Verträge aufsetzen oder prüfen lassen, die mit seinen Geschäften zu tun hatten.«

»Hat Herr Pastori auf Fremdkapital zugegriffen, als er sein zweites Restaurant im Europaviertel eröffnet hat?«

»Was haben Ihre Fragen eigentlich mit dem Tod von meinem Mandanten zu tun? Er ist das Opfer eines Gewaltverbrechens geworden.«

»Er ist das Opfer von Folter geworden. Haben Sie eine Vorstellung, warum er vor seinem Tod gefoltert wurde?«

»Herr Caluzi hat mich darüber natürlich auch informiert. Ich war entsetzt. Ich habe keine Erklärung dafür. Mit seinen Geschäften kann das aber nichts zu tun haben. Es muss private Hintergründe haben.«

»Private Hintergründe? Was trieb Herr Pastori denn so als Privatmann?«

»Ich war sein Anwalt. Nicht sein Kumpel. Da müssen Sie sich bei anderen Leuten umhören.«

»Vielleicht bei Frau Serano?«

Dr. Westphal verkrampfte leicht, als Lemgo den Namen Serano erwähnte.

»Frau Serano? Muss ich die kennen?«

»Sie haben noch nie von ihr gehört?«

Der Anwalt wich dem stechenden Blick von Lemgo aus.

»Nein, ich kann mich nicht erinnern.«

»Hat Herr Pastori ein Testament aufgesetzt?«, wollte Lemgo wissen.

»Es gibt Verfügungen«, wich der Anwalt aus.

»Sagen Sie mir doch einfach, wer nach dem Ableben von Herrn Pastori der rechtmäßige Besitzer der hinterlassenen Geschäfte ist. Den Restaurants und dem Bordell.«

»Herr Pastori hatte keine Familienangehörigen. Im Falle seines Ablebens oder bei Eintreten von Umständen, die ihn an der Ausübung seiner Geschäftstätigkeiten hindern würden, hat er Vorkehrungen getroffen, die seinen Angestellten den Fortbestand ihrer Jobs sichern.«

»Das gilt auch bei Ableben durch Mord?«, fragte Lemgo nach.

»Ja. Herr Pastori hatte keinen Grund, irgendwelche Einschränkungen zu machen.«

»Und wie sehen diese Vorkehrungen nun aus?«

»Herr Pastori hat verfügt, dass seine Betriebe im Falle seines Ablebens an seinen Geschäftsführer Luigi Caluzi überschrieben werden. Ich werde in den nächsten Tagen das Nötige veranlassen.«

Lemgo hatte mit nichts anderem gerechnet. Luigi Caluzi hatte für die Tatzeit ein hieb- und stichfestes Alibi. Annette Weiland. Es sei denn, Annette Weiland spielte ein falsches Spiel. Bei dem Gedanken zog sich Lemgo der Magen zusammen. Konnte er ihr vertrauen? Andererseits war Caluzis Alibi nichts wert, wenn es darum ging, den Auftraggeber von Stefano Belozzi ausfindig zu machen. Lemgo wanderte im Geiste zu den letzten Minuten in Pastoris Leben. Er saß gefesselt auf dem Stuhl. Ein Killer bedrohte ihn mit der Waffe. Aber er schoss nicht. Noch nicht. Er stellte Pastori eine Frage. Pastori schwieg. Der Killer schlug Pastori mit der Faust ins Gesicht. Pastori spuckte zwei Zähne aus und schwieg weiter. Stefano Belozzi stellte sich hinter Pastori, legte ihm eine Schlinge um den Hals und zog zu. Zog so lange zu, bis Pastori nur noch röchelte. Dann ließ er locker und wiederholte seine Frage. Pastori schwieg. Belozzi packte die Zange aus und fing an, seinem Opfer die Fingernägel zu ziehen. Pastori musste geschrien haben. Oder war er geknebelt? Eher nicht. Wer reden soll, wird nicht geknebelt. War Caluzi dabei und hat ihm den Mund zugehalten, während Belozzi die Nägel zog? Wenn er dabei war, warum gab Annette Weiland ihm dann ein Alibi? Hatte Caluzi sie bezahlt? Oder war Annette Weiland auch dabei gewesen, als Pastori gefoltert wurde? Lemgo verscheuchte diese Gedanken, sie ergaben keinen Sinn, sie quälten ihn nur. Auf den Videoaufzeichnungen war nur Stefano Belozzi zu sehen gewesen.

»Hatte Herr Pastori finanzielle Probleme? Gab es Kredite, die er bedienen musste?«, erkundigte sich Lemgo erneut über die finanzielle Situation von Pastori bei Dr. Westphal.

Der Anwalt schüttelte den Kopf. »Die Verbindlichkeiten waren schon lange abbezahlt. Herr Pastori war finanziell unabhängig.«

Das Telefon von Dr. Westphal klingelte. Er entschuldigte sich bei Lemgo und nahm ab. Der Anwalt hörte seinem Gesprächspartner stumm zu und blickte zusehends nervöser zu Lemgo. »Ich rufe gleich zurück«, sagte er und beendete das Gespräch. »Ich muss jetzt dringend einige Telefonate führen, wir sind ja auch fertig, denke ich«, sagte der Anwalt und begleitete Lemgo zur Tür.

Mattheo Pastori hatte in einem Haus in der Waldstraße in Frankfurt-Niederrad gewohnt. Das Haus lag in einer besseren Wohngegend zwischen der Galopprennbahn und der Commerzbank-Arena. Zum angrenzenden Stadtwald waren es nur wenige Gehminuten. Den Hausschlüssel hatten Samuel König und Julia Forster am Tatort in Pastoris Hosentasche gefunden. Nachdem sie das Haus betreten hatten, zogen sich beide Latexhandschuhe über und verschafften sich zunächst einen Überblick. Im Haus herrschte eine pedantische Ordnung. Nirgendwo lagen persönliche Gegenstände offen herum. Die Küche wirkte steril. Auf dem Küchentisch stand eine Obstschale mit Orangen. Sonst nichts. Nicht ein Krümel war zu sehen. Julia ging ins Wohnzimmer. Schwere Eichenschränke und eine dunkelbraune Ledercouch dominierten das Zimmer. Sie fing an, die Schrankinhalte zu durchsuchen. Samuel König schritt die Treppe in das obere Stockwerk hinauf. Dort lagen das Schlafzimmer, ein Arbeitszimmer, ein Gästezimmer, ein luxuriöses Bad und ein Gästebad. Samuel König begann im Arbeitszimmer mit seiner Inspektion. Er widmete seine Aufmerksamkeit zunächst dem Büroschrank. Er zählte die Aktenordner. Es waren knapp zwanzig Stück. Alle ordentlich auf den Rücken beschriftet. Die obersten drei Reihen gehörten zu den Restaurants. Laut der Beschriftungen handelte es sich bei den abgehefteten Papieren um Rechnungen, Unterlagen zu Lieferanten, Personal, Finanzamt, Banken und Versicherungen aus den letzten fünf Jahren. In den beiden Reihen darunter waren die Ordner mit den Unterlagen zu dem Bordell untergebracht. Samuel König verschaffte sich einen Überblick über diese Ordner. Ein Mietvertrag, Zimmerabrechnungen der Frauen und Auszüge von Bankkonten waren darin abgeheftet. Außerdem Rechnungen über ausgeführte Renovierungsarbeiten von verschiedenen Handwerksbetrieben.

»Schau mal, was ich in seinem Wohnzimmerschrank gefunden habe«, sagte Julia Forster und kam zu Samuel ins Arbeitszimmer. Sie hielt ihm einen italienischen Reisepass unter die Nase. Samuel König nahm ihn entgegen und schlug ihn auf. Der Pass war auf einen Salvatore Serano ausgestellt. Mit einem Foto von Mattheo Pastori.

»Ein gefälschter Pass?«, fragte Samuel.

»Sieht ganz so aus. Serano, so hieß doch seine Freundin, oder?«

Samuel nickte. »Ja. Maria Serano. Vielleicht haben sie ja kürzlich noch geheiratet und er hat ihren Namen angenommen?«

»An der Haustür steht Pastori«, überlegte Julia Forster laut.

Samuel König überflog die aktuellsten Unterlagen in den Aktenordnern. Auch dort gab es keinen Hinweis auf eine Namensänderung.

»Wahrscheinlich wollte er sich mit einer neuen Identität absetzen. Als Ehemann von dieser Maria Serano. Er wird wohl geahnt haben, dass er in Gefahr ist.« Samuel blickte zu Julia und erwartete deren Bestätigung.

»Warum haben sie dann nicht einfach geheiratet?«, überlegte Julia achselzuckend. »Wenn sie sowieso zusammenleben wollten, hätte er doch ihren Namen annehmen können. Stattdessen ein gefälschter Pass auf ihren Namen. Da stimmt doch was nicht.«

»Vielleicht wollte er ja in Zukunft als ihr Bruder durchs Leben gehen?«, mutmaßte Samuel.

»Sie waren ein Paar«, entgegnete Julia kopfschüttelnd. »Da macht man sich doch nicht zu Geschwistern. Nein, das glaube ich nicht.«

Samuel fuhr den Computer auf dem Schreibtisch hoch. »Mal sehen, ob wir hier was finden, was uns weiterbringt.«

Als die Aufforderung zur Passworteingabe erschien, gab Samuel intuitiv Maria ein. Tatsächlich gelangte er damit zu den Inhalten auf dem Rechner. »Unglaublich«, murmelte Samuel. »Allzu sicherheitsbedacht war Pastori jedenfalls nicht«, klärte er Julia über den lächerlichen Passwortschutz auf. Er öffnete das E-Mail-Programm und überflog die Nachrichten im Posteingang. Der E-Mailverkehr war übersichtlich, Pastori schien nur sporadisch online tätig gewesen zu sein. Samuel stieß auf diverse E-Mails, die Pastori von Caluzi erhalten hatte. Dabei handelte es sich fast ausschließlich um kurze Mitteilungen zu dem laufenden Restaurantbetrieb. Caluzi informierte Pastori über besondere Anlässe oder Buchungen. Die Armin Mühlendorf Consulting GmbH hatte im letzten halben Jahr je zweimal das Dolce Vita in der Innenstadt und das La Taverna im Europaviertel für einen Abend komplett reserviert. Im Anhang fand König die dazugehörigen Gästelisten. Er überflog die Namen der Gäste und schickte sich die E-Mails samt Anhang auf seinen Rechner im Präsidium. Von und an Maria Serano fand König keine E-Mails, was ihn sehr wunderte. Er nahm an, dass die beiden nur telefonisch kommuniziert hatten. Die letzte E-Mail, die Pastori noch gelesen hatte, stammte von seinem Anwalt Dr. Westphal.

Herr Pastori,

ich muss Sie warnen. Sie begehen einen schlimmen Fehler. Wir müssen miteinander sprechen. Rufen Sie mich an! Es ist dringend.

Ihr Michael Westphal

»Die E-Mail kam am Samstagabend an«, überlegte König laut. »In der Nacht von Sonntag auf Montag wurde Pastori ermordet. Ob er am Sonntag wohl noch mit seinem Anwalt gesprochen hat?«

»Das fragst du den Anwalt besser selbst. Klingt jedenfalls richtig dramatisch. Das könnte eine wichtige Spur sein. Wir sollten besser Lemgo darüber informieren.«

Siebels war zunächst planlos durch die Stadt gefahren und hatte fieberhaft überlegt, was er mit der jungen Frau anstellen sollte. Sie saß apathisch auf dem Beifahrersitz. Siebels beobachtete im Rückspiegel ständig, ob er verfolgt wurde. Aber er konnte keinen Verfolger ausmachen. Während Siebels überlegte, wo er nun mit seiner Beifahrerin hinsollte, sah er den Fernsehturm in der Ferne aufragen. Er steuerte den Turm an. Vor dem Turm lag ein Parkplatz. Dort war nichts los, dort konnte er in Ruhe nachdenken. Als er den Parkplatz erreicht hatte, stellte er den Motor ab und betrachtete sich die junge Frau. Sie trug Jeans, ein enges Top und Turnschuhe. Das dunkelbraune Haar fiel ihr lockig über die Schultern.

»Wie heißt du?«, erkundigte sich Siebels.

»Irina«, flüsterte die junge Frau.

»Wie alt bist du, Irina?«

»Ich werde bald 18. Wollen Sie hier Sex mit mir machen?« Sie schaute verlegen zu Siebels.

Siebels war perplex. Er war gar nicht auf die Idee gekommen, dass Irina davon ausgehen könnte, vom Regen in die Traufe gekommen zu sein. »Nein, darum brauchst du dir keine Sorgen zu machen. Ich will dir helfen. Aber ehrlich gesagt, weiß ich nicht, was ich jetzt mit dir machen soll. Von wo bist du? Aus Russland?«

»Aus der Ukraine.«

»Wo hast du so gut Deutsch gelernt?«

»In der Schule. Deutsch habe ich als Fremdsprache gewählt. Ich wollte schon immer nach Deutschland kommen. Seitdem ich ein kleines Kind war. Meine Oma hat mir früher oft von Deutschland erzählt.«

»Und wie bist du an diese Leute geraten?«

»Ich sollte hier einen Job als Model bekommen. Aber es war ein Puff, wo sie uns hingefahren haben.«

»Ja, da hast du recht. Und es war richtig, dass du weggelaufen bist. Wie viele Mädchen waren in dem Bus?«

»Wir waren sechs Mädchen. Meine Zwillingsschwester ist noch dort. Ich muss zurück und sie da rausholen.«

»Nein, das ist viel zu gefährlich. Ich kümmere mich darum. Wie heißt deine Schwester?«

»Olga. Wer sind Sie? Warum haben Sie mir geholfen?«

»Ich arbeite für die Polizei. Kannst du mir über die Männer, die dich hergebracht haben, etwas erzählen?«

Irina schüttelte heftig den Kopf. »Nein. Erst wenn meine Schwester bei mir ist. Ich habe Angst. Ich hätte nicht weglaufen dürfen. Sie werden Olga deswegen bestrafen.«

Siebels dachte, dass es am besten wäre, wenn er Irina an die Sitte übergeben würde. Er wählte Sabine an, erreichte aber nur ihre Mailbox. Er bat sie um dringenden Rückruf. Siebels warf einen Blick auf die Uhr. Er musste Dennis schon bald wieder aus dem Kindergarten abholen. »Bist du von den Männern vergewaltigt worden?«, fragte Siebels behutsam.

Irina nickte. Sie brachte aber keinen Ton heraus.

»Ich bringe dich ins Krankenhaus. Meine Frau arbeitet bei der Polizei. Sie wird sich dann um dich kümmern.«

»Ihre Frau?« Irina sah Siebels überrascht an.

Siebels lächelte sie an. »Ja, meine Frau. Sie ist sehr nett. Du kommst bestimmt gut mit ihr klar. Sie kennt sich gut aus mit so Sachen. Na, du weißt schon.«

»Nein, ich bin dumm. Mein Vater hat mich gewarnt. Er wollte nicht, dass wir als Models arbeiten. Aber wir haben nicht auf ihn gehört.«

»Hast du den Mann gesehen, der uns die beiden Glatzköpfe mit den Pistolen vom Leib gehalten hat?«

»Ja. Wer war das?«

»Das war ein sehr guter Freund von mir. Meine Frau kennt ihn auch. Sie wird mit ihm über diese Männer sprechen. Mein Freund hat diese Männer verhaftet. Er kann auch zusammen mit meiner Frau dafür sorgen, dass deiner Schwester nichts zustößt. Als wir vorhin weggefahren sind, hat er noch Verstärkung gerufen. Wahrscheinlich hat die Polizei schon alle Mädchen dort rausgeholt.«

»Wirklich?« Irinas Augen leuchteten auf.

»Ich glaube schon.«

Das Markus-Krankenhaus lag ganz in der Nähe vom Fernsehturm. Siebels brachte Irina zunächst in die Notaufnahme. Dort versprach man ihm, sich um Irina zu kümmern. Siebels kündigte an, dass die Polizei bald vorbeikommen würde, um Irina zu befragen.

8

Lemgo war die Nervosität des Anwaltes nicht entgangen, die über ihn gekommen war, als er den Anruf entgegengenommen hatte. Instinktiv blieb Lemgo in der Nähe der Kanzlei und beobachtete den Hauseingang. Während er wartete, bekam er einen Anruf aus Italien.

»Ciao, Paolo, hier ist Mario. Sag mal, an was für einer Sache bist du da eigentlich dran?«

»Ich versuche es herauszufinden. Hast du Neuigkeiten für mich?«

»Das kann man so sagen. Die Mafia bedient sich gerne einfacher Bauern aus Sizilien für Auftragsmorde im Ausland. Die bekommen eine kurze Ausbildung und machen meist einen guten Job für ein eher geringfügiges Salär. Dein Stefano Belozzi ist aber ein anderes Kaliber.«

»Das habe ich mir schon gedacht. Er sollte Informationen aus dem Opfer herausholen. Er wusste, wie man so etwas macht. Wer ist dieser Belozzi?«

»Sein richtiger Name ist Alberto Masotti. Er war früher beim italienischen Militär bei einer Elite-Einheit. Dort wurde er unehrenhaft entlassen. Warum, konnte ich noch nicht herausfinden. Anschließend ist er in den Irak gegangen und hat sich dort als Söldner verdingt. Im Irakkrieg war er in illegale Waffengeschäfte involviert und wird deswegen mit internationalem Haftbefehl gesucht. Im Irak hat sich seine Spur dann auch verloren. Bis er jetzt wieder bei dir als Stefano Belozzi aufgetaucht ist. Jetzt hat er sich auf ein gut bewachtes Anwesen zurückgezogen.«

Als Mario nicht weitersprach, wuchs die Anspannung in Lemgo. »Komm, Mario, rück raus mit der Sprache. Wem gehört das Anwesen?«

»Es gehört Antonio de Rossi. Hast du schon von ihm gehört?«

Lemgo überlegte. »Kommt mir irgendwie bekannt vor. Aber im Moment kann ich diesen Namen nicht zuordnen.«

»Antonio de Rossi ist Geschäftsführer bei der Monieri S. A., einem italienischen Konzern. Die Monieri ist hauptsächlich in der Rüstungsbranche tätig. Die Firma beliefert auch das italienische Militär mit Maschinengewehren, Panzern, Raketen, Feuerleiteinrichtungen usw. Das ganze Programm. Vor zwei Jahren haben die Amerikaner Ermittlungen gegen de Rossi eingeleitet. Er soll Rebellengruppen im Irak mit Waffen versorgt haben. Alberto Masotti war sein Verbindungsmann vor Ort. Die Amis haben sich aber lange Zeit die Zähne an de Rossi ausgebissen. Die italienische Regierung hat die Ermittlungen der Amerikaner blockiert. Wichtige Unterlagen wurden als Staatsgeheimnisse deklariert. Vor einigen Monaten hat sich das Blatt aber gewendet. Die Amerikaner haben anscheinend die gesuchten Unterlagen erhalten. Das ist aber nur ein Gerücht. Schlimmer für de Rossi dürfte der Regierungswechsel in Italien gewesen sein. Die schützende Hand zieht sich zurück. De Rossi ist übrigens untergetaucht. Seit etwa zwei Wochen ist er von der Bildfläche verschwunden. Bist du noch dran, Paolo?«

»Ich bin noch dran. Und ich bin verwirrt. Was hat mein toter Restaurantbesitzer mit diesem Rüstungsunternehmen zu tun? Kannst du mir das erklären?«

»Tut mir leid, Paolo. Ich habe keine Ahnung. Das musst du selbst herausfinden. Aber ich bleibe dran. So lange Belozzi sich auf dem Anwesen befindet, kommen wir nicht an ihn heran, ohne einen kleinen Krieg zu führen. Da hat sich eine kleine und gut ausgerüstete Privatarmee niedergelassen. Die Amis wären über ein Eingreifen von uns bestimmt nicht sehr amüsiert. Die überwachen dort die komplette Kommunikation. Allerdings hat sie das noch nicht weitergebracht. De Rossi kommuniziert entweder gar nicht mehr mit seinen Leuten oder er hat eine Methode, von der unsere amerikanischen Freunde noch nichts mitbekommen haben.«

»Scheint so, als wäre ich hier auf einem vollkommen falschen Weg«, seufzte Lemgo. »Belozzi kann ich dann wohl vergessen?«

»Wir arbeiten mit den Amis zusammen. Wenn Belozzi rauskommt, hängen wir uns dran. Dann melde ich mich wieder bei dir.«

»Danke, Mario. Wenn ich hier einen Zusammenhang zwischen meinem Mord und eurem de Rossi entdecke, melde ich mich bei dir.«

Kaum hatte Lemgo das Gespräch beendet, meldete sich Julia Forster. Sie berichtete ihm von dem Pass auf den Namen Salvatore Serano.

»Klingt so, als hätte er sich mit dieser Maria Serano aus dem Staub machen wollen. Habt ihr auch Flugtickets gefunden? Oder sonst irgendwelche Hinweise, die auf eine Ausreise schließen lassen?«

»Nein, noch nicht. Aber wir sind auch noch nicht fertig hier.«

»Okay, gebt mir sofort Bescheid, wenn ihr noch was findet. Und schaut auch nach, ob Ihr Unterlagen oder Hinweise auf eine Firma Monieri oder einen Antonio de Rossi aus Italien findet. Antonio de Rossi ist Geschäftsführer bei der Monieri S. A. Das ist ein Rüstungsunternehmen. Was es damit auf sich hat, erzähle ich euch bei der nächsten Besprechung.«

Till stand mit Thomas Heck vor dem Haus der Lust und erstattete ihm Bericht. Ein Team vom SEK hatte das Haus gestürmt, aber außer Biggi und ein paar anderen Frauen, die alle legal dort beschäftigt waren, niemanden gefunden. Das Hoftor war sperrangelweit offen, der Porsche von Luigi Caluzi parkte noch im Hof, der Transporter war verschwunden. Von irgendwelchen Mädchen war nichts zu sehen. Aber im Keller fanden die Männer vom SEK einen Raum, in dem mehrere Doppelbetten mit dünnen Matratzen standen. Außerdem eine Auswahl an Reizwäsche, die in einem Karton verstaut gewesen war. Der Kellerraum war durch eine Tür direkt vom Innenhof aus zu erreichen. Die Tür stand offen. Eine zweite Tür, die den Kellerraum mit dem Aufgang zum Haus verband, war verschlossen gewesen.

»Wo ist Siebels mit dem Mädchen jetzt hin?«, fragte Thomas Heck.

Till zuckte mit den Schultern. »Keine Ahnung.«

»Mit unserer Liliane hat das doch alles überhaupt nichts zu tun«, seufzte Thomas Heck. »Wir sollten die ganze Sache wieder vergessen.«

Till kniff die Augen zusammen und schaute an Heck vorbei auf die Straße. »Da hinten steht ein roter Alfa Romeo«, sagte Till und behielt den am Straßenrand haltenden Wagen im Auge.

Heck stand mit dem Rücken zu Tills Blickrichtung und wollte sich nicht auffällig nach dem Wagen umdrehen. »Sitzt jemand drin?«, erkundigte er sich.

Till nickte. »Ich kann von hier aus aber nicht mal erkennen, ob es ein Mann oder eine Frau ist.«

»Kannst du das Nummernschild lesen?«

Till schüttelte den Kopf. »Nein. Ich schlendere mal langsam näher heran.« Mit den Händen in den Hosentaschen lief Till bedächtig los. Thomas Heck drehte sich jetzt um und sah Till hinterher, wie der langsam auf den Alfa Romeo zuging.

Das SEK zog sich wieder zurück. Die Abteilung Milieukriminalität hatte die Sache übernommen. Sabine Siebels und ihr Vorgesetzter Joe Hübner saßen mit Biggi in dem Büro neben dem Haupteingang.

»Wo ist Caluzi mit den Mädchen hingefahren?«, fragte Joe und baute sich einschüchternd vor Biggi auf. Sabine Siebels stand mit verschränkten Armen daneben.

»Mit welchen Mädchen?«, stellte Biggi sich dumm.

»Die Mädchen, für die ihr den Kellerraum so schön hergerichtet habt«, sagte Joe leise und schrie Biggi gleich darauf laut an. »Wo bringt er sie hin? Wie viele Mädchen waren es? Wo kamen sie her?«

»Ich weiß von nix«, jammerte Biggi.

Joe wurde wütend und war kurz davor, Biggi eine saftige Ohrfeige zu verpassen. Sabine Siebels stellte sich zwischen ihn und Biggi und übernahm das Gespräch.

»Mensch, Biggi, du solltest jetzt deinen Arsch retten. Draußen stehen die Jungs vom LKA. Die haben jetzt das Kommando. Und die haben zwei von den Typen, die die Mädchen hergebracht haben. Eines konnte abhauen. Das ist doch nur noch eine Frage der Zeit, bis wir Caluzi mit den anderen finden. Und dann bist du mit dran. Menschenhandel, Zwangsprostitution. Das gibt ein paar Jahre. Bis du aus dem Knast wieder rauskommst, bist du ne alte Schachtel. Was dann? Wenn du jetzt mitspielst, kommst du vielleicht noch mal mit einem blauen Auge davon.«

Biggi sah verzweifelt zwischen Sabine und Joe hin und her. »Ich weiß aber wirklich nichts«, stammelte sie.

»Okay, mir reicht es«, fluchte Joe. »Nehmen wir sie mit und stecken sie in U-Haft.«

»Der Kellerraum war tabu für mich«, jammerte Biggi. »Da durfte ich nicht rein. Luigi hat mir angedroht, mich windelweich zu prügeln, falls ich jemals da runter gehe.«

»Du wusstest aber von dem Raum«, sagte Sabine und klang mitfühlend.

»Ja. Das ist eine Zwischenstation für die Mädchen. Die wurden immer hergebracht und sind nach spätestens zwei Tagen wieder weg gewesen.«

»Die haben nicht bei euch gearbeitet?«, fragte Joe argwöhnisch. »Warum war dann die Wäsche in dem Raum?« Joe deutete auf den Karton mit der Reizwäsche, den er auf der Couch in dem Büro abgestellt hatte.

»Es kamen Leute her. Die haben sich die Mädchen angeschaut und sich dann eine oder zwei ausgesucht und mitgenommen. Dazu mussten sich die Mädels die Wäsche anziehen.« Biggi klang jetzt resigniert.

»Leute? Was für Leute?«

»Ich weiß es nicht. Ich habe davon fast nichts mitbekommen. Luigi hat sich um sie gekümmert. Ich habe nur ein- oder zweimal jemanden gesehen. Die haben wie Geschäftsleute ausgesehen.«

»Würdest du sie wiedererkennen?«, wollte Sabine wissen.

Biggi zuckte mit den Schultern. »Weiß nicht.«

»Dann begleitest du uns jetzt ins Präsidium und schaust dir unser Fotoalbum an.« Sabine lächelte Biggi aufmunternd an.

Till ging zunächst nah genug an den roten Alfa heran, um das Nummernschild zu erkennen. Es war ein italienisches Kennzeichen. Der Wagen war in Rom zugelassen. Till richtete seine Aufmerksamkeit dann auf den Fahrer. Es war ein dunkelhaariger Mann. Er trug eine Sonnenbrille. Das Fenster auf der Fahrerseite war heruntergelassen. Als Till sich auf etwa drei Meter genähert hatte, startete der Fahrer den Motor und fuhr langsam los. Till lief schneller und versuchte einen Blick durch die Seitenscheibe auf den Mann zu erhaschen. Aber der gab plötzlich Gas und bog die nächste Straße rechts ab. Till blieb stehen und notierte sich das Kennzeichen. Dann ging er zurück zu Thomas Heck. Aus dem Haus der Lust kamen gerade Sabine und Joe heraus. In ihrer Mitte lief Biggi.

»Geht schon mal zum Wagen«, sagte Sabine und blieb vor Till stehen.

»So, mein Lieber, jetzt erzähle mir das noch mal ganz in Ruhe.«

Till blickte fragend zu Thomas Heck. Der zuckte nur mit den Schultern, drehte sich rum und ging zu seinem Wagen. In der Hand hielt er den Zettel von Till mit dem italienischen Kennzeichen des roten Alfa Romeo.

»Also dein Mann hat das Haus beobachtet, als die Kleine über den Hof gerannt kam. Zwei dunkle Gestalten jagten ihr hinterher. Steffen hat sie von draußen über das Tor gezogen und sich dann mit ihr in seinem Wagen verschanzt. Der Schlauberger hat sich ziemlich eng eingeparkt. Als die Typen mit Waffen auf die beiden gezielt haben, bin ich eingeschritten. Steffen ist mit dem Mädchen losgefahren. Das war's.«

»So, das war es«, äffte Sabine ihn nach. »Und du bist rein zufällig vorbeigeschlendert, als das passiert ist, oder wie?«

Till kratzte sich am Kopf und schaute Sabine verlegen an. »So ungefähr, ja«, sagte er und errötete dabei leicht.

»Er hat mich heute Morgen nach dem Haus der Lust befragt«, stöhnte Sabine genervt. »Hat er dem LKA ins Handwerk gepfuscht? Beobachtet ihr den Laden?«

Till schüttelte den Kopf und wägte seine Worte ab. »Wir sind bisher nicht an dem Puff interessiert. Eventuell gibt es aber Verbindungen zu einem unserer Fälle. Wir sondieren noch die Lage.«

»Du klingst neuerdings wie ein Politiker«, entgegnete ihm Sabine. »Auf was hat sich Steffen da eingelassen? Ist er in Gefahr?«

»Was heute passiert ist, war absolut nicht abzusehen. Aber du kennst ihn ja. Wenn er anfängt zu wühlen, gräbt er meistens wundersame kriminelle Machenschaften aus.«

»Danke, das wollte ich eigentlich nicht hören. Mein Privatdetektiv sollte sich in erster Linie um unseren Sohn kümmern.« Sabine checkte ihr Handy und bemerkte erst jetzt die Nachricht von ihrem Mann auf der Mailbox. Sie rief ihn zurück. »Wo bist du?«, kam sie gleich zur Sache, als er sich meldete.

»Na, wo soll ich sein. Auf dem Weg zum Kindergarten.«

Sabine atmete etwas erleichtert aus. »Bist du allein?«

»Ja, natürlich. Warum fragst du?«

»Du hast mir auf die Mailbox gesprochen.«

»Das war beruflich. Ich habe da was für dich. Ich habe dich doch nach dem Haus der Lust gefragt, erinnerst du dich?«

»Ich stehe gerade davor. Zusammen mit Till. Er hat mir da so eine Geschichte erzählt.«

»Ähm, ja. Was hat der da eigentlich getrieben?«

»Er hat die Lage sondiert.«

»Welche Lage?«

»Ich dachte, dass könntest du mir vielleicht erklären?«

»Am besten redest du erst mal mit der Kleinen. Ich habe sie im Markus-Krankenhaus abgeliefert und dein Kommen angekündigt. Sie heißt Irina. Weißt du, was mit den anderen Mädchen ist?«

»Die sind verschwunden. Zusammen mit Luigi Caluzi.«

»Irina hat eine Zwillingsschwester. Olga. Die Mädchen wurden vergewaltigt. Wahrscheinlich bevor sie nach Frankfurt gebracht wurden. Mehr weiß ich auch nicht.«

»Okay«, stöhnte Sabine. »Ich fahre gleich ins Krankenhaus.«

»Was ist mit den beiden Typen, die Till mir vom Hals gehalten hat?«

»Mit denen beschäftigen wir uns noch. Das LKA will sie nicht haben. Joe wird sich mit ihnen unterhalten.«

»Gut. Ich muss Schluss machen. Dennis steht schon vor dem Tor. Bis später.«

Sabine verabschiedete sich mit zwiespältigen Gefühlen von Till und ging zu Joe, der mit Biggi im Wagen auf sie wartete. Till gesellte sich in den Wagen zu Thomas Heck.

»Der Alfa ist interessant«, murmelte Heck. »Der Halter ist bei den Italienern verschlüsselt gespeichert. Da kommen wir ohne gute Begründungen nicht dran.«

»Was hat das zu bedeuten?«

»Wenn ich das wüsste. Könnte ein Politiker sein. Oder eine gefährdete Person aus der Industrie.«

»Der Typ in dem Alfa scheint Siebels zu beobachten. Das wird weder ein Politiker noch ein Industrieller sein.«

»Es sei denn, es ist ein Industrieller, der mit der Mafia zu tun hat«, überlegte Heck.

»Ich konnte den Typ am Steuer zwar nicht genau erkennen, wie ein hochrangiger Geschäftsmann hat er aber nicht gewirkt. Eher wie ein Bodyguard.«

»Einer, der den Auftrag hat, unsere Liliane aufzuspüren?«, kam Heck wieder auf die Ausgangsüberlegung zurück.

»Wir tappen völlig im Dunkeln«, seufzte Till. »Vielleicht sollten wir uns jetzt mal mit dieser Maria Serano beschäftigen.«

»Sie wohnt wahrscheinlich in der Rotlintstraße im Nordend. Ganz sicher ist das aber nicht. Offiziell ist sie hier gar nicht gemeldet. Wir hatten einige Mühe, die Adresse ausfindig zu machen. Fahren wir mal vorbei und schauen uns um.«

Während Lemgo das Haus mit der Kanzlei von Dr. Westphal im Auge behielt, rief er Charly Hofmeier im Präsidium an. »Hallo, Herr Hofmeier, Paul Lemgo hier. Ich bin der Neue bei der Mordkommission. Ich habe von Ihren Fähigkeiten gehört, an Informationen zu gelangen, an die man sonst nicht so ohne Weiteres kommt.«

»So, so, das haben Sie also gehört«, schmunzelte Charly. »Ich dachte eigentlich, dass ich nach dem Abschied von Steffen Siebels und Till Krüger wieder ein ganz biederes Dasein als Beamter führen kann.«

»Da haben Sie sich getäuscht. Mein Anliegen ist allerdings etwas problematisch. Wahrscheinlich bemühen Sie sich da vergebens.«

»Na, dann schießen Sie mal los.«

»Alberto Masotti alias Stefano Belozzi«, sagte Lemgo und buchstabierte die beiden Nachnamen. »Italiener, ehemaliges Mitglied einer Elite-Einheit beim italienischen Militär. Wurde beim Militär unehrenhaft entlassen und hat sich dann als Söldner im Irak verdingt. Mich interessiert vor allem seine Zeit im Irak und was er anschließend gemacht hat. Während seiner Zeit im Irak hat er seinen Namen gewechselt, aus Alberto Masotti wurde Stefano Belozzi. Verbindungen zu einem Antonio de Rossi und die Firma Monieri interessieren mich ebenfalls. Die Firma ist unter anderem in der Rüstungsbranche tätig.«

»Das klingt interessant«, sagte Charly. »Sie sind scheinbar aus dem gleichen Holz geschnitzt, wie Siebels es war.«

»Den ehemaligen Kollegen habe ich leider nicht kennen gelernt. Morgen werde ich mich aber persönlich bei Ihnen vorstellen«, versprach Lemgo.

9

Sabine Siebels fuhr mit Joe Hübner zurück zum Präsidium. Biggi saß schweigend auf dem Rücksitz. »Wenn Biggi nichts mehr einfällt, musst du aus den beiden Typen, die Till geschnappt hat, etwas rausquetschen«, sagte Sabine und klang dabei wenig hoffnungsvoll.

»Wieso ich? Ich dachte, das machen wir zusammen.«

»Ich will gleich weiter ins Markus-Krankenhaus fahren. Dieses Mädchen ist wahrscheinlich unsere beste Zeugin.«

»Mag sein. Aber wohin Caluzi jetzt die anderen Mädchen hingebracht hat, wird sie auch nicht wissen.«

»Manchmal kotzt mich das alles an«, sagte Sabine desillusioniert.

»Was ist los mit dir? So nah dran waren wir noch nie. Caluzi hat sich bisher immer über uns kaputtgelacht. Jetzt kriegen wir ihn endlich dran. Oder siehst du das anders Biggi?« Joe schaute in den Rückspiegel.

»Bevor ihr den drankriegt, haben andere den längst entsorgt«, antwortete Biggi emotionslos.

Joe und Sabine schauten sich vielsagend an. Sie erreichten das Präsidium an der Miquelallee. Joe hielt in der Einfahrt an und stieg mit Biggi aus. Sabine setzte sich hinters Steuer und fuhr weiter zum Markus-Krankenhaus. Während der Fahrt dachte sie an ihren Mann. Gleich mit seinem ersten Auftrag als Privatdetektiv hatte er sich in die Unterwelt begeben. Und zwischendurch holte er Dennis vom Kindergarten ab und spielte den braven Hausmann. Das konnte nicht lange gut gehen. Sabine hatte ein flaues Gefühl im Magen. Sie rief ihren Mann spontan an.

»Hallo, Schatz«, meldete Siebels sich fröhlich.

Sabine atmete erleichtert auf. »Alles klar bei euch?«, fragte sie vorsichtig nach.

»Na logisch. Wir machen jetzt erst mal ein paar Besorgungen und heute Abend zaubere ich was Leckeres zum Essen auf die Teller. Was ist mit Irina? Bist du schon bei ihr gewesen?«

»Ich bin gerade auf dem Weg ins Krankenhaus. Sag mal, willst du da jetzt weitermachen?«

»Wie meinst du das?«

»Das weißt du ganz genau«, regte Sabine sich auf. »Du kannst nicht vormittags skrupellosen Menschenhändlern ins Handwerk pfuschen und nachmittags mit Dennis auf den Spielplatz gehen. Diese Leute sind gefährlich. Dass muss ich dir ja wohl nicht erklären, oder etwa doch?«

»Ja, ja«, wiegelte Siebels ab. »Du hast ja recht. Das war ja auch gar nicht geplant. Ich wollte mir das Haus nur mal aus der Nähe anschauen. Und plötzlich kam das Mädchen auf mich zugerannt. Was sollte ich denn machen?«

»Was ist eigentlich dein Auftrag? Das solltest du mir nach dem heutigen Tag besser sagen.« Sabine klang nicht so, als würde sie die Geheimniskrämerei ihres Mannes noch länger hinnehmen.

»Das erzähle ich dir heute Abend, wenn Dennis im Bett ist.«

Sabine hatte nicht daran gedacht, dass Dennis gerade zuhörte, was sein Vater mit ihr besprach. »Okay. Aber dann gibt es keine Ausreden oder Ausflüchte mehr«, ermahnte Sabine ihn streng. »Ich muss Schluss machen, ich stehe vor dem Krankenhaus. Bis heute Abend. Wahrscheinlich wird es etwas später heute. Du weißt ja, wie das ist, wenn man noch Verhöre zu führen hat.«

»Ja, das weiß ich«, seufzte Siebels. »Bis heute Abend, Kuss.«

Sabine Siebels erkundigte sich am Empfang nach Irina und wurde zur Notaufnahme geschickt. Dort traf sie auf eine Ärztin, die gerade ihre Schicht beenden wollte und sich auf ihr Bett freute.

»Das Mädchen wurde doch schon abgeholt«, ließ die Ärztin Sabine wissen.

»Sie wurde schon abgeholt?« Sabine sah die Ärztin ungläubig an. »Von wem?«

»Von einem Sozialarbeiter. Er hat gesagt, dass er sie im Frauenhaus unterbringt und die Polizei ihre Aussage dort aufnehmen würde.«

»Hat der Mann sich ausgewiesen?« Sabine konnte sich noch keinen Reim auf die Geschichte machen.

Die Ärztin nickte. »Ja, er hat mir einen Ausweis unter die Nase gehalten. Aber da habe ich nicht so genau drauf geschaut. Ich hatte gerade eine verwirrte Frau, einen Magendurchbruch und einen ausgerenkten Kiefer zu behandeln.«

»Hat er seinen Namen genannt?«

Die Ärztin zuckte mit den Schultern. »Kann sein. Aber da habe ich nicht drauf geachtet. Es war wirklich viel los.«

»Wann hat er sie abgeholt?«

»Vielleicht vor einer Stunde. Ich hatte sie gerade untersucht.«

»Was kam bei der Untersuchung raus?« Sabine fragte hektisch und überlegte fieberhaft, wie sie nun vorgehen sollte.

»Sie wies Verletzungen im Intimbereich auf. Voraussichtlich durch erzwungenen Geschlechtsverkehr. Das lag schon zwei bis drei Tage zurück. Blaue Flecken im Schulterbereich und leichte Hämatome auf den Oberschenkeln. Sie wurde vergewaltigt«, schloss die Ärztin ihren knappen Bericht.

»Haben Sie die Telefonnummer von dem Frauenhaus?«

»Ja, im Büro. Kommen Sie mit.« Die Ärztin öffnete eine nahegelegene Tür. Sabine folgte ihr. Sie bekam die Nummer vorgesagt und tippte die Zahlen direkt in ihr Handy. Im Frauenhaus wusste man weder etwas von Irina noch von einem Sozialarbeiter, der heute ein Mädchen vorbeibringen wollte. Sabine bat um sofortigen Rückruf, falls doch noch ein Mädchen namens Irina auftauchen sollte.

»Habe ich Mist gebaut?«, fragte die Ärztin und sah Sabine aus müden Augen an.

Sabine achtete nicht auf die Ärztin, sie rief wieder ihren Mann an.

»Ist dir auf dem Weg zum Krankenhaus jemand gefolgt?«, fragte sie ohne Umschweife.

»Nein. Warum fragst du?«

»Sie ist weg. Angeblich von einem Sozialarbeiter abgeholt. Hast du außer mir irgendjemandem gesagt, wo du sie hingebracht hast?«

»Nein. Ganz sicher nicht.« Siebels stand gerade im Supermarkt vor der Tiefkühltruhe mit Eiscreme. Dennis verlangte lautstark nach Schokoladeneis. »Hat Irina im Krankenhaus mit jemandem telefoniert?«

Sabine gab die Frage an die Ärztin weiter. Die dachte kurz nach. »Soweit ich weiß, nicht.«

Sabine gab die Auskunft an ihren Mann weiter.

»Scheiße«, schimpfte Siebels. »Wie haben die sie bloß gefunden?«

»Die beiden Typen, die euch mit den Pistolen bedroht haben, wie haben die reagiert, als Till aufgetaucht ist?«

Siebels verstand die Frage nicht. »Die haben die Pistolen fallengelassen und die Flossen hochgestreckt. Warum?«

»Konnten die vielleicht noch einen Peilsender an deinem Wagen befestigen?«

»Einen Peilsender?« Siebels dachte nach. Er konnte es nicht ausschließen. Bevor Till aufgetaucht war, stand der eine vor dem Wagen, der andere neben dem Seitenfenster der Beifahrerseite. Siebels hatte sie nicht beide gleichzeitig im Auge gehabt. »Das kann ich nicht ausschließen. Aber dann hätten die ja schon einen Peilsender dabeigehabt, als sie Irina hinterhergelaufen sind. Das macht doch keinen Sinn.«

»Schau nach«, forderte Sabine ihn auf.

»Ich rufe gleich zurück«, sagte Siebels und verließ mit Dennis schnellen Schrittes den Supermarkt.

»Können Sie mich jetzt auf das Präsidium begleiten?«, wollte Sabine von der Ärztin wissen.

»Warum das? Ich habe zwanzig Stunden Dienst hinter mir. Ich kann kaum noch die Augen offenhalten.«

»Der angebliche Sozialarbeiter gehört eventuell zu einer Bande, die Irina zur Zwangsprostitution ins Land geholt hat. Sie können sich unser Fotoalbum ansehen. Vielleicht erkennen Sie ihn wieder. Falls nicht, brauchen wir ein Phantombild.«

»Wir haben Videoüberwachung in der Notaufnahme. Vielleicht hilft Ihnen das auch weiter.«

»Sehr gut.« Sabine bekam den Rückruf von ihrem Mann.

»Du hattest recht. Unter dem linken vorderen Kotflügel war ein Sender angebracht. Aber wer hat die Peilung vorgenommen, wenn die beiden Typen in Polizeigewahrsam sind?«

»Wahrscheinlich Caluzi. Ich muss jetzt Schluss machen. Pass auf Dennis auf.« Sabine ließ sich zum Sicherheitsdienst des Krankenhauses bringen und verlangte die Videoaufzeichnungen des Tages zu sehen. Während sie darauf wartete, rief sie Joe an und setzte ihn über die Vorkommnisse ins Bild. Dann rief sie Till an.

Lemgo hatte gerade sein Gespräch mit Charly Hofmeier beendet, als Dr. Westphal das Haus verließ. Er schien es ziemlich eilig zu haben. Hastig bestieg er einen schwarzen Porsche Cayenne und fuhr mit überhöhter Geschwindigkeit los. Lemgo folgte ihm mit gebührendem Abstand. Im stockenden Stadtverkehr musste der Anwalt seine Geschwindigkeit anpassen und Lemgo blieb drei Wagen hinter ihm. Zur Verwunderung von Lemgo fuhr Dr. Westphal zum Polizeipräsidium. Er stellte seinen Wagen auf dem Besucherparkplatz ab und begab sich in das Gebäude. Lemgo wartete, bis der Anwalt sich am Empfang angemeldet und anschließend durchgelassen wurde. Kurz danach erkundigte Lemgo sich an der Eingangspforte, wo der Anwalt hinwollte. Dr. Westphal war auf dem Weg zu Hauptkommissar Joe Hübner von der Sitte. Dort saßen zwei Männer, die wegen Freiheitsberaubung und unerlaubten Waffenbesitz festgenommen worden waren, erfuhr Lemgo. Dr. Westphal war der Anwalt der beiden Festgenommenen.

Lemgo ließ sich mit Joe Hübner verbinden und erfuhr von ihm, was passiert war, kurz nachdem Lemgo das Haus der Lust verlassen hatte. Außerdem berichtete Joe, was er gerade von Sabine Siebels erfahren hatte. Nach Irina und Caluzi war mittlerweile eine Fahndung eingeleitet worden.

»Da steckt mein Vorgänger dahinter? Dieser Siebels?« Lemgo war außer sich. »Wie kommt der dazu, in unsere laufenden Ermittlungen einzugreifen? Frührentner mit Langeweile oder was?«

»Da sprechen Sie besser mit Hauptkommissarin Sabine Siebels«, versuchte Joe Lemgo abzuwimmeln. »Ich muss jetzt zum Verhör. Der Anwalt ist da.«

»Hey, Hübner, Sie verhören die Typen nicht. Die gehören zum Umfeld von Mattheo Pastori. Meine Leute übernehmen das.«

Joe Hübner schnaufte in den Hörer. »Die Jungs wurden vom LKA Wiesbaden festgenommen und die haben den Fall an uns übertragen. Verdacht auf Menschenhandel, Freiheitsberaubung, Zwangsprostitution. Priorität haben jetzt die verschwundenen Mädchen. Also machen wir das. Kommen Sie erst mal richtig an in Frankfurt. Ist erst Ihr zweiter Tag, oder?«

»Was hat das LKA denn jetzt damit zu tun?«

»Ihr Vorgänger Nummer zwei, Till Krüger, war für die Festnahme verantwortlich. Der ist jetzt beim LKA. Kommen Sie halt hoch und nehmen an dem Verhör teil. Sabine Siebels muss auch jeden Moment hier auftauchen.«

»Ich komme. Aber das ist noch lange nicht Ihr Fall.«

Till und Thomas Heck hatten ihren Wagen in der Rotlintstraße abgestellt und begutachteten das Haus, in dem Maria Serano wohnte. Ein Café war in dem Haus angesiedelt, kleinere Tische standen auf dem Bürgersteig, einige junge Leute saßen dort und genossen den schönen Tag. Till prüfte die Klingelschilder am Hauseingang, als ihn Sabine Siebels anrief. Sie schilderte Till, was geschehen war.

Till hörte ihr mit einem mulmigen Gefühl zu. »Das mit dem Peilsender bleibt unter uns«, ermahnte er dann Sabine. »Das erscheint vorerst in keinem Protokoll und in keinem Bericht. Kein Wort darüber zu deinen Kollegen. Mit Steffen spreche ich. Wir prüfen die Geschichte beim LKA. Ich melde mich bald wieder bei dir.«

»Du machst mir Angst«, entgegnete Sabine irritiert über Tills Anordnung.

»Ach, was. Du bist doch eine Hammerkommissarin«, machte Till ihr Mut. »Bis später, Tschüss.«

Till informierte Thomas Heck über den Peilsender an Siebels Wagen und dem Verschwinden von Irina. »Sabine geht davon aus, dass die zwei Typen, die ich verhaftet habe, kurz vorher noch den Sender an Siebels Wagen platziert haben.«

»Das hättest du aber bemerkt, oder?« Thomas Heck schaute Till nachdenklich an.

»Das hätte ich bemerkt«, bestätigte Till.

»Dann ist der Peilsender vorher schon an dem Wagen angebracht worden«, stellte Heck fest. »Gut, dass wir Siebels mit dem Taxi zum Palmengarten gebracht haben.«

»Wollen wir jetzt trotzdem bei Frau Serano klingeln?«

»Die Geschichte von ihrem Neffen Marco Silotti scheint ja zu stimmen«, überlegte Thomas Heck.

»Vielleicht macht der Kleine auch tatsächlich nur ein paar Tage Urlaub bei seinem Onkel in Italien. Das müssen wir noch mal genau überprüfen.«

»Ich glaube, dass der Mann in dem roten Alfa den Sender angebracht hat. Der hat Maria Serano beobachtet. Als die einen Privatdetektiv aufgesucht hat, hat er den Peilsender an Siebels Wagen angebracht. Deswegen war er vorhin auch vor Ort.«

»Die Sache wird kompliziert«, fasste Till seine Überlegungen zusammen. »Maria Serano taucht bei Siebels auf und will ihn engagieren, damit er ihren entführten Neffen ausfindig macht. Sie gibt Sabine Lehmann quasi als Referenz an, um glaubhaft zu machen, dass die Mafia hinter der Entführung steckt. Siebels nimmt Kontakt mit uns auf und wir befürchten eine Falle. Wir glauben, die Mafia benutzt Siebels als Köder, um an Sabine Lehmann heranzukommen. Wir befürchten, die Mafia will Sabine Lehmann aus dem Weg räumen. Warum eigentlich? Aus Rache? Weil sie der Organisation geschadet hat oder weil sie eine bestimmte Person ans Messer geliefert hat? Oder hat unsere Liliane sich noch ein Geheimnis bewahrt? Gibt es noch jemand, der sich ernsthaft Sorgen machen muss, dass sie noch etwas bisher Unbekanntes ausplaudert?«

Thomas Heck schürzte die Lippen. »Sie hat genug Leute auffliegen lassen, um für den Rest ihres Lebens ein potentielles Mordopfer zu sein. Allerdings frage ich mich auch schon seit einiger Zeit, ob sie nicht noch ein Ass im Ärmel hat. So lange wir den Fall Paulsen noch nicht abgeschlossen haben, behandeln wir sie wie eine Prinzessin und erfüllen ihr jeden Wunsch. Aber wenn das erledigt ist, steht sie wieder allein da. Mit neuer Identität, aber ohne den permanenten Schutz von unserer Truppe. Einen Mafioso aus der obersten Liga hat sie uns nicht geliefert. Dem BKA auch nicht. Ich würde nicht ausschließen, dass sie nach Abschluss der Ermittlungen das Ass aus dem Ärmel zieht und nachverhandeln will. Eine Aussage gegen Mr. X im Tausch mit einer entsprechend aufgebesserten Rente vom Staat. Vielleicht will sie Mr. X auch selbst abschöpfen, wenn wir mit ihr fertig sind?«

»Okay«, sagte Till. »Sie gehört auf jeden Fall zu den bedrohten Arten. Aber was passiert nach dem Auftauchen von Maria Serano? Siebels hat plötzlich einen Peilsender an seinem Wagen. Das untermauert unseren Verdacht, dass er jemanden zu unserer Liliane führen soll. Kurz vorher wurde doch dieser Pastori ermordet. Der Freund von Maria Serano. Der wurde angeblich von der Mafia als Strohmann benutzt, damit deren Geschäfte einen legalen Deckmantel bekommen. Siebels mischt den Laden jetzt auf und die Mordkommission wird auch Staub aufwirbeln. Wie passt das zusammen?«

»Schon klar«, brummte Heck. »Wir kommen nicht weiter, wenn wir nur im Beobachtungsmodus bleiben. Du hast deine Deckung ja eh schon aufgegeben. Mischen wir also ein bisschen mit.« Heck drückte den Klingelknopf. »Wir befragen sie ganz allgemein nach diesem Mord an Pastori. Siebels und Liliane erwähnen wir nicht.«

»Guter Plan«, sagte Till. »Aber sie ist wohl gar nicht da.«

Heck klingelte noch mal. Nichts tat sich. Sie warteten weitere fünf Minuten, bevor Heck bei jemand anderem klingelte. Der Türöffner wurde betätigt. Ein älterer Herr lugte im Erdgeschoss aus seiner Wohnungstür. Heck wies sich als Kommissar aus und erkundigte sich nach Frau Serano.

»Zweites Stockwerk. Eine nette Frau. Aber nicht sehr gesprächig. Hat sie was ausgefressen?«

»Nein. Wir benötigen nur eine Zeugenaussage von ihr. Unfall mit Fahrerflucht. Nix Schlimmes passiert. Aber der Bürokratiekram muss halt erledigt werden. Und telefonisch konnten wir sie nicht erreichen.«

Der Hausbewohner gab sich damit zufrieden. Heck und Till gingen in die zweite Etage. Sie klingelten und klopften mehrmals, nichts passierte. Till schaute Heck an. Heck nickte. Wenige Sekunden später hatte Till die Wohnungstür mit einem geeigneten Werkzeug geöffnet.

Die beiden betraten die Wohnung. Gleichzeitig zogen sie ihre Waffen und sicherten sich gegenseitig ab. Die Wohnung war durchsucht und verwüstet worden. Sämtliche Schubladen standen halb oder ganz offen. Geöffnete Schränke, aufgeschlitzte Polstermöbel, die Erde aus Blumentöpfen lag auf dem Fußboden. Die Wohnung hatte drei geräumige Zimmer, eine Küche und ein Bad. Till und Heck steckten ihre Waffen wieder weg, nachdem sie alle Räume gecheckt hatten.

»Ob sie gefunden haben, was sie gesucht haben?«, fragte Till.

»So, wie das hier aussieht, soll die Dame vielleicht auch nur unter Druck gesetzt werden. Die taucht hier nicht mehr auf.«

»Sofern sie die Bescherung überhaupt schon entdeckt hat.«

»Hat sie. Sie hat das Nötigste aus dem Badezimmer mitgenommen.«

»Gut beobachtet«, lobte Till. »Und nun?«

»Du organisierst ein konspiratives Treffen mit Siebels. Er soll sie anrufen. Ich will wissen, ob sie seinen Anruf entgegennimmt und wie sie drauf ist.«

10

Joe Hübner fing Lemgo vor dem Verhörraum ab. »Die zwei sind Russen. Angeblich sprechen sie kein Deutsch. Ich habe einen Dolmetscher besorgt. Der Anwalt ist bei ihnen.«

»Wer hat den Anwalt angerufen? Ich saß übrigens gerade in seinem Büro, als er den Anruf bekommen hat. Er ist ziemlich nervös geworden.«

»Wahrscheinlich Caluzi. Gehen wir rein.«

Im Verhörraum saßen die beiden Russen und sprachen mit dem Anwalt. Der Dolmetscher übersetzte. Joe Hübner setzte sich an den Tisch gegenüber von den beiden.

»So schnell sieht man sich wieder«, begrüßte Lemgo den Anwalt. »Ich dachte, Ihre Klienten sind nur italienische Geschäftsleute. Da habe ich mich anscheinend getäuscht.«

»Was machen Sie denn hier?« Dr. Westphal schaute fragend zwischen Lemgo und Joe Hübner hin und her. »Ich dachte, Sie ermitteln in einem Mordfall.«

»Das tue ich auch. Mein Kollege übernimmt zunächst die Befragung. Ich habe anschließend vielleicht noch die eine oder andere Frage.«

»Da gibt es nicht viel zu fragen. Meine Mandanten haben sich nichts zuschulden kommen lassen. Im Gegenteil. Sie gehören zum Sicherheitspersonal von Herrn Caluzi. Die Herren hielten sich gerade im Hinterhof des Etablissements auf und wurden Zeugen, wie eine junge Frau von einem Mann gewaltsam vom Gelände gezogen wurde. Bei der jungen Frau handelte es sich um eine Aushilfskraft. Sie ist im Haus der Lust als Putzhilfe angestellt. Meine Mandanten eilten der Frau zur Hilfe. Sie haben den Mann auch gestellt. Aber dann kam die Polizei und hat meine Mandanten verhaftet. Den Entführer haben sie mit der jungen Frau entkommen lassen. Meine Herren, das ist ein Skandal.«

Joe Hübner schlug sich mit der flachen Hand gegen die Stirn. »Wie konnte uns bloß so ein Fehler unterlaufen? Zum Glück haben Sie das jetzt aufgeklärt, Herr Anwalt. Haben Sie vielleicht auch eine Erklärung dafür, warum jemand eine

Putzhilfe entführt?«

»Ich denke, dass rauszufinden, gehört zu Ihren Aufgaben.« Dr. Westphal tat so, als würde er seine Unterlagen sortieren.

»Die Herren gehören also zum Sicherheitspersonal von Herrn Caluzi und die junge Frau war bei ihm angestellt. Da hat Herr Caluzi ja bestimmt entsprechende Unterlagen. Und die Herren besitzen entsprechende Waffenscheine.«

»Davon gehen Sie mal aus«, antwortete Dr. Westphal knapp.

»Das würden wir dann gerne überprüfen.«

»Tun Sie das. Herr Caluzi hilft Ihnen bestimmt gerne weiter.«

»Könnten Sie Herrn Caluzi dann bitte zu uns bitten.«

»Ich bin doch nicht Ihr Laufbursche. Rufen Sie ihn an und klären das mit ihm. Ich gehe davon aus, dass meine Mandanten jetzt wieder an ihren Arbeitsplatz zurückkehren können.«

»Die Fahndung nach Herrn Caluzi läuft auf Hochtouren. Ich dachte, Sie könnten uns da ein wenig unterstützen.«

»Fahndung? Was werfen Sie Herrn Caluzi denn vor?«

»Freiheitsberaubung, Zwangsprostitution.«

»Das wird ja immer unglaublicher«, regte Dr. Westphal sich auf.

»Ihre Mandanten heißen Iwan und Sergei Zacharow. Die beiden sind Brüder und russische Staatsbürger. Ist das richtig?«

»Das ist richtig.«

»Wenn sie zum Personal von Herrn Caluzi gehören, müssten die Herren ja irgendwo registriert sein. Sind sie aber nicht. Keine Aufenthaltsgenehmigung, keine Sozialversicherungsnummer, keine Arbeitserlaubnis, rein gar nichts. Die Herren können eigentlich nicht für Herrn Caluzi arbeiten. Schon gar nicht als bewaffnetes Sicherheitspersonal. Was soll die Nummer eigentlich, Herr Dr. Westphal?«

Der Anwalt zuckte mit den Schultern. »Ich kann nicht ausschließen, dass Herr Caluzi die beiden Herren illegal beschäftigt hat. Das müssen Sie aber mit ihm klären.«

»Das werden wir, sobald wir ihn aufgetrieben haben. Ihre Mandanten werden wir bis auf Weiteres hierbehalten.«

Lemgo richtete sich jetzt an den Dolmetscher. »Sagen Sie den beiden doch bitte, dass Antonio de Rossi sich sehr dafür interessiert, was hier besprochen wird. Ich werde ihm wohl mitteilen müssen, dass sein Name von den Herren erwähnt wurde.«

Der Dolmetscher übersetzte das und Lemgo fuhr sich sinnbildlich mit dem Zeigefinger über die Kehle. Wie auf ein Kommando sprangen die beiden Russen auf und versuchten sich auf Lemgo zu stürzen. Joe Hübner wollte dazwischengehen, aber da hatte Lemgo schon Sergeis Kopf gepackt und auf die Tischplatte geknallt. Zwei Uniformierte kamen in den Raum gestürzt. Bevor sie eingreifen konnten, hatte Lemgo auch Iwan mit einem schnellen Schlag niedergestreckt. Lemgo verließ den Raum, Joe Hübner und die Uniformierten legten den Brüdern Handschellen an.

»Was war das für eine Nummer?«, fragte Joe Hübner, nachdem er kurz darauf den Raum verlassen hatte.

»Das war Selbstverteidigung. War ja offensichtlich, oder?« Lemgo rieb sich mit der linken Hand die rechten Fingerknöchel. »Ich bin aus der Übung, hätte mir fast die Hand gebrochen«, raunte er.

»Wer ist Antonio de Rossi?«

»Ein Mann, in dessen Ungnade die beiden auf keinen Fall fallen wollen. So viel steht fest. Mehr wollte ich gar nicht wissen.«

»Bringt uns das weiter?«

»Mich bringt es weiter«, sagte Lemgo und ging davon.

Joe Hübner schaute ihm kopfschüttelnd hinterher. Dann rief er Sabine Siebels an. »Wo bist du? Hast du was rausgefunden?«

Sabine Siebels hatte sich mit der Ärztin die Videoaufnahmen durchgeschaut. Kurz bevor Joe angerufen hatte, hatte die Ärztin den vermeintlichen Sozialarbeiter auf dem Videoband wiedererkannt.

»Ich komme jetzt mit dem Videoband ins Präsidium. Die Techniker sollen ein Bild aus dem Video schneiden, dass wir mit unseren Datenbanken abgleichen können. Vielleicht können wir den Mann so identifizieren.«

»Okay. Über die beiden Russen habe ich nichts finden können. Ich habe aber noch eine Anfrage bei Interpol laufen.« Joe berichtete ihr von Lemgos Auftritt.

»Der Neue von der Mordkommission? Weiß das LKA, dass der da auch mitmischt?«

»Weiß ich doch nicht«, regte Joe sich auf. »Irgendjemand müsste bei Gelegenheit mal klären, bei wem in diesem Fall die Kompetenzen liegen.«

»Verdacht auf Zwangsprostitution und Freiheitsberaubung gehört natürlich in unseren Kompetenzbereich«, sagte Sabine voller Überzeugung.

Lemgo ging in sein Büro. Dort wollte er die Adresse von Maria Serano überprüfen, die Annette Weiland ihm genannt hatte. Außerdem war er neugierig, ob es über diese Frau Einträge im Strafregister oder andere Auffälligkeiten gab. Zu seiner Verwunderung stellte er fest, dass die Frau offiziell gar nicht gemeldet war. Ihr Name tauchte in keiner Datenbank auf. Sie schien gar nicht zu existieren. Lemgo stand auf und lief nachdenklich in seinem Büro auf und ab. Irgendetwas stimmte nicht mit Maria Serano. Lemgo ging davon aus, dass sie einen falschen Namen benutzt hatte. Aber warum? Er hatte gerade wieder an seinem Schreibtisch Platz genommen, da klingelte Julia Forster wieder bei ihm durch.

»Wir sind fertig in Pastoris Haus und schauen uns gerade am Tatort um. Viele Unterlagen hat er hier nicht. Möglicherweise hat der Täter aber auch etwas mitgenommen. Wir haben allerdings im Haus von Pastori noch was gefunden, das könnte interessant sein. Pastori hat einen Brief per Einschreiben verschickt. An den Anwalt Dr. Michael Westphal. Wir haben eine Kopie davon gefunden.«

»Das könnte wirklich interessant sein. Was für einen Brief?«, fragte Lemgo ungeduldig.

»Er entzieht damit Dr. Westphal mit sofortiger Wirkung das Mandat. Alles Weitere würde sein neuer Rechtsbeistand direkt mit dem Anwalt klären. Auf seinem Rechner haben wir außerdem eine E-Mail von diesem Dr. Westphal gefunden. Er warnt Pastori und bittet dringend um dessen

Rückruf. Die E-Mail hat Pastori am Samstagabend erhalten.«

»Sehr gut«, freute sich Lemgo. »Wen hat Pastori als seinen neuen Rechtsbeistand angegeben?«

»Das ist etwas merkwürdig. Pastori wird nun von der Enterprise Holding International mit Hauptsitz in Rom vertreten. Das ist allerdings keine Anwaltskanzlei. In deren Auftrag wird aber Dr. Richard Franzen als Anwalt für Pastori engagiert. Dieser Dr. Franzen wird auch als Ansprechpartner für den geschassten Dr. Westphal genannt.«

»Von wann ist der Brief an Westphal?«

»Den hat er vor fünf Tagen abgeschickt.«

»Irgendwie habe ich das Gefühl, dass er mit diesem Brief sein Todesurteil abgeschickt hat«, murmelte Lemgo. »Seine Freundin Maria Serano war vielleicht von der Mafia als Aufpasserin für ihn eingesetzt worden. Möglicherweise hat sie die Hintermänner darüber informiert, dass Pastori sich verabschieden wollte.«

»Aber wie passt das mit dem gefälschten Pass auf ihren Namen zusammen? Wir sollten klären, ob Pastori sich vor seinem Tod noch mit Dr. Westphal unterhalten hat und worum es dabei ging.«

»Darum kümmere ich mich«, sagte Lemgo, verschwieg aber, dass er gerade erst mit dem Anwalt gesprochen hatte.

Sabine Siebels ließ sich von einem Kollegen eine Bilddatei des Mannes aus dem Video des Krankenhauses generieren. Die Qualität des Gesichtsausschnittes war bescheiden, aber ausreichend, um einen Abgleich mit den polizeilichen Datenbanken vorzunehmen. Während ihr Rechner arbeitete und das gescannte Foto mit Hunderten von Fotos abglich, betrat sie den Verhörraum. Joe Hübner saß noch mit dem Anwalt, dem Dolmetscher und den beiden festgenommenen Brüdern zusammen. Joe hatte die Befragung unterbrechen müssen, weil die zwei Russen nach Lemgos Auftritt ärztliche Versorgung benötigten. Sergei hatte eine Platzwunde an der Stirn davongetragen, Iwan ein geschwollenes Auge.

»Was ist denn mit denen passiert?«, erkundigte sich Sabine Siebels.

»Herr Lemgo war bei der Befragung anwesend und es kam zu einem Zwischenfall«, erklärte Joe.

»Das wird Konsequenzen haben«, drohte Dr. Westphal zum wiederholten Male.

»Entschuldigen Sie uns einen Moment«, sagte Joe und verließ mit Sabine den Raum. Vor der Tür unterrichtete er Sabine von der Geschichte, die die Russen ihm aufgetischt hatten. »Du solltest dich hier im Moment raushalten. Wenn dieser Anwalt spitzkriegt, dass der Entführer des Mädchens dein Mann ist, macht er uns die Hölle heiß. Ist schon schlimm genug, was dieser Lemgo angerichtet hat.«

»Damit wollen die durchkommen?«, fragte Sabine ungläubig.

»Solange wir das Mädchen nicht haben, können wir nicht viel ausrichten.«

»Okay, ich lasse gerade einen Bildabgleich laufen. Wenn wir Glück haben, ist unser Mann registriert.«

»Ich lasse die beiden erst mal in die Zelle bringen. Sie können keinen festen Wohnsitz aufweisen. Der Anwalt wird aber morgen mit Sicherheit irgendwelche russischen Papiere anschleppen.«

»Was ist mit Biggi? Die weiß vielleicht, wo Caluzi mit den Mädchen hingefahren ist.«

»Die sitzt im Büro bei Marion und gibt ihre Aussage zu Protokoll. Sprich noch mal mit ihr.«

Sabine Siebels ging zunächst in ihr Büro zurück. Auf ihrem Bildschirm blinkte die Information, dass der Bildabgleich keinen Treffer gelandet hatte. Sie fluchte leise vor sich hin. Dann gab sie das Bild des Mannes aus dem Krankenhausvideo in die Fahndungsliste ein und informierte Joe Hübner.

»Wäre ja auch zu schön gewesen«, kommentierte Joe den Reinfall. »Kümmere du dich jetzt um Biggi. Die ist unsere letzte Hoffnung.«

Lemgo saß regungslos an seinem Schreibtisch und dachte über seine nächsten Schritte nach. Am liebsten wäre er direkt wieder in den Verhörraum gegangen und hätte den Anwalt mit seinen neuen Erkenntnissen konfrontiert. Aber er beherrschte sich. Noch fehlten ihm die Zusammenhänge in der ganzen Geschichte. So, wie es aussah, wollte Mattheo Pastori unter dem neuen Namen Salvatore Serano alles hinter sich lassen. In den Restaurants gab es schon entsprechende Gerüchte, das hatte jedenfalls Annette Weiland behauptet. Hatte er dazu einen speziellen Grund gehabt? Gab es einen direkten Zusammenhang mit dem Untertauchen von Antonio de Rossi? Der Killer Belozzi gehörte zu de Rossis Leuten. Die Italiener hingen de Rossi wegen illegaler Waffenlieferungen an den Fersen. Gab es eine Verbindung zwischen diesen Waffengeschäften und den Geschäften von Mattheo Pastori? Wenn Pastori verschwinden wollte und zuvor seinem Anwalt das Mandat gekündigt hatte, dann wollte er auch Caluzi loswerden. Dr. Westphal und Caluzi machten gemeinsame Sache. Lemgo war sich sicher, dass beide für die Organisation von Antonio de Rossi tätig waren. Dazu bedienten sie sich Strohmännern wie Mattheo Pastori. Wenn Lemgo mit seinen Annahmen richtig lag, stellte sich die Frage, wer den Job von Caluzi und damit die Kontrolle über die Restaurants und das Bordell übernehmen sollte. War das auch die Frage gewesen, die Stefano Belozzi Pastori gestellt hatte, als er ihn folterte? Bevor er Dr. Westphal mit seinen Verdächtigungen konfrontierte, wollte er mit Maria Serano und diesem Dr. Franzen sprechen. Außerdem hoffte er, dass Charly Hofmeier bis morgen neue Informationen zu Stefano Belozzi und Antonio de Rossi beschaffen konnte.

»Da waren doch vorhin schon zwei Kollegen von Ihnen da. Ihr sprecht euch wohl überhaupt nicht ab.« Der ältere Herr aus der Wohnung im Parterre in der Rotlintstraße schüttelte den Kopf.

»Was für zwei Kollegen?« Lemgo konnte sich keinen Reim darauf machen.

»Zwei Männer im besten Alter. Die Ausweise von denen sahen aber anders aus als Ihrer.«

Lemgo stieg die Treppen in die zweite Etage hoch. Die Wohnungstür hatte er genauso schnell geöffnet wie Till kurz zuvor. Als er das Durcheinander sah, checkte auch er mit entsicherter Waffe die Räume. Es war niemand mehr da.

Lemgo setzte sich im Wohnzimmer auf einen Sessel und dachte nach. Waren die zwei Männer, die kurz vor ihm da gewesen waren, für das Chaos hier verantwortlich? Oder waren das wirklich Polizisten gewesen? Joe Hübner hatte gesagt, dass die beiden Russen vom LKA verhaftet worden waren. Von Till Krüger, dem ehemaligen Kommissar von der Mordkommission. War das LKA auch hinter Antonio de Rossi her? Das machte Sinn. Hielt de Rossi sich vielleicht in Frankfurt auf? Wo war Maria Serano jetzt? Lemgo fühlte sich nicht wohl in seiner Haut. Mangelnde Absprache zwischen verschiedenen Polizeibehörden hatte ihn schon einmal das Leben gekostet. Sein Leben als Hans Dietermann. Jetzt hing auch noch dieser Siebels mit drin. Als Privatdetektiv. Die ganze Sache lief aus dem Ruder. Genau wie damals. Lemgo schloss die Augen. Seine Dämonen holten ihn wieder ein. Er sah das Feuer. Er hörte die Schüsse. Die Rufe aus der Ferne. Halt. Polizei. Keinen Schritt weiter. Aus den Flammen kamen die anderen Rufe. Hilferufe. Lemgo sprang vom Sessel hoch, griff panikartig nach seiner Waffe. Im nächsten Moment stand er verdutzt in der verwüsteten Wohnung. Es dauerte einen Moment, bis er begriff, wo er sich gerade befand. Er ging ins Badezimmer und hielt sein Gesicht unter laufendes kaltes Wasser. Dann verließ er die Wohnung. Als er wieder in seinem Wagen saß, rief er Annette Weiland an. »Wo bist du? Ich muss dich sehen.«

Biggi schimpfte laut, als Sabine Siebels sich endlich bei ihr blicken ließ. Ihre Aussage hatte sie zu Protokoll gegeben. Außer ihren Personalien hatte sie nur angegeben, dass sie von dem Vorfall nichts mitbekommen hätte. Sie hatte sich lustlos durch die Verbrecherkartei gewühlt, dabei aber keine bekannten Gesichter entdeckt.

Sabine hielt das Protokoll in der Hand und schaute Biggi enttäuscht an. »Wie lange arbeitest du da schon, Biggi?«

»Spielt das eine Rolle?«

»Caluzi vertraut dir. Stimmt doch, oder?«

»Caluzi vertraut niemandem.« Biggi wollte sich nicht auf ein Gespräch einlassen. Sie schaute demonstrativ aus dem Fenster.

»Das Mädchen ist verschwunden«, sagte Sabine mit ernstem Tonfall. »Jemand hat sie aus dem Krankenhaus abgeholt. Jemand, der verhindern will, dass sie mit uns spricht.«

»Was willst du von mir?« Biggi schaute Sabine jetzt wütend an.

»Ich will wissen, wo Caluzi mit den anderen Mädchen hingefahren ist.«

»Ich wusste nicht mal, dass er mit irgendwelchen Mädchen weggefahren ist.«

»Er hat sich aus dem Staub gemacht, kurz bevor das SEK eingetroffen ist. Das hatte er nicht geplant. Die Mädchen sollten bei euch im Keller bleiben, bis sie jemand abgeholt hätte. Jetzt muss Caluzi improvisieren. So viele Alternativen wird er nicht haben. Wo kann er sich mit fünf oder sechs Mädchen aufhalten? Komm, Biggi, gib mir was. Niemand wird erfahren, dass der Tipp von dir kommt. Mein Wort drauf.«

»Ach, meinst du vielleicht, ich kann dann wieder zurückgehen und so tun, als wäre nichts gewesen?«

»Jedenfalls kannst du mit einem erleichterten Gewissen zurückgehen, wenn du uns hilfst, die Mädchen aufzuspüren.«

»Du hast doch keine Ahnung«, zischte Biggi. »Hinter Caluzi stehen andere Leute. Die sind gefährlich. Mit denen legt man sich nicht an.«

»Oh doch, wir legen uns jetzt mit denen an. Ob du uns hilfst oder nicht. Du hängst auf jeden Fall mit drin, Biggi. Als Mitglied einer kriminellen Organisation kannst du für lange Zeit im Knast verschwinden. Wie alt bist du? Kannst du fünf oder zehn Jahre wegstecken und dann wieder Tritt fassen? Glaube ich nicht.«

»Ich brauche einen Kaffee und ne Zigarette«, stammelte Biggi.

»Kein Problem, besorge ich dir.« Sabine Siebels verließ das Zimmer.

11

Lemgo klopfte an die Zimmertür von Annette Weiland. Sie öffnete und ließ ihn in das kleine Zimmer eintreten. Lemgo kam langsam auf sie zu. Seine Augen wichen nicht von ihr. Als er dicht vor ihr war, fing er an, ihre Bluse aufzuknöpfen.

»Was willst du?«, fragte sie und ließ ihn gewähren.

Lemgo sagte nichts. Er zog ihr die Bluse aus und ließ sie zu Boden fallen.

»Flüchtest du gerade vor deinen Albträumen?« Sie sah ihn an und rührte sich nicht. Lemgo nickte, öffnete ihren BH und ließ ihn ebenfalls zu Boden fallen. Seine Hände umfassten ihre Brüste. »Sie werden dich immer wieder einholen.«

»Ich weiß«, flüsterte Lemgo und knetete ihre Brüste.

»Willst du jetzt immer herkommen, wenn du deine Dämonen nicht loswirst?«

»Vielleicht«, seufzte Lemgo und öffnete ihre Hose.

»Und wenn ich nicht will?«

Lemgo griff sie mit der Hand am Genick und zog sie zu sich, presste seine Lippen auf ihre, küsste sie wild und atemlos. Sie schlang ihre Arme um ihn, drückte ihn eng an sich.

»Wenn du nicht willst, gehe ich wieder«, stöhnte Lemgo und zog ihr mit hastigen Griffen die Hose und den Slip runter.

»Bleib hier«, keuchte Annette Weiland. Lemgos Hände glitten verlangend über ihren nackten Körper.

»Ich habe nicht viel Zeit.« Lemgo öffnete hastig seine Hose.

»Dann mach schnell.« Sie ergriff mit beiden Händen seine Pobacken.

Lemgo hob sie hoch. Er trug sie zur Tür, drückte sie dagegen und drang in sie ein. Die Holztür schlug bei jedem seiner heftigen Stöße gegen den Rahmen. Zu dem lauten Gepolter mischte sich das leidenschaftliche Stöhnen der beiden.

Sabine Siebels hatte zwei Tassen Kaffee besorgt und bei einem Kollegen eine Zigarette geschnorrt. Biggi rauchte wortlos die Zigarette und nippte an ihrem Kaffee. Sabine wartete, bis sie die Zigarette geraucht und im Aschenbecher ausgedrückt hatte.

»Es gibt da eine Lagerhalle«, rückte Biggi plötzlich mit der Sprache raus. Sabine hatte nicht damit gerechnet, doch noch etwas aus ihr herauszubekommen.

»Eine Lagerhalle? Wo?«

»In Fechenheim. Adam-Opel-Straße. Caluzi trifft sich dort manchmal mit irgendwelchen Leuten. Ich habe das mal zufällig aufgeschnappt, als er telefoniert hat.«

»Danke, Biggi. Wir überprüfen das sofort.«

»Ich weiß nicht, was mit den Mädchen passiert, die Caluzi bei uns durchschleust. Aber es sind komische Leute, die diese Mädchen dann abholen. Das hat nichts mit dem normalen Rotlichtmilieu zu tun.«

»Reiche Leute, die sich Sklavinnen halten?«, fragte Sabine vorsichtig nach.

»Ich weiß es nicht. Ich wollte das auch nie wissen.«

»Kann ich verstehen«, sagte Sabine. »Du kannst gehen. Deine Aussage behandele ich vertraulich, versprochen.«

Biggi verließ das Präsidium, Sabine informierte umgehend Joe Hübner. Joe organisierte ein Sondereinsatzkommando und machte sich mit Sabine auf den Weg zu dem Industriegebiet in Fechenheim.

»Wird ein langer Tag heute«, sagte Joe, als sie über die Hanauer Landstraße fuhren.

»Ich hoffe nur, dass mein Mann den Rest vom Tag nutzt, um sich um Kind und Haus zu kümmern«, sagte Sabine nachdenklich.

Siebels lümmelte sich mit seinem Sohn auf dem Sofa rum. Sie schauten sich gemeinsam einen Walt Disney Film an. Während Dennis hochkonzentriert dem Geschehen auf dem Bildschirm folgte, war Siebels mit seinen Gedanken ganz woanders. Er dachte an Irina. Die Sache mit dem Peilsender an seinem Wagen ließ ihm keine Ruhe. Je länger er darüber nachdachte, desto weniger glaubte er daran, dass die beiden

Männer ihm den Sender untergejubelt hatten. Die konnten ja unmöglich darauf vorbereitet gewesen sein, dass er mit Irina das Weite suchte. Ihm kam der Mann mit dem roten Alfa wieder in den Sinn. Der hatte ihn beobachtet, da war Siebels sich sicher. Während er grübelnd auf dem Sofa lag, klingelte es an der Tür. Er stand auf, stieg in seine Pantoffeln, blickte zu Dennis und hoffte, dass jetzt kein Taxi für ihn vor der Tür stand. Siebels schaute zunächst durch das Küchenfenster auf die Straße. Dort stand ein Lieferwagen von einem Paketdienst. Siebels öffnete die Tür. Ein Mann in einer zum Lieferwagen passenden Zustelleruniform stand vor ihm. Die Mütze hatte er tief ins Gesicht gezogen. In den Händen hielt er ein größeres Paket.

»Für mich?«, fragte Siebels, der kein Paket erwartete.

Der Mann hob den Kopf und Siebels blickte in das Gesicht von Till. Siebels schüttelte den Kopf. »Kann das sein, dass ihr ein bisschen paranoid seid, beim LKA?«

»Kann das sein, dass du einen Sender an deinem Wagen hattest?«, fragte Till und betrat die Wohnung. Siebels schloss die Tür hinter Till.

»Du bist ja bestens informiert«, sagte Siebels zerknirscht. »Sie haben das Mädchen aus dem Krankenhaus geholt, aber das weißt du ja bestimmt auch.«

»Ja, das weiß ich auch. Die Sache mit dem Sender hat uns zu denken gegeben.«

»Sabine kam drauf. Hast du mitbekommen, ob einer der Typen an meinem Kotflügel hantiert hat?«

»Ich glaube nicht, dass die beiden den Sender angebracht haben.«

»Das glaube ich eigentlich auch nicht. Aber wer sonst?«

»Wir fragen uns, wer Maria Serano wirklich ist und was sie vorhat.«

»Mit der Suche nach ihrem Neffen bin ich keinen Schritt weitergekommen«, seufzte Siebels. »Glaubst du etwa, sie hat mir den Sender unters Auto geklemmt?«

Till zuckte mit den Schultern. »Wir sind etwas beunruhigt. Erst taucht sie bei dir auf und bringt Sabine Lehmann alias Liliane ins Spiel. Dann erfahren wir, dass ihr Freund umgebracht wurde. Ein Mann, der mit der Mafia zu tun hatte. Wir haben uns entschlossen, sie aufzusuchen und mit ihr zu reden. Sie ist abgetaucht. Ihre Wohnung wurde durchsucht.«

»Und nun? Willst du ein Bier? Bei Sabine wird es heute bestimmt später. Du weißt ja, warum.«

Till lachte. »Zum Biertrinken bin ich eigentlich nicht hier. Das wäre meiner Tarnung als Paketzusteller auch nicht zuträglich. Die bleiben nämlich nicht lange, weißt du.«

»Hättest ja als Klempner kommen können. Der Siphon im Bad ist verstopft.«

»Sehr witzig, Siebels. Ich bin hier, weil du Maria Serano anrufen sollst. Wir wollen wissen, wo sie ist.«

»Und was soll ich ihr sagen? Dass ich von ihrem Neffen noch keine Spur habe, dafür aber eine junge Frau aus dem Puff gerettet habe, die leider wieder verloren gegangen ist?«

»Genau. Und dass du wegen der Aktion heute Vormittag jetzt eine Vorladung beim LKA hast. Wir sind gespannt, wie sie darauf reagiert. Wäre gut, wenn du ein baldiges Treffen mit ihr arrangieren könntest.«

»Ein Treffen, bei dem du ganz in der Nähe bist, nehme ich an.«

»Ich muss doch auf dich aufpassen. Was hättest du heute Vormittag bloß ohne mich gemacht?«

»Darüber denke ich lieber nicht nach. War mir gar nicht aufgefallen, dass du mich observiert hast.«

»Du hattest ja auch nur Augen für diesen Caluzi.«

»Sag das nicht meiner Frau«, sagte Siebels lächelnd. »Komm mit ins Büro, ich rufe Maria Serano an.«

»Herr Siebels, haben Sie schon Fortschritte gemacht?«, fragte Maria Serano neugierig, als Siebels sich bei ihr meldete.

Siebels berichtete ihr von seiner Beschattung Caluzis und dem Vorfall mit Irina. Er hatte den Lautsprecher am Telefon eingeschaltet, damit Till mithören konnte.

»Ich hatte geahnt, dass dort schlimme Dinge passieren. Die Lage hat sich geändert, Herr Siebels. Ich entziehe Ihnen den Auftrag. Meine Anzahlung können Sie selbstverständlich behalten.«

»Was? Warum das?«

»Es ist zu gefährlich für Sie. Ich hätte Sie nicht aufsuchen sollen. Es tut mir leid.«

»Das LKA hat eingegriffen, als ich das Mädchen dort rausgeholt habe. Die haben mich vorgeladen und wollen eine Aussage von mir aufnehmen. Ich denke, wir sollten uns vorher absprechen.«

»Was hat das LKA dort gemacht?«

»Vermutlich war man dort über die Ankunft der Mädchen informiert. Mein Auftauchen hat wahrscheinlich eine lang geplante Polizeiaktion zunichte gemacht. Die werden mich ausquetschen.«

Till hob den Daumen. Maria Serano schien Siebels‹ Geschichte zu schlucken.

»Das ist ein Problem. Kommen Sie morgen Früh um 10:00 Uhr in die Katharinenkirche. Dritte Bank links von vorne.« Maria Serano beendete das Gespräch, ohne weitere Worte zu verlieren.

»Ich bin gefeuert«, wunderte sich Siebels.

»Manche Frauen haben einfach zu hohe Ansprüche«, lästerte Till.

»Du solltest wieder verschwinden, Paketboten bleiben nicht so lange.«

»Bin schon weg. Wenn du gefeuert bist, begleite ich dich morgen vielleicht ganz offiziell zu dem Treffen. Ich kläre das ab und gebe dir Bescheid.«

»Ach, das wäre schön. Wie in alten Zeiten.«

Joe Hübner und Sabine Siebels standen vor der Lagerhalle in der Adam-Opel-Straße. Am Eingangstor hing ein Schild mit der Aufschrift SilSil Import-Export GmbH. Das Rolltor lief auf einer Schiene. Es war nicht ganz geschlossen. Ein etwa 10 Zentimeter breiter Spalt trennte das Tor vor dem Einrasten. Hinter dem Tor lag eine asphaltierte Freifläche. Am anderen Ende stand die Lagerhalle. Das Grundstück und die Lagerhalle waren unbeleuchtet. Es standen keine Fahrzeuge auf dem Grundstück. Das Sondereinsatzkommando war involviert und bereit zum Zugriff. Joe Hübner schob das Tor weiter auf und gab dem Einsatzleiter des SEK das Zeichen. Drei schwarze Fahrzeuge fuhren kurz darauf auf das Grundstück. Die Wagen hielten vor dem Eingang zur Lagerhalle. Aus jedem Auto sprangen gleichzeitig vier maskierte und bewaffnete Männer. Sechs Männer blieben vor dem Eingang stehen, die anderen sechs liefen um die Halle herum. Sie gingen am Hinterausgang der Halle in Stellung. Joe Hübner und Sabine Siebels beobachteten das Team von der Straße aus. Die Männer stürmten die Halle gleichzeitig von zwei Seiten. Joe und Sabine blieben angespannt auf ihrer Position, bis der Einsatzleiter aus der Halle trat und sie zu sich winkte.

»Ein Toter«, informierte der Mann die beiden. »Sitzt auf dem Fahrersitz eines schwarzen Transporters. Aus nächster Nähe erschossen. Kopfschuss. Vermutlich stand der Schütze auf der Fahrerseite neben dem Fahrzeug. Der Transporter ist leer. In der Halle befinden sich sonst keine Personen.«

»Schauen wir uns das mal an«, sagte Joe und betrat mit Sabine die Halle. Der Transporter stand in der Mitte der leeren Halle. Einige Männer vom SEK hatten die Masken abgenommen und rauchten eine Zigarette.

»Caluzi«, sagte Sabine, nachdem sie einen Blick auf den Toten geworfen hatte.

»Den Fall können wir jetzt endgültig an den neuen Kollegen von der Mordkommission abgeben«, befand Joe. Er gesellte sich zu den rauchenden SEK-Leuten und zündete sich auch eine Zigarette an.

»Und was ist mit den verschwundenen Mädchen?« Sabine schaute Joe herausfordernd an.

»Die sind längst auf dem Weg über die Grenze. Nach Holland oder nach Tschechien oder was weiß ich.«

»Ich verstehe nicht, warum Caluzi erschossen wurde«, grübelte Sabine und sah Joe fragend an. »Wurden die Mädchen von einer rivalisierenden Organisation übernommen?«

»Soweit ich weiß, gehörte Caluzi zu keiner Organisation. Er hat die Drecksarbeit für Pastori gemacht und jetzt sind beide tot. Also ein Fall für den Kollegen Lemgo. Der kann sich jetzt auch um unsere beiden russischen Freunde kümmern. Vielleicht stehen die nach dem Patzer von heute Vormittag auch auf der Abschussliste. Ich rufe jetzt die Spurensicherung, die Gerichtsmedizin und die Mordkommission an und dann ist Feierabend.«

»Wahrscheinlich hat der Mann, der Irina aus dem Krankenhaus geholt hat, auch Caluzi umgebracht«, spekulierte Sabine.

»Du hättest ja den Job von deinem Mann bei der Mordkommission übernehmen können. Dann könntest du dich jetzt austoben.« Joe nahm sein Handy und tätigte die angekündigten Anrufe.

Lemgo saß auf dem kleinen drehbaren Bürostuhl vor dem Schreibtisch im Zimmer von Annette Weiland. Sie lag nackt und unbedeckt im Bett. Lemgo betrachtete sie. Er drehte sich dabei auf dem Stuhl bedächtig hin und her.

»Ich muss dir etwas gestehen, Herr Kommissar«, sagte Annette Weiland. Sie winkelte einen Arm ab und stützte damit ihr Kinn ab. »Ich hatte gar nichts mit dem schmierigen Italiener.«

Lemgo hielt in seinen Drehbewegungen abrupt inne. »Was soll das heißen? Du hast ihm ein falsches Alibi gegeben?«

»Nein. Ich war wirklich bei ihm. Aber wir haben nicht miteinander geschlafen. Er hat mich nur für meine Anwesenheit bezahlt. 500 Euro. Dafür musste ich die Nacht über in seiner Wohnung bleiben.«

»Er hat gewusst, dass er für die Nacht ein Alibi braucht«, überlegte Lemgo laut. »Er wusste also vorher schon, was mit Pastori in dieser Nacht passieren würde. Hat er irgendwelche Andeutungen gemacht, warum er dir 500 Euro zahlt, nur damit du die Nacht in seiner Wohnung verbringst?«

»Nein. Aber er hat mehrmals telefoniert. Dabei war er allein im Zimmer nebenan. Er hat italienisch gesprochen. Ich habe keine Ahnung, mit wem und über was er gesprochen hat.«

»Warum erzählst du mir das jetzt?«

»Weil es dir keine Ruhe gelassen hat. Ich habe es gespürt, als du mich eben gefickt hast. Ich bin kein Flittchen, dass mit jedem gleich ins Bett hüpft.«

Lemgo bekam einen Anruf. Er nahm das Gespräch entgegen. »Ich bin schon unterwegs«, sagte er und beendete das Gespräch. »Caluzi ist tot«, ließ er Annette Weiland wissen, stand auf und verließ das Zimmer ohne weitere Worte. Er machte sich auf den Weg zu der Lagerhalle in der Adam-Opel-Straße.

12

Mittwoch, 8. Oktober 2014

»Ich bin Paul Lemgo, der Neue bei der Mordkommission«, stellte Lemgo sich bei Charly Hofmeier in dessen Büro vor. Es war 8:00 Uhr morgens. Lemgo hatte in der letzten Nacht nicht viel Schlaf gefunden, aber er war hellwach und wild entschlossen, die Hintergründe zu den Morden an Pastori und Caluzi aufzudecken.

Charly stand auf und reichte Lemgo die Hand. »Freut mich«, sagte Charly und bot Lemgo einen Stuhl an. »Ich habe wegen Ihnen eine Nachtschicht eingelegt. Bin da auf ein paar ganz interessante Sachen gestoßen. Das ist größtenteils aber gerichtlich nicht verwertbar, wenn Sie verstehen.«

Lemgo nickte. »Machen Sie sich darüber mal keine Sorgen. Gültiges Beweismaterial kann ich noch auftreiben, wenn ich erst mal weiß, wo ich danach suchen muss. Schießen Sie los, Hofmeier.«

»Nennen Sie mich Charly. Alle nennen mich hier Charly. Wollen Sie einen Kaffee?«

»Schwarz bitte. Ich bin Lemgo. Alle nennen mich Lemgo.«

»Also, Lemgo«, begann Charly über seine Recherchen zu berichten und reichte dem Kollegen den Kaffee. »Alberto Masotti war im Irak für ein amerikanisches Sicherheits- und Militärunternehmen tätig. Er hat eine Söldnergruppe befehligt. Söldner, die die Aufgabe hatten, Transporte sicher zu geleiten und Nachschubwege abzusichern. Es gab im Irak zeitweise mehr Söldner als Soldaten der regulären Truppen. Das hatte manchmal chaotische Verhältnisse zur Folge. In diesem Chaos muss es Masotti gelungen sein, Waffenlieferungen, die offiziell für die im Irak stationierten italienischen Truppen bestimmt waren, an eine Rebellengruppe umzuleiten. Das kam raus, nachdem Italien ab 2005 seine Truppen im Irak abgezogen hat. Die Amerikaner mussten entstandene Lücken füllen. Einige Soldaten bei den Italienern steckten mit Masotti unter einer Decke. Wahrscheinlich hat er sie bestochen. Zunächst war den Amerikanern aufgefallen, dass Masotti einheimische Lastwagenfahrer engagiert hatte, die auf gesicherten Routen fuhren, die es eigentlich gar nicht geben durfte. Dann sind Unterlagen über Waffenlieferungen an die italienischen Truppen aufgetaucht. Es gab knapp 3000 Soldaten aus Italien im Irak. Die Waffenlieferungen entsprachen der Ausrüstung von etwa 10.000 Soldaten. Das amerikanische Militär hat daraufhin interne Ermittlungen aufgenommen und bei der italienischen Regierung Auskünfte angefordert. Dort hat man aber geblockt und die Amis hingehalten. Masotti konnten sie nicht mehr befragen, der war rechtzeitig abgetaucht. Wahrscheinlich hat er den Irak schon unter dem Namen Stefano Belozzi verlassen. Unter diesem Namen steht er jedenfalls nicht auf den Fahndungslisten. Die Amerikaner hatten den Verdacht, dass Masotti illegale Waffenlieferungen für das italienische Unternehmen Monieri im Irak abgewickelt und überwacht hat. Deklariert als Ausrüstung für die italienischen Streitkräfte im Irak. Aber es gab dafür keine stichhaltigen Beweise. Während des Regierungswechsels in Italien muss es dann undichte Stellen bei den Italienern gegeben haben. Den Amerikanern wurden geheime Dokumente zugespielt. Unter anderem eine verschlüsselte Lohnliste, auf der Masotti auftauchte. Er erhielt größere Summen von der Monieri. Und zwar während er als Söldner für das amerikanische Unternehmen im Irak tätig war. Diese Lohnliste war von Antonio de Rossi abgezeichnet, dem Geschäftsführer der Firma Monieri. Der konnte aber noch jahrelang unbehelligt seinen Geschäften nachgehen. Erst vor einigen Wochen scheint es eng für ihn geworden zu sein. Er ist untergetaucht und wird seitdem mit internationalem Haftbefehl gesucht.«

»Sie sind ja noch besser als der Ruf, der Ihnen vorauseilt«, wurde Charly von Lemgo gelobt. »Wie haben Sie das bloß über Nacht alles ausgegraben?«

»Ich hatte Glück«, wiegelte Charly ab. »Ein Kollege von uns war als Ausbilder bei der irakischen Polizei tätig. Dort war man teilweise in die amerikanischen Ermittlungen involviert. Hauptsächlich wegen der Fahrer, die die Transporte durchgeführt haben. Der Kollege konnte mir auch einen Kontakt auf amerikanischer Seite herstellen. Von dort habe ich auch einige Informationen erhalten. Dort ist man sehr an Informationen über den Aufenthaltsort von Antonio de Rossi interessiert, soll ich Ihnen mitteilen.«

»Das klingt interessant. Gute Arbeit, Charly. Der Name Pastori ist bei Ihren Recherchen nicht zufällig auch aufgetaucht?«

»Nein, da muss ich passen.«

»Wäre ja auch zu schön gewesen«, bedauerte Lemgo und machte sich auf den Weg in sein Büro.

Till saß im Büro von Thomas Heck und berichtete ihm von seinem Besuch bei Siebels und dessen Gespräch mit Maria Serano.

»Sie hat ihn also gefeuert«, sagte Heck nachdenklich und lehnte sich in seinem Stuhl zurück. »Weil sie es für zu gefährlich für ihn hält. Oder weil sie spitzgekriegt hat, dass wir an Siebels dranhängen?«

»Wir sollten unser Versteckspiel vielleicht aufgeben«, schlug Till vor. »Ich könnte Siebels nachher zu dem Treffen begleiten und mit ihr sprechen.«

Heck dachte eine Weile darüber nach. »Du hast recht«, sagte er schließlich. »Wenn sie Siebels wirklich schon wieder loswerden will, sollten wir aktiv werden. Gestern wurde der Geschäftsführer von dem Puff gefunden. In dem Transporter, mit dem er mit den Mädchen davongefahren ist. Er hatte ein Loch im Kopf.« Heck schaute auf einen Ausdruck auf seinem Schreibtisch. »Luigi Caluzi. Er hat die Geschäfte für Mattheo Pastori geführt, dem Freund von Maria Serano. Der wurde gefoltert und erschossen. Die Mädchen, mit denen Caluzi aus dem Puff abgehauen ist, sind spurlos verschwunden.«

»Dazu kommt noch der angeblich entführte Neffe von Maria Serano«, ergänzte Till. »Da scheint jemand ziemlich unter Druck zu stehen.«

»Ja. Und ich werde das Gefühl nicht los, dass unsere Liliane genau weiß, wer da unter Druck steht.«

»Vielleicht sollte Siebels sich noch mal mit ihr unterhalten. Sie steht auf ihn.«

Thomas Heck verdrehte die Augen. »Wenn sein Auftrag beendet ist, sollten wir ihn aus der Sache raushalten.«

Lemgo unterrichtete sein Team über den aktuellen Stand der Dinge. Samuel König und Julia Forster nahmen erstaunt zur Kenntnis, dass Luigi Caluzi erschossen und die Wohnung von Pastoris Freundin Maria Serano durchsucht worden war. Noch erstaunlicher fanden sie die Geschichte, die Lemgo über den Killer Stefano Belozzi und den Geschäftsmann Antonio de Rossi zu erzählen hatte. Lemgo ging anschließend auf die Rolle von dem Anwalt Dr. Westphal ein. »Der hat mir gegenüber ausgesagt, dass Pastoris Geschäfte rechtmäßig an Luigi Caluzi übertragen werden würden. Tatsächlich hat Pastori ihm aber das Mandat entzogen und stattdessen Dr. Richard Franzen als Anwalt engagiert. Dr. Westphal ist übrigens auch der Anwalt der beiden Russen, die gestern in Pastoris Puff verhaftet wurden.«

»Das ist aber alles ziemlich verwirrend«, stöhnte Samuel König.

»Finde ich nicht«, sagte Lemgo, ging zu der Tafel und schrieb die bisherigen Erkenntnisse in Stichworten zusammen, die er kommentierte. »Mattheo Pastori wird gefoltert und ermordet. So, wie es sich darstellt, war er ein rechtschaffener Gastronom, bevor eine kriminelle Organisation ihn als Strohmann auserwählte, um illegale Machenschaften über seine etablierten Geschäfte abwickeln zu können. Er bekommt Luigi Caluzi als Geschäftsführer und Dr. Westphal als Anwalt vor die Nase gesetzt. Damit ist er quasi entmündigt. Auf Anweisung seiner neuen Freunde erwirbt er ein Bordell. Das Bordell ist Umschlagplatz für Mädchen, die illegal ins Land geschleust und zur Prostitution gezwungen werden. Insofern haben wir typische mafiöse Strukturen vorliegen. Mattheo Pastori wollte aber offensichtlich nicht länger als Strohmann für die Mafia tätig sein. Er kündigte seinem Anwalt das Mandat, war im Begriff, eine neue Identität als Salvatore Serano anzunehmen und wurde kurz darauf gefoltert und ermordet. Was schließen wir daraus, Herr König?«

Samuel König schaute Lemgo etwas irritiert an. »Pastori wollte die Mafia mit seinem Wissen erpressen«, sage er etwas unsicher.

»Wie kommen Sie denn darauf?«

Samuel König schaute hilfesuchend zu Julia Forster. Die konnte sich aber auch noch keinen Reim auf die ganzen Vorkommnisse machen und hielt sich aus der Diskussion raus. »Pastori wurde gefoltert, weil die Mafia nicht sicher war, ob er alleine und aus Eigeninitiative handelte. Sie wollten sicherstellen, dass das Problem Pastori nach seinem Ableben gelöst ist.«

»Guter Ansatz«, sagte Lemgo. »Aber warum wurde dann Caluzi umgebracht?«

»Weil er Mist gebaut hat«, schaltete sich Julia Forster nun doch ein. »Die Mafia musste damit rechnen, dass wir Caluzi nach der Flucht des Mädchens auseinandernehmen. Das sollte verhindert werden.«

»Richten wir unser Augenmerk mal auf die Hintermänner. Die Mafia ist eine Organisation, die von oben gesteuert wird. Wer steuerte Caluzi, die beiden Russen und den Anwalt Dr. Westphal?«

Samuel König war sich plötzlich sicher. »Dieser Antonio de Rossi muss der Chef sein«, platzte es aus ihm heraus.

Lemgo nickte und schrieb den Namen Antonio de Rossi ganz oben auf die Tafel. Daneben notierte er den Namen der Firma Monieri. Darunter schrieb er die Namen Alberto Masotti alias Stefano Belozzi.

Julia Forster hatte sich die Ereignisse durch den Kopf gehen lassen und gab nun ihre Eindrücke preis. »Ich glaube nicht, dass Pastori versucht hat, die Mafia zu erpressen. De Rossi steht wegen der illegalen Waffenlieferungen im Irak unter Druck. Es muss da irgendeinen Zusammenhang mit dem Mord an Pastori geben.«

»Das war auch meine Mutmaßung«, bestätigte Lemgo. »Aber ehrlich gesagt habe ich keine Ahnung, wo da der Zusammenhang sein könnte. Doch wir kommen der Sache immer näher. Ihr zwei knöpft euch die beiden Russen vor. Checkt deren Vita gründlich durch. Wenn ihr da nicht weiterkommt, soll euch Charly Hofmeier unterstützen. Ich besuche zunächst den neuen Anwalt von Pastori, diesen Dr. Franzen. Neue Erkenntnisse werden mir umgehend telefonisch mitgeteilt. Alles klar?«

Die Kommissare nickten und machten sich an die Arbeit.

Familie Siebels saß noch zusammen am Frühstückstisch, als es an der Tür klingelte. Sabine schaute ihren Mann misstrauisch an. Der zuckte mit den Schultern und ging zur Eingangstür. Als er öffnete, strahlte Till ihn an.

»Guten Morgen, darf ich reinkommen?«

Siebels ließ Till rein. »Wir frühstücken gerade.«

»Das trifft sich gut. Ich hatte noch kein Frühstück.«

»Du bist ja gar nicht verkleidet«, stellte Siebels amüsiert fest.

»Wir ändern die Taktik. Ich begleite dich zu dem Treffen mit Maria Serano.« Till betrat die Küche. »Guten Morgen, Sabine. Hallo, Dennis. Mensch, bist du groß geworden.«

»Gibt es Probleme?«, fragte Sabine misstrauisch.

»Du bist verhaftet«, verkündete Dennis und schaute Till böse an.

»Jetzt gibt es ein Problem, ich bin verhaftet«, stöhnte Till entsetzt und setzte sich an den gedeckten Tisch. »Das sieht lecker aus.«

Sabine stellte ihm noch ein Gedeck hin.

»Das Gefängnis ist im Badezimmer«, klärte Dennis den verhafteten Till auf.

»Mit leerem Magen kann ich aber unmöglich ins Gefängnis gehen«, lamentierte Till mit weinerlicher Stimme.

»Na gut. Aber nur ein Brötchen«, ließ sich Dennis auf einen Kompromiss ein.

Till schmierte sich das gewährte Brötchen mit Butter und Marmelade.

»Habt ihr aus den Russen was rausgeholt?«, erkundigte Till sich bei Sabine.

»Stopp«, ermahnte Sabine Till mit erhobenem Zeigefinger. Dann schickte sie Dennis in sein Zimmer, wo er sich für den Kindergarten fertig machen sollte.

»Was kann man denn aus Russen rausholen?«, fragte Dennis neugierig und ignorierte die Anweisung seiner

Mutter.

»Das fragst du besser Anna, wenn sie wieder mal hier ist«, verwies Till ihn mit einem spitzbübischen Lächeln auf seine Freundin, die Gerichtsmedizinerin. Im gleichen Moment bekam er von Sabine einen Fußtritt gegen das Schienbein verpasst.

»Los jetzt«, ermahnte Sabine ihren wissbegierigen Sohn. Dennis kannte den Tonfall seiner Mutter, der keine Widerrede mehr duldete. Als er die Küche verlassen hatte, schloss Sabine hinter ihm die Tür und berichtete von der Aussage der Russen. »Sie wollten das Mädchen vor meinem Mann retten«, fasste sie die Version der Russen kurz zusammen. »Nach dem Mord an Caluzi fallen die beiden jetzt in das Ressort der Mordkommission. Wir sind raus aus der Nummer.«

»Ich noch nicht«, gab Siebels kund und kaute genüsslich auf einem Schinkenbrötchen herum.

»Du musst dich jetzt beeilen, damit du Dennis pünktlich im Kindergarten ablieferst«, ermahnte Sabine ihn. »Was habt ihr zwei eigentlich vor?«

»Wir gehen in die Kirche«, sagte Till und schenkte sich noch Kaffee nach.

»Beichten solltet ihr besser bei mir«, seufzte Sabine, die sich ernsthaft Sorgen machte.

»Ich treffe mich dort mit einer Frau«, beichtete Siebels.

»Wir treffen uns dort mit einer Frau«, korrigierte Till.

»Nein, es ist mein Treffen. Du bist nur ein Anhängsel.«

»Könnt ihr zwei auch mal ernst bleiben?«, beschwerte sich Sabine.

Sie holte das Foto aus der Videoaufzeichnung vom Krankenhaus aus ihrer Tasche und reichte es Till. »Das ist der Mann, der Irina aus dem Krankenhaus abgeholt hat. Ein Bildabgleich mit unseren Datenbanken hat keinen Treffer gebracht. Kennst du den?«

Till konnte den Mann nicht zuordnen und hielt Siebels das Bild vor die Nase. Dem ging beim Betrachten des Fotos ein Licht auf. »Ich glaube, das ist der Typ aus dem roten Alfa.«

»Könnte sein«, bestätigte Till. »Ich habe ihn nur von hinten und ganz kurz im Profil gesehen. Aber er könnte es sein, ja.«

»Wo habt ihr Caluzi eigentlich gefunden?«, wollte Till wissen.

Sabine erzählte ihm von Biggis Aussage und von der Lagerhalle. »SilSil Import-Export stand auf dem Firmenschild am Eingangstor.«

Till fiel die Recherche des LKA über die SilSil wieder ein. »Silvio Silotti hat diese Firma gegründet, als er nach Deutschland kam. Später hatte er das Unternehmen an eine Firma Monieri verkauft.«

Samuel König saß Sergei Zacharow gegenüber. Im Nebenraum verhörte Julia Forster Iwan Zacharow. Lemgo hatte die beiden noch auf seine kurze Unterredung mit den Russen hingewiesen. Vor allem auf deren Reaktion, als er Andeutungen zu Antonio de Rossi gemacht hatte.

Samuel König legte das Foto vom toten Caluzi vor Sergei auf den Tisch. Das Einschussloch in der Schläfe war deutlich zu erkennen. »Seit wann kannten Sie Herrn Caluzi?«

»Ich nix verstehen. Ohne Anwalt ich nix sagen.«

»Ihr Anwalt taucht wahrscheinlich auch bald mit so einem kleinen Loch im Kopf auf.« Samuel König deutete mit dem Finger auf das Foto. »Da draußen hat jemand Panik«, plauderte Samuel König im freundschaftlichen Ton weiter. »Da wird einer nach dem anderen umgebracht. Bis keiner mehr da ist, der Herrn de Rossi gefährlich werden könnte. Momentan fällt mir da außer Ihrem Anwalt nur noch Ihr Bruder ein. Und Sie natürlich.« Samuel König deutete mit zwei Fingern eine Pistole an, die er sich gegen die Schläfe hielt. »Peng. Ciao, Sergei.«

»Was bieten Sie uns an?« Der Russe schaute Samuel König in die Augen und sprach plötzlich sehr gutes Deutsch.

»Wer sagt denn, dass ich Ihnen etwas anbiete?«

»Sie haben nichts. Nur Tote. Und meinen Bruder und mich. Wenn wir etwas sagen, dann nur, wenn wir als Kronzeugen behandelt werden. Neue Namen, neuer Wohnsitz, absolute Geheimhaltung.«

»Sie sprechen ja ausgezeichnet Deutsch. Das macht die Sache auf jeden Fall einfacher. Als Kronzeuge müssen Sie aber was bieten, Herr Zacharow. Sie und ihr Bruder sind doch nur unbedeutende Figuren. Ihr habt doch nur die Mädchen aus der Ukraine nach Deutschland gebracht. Durftet ihr sie auch vergewaltigen? Oder war das anderen Leuten vorbehalten?«

Sergei Zacharow lächelte Samuel König arrogant an. »Sie wollen an Antonio de Rossi ran. Sie glauben, er steht ganz oben in der Hierarchie. Habe ich recht?«

Samuel König begriff langsam, dass er einen äußerst wichtigen Zeugen vor sich haben könnte. »Wir stehen noch ziemlich am Anfang unserer Ermittlungen«, sagte er ausweichend.

»Antonio de Rossi hat Leute über sich. Leute, die ihm Befehle erteilen. Leute, deren Namen in Ihren Ermittlungen niemals auftauchen werden.«

Samuel König war sich unsicher, ob Sergei bluffte oder ob er tatsächlich als Kronzeuge zu gebrauchen war. Er verließ den Raum. Vor der Tür stand schon Julia Forster. »Iwan hat nur gesagt, dass sein Bruder bereit sei, in ihrer beider Namen Verhandlungen zu führen. Mehr sagt er nicht. Keine Ahnung, was die sich einbilden.«

Samuel König klärte seine Kollegin auf.

»Lass uns erst mal zu Charly Hofmeier gehen«, schlug Julia Forster vor. »Würde mich jetzt schon interessieren, was das für Typen sind. Vielleicht findet Charly ja tatsächlich was über die beiden raus.«

Samuel König ließ die Zacharows zunächst wieder in die Zellen zurückbringen.

13

Lemgo war zu der Adresse gefahren, die auf Pastoris Unterlagen zu dessen neuem Anwalt Dr. Richard Franzen angegeben war. Die Kanzlei befand sich demnach in der Frauenlobstraße im Bockenheimer Diplomatenviertel. Lemgo stand vor einer Altbauvilla, ein kleines unscheinbares Messingschild war am Eingangstor zum Grundstück angebracht. Kanzlei Dr. Franzen und Partner. Lemgo betrat das Grundstück. Er machte zwei Videokameras im Eingangsbereich aus. Vor einer massiven Tür blieb er stehen und betätigte den Klingelknopf. Mit einem leisen Summen öffnete sich die Tür. Lemgo trat ein und gelangte in eine mit Marmorsteinen ausgekleidete Vorhalle, in der ein Empfangsbereich angesiedelt war. Am Empfang saß eine junge Frau. Dahinter standen zwei uniformierte und bewaffnete Wachleute neben einem Röntgengerät, wie es in den Sicherheitsbereichen von Flughäfen zum Einsatz kam. Lemgo wies sich bei der jungen Frau als Kriminalhauptkommissar aus und erkundigte sich nach Dr. Richard Franzen.

»Haben Sie einen Termin bei Dr. Franzen?«, erkundigte sich die Frau in einem höflichen Ton.

Lemgo verneinte und erklärte, dass er Dr. Franzen als Zeuge in einem Mordfall befragen müsse. Die Frau griff zum Telefon und sprach mit leiser Stimme auf Italienisch. »Es wird gleich jemand kommen«, teilte sie Lemgo anschließend mit und verlangte seinen Dienst- und seinen Personalausweis. Lemgo kam die ganze Prozedur sowie das Ambiente dieser Kanzlei äußerst merkwürdig vor. Er schob seine Ausweise durch einen Schlitz unter der Glasscheibe, die ihn von der Frau am Empfang trennte. Dann sah er zu, wie die Frau seine Ausweise in einen Scanner legte und anschließend seine Daten durch ein Programm laufen ließ. Kurz darauf wurde ein Besucherausweis ausgedruckt, den sie in eine Plastikhülle steckte und durch den Schlitz unter der Scheibe zu Lemgo schob. Dann forderte sie Lemgo auf, den Sicherheitsbereich zu durchschreiten und den Anweisungen der

Wachleute zu folgen. Lemgo wurde aufgefordert, alle Gegenstände, die er bei sich trug, in einen Korb zu legen. Als er seine Taschen geleert und auch seine Dienstwaffe in den Korb gelegt hatte, lief der Korb durch den Scanner. Anschließend wurde Lemgo aufgefordert, sich vor einen Ganzkörperscanner zu stellen. Lemgo tat, wie ihm geheißen und wurde dann zu einem Augenscanner weitergewunken. Nachdem auch seine Pupillen vom Scanner erfasst worden waren, wurde ihm der Korb mit seinen Sachen ausgehändigt. Seine Dienstwaffe wurde einbehalten. Dafür bekam er eine Quittung ausgehändigt.

»Meine Dienstwaffe können Sie nicht einziehen, ich bin Kommissar der Frankfurter Mordkommission«, beschwerte er sich.

»Sie befinden sich in diesen Räumlichkeiten in einem Hochsicherheitsbereich«, ertönte eine Stimme aus dem Hintergrund.

Lemgo sah einen Mann in einem Nadelstreifenanzug die Treppe zum Eingangsbereich herunterkommen. Lemgo ging ihm langsam entgegen.

»Sind Sie Dr. Franzen?«

Der Mann reichte Lemgo die Hand. »Mein Name ist Eduardo Lombardi. Ich denke, ich kann Ihnen Ihre Fragen besser beantworten als Dr. Franzen. Bitte folgen Sie mir.« Lemgo folgte ihm in ein großräumiges mit dunklem Holz verkleidetes Büro im ersten Stockwerk der Villa. Lombardi deutete auf zwei hellbraune Ledersessel, die vor einem vergitterten Fenster standen. »Bitte nehmen Sie doch Platz.« Lemgo hatte sich kaum in das weiche Lederpolster sinken lassen, als auch schon eine junge Frau hereinkam und Kaffee servierte, den sie auf kleinen Beistelltischen neben den Sesseln abstellte. »Ich bin übrigens über Ihre Telefongespräche mit Mario informiert«, ließ Lombardi Lemgo wissen und rührte etwas Zucker in seinen Kaffee.

»Verraten Sie mir auch, bei welchem Verein ich hier gelandet bin?«

»Bei einem Verein, der Sie unter gewissen Umständen bei Ihrer Arbeit unterstützen möchte. Genauer gesagt, bei den Ermittlungen in den Mordfällen Pastori und Caluzi.«

»Wenn Sie über meine Kontakte zu Mario informiert sind, gehören Sie zur Direzione Investigativa Antimafia«, spekulierte Lemgo. Mario war Kommissar bei der DIA, dem nationalen italienischen Kriminalamt zur Bekämpfung der Mafia und anderen Formen der organisierten Kriminalität.

»Nicht ganz. Die DIA ist ausschließlich in Italien aktiv. Aber wir arbeiten in bestimmten Fällen eng zusammen. Ich bin Mitarbeiter der Agenzia Informazioni e Sicurezza Esterna, kurz AISE.«

»Auslandsnachrichtendienst?«, fragte Lemgo erstaunt nach.

»Wenn wir mit Ihnen als Vertreter Ihrer Behörde zusammenarbeiten, erwarte ich diesbezüglich natürlich absolute Diskretion, Herr Lemgo.«

»Natürlich«, sagte Lemgo und wurde sich allmählich des tatsächlichen Ausmaßes seiner Mordfälle bewusst. »Wenn Dr. Franzen der neue Anwalt von Mattheo Pastori war, wollten Sie die Mafia über Pastoris Geschäfte infiltrieren. Da ist wohl etwas schiefgelaufen«, bemerkte Lemgo spitz.

»Der Mord an Pastori kam für uns überraschend, ja. Er sollte eigentlich in Kürze das Land verlassen.«

»Als Salvatore Serano. Was ist mit seiner Freundin, Maria Serano?«

»Sie befindet sich in Sicherheit. Mehr kann ich Ihnen dazu nicht sagen.«

»Ich würde mich gerne mit ihr unterhalten.«

»Tut mir leid. Das ist unmöglich. Sie kann Ihnen zu den Mordfällen nichts sagen, was ich Ihnen nicht auch sagen kann.«

»Sie befindet sich also in Ihrer Obhut?«

»Wie gesagt, sie befindet sich in Sicherheit. Vergessen Sie ihren Namen. Maria Serano existiert nicht mehr.« Lombardis Tonfall machte deutlich, dass das Thema damit abgehakt war.

»Wem gehören denn nun die Geschäfte von Pastori?«, wechselte Lemgo dann auch das Thema.

»Er hat seine Geschäfte an die Enterprise International verkauft. Diese Firma hat ihren Sitz in Rom und wird vom italienischen Kriminalamt zur Bekämpfung der Mafia kontrolliert. Die Kanzlei Dr. Franzen und Partner arbeitet mit Enterprise eng zusammen.«

»War das die Information, die Belozzi aus Pastori herausholen sollte?«

Lombardi stand auf und stellte sich mit dem Rücken zu Lemgo vor das vergitterte Fenster. »Wir wissen es nicht. Das ist ein Grund für unsere vertrauliche Unterhaltung. Sollten Sie herausfinden, warum Pastori gefoltert wurde, möchten wir informiert werden.«

»Wie soll ich das herausfinden, wenn Sie es nicht schaffen? Belozzi ist wieder in Italien und Caluzi ist tot. Hat Ihr Verein Caluzi aus dem Weg geräumt?«

»Nein. Mit seinem Tod haben wir nichts zu tun. Uns wäre er momentan lebend mehr von Nutzen. Finden Sie seinen Mörder, dann kommen Sie auch der Antwort auf die Frage näher, warum Pastori gefoltert wurde.«

Siebels und Till hatten Dennis zum Kindergarten gebracht und waren anschließend mit Siebels Wagen in die Innenstadt gefahren.

»Wie gefällt es dir eigentlich beim LKA?«, wollte Siebels wissen.

»Ich habe meinen Entschluss jedenfalls nicht bereut. Abends hocke ich jetzt oft noch länger im Büro rum, ständig sind irgendwelche Besprechungen. Aber das ist okay. Wie läuft es bei dir so als Hausmann mit Detektei?«

»Dennis treibt mich manchmal zum Wahnsinn.« Siebels lachte. »Aber das genieße ich auch. Was ist denn eigentlich mit dir und Anna?«

»Was soll sein? Läuft alles gut. Wir sind zufrieden.«

»War da nicht von einer baldigen Hochzeit die Rede? Das waren deine letzten Worte am Ende unseres letzten gemeinsamen Arbeitstages. Erinnerst du dich?«

»Hmm. Dunkel. Ganz dunkel. Nein, mal im Ernst, wir kamen irgendwie noch nicht dazu. Hat ziemlich lange gedauert, bis wir die passende Wohnung gefunden haben.«

»Na, die habt ihr ja jetzt. Wie sieht es mit Kindern aus?«

»Mensch, Siebels, eins nach dem anderen. Jetzt gehen wir zwei erst mal in die Kirche. Komm.«

Es war Punkt 10:00 Uhr, als Siebels und Till das Portal zur Katharinenkirche durchschritten. Mit bedächtigen Schritten gingen sie durch das Kirchenschiff und verschafften sich mit geübtem Auge einen Überblick über die Anwesenden. Ein junges japanisches Pärchen schlenderte am Altar vorbei, zwei ältere Frauen saßen auf den mittleren Bänken. Ein Mann mit einem Fotoapparat um den Hals stand in der Mitte des Raumes und betrachtete mit dem Kopf im Nacken den oberen Teil der Kirche. In der dritten Bank von vorne auf der linken Seite saß eine Frau. Sie war dunkel gekleidet und trug das schwarze Haar hochgesteckt. Siebels erkannte Maria Serano und nickte Till zu. Till deutete Siebels an, dass er zunächst alleine nach vorne gehen sollte. Siebels setzte sich neben seine Verabredung und blieb zunächst stillsitzen, ohne sie anzusehen.

»Ich mag diesen Ort. Hier finde ich etwas Trost und Ruhe«, sagte Maria Serano mit leiser Stimme.

»Befinden Sie sich in Gefahr?«, erkundigte Siebels sich.

»Ich bringe andere in Gefahr. Das möchte ich nicht. Deswegen entziehe ich Ihnen meinen Auftrag wieder. Entschuldigen Sie die Unannehmlichkeiten, die ich Ihnen bereitet habe.«

»Dafür ist es aber schon zu spät. Ich hänge mit drin. Ob ich will oder nicht.«

»Es ist nie zu spät. Was ist mit dem LKA?«

»Das LKA ist mir auf den Fersen, seitdem ich mich nach Sabine Lehmann erkundigt habe. Wer sind Sie, Frau Serano?«

»Wer ich bin? Das ist eine gute Frage. Es ist besser, wenn diese Frage unbeantwortet bleibt.«

»Haben Sie etwas von Ihrem Neffen Marco gehört?«

Maria Serano atmete tief durch. »Ich bete für ihn. Mehr kann ich im Moment nicht tun.«

»Sie können mir vertrauen und mich weiter meine Arbeit machen lassen.«

»Sie sind hartnäckig. Warum?«

»Das ist wohl mein Wesen. Was soll ich dem LKA sagen? Dass da eine geheimnisvolle Frau zu mir kam und mir von einer geheimnisvollen Kindesentführung berichtet hat. Dass diese Frau zum Dunstkreis der Mafia zu gehören scheint. Dass ich wegen ihr einen Mafiosi beobachtet habe und dabei einem Mädchenhändlerring auf die Spur gekommen bin? Der Mafiosi wurde kurz darauf erschossen. Wussten Sie das schon?«

»Ich habe davon gehört. Sie sollten dem LKA nichts von mir sagen.«

»Warum nicht? Haben Sie etwas mit dem Tod von Caluzi zu tun?«

Maria Serano wendete ihren Kopf und sah Siebels an. »Nein. Glauben Sie etwa, ich wäre eine Killerin?«

»Ich weiß nicht, was ich glauben soll. Nachdem Sie mich aufgesucht haben, wurde ein Peilsender an meinem Auto angebracht.«

»Man weiß nie, wem man vertrauen kann. Das ist das Problem.« Maria Serano seufzte leise.

»Ich weiß, wem ich vertrauen kann. Ich habe einen sehr guten Freund. Wir waren früher Kollegen bei der Mordkommission. Mein Freund und ich haben damals auch den Fall Sabine Lehmann und World Consulting zusammen aufgedeckt. Mein Freund arbeitet jetzt beim LKA. Er ist hier und würde sich gerne mit Ihnen unterhalten.«

»Ich hatte nicht die Absicht, mit dem LKA zu sprechen«, zischte Maria Serano.

»Sprechen Sie zunächst mit meinem Freund. Vergessen Sie das LKA.«

Maria Serano blieb eine Weile still sitzen. »Ich habe Angst, dass Marco etwas zustößt, wenn das LKA Staub aufwirbelt. Er ist acht Jahre alt. Er ist unschuldig.«

»Ich kann nichts für Ihren Neffen tun«, seufzte Siebels.

»Nicht allein. Sprechen Sie mit meinem Freund.«

»Na schön. Wenn er schon involviert ist, habe ich wohl keine andere Wahl.«

14

Nachdem Lemgo die Kanzlei verlassen hatte, die dem italienischen Auslandsnachrichtendienst als Stützpunkt diente, ließ er seinen Wagen zunächst stehen und lief ein paar Schritte die Straße entlang. Er versuchte das geführte Gespräch mit Eduardo Lombardi zu analysieren. Lemgo hatte seinen Besuch nicht angekündigt, aber Lombardi hatte ihn schon erwartet. Der Mord an Pastori schien für die italienischen Polizeibehörden ein größeres Problem zu sein. Da musste mehr dahinterstecken, als Lemgo sich im Moment vorstellen konnte. Warum interessierte sich das italienische Kriminalamt so sehr für Pastoris Geschäfte, dass sie die sogar über eine Strohfirma übernommen hatten? Caluzi hatte in der Hierarchie nur eine untergeordnete Rolle gespielt. An dem war das Interesse der italienischen Behörden sicher nicht allzu groß. Die machten Jagd auf Antonio de Rossi. Nachdem Pastori seine Geschäfte an die Enterprise International verkauft hatte, gab es für Caluzi keine Verwendung mehr. Der war nur noch ein Risiko. Dass Siebels ihm eines der Mädchen vor der Nase weggeschnappt hatte, hatte mit seinem Tod wahrscheinlich gar nichts zu tun. Das war nur Zufall gewesen. Der Mord an ihm war vorher schon geplant gewesen. Die Informationen, die Belozzi aus Pastori herausgeholt hatte, waren Caluzis Todesurteil gewesen. Caluzi hatte gewusst, dass ein Killer auf Pastori angesetzt gewesen war. Hatte er wirklich nicht geahnt, was das für ihn bedeutete? Dr. Westphal muss es gewusst haben. Hatte der Anwalt Caluzi umgebracht? Oder befand sich der Anwalt jetzt auch in Lebensgefahr, weil er im gleichen Boot saß wie Caluzi? Lemgo zerbrach sich den Kopf. Das größte Kopfzerbrechen bereitete ihm jedoch Maria Serano. Welche Rolle spielte diese Frau? Stand sie unter dem Schutz des italienischen Auslandsgeheimdienstes oder wurde sie als Staatsfeindin betrachtet und war aus dem Verkehr gezogen worden? Lemgo zerbrach sich vergeblich den Kopf darüber.

Charly hatte eine Idee, nachdem Julia Forster ihn gebeten hatte, Hintergrundinformationen über Sergei und Iwan Zacharow zu besorgen. Er rief seinen Kollegen wieder an, der ihn schon mit Informationen über Alberto Masotti alias Stefano Belozzi über dessen Zeit im Irak versorgt hatte. Charly hatte wieder einmal den richtigen Riecher gehabt. Auch die beiden Russen waren dem ehemaligen Ausbilder bei den irakischen Polizeikräften bekannt. Sie waren ebenfalls als Söldner im Irak engagiert gewesen und gehörten zu Belozzis Truppe. Die beiden gehörten einer Spezialeinheit der russischen Streitkräfte an, bevor sie im privaten Sektor der militärischen Sicherheitsbranche tätig wurden.

Julia Forster klopfte Charly auf die Schulter. »Das bringt uns wieder einen großen Schritt weiter.«

»Ihr habt es bei eurem Fall mit einer bunten Truppe skrupelloser Elitesoldaten zu tun. Passt auf euch auf«, sagte Charly besorgt.

»Wir sind die skrupellose Truppe der Frankfurter Mordkommission. Wir treten denen in den Arsch«, ließ Julia Forster Charly wissen und erntete einen überraschten Gesichtsausdruck von Samuel König.

»Freut mich, Sie kennen zu lernen, Frau Serano«, sagte Till, nachdem er sich zu ihrer Linken auf die Kirchenbank gesetzt hatte.

»Die Freude beruht leider nicht auf Gegenseitigkeit.«

»Das kann sich ja noch ändern. Ich wollte Sie gestern schon in Ihrer Wohnung besuchen. Es sieht dort ziemlich unordentlich aus.«

»Ich habe eine neue Bleibe gefunden.«

»Sie befinden sich also in Sicherheit? Wir haben uns nämlich Sorgen gemacht.«

»Ich bin bei Freunden untergekommen. Sie brauchen sich keine Sorgen um mich zu machen.«

»Der Mann in dem roten Alfa Romeo kümmert sich um Ihre Sicherheit, nehme ich an.«

Maria Serano zeigte keine Reaktion.

»Wir haben Grund zu der Annahme, dass dieser Mann den Auftrag hat, eine Frau zu töten, die sich in unserer

Obhut befindet«, kam Till nun auf den Punkt.

»Wir sind nicht an Sabine Lehmann interessiert. Ich hätte ihren Namen nicht erwähnen sollen. Das war ein Fehler, es tut mir leid.«

»Sabine Lehmann hat unter anderem gegen Ihren Schwager Silvio Silotti wegen Wettbetrug ausgesagt. Die Ermittlungen gegen ihn wurden eingestellt. Es gab wohl einen Deal zwischen der Staatsanwaltschaft und Ihrem Schwager.«

»Davon weiß ich nichts.« Maria Serano klang jetzt zum ersten Mal unsicher.

»Könnte dieser Deal der Grund für die Entführung seines Sohnes Marco sein? Hat er die Mafia gegen sich aufgebracht?«

»Ich sagte doch, davon weiß ich nichts.«

»Wo ist das Mädchen?«

Maria Serano schluckte. »Was für ein Mädchen?«

»Das Mädchen, das Ihr Beschützer aus dem Krankenhaus entführt hat.«

Maria Serano senkte den Kopf und blieb still. Stattdessen vernahm Till neben sich eine Männerstimme. Neben ihm stand ein Mann in einer Priestersoutane.

»Das Mädchen befindet sich in Sicherheit«, sagte der Mann leise und beugte sich dabei zu Till herunter.

Till und Siebels erkannten den Mann aus dem roten Alfa Romeo.

Lemgos Gedankenspiele wurden durch einen Anruf von Samuel König unterbrochen. König berichtete Lemgo von dem Angebot der Russen und von dem, was Charly über die beiden in Erfahrung gebracht hatte. Lemgo dachte kurz nach.

»Wenn die wirklich so gute Informationen haben, kriegen wir das durch mit der Kronzeugenregelung. Wir lassen uns aber nicht blind darauf ein. Die müssen zuerst was liefern. Ich will wissen, wo die Mädchen aus dem Transporter abgeblieben sind.«

»Okay, ich werde das den Russen klarmachen.«

»Gibt es schon was Neues von der Spurensicherung zum Mord an Caluzi?«

»Da müssen Sie Julia fragen. Die hat vorhin mit den Kollegen telefoniert.«

Lemgo beendete das Gespräch, wählte Julia Forster an und stellte ihr die gleiche Frage.

»Es wurden Rückstände von Heroin und Kokain gefunden. Die Kollegen haben auch die Spürhunde durch die Halle laufen lassen. Die haben das Zeug noch gerochen. Wahrscheinlich wurde der Stoff dort gelagert und auch proportioniert.«

»Damit war zu rechnen«, kommentierte Lemgo die Fortschritte. »Zwangsprostitution, Waffenhandel, Drogen. Das ganze Programm. Haben die auch schon was über die Mordwaffe herausgefunden?«

»Moment, muss ich nachschauen. Ich habe den Bericht gerade per E-Mail bekommen.«

Lemgo wartete ungeduldig.

»Ja, ist identifiziert«, meldete sich Julia zurück. »Eine Baikal Viking MP 446, Kaliber 9mm. Die wurde 2003 bei den russischen Streitkräften eingeführt. Keine Übereinstimmung mit anderen Tatwaffen aus unserer Datenbank.«

»Okay, haben wir sonst noch was?«

»Jede Menge DNS aus dem Rückraum des Transporters. Bis die ausgewertet sind, wird es aber noch ein paar Tage dauern. Vor der Halle haben wir noch relativ frische Reifenspuren sichergestellt. Die gehören zu einem BMW X6.«

»Der oder die Mörder kamen also in der gehobenen Klasse angefahren«, stellte Lemgo fest. »Dann besorgen Sie sich mal eine Liste von allen Haltern eines BMW X6 und setzen Sie die Halter mit russisch klingenden Namen ganz oben auf die Liste.«

»Kommen Sie heute Abend um 19:00 Uhr in das Restaurant Dolce Vita in der Fressgass. Nur Sie beide. Das Mädchen wird dort sein. Sie können es dann in Ihre Obhut nehmen.« Der vermeintliche Priester verschwand danach so schnell wieder, wie er gekommen war.

»Werden Sie auch da sein?«, erkundigte Till sich bei Maria Serano.

»Das liegt nicht bei mir. Lassen Sie sich überraschen.«

»Sagen Sie Ihrem Freund, dass Ihre Anwesenheit erwünscht ist. Wir können Ihren Neffen Marco aufspüren und befreien, wenn Sie mit uns kooperieren.« Till wusste jetzt, dass Maria Serano verkabelt war und der Priester auch weiterhin das Gespräch verfolgte.

»Ich wünsche Ihnen noch einen schönen Tag«, sagte Maria Serano und verließ die Kirche.

»Das Dolce Vita ist das Restaurant, in dem der Freund von Frau Serano umgebracht wurde«, klärte Till Siebels auf. Till hatte von Thomas Heck die Eckdaten zu dem Mordfall Pastori erhalten.

»Sabine wird nicht sehr glücklich sein, wenn ich heute Abend in dieser Sache wieder losziehe«, befürchtete Siebels.

»Du bringst Irina zurück. Das wird Sabine bestimmt gefallen.«

»Ich bringe Irina zurück? Nee, nee. Die übernimmst du dann.«

»Ich hole sie morgen Früh bei euch ab. Ich denke, wir befragen Sie zuerst und übergeben sie dann an die Abteilung Milieukriminalität, also an Sabine.«

»Sie soll die Nacht bei uns verbringen? Spinnst du oder was?«

»Hast du eine bessere Idee?«

Siebels öffnete den Mund und schloss ihn wieder. Das wiederholte er noch zweimal, ohne dass ihm dabei eine Antwort über die Lippen gekommen wäre. »Okay«, sagte er schließlich.

Julia Forster und Samuel König saßen gemeinsam mit den Brüdern Zacharow in einem Raum. Die beiden Russen blickten die Kommissare erwartungsvoll an. Julia Forster verschränkte die Arme hinter dem Kopf und lehnte sich zurück. Samuel König blätterte konzentriert in einer Mappe, die er in den Händen hielt.

»Das ging schnell. Haben Sie uns etwas anzubieten?«, fragte Sergei.

»Sie haben alle beide eine Spezialausbildung bei den russischen Streitkräften absolviert«, erwähnte Samuel König wie beiläufig, während er weiter seine Mappe begutachtete.

Iwan schaute seinen Bruder an. Sergei blieb regungslos sitzen.

»Danach waren Sie im Irak. Als Söldner. Was haben Sie da gemacht?«

Samuel König klappte die Mappe zu, behielt sie aber in den Händen.

»Haben wir einen Deal oder haben wir keinen Deal?« Sergei verschränkte die Arme vor dem Bauch.

»Wir müssen schon wissen, mit wem wir es zu tun haben, wenn wir uns über eine Kronzeugenregelung unterhalten wollen«, sagte Samuel König und schlug seine Mappe wieder auf. »Sie haben im Irak mit einem gewissen Alberto Masotti zusammengearbeitet. Jetzt nennt er sich Stefano Belozzi. Haben Sie noch Kontakt zu ihm?«

Iwan rutschte auf seinem Stuhl hin und her und tat so, als würde er nach einer bequemeren Sitzposition suchen. Sergei starrte Samuel König an, blieb aber stumm.

»Das ist zu wenig, meine Herren. Komm, Samuel, wir verschwenden nur unsere Zeit.« Julia Forster stand auf und schickte sich an, den Raum zu verlassen. Samuel König klappte seine Mappe zu und stand ebenfalls auf.

»Wir möchten nach Wien«, erklärte Sergei, als Julia Forster die Hand auf die Türklinke legte. »Mit neuen Identitäten und genügend Startkapital.«

»So gut, wie Sie mit uns zusammenarbeiten, schaffen Sie es aber nur zurück in Ihre Zellen«, antwortete Julia Forster achselzuckend.

»Stefano Belozzi arbeitet für Antonio de Rossi. Das wissen Sie ja bestimmt schon«, versuchte Sergei die Kommissare zu ködern.

»Das wissen wir«, bestätigte Julia Forster. »Erzählen Sie uns was, was wir noch nicht wissen.«

»Antonio de Rossi unterhält Geschäftsbeziehungen mit einigen mächtigen Leuten. Für diese Leute stellt de Rossi jetzt aber eine Gefahr da. Sie wollen ihn loswerden.«

»Mächtige Leute aus Russland?«, fragte Julia Forster nach.

»Aus Russland, ja. Aber auch aus Deutschland.«

»Leute aus der Politik oder Wirtschaft?«, hakte Samuel König nach.

»Machen Sie uns ein Angebot, wenn Sie mehr wissen wollen.«

»Sagen Sie uns, wo sich die Mädchen jetzt befinden. Dann haben Sie gute Chancen auf ein Angebot«, erwiderte Julia Forster.

»Die Mädchen?« Sergei machte einen überraschten Gesichtsausdruck.

»Ja, die Mädchen, die sie in dem Transporter zum Haus der Lust gebracht haben. Wenn wir die Mädchen haben, können wir über Ihr Anliegen sprechen. Vorher nicht.«

Sergei und Iwan steckten die Köpfe zusammen und tuschelten auf Russisch.

15

Lemgo saß in seinem geparkten Wagen und machte sich erneut seine Gedanken über Maria Serano. Ihm war völlig unklar, welche Rolle die Freundin des ermordeten Mattheo Pastori in der ganzen Geschichte spielte. Gehörte sie vielleicht zum italienischen Geheimdienst? Hatte sie von vorneherein nur die Aufgabe gehabt, das Vertrauen von Mattheo Pastori zu gewinnen? Von wem hatte Pastori die gefälschten Papiere auf den Namen Salvatore Serano? Von der Mafia oder von den Mafiajägern? Lemgo versuchte sich zu erinnern, wie er in dem Fall überhaupt auf Maria Serano gestoßen war. Annette Weiland hatte ihm zuerst von ihr berichtet. Pastori hätte des Öfteren in seinem Restaurant im Europaviertel mit Maria Serano zusammen gegessen. Lemgo startete den Wagen. Er verließ das Diplomatenviertel und fuhr Richtung Westbahnhof. Über die Voltastraße gelangte er zum Rebstockgelände. Dort bog er links ab auf die Europaallee. Im neuen Europaviertel wurde noch viel gebaut, die Straßenführung immer mal wieder geändert. Das Restaurant lag in unmittelbarer Nähe zum Einkaufszentrum Skyline Plaza. Lemgo drehte einige Runden um die Neubauten, bis er einen Parkplatz fand. Kurz darauf betrat er das Restaurant. Ein Kellner nahm ihn gleich in Empfang und erkundigte sich, ob er reserviert hätte. Lemgo verneinte und fragte nach einem kleinen Tisch für eine Person. Der Kellner führte ihn in den hinteren Teil des Restaurants. Lemgo nahm Platz. Er wollte hier zu Mittag essen und sich erst anschließend mit dem Kellner unterhalten. Er bestellte Pasta mit Schrimps und einen trockenen Rotwein. Während er auf sein Essen wartete, beobachtete er die anderen Gäste und vor allem das Personal. Zwei Kellner waren im Einsatz, außerdem stand eine Frau hinter der Theke und kümmerte sich um die bestellten Getränke. In die Küche hatte Lemgo keinen Einblick. Das Restaurant verfügte über zwölf Tische. Die Hälfte davon waren nur für zwei Personen, dazu gab es vier Vierertische und zwei Tische boten für zehn Gäste Platz.

Momentan waren außer Lemgos Tisch noch sechs weitere Tische besetzt. Die meisten Gäste schienen Geschäftsleute zu sein. Der Betrieb lief ganz normal. Keine Spur davon zu erkennen, dass der Besitzer und der Geschäftsführer erschossen worden waren. Die Bediensteten machten einen ruhigen und professionellen Eindruck. Lemgo bekam seinen Rotwein serviert. Er trank einen Schluck und stellte sich vor, wie Pastori zusammen mit Maria Serano hier abends gesessen hatte. Worüber hatten sie sich unterhalten? Hatten die Kellner mitbekommen, worüber die beiden gesprochen hatten? Annette Weiland hatte behauptet, dass unter dem Personal schon Gerüchte kursierten, dass Pastori die Restaurants verkaufen wollte. Konnte das sein, wenn er unter streng geheimen Bedingungen mit der italienischen Anti-Mafia-Behörde über einen Besitzerwechsel seiner Geschäfte gesprochen hatte? Annette Weiland war hier nur als studentische Aushilfskraft beschäftigt gewesen. Das Restaurant war noch relativ neu. Wer hatte das Personal ausgesucht? Pastori selbst? Oder Caluzi? Hatte Caluzi hier Leute eingestellt, die ihm treu ergeben waren? Annette Weiland? Lemgo bekam seine Pasta serviert. Sie schmeckte ausgezeichnet. Nachdem er die letzten Bissen seines Mittagessens hinuntergeschluckt hatte, schob er den leeren Teller zur Seite. Der Kellner kam und erkundigte sich, ob Lemgo zufrieden war und ob er noch weitere Wünsche hätte. Lemgo bestellte noch einen Espresso. Als der Kellner kurz darauf die kleine dampfende Tasse vor ihm abstellte, verlangte Lemgo die Rechnung. Er bekam sie im Handumdrehen auf einem kleinen Tablett serviert. Lemgo bezahlte bar und gab ein ordentliches Trinkgeld. Der Kellner bedankte sich. Lemgo bat ihn, sich zu ihm an den Tisch zu setzen.

»Gibt es ein Problem?«, fragte der Kellner etwas irritiert.

Lemgo schob seinen Polizeiausweis über den Tisch. Der Kellner nickte wissend und setzte sich. »Sie kommen wegen Herrn Pastori? Schrecklich, was da passiert ist.«

»Wer hat Ihnen davon erzählt?«

»Der Geschäftsführer, Herr Caluzi. Er kam am Montag, kurz bevor wir öffneten, her und hat uns davon unterrichtet.«

»Hat er auch etwas darüber gesagt, wie es hier nun weitergeht?«

Der Kellner schaute Lemgo sorgenvoll an. »Er hat nur gesagt, dass alles wie bisher weiterläuft. Herr Pastori hätte ihm die Restaurants im Falle seines Ablebens vermacht.«

Lemgo überlegte, ob Caluzi tatsächlich davon ausgegangen war, dass er der neue Besitzer der Restaurants und des Bordells sei. Als Lemgo sich mit ihm unterhalten hatte, hatte er jedenfalls so getan und ihn zu dem Anwalt Dr. Westphal geschickt. Caluzi wusste aber, dass er für die Mordnacht ein Alibi benötigte. Falls Annette Weiland die Wahrheit gesagt hatte.

»Stimmt es, dass Herr Pastori hier regelmäßig selbst gespeist hat? Zusammen mit seiner Gefährtin, Maria Serano?«

Der Kellner runzelte die Stirn. »Was meinen Sie mit regelmäßig? Er war vielleicht zwei- oder dreimal zum Essen hier gewesen. Das erste Mal am Tag nach der Eröffnung. Da war er mit Herrn Caluzi und zwei anderen Männern hier. Das war aber eher ein geschäftliches Zusammensein.«

»Kannten Sie die anderen beiden Männer?«

Der Kellner schüttelte den Kopf. »Nein, die habe ich an dem Tag zum ersten Mal gesehen. Und danach nie wieder. Herr Pastori schien großen Respekt vor ihnen gehabt zu haben. Er fühlte sich nicht wohl, das war ihm deutlich anzumerken.«

»Respekt oder Angst?«, fragte Lemgo nach.

»Ich weiß nicht, ob er Angst gehabt hat. Sie haben ja nur zusammen am Tisch gesessen und gegessen und getrunken. Herr Caluzi und die beiden Männer haben oft laut gelacht. Herr Pastori nicht. Er war sehr still und ernst.«

»Würden Sie die anderen beiden Männer wiedererkennen?«

»Ich weiß nicht. Es ist ja schon ein paar Wochen her.«

Lemgo sah seinem Gegenüber an, dass der mit diesen Leuten nichts zu tun haben wollte.

Der andere Kellner rief nach Lemgos Gesprächspartner.

»Ich muss wieder an die Arbeit«, sagte der dann.

»Was ist mit Maria Serano? War sie mit Herrn Pastori hier?«

»Er war mit einer Frau hier. Zweimal, glaube ich. Sie hieß Maria. Ihren Nachnamen habe ich nie gehört.« Der Kellner stand auf und wollte sich wieder an die Arbeit machen. Es waren einige neue Gäste eingetroffen. Andere verlangten nach der Rechnung. Lemgo stand auch auf und stellte sich vor den Kellner.

»Was war mit dieser Frau? Irgendetwas ist vorgefallen? Oder?« Lemgo schaute den Kellner eindringlich an.

Der Kellner schaute sich schnell nach allen Richtungen um. Sein Kollege gab ihm ein Zeichen, dass er endlich weitermachen sollte. »Er hat hier mit ihr gesessen. Das ist jetzt eine Woche her, es war abends. Das Restaurant war ziemlich voll. Drei Männer kamen etwas später herein. Sie hatten einen Tisch reserviert. Sie setzten sich und schauten in die Speisekarten. Einer von ihnen starrte die ganze Zeit zu dem Tisch von Herrn Pastori. Plötzlich sprang seine Begleitung auf und verließ mit schnellen Schritten das Restaurant. Ihr Essen stand noch auf dem Tisch, es war gerade erst serviert worden. Der Mann, der zu ihnen gestarrt hatte, ging dann zum Tisch von Herrn Pastori. Er sprach leise mit ihm. Kurz darauf hat auch Herr Pastori das Restaurant verlassen. Er hatte von seinem Essen auch nichts mehr angerührt. Danach habe ich die Frau hier nie wiedergesehen. Jetzt muss ich aber wirklich wieder an die Arbeit.«

Lemgo packte ihn am Ellbogen und hielt ihn fest. »Tut mir leid, eine wichtige Frage habe ich noch. Dann bin ich auch weg.«

Der Kellner verdrehte die Augen. »Was denn noch?«

»Annette Weiland. Sie hat hier gearbeitet, stimmt das?«

»Sie war Aushilfe in den Abendstunden. Sie hat wieder gekündigt.«

»Hatte sie ein besonderes Verhältnis zu Herrn Caluzi?«

»Fragen Sie das doch besser Herrn Caluzi selbst«, sagte der Kellner jetzt genervt.

»Der ist auch tot. Wussten Sie das noch nicht?«

Der Kellner machte große Augen. Plötzlich hatte er es nicht mehr so eilig, wieder an die Arbeit zu kommen. »Er ist auch tot?«

»Er wurde erschossen.«

»Scheiße. Was ist hier los?«, flüsterte der Kellner.

»Das versuche ich herauszufinden. Hatte Caluzi nun ein besonderes Verhältnis zu Annette Weiland?«

»Ich weiß nicht. Fragen Sie Luisa. Sie hat mit ihr zusammen die Getränke gemacht.« Der Kellner deutete auf die Frau hinter dem Tresen.

Sergei und Iwan Zacharow hatten noch eine Weile getuschelt und sich beraten. Julia Forster und Samuel König warteten geduldig ab. Innerlich brodelte es aber in Julia Forster. Sie hatte die Mädchen im Kopf. Waren die irgendwo versteckt oder schon an irgendwelche Perversen ausgeliefert worden? Gab es illegale Bordelle in der Stadt, von denen die Polizei gar keine Kenntnis hatte? Bordelle, die nach außen als solche nicht zu erkennen waren. Bordelle, in denen Mädchen spurlos verschwanden? Wurden die Mädchen geprügelt, unter Drogen gesetzt, vergewaltigt, gefügig gemacht? Waren sie als Zeuginnen gefährlich? Mussten sie sterben, so wie Caluzi? Julia Forster atmete tief durch, als die beiden Brüder ihre Unterredung beendeten und sich wieder auf ihren Stühlen aufrichteten.

»Es gibt eine Villa«, begann Sergei zögerlich mit der gewünschten Auskunft. Julia Forster atmete tief durch. »Dort sollten die Mädchen hingebracht werden, nachdem sie im Haus der Lust auf ihre zukünftigen Aufgaben vorbereitet worden wären.«

Julia Forster hätte ihm wegen dieser Wortwahl am liebsten eine Kugel in den Kopf gejagt. »Wo?«, fragte sie stattdessen nur.

»Im Osten von Frankfurt. Am Villaberg in Bergen-Enkheim.« Sergei nannte die genaue Adresse. »Wir wissen aber nicht genau, ob die Mädchen jetzt dort sind.«

»Das finden wir raus«, sagte Julia Forster und war schon aufgesprungen.

»Sie werden uns töten, wenn die Polizei dort auftaucht. Auch im Gefängnis«, machte Iwan jetzt zum ersten Mal den Mund auf.

Julia Forster hielt einen Moment inne und schaute dann Samuel König an. »Kümmerst du dich um die Sicherheit der Herren?«

»Du willst ja jetzt wohl nicht alleine dorthin fahren?«

»Natürlich nicht. Ich nehme das SEK und die Kollegen von der Milieukriminalität mit.«

»Vielleicht solltest du auch Lemgo informieren?«

»Das mache ich von unterwegs aus.«

»Was haben Sie mit uns jetzt vor?«, erkundigte sich Sergei.

»Ich besorge Ihnen ein sicheres Plätzchen«, sagte Samuel König, wusste aber noch nicht wirklich, wie er dabei vorgehen sollte.

»Ich informiere Lemgo«, bot Samuel Julia an. Bei der Gelegenheit wollte er mit ihm auch die Frage nach einer sicheren Unterbringung für die Russen besprechen.

Siebels und Till saßen auf der Dachterrasse der Zeilgalerie. Unter ihnen lagen die Dächer von Frankfurt. Vor ihnen lag ein mysteriöser Fall. Sie tranken Cola und schwärmten von den alten Zeiten.

»Was machen wir mit dem angebrochenen Tag?«, fragte Siebels unternehmungslustig.

Till setzte sich seine Sonnenbrille auf. »Hast du denn deine Hausarbeiten schon alle erledigt? Nicht, dass du wegen mir noch Ärger mit Sabine bekommst.«

»Da mach dir mal keine Sorgen. Gehört die Sonnenbrille zur LKA-Grundausstattung? Sieht cool aus.«

»Die hat mir Anna geschenkt. Zusammen mit einer Schachtel Zigarren und einer Flasche Martini. Zu meinem ersten Arbeitstag beim LKA.«

»Mein Name ist Krüger. Till Krüger«, parodierte Siebels mit tiefer Stimme James Bond.

»Hast du Lust, einem LKA-Spezialagenten bei der Arbeit zuzuschauen?«, fragte Till gespielt hochnäsig.

»Was steht an, du Doppelnull?«

»SilSil.«

»Silvio Silotti?«

»Er hat die SilSil Import-Export gegründet und später verkauft. Handel mit italienischen Waren. Sabine hat heute Morgen doch erzählt, dass die Lagerhalle, in der Caluzi erschossen wurde, zur SilSil Import-Export gehörte.«

»Wahrscheinlich hat er seinen Laden an die Mafia verkauft«, überlegte Siebels.

»Wir denken, dass er die Firma im Auftrag der Mafia gegründet hat, um die Infrastruktur für deren Geschäfte aufzubauen. Silotti hat hauptsächlich mit Lederwaren gehandelt. Als die Firma einigermaßen gut lief, hat er verkauft. An eine Firma Monieri. Eine italienische Rüstungsfirma. Geschäftsführer ist ein gewisser Antonio de Rossi. Und der wird mit internationalem Haftbefehl wegen illegalem Waffenhandel gesucht und ist untergetaucht.«

»Woher weißt du das alles?«

»Wir haben uns mit Maria Serano und Silvio Silotti intensiv beschäftigt, nachdem du plötzlich Sabine Lehmann treffen wolltest. Maria Serano geht keiner offiziellen Tätigkeit nach, erhält aber monatliche Zahlungen von einer Enterprise Holding mit Sitz in Rom. Der rote Alfa von dem Priester ist auf diese Firma Enterprise Holding zugelassen. Das rauszufinden war ziemlich schwierig. Das Kennzeichen ist bei der italienischen Zulassungsstelle verschlüsselt. Heck musste alle Hebel in Bewegung setzen, um an diese Information zu kommen. Viel genutzt hat uns das aber nicht. Was hinter Enterprise steckt, ist völlig unklar. Das scheint eine Briefkastenfirma zu sein.«

»Wenn der Priester Irina hat, hat er mir ja wohl auch den Peilsender ans Auto geklemmt.«

»Er oder Maria Serano. Die beiden machen gemeinsame Sache, so viel wissen wir jetzt.«

»Vielleicht sollten wir mal einen Ausflug nach Rom machen«, schlug Siebels vor.

»Machen wir erst mal einen Ausflug auf den Lerchesberg. Da wohnt Silvio Silotti mit seiner Familie.«

Lemgo setzte sich an den Tresen und bestellte bei Luisa noch ein Glas Wasser. Luisa war Mitte dreißig und hatte einen lockigen blonden Wuschelkopf. Mit einem Haarband hielt sie sich die Locken von der Stirn fern. Als sie Lemgo das Wasserglas hinstellte, legte er seinen Ausweis auf den Tresen.

»Sie sind wegen Herrn Pastori hier?«, fragte Luisa und legte eine traurige Miene auf.

»Ich ermittele in dem Fall, ja. Und in dem Fall Caluzi.«

»Luigi? Was ist mit ihm?«

»Er wurde ebenfalls ermordet.«

Luisa hielt sich erschrocken eine Hand vor den Mund. »Luigi ist tot?« Lemgo nickte. »Kannten Sie ihn gut?«

»Was heißt gut? Er war mein Chef. Ich kam gut mit ihm aus, es gab nie Probleme. Was ist mit ihm passiert?«

Lemgo ignorierte die Frage. Ihm brannte eine andere Frage auf den Nägeln. »Was können Sie mir zu Annette Weiland sagen?«

Zwei Kellner gaben bei Luisa Bestellungen auf. Rotwein, Weißwein, Wasser. »Sie hat hier eine Weile gejobbt. Was hat sie damit zu tun?« Luisa sah Lemgo fragend an und füllte nebenbei die Weingläser.

»Sie hat hier doch gekündigt, nachdem Herr Pastori ermordet wurde, oder?«

»Ja, ziemlich kurzfristig. Von jetzt auf gleich, sozusagen. Verdächtigen Sie sie etwa?«

»Wir versuchen uns nur ein Bild über das Umfeld von den Herren Pastori und Caluzi zu machen.« Lemgo kam sich wie ein Verräter vor. Er wollte nicht wahrhaben, dass Annette Weiland irgendwie in den Fall verstrickt sein könnte. Aber ihre Rolle kam ihm immer merkwürdiger vor. »Hatte sie ein Verhältnis mit Luigi Caluzi?«, fragte er direkt heraus.

Luisa stellte Wein und Wasser auf Tabletts und stellte sie für die Kellner bereit. »Annette und Luigi? Nein, ganz sicher nicht. Annette mochte ihn nicht sonderlich.«

Lemgo fiel ein Stein vom Herzen. »Wie gut kannten Sie denn die Freundin von Herrn Pastori?«

»Seine Freundin? Die kannte ich eigentlich gar nicht. Ich habe sie hier nur einmal gesehen, glaube ich.«

»Kennen Sie ihren Namen?«

Luisa überlegte einen Moment. »Maria, glaube ich.«

»Maria. Und weiter?«

»Keine Ahnung. Er hat sie mir nicht vorgestellt.«

»Kannte Annette Weiland diese Maria vielleicht etwas besser?«

»Das glaube ich nicht. Wie kommen Sie denn darauf? Herr Pastori hat eher zurückgezogen gelebt. Um das Tagesgeschäft kümmert sich Guiseppe. Das ist unser Oberkellner. Der hat alles Geschäftliche mit Luigi geregelt. Herr Pastori hat hier hin und wieder mal etwas gegessen. Meistens hat er dann mit Luigi zusammengesessen. Es waren auch mal andere Männer dabei. Geschäftsleute, denke ich.«

Lemgo bekam einen Anruf von Samuel König. Er verabschiedete sich von Luisa, nahm das Gespräch an und verließ das Restaurant. Samuel König berichtete ihm von der Aussage der Russen und deren Angst um ihre Sicherheit.

»Wir bringen die beiden in eine sichere Wohnung«, entschied Lemgo spontan.

»Wo finde ich denn eine sichere Wohnung?«, fragte Samuel König entgeistert.

»Fragen Sie mal Charly Hofmeier. Der kann bestimmt weiterhelfen. Ich fahre zu der Villa nach Bergen-Enkheim und melde mich später wieder.«

16

Der Einsatzleiter des SEK reichte Sabine Siebels das Fernglas. »Wir können zugreifen, die Lage ist übersichtlich«, sagte er und klang äußerst gelassen. Sie befanden sich etwa fünfhundert Meter entfernt auf einem Grundstück oberhalb der Villa. Ein Auto stand vor der Villa. Ein schwarzer BMW X6. Außerdem gab es noch eine verschlossene Doppelgarage. Das Grundstück rund um die Villa bot Platz für etwa zwanzig Autos.

»Vielleicht sollten wir abwarten, ob heute Abend noch eine Party steigt«, überlegte Joe Hübner. »Da könnten uns noch ein paar dicke Fische ins Netz gehen.«

»Nein, wir holen die Mädchen jetzt raus«, entschied Sabine.

»Okay, wir gehen rein«, sagte Joe zum Einsatzleiter.

Die Villa war von einer Mauer umgeben. Das Eingangstor war verschlossen und videoüberwacht. Die Männer vom SEK fuhren auf das Nachbargrundstück der Villa. Die Besitzer der Nachbarvilla waren zuvor von den Sondereinsatzkräften kontaktiert worden. Ein Hausverwalter hatte das Tor geöffnet. Drei dunkle Limousinen rollten langsam auf das Grundstück und hielten nahe der Mauer. Der Wagen mit den Kommissaren hielt etwa 50 Meter von der Villa entfernt auf der Straße. Die Sondereinsatzkräfte überwanden an verschiedenen Punkten mit jeweils zwei Mann die Mauer. Auf der anderen Seite brachten sie sich zwischen Bäumen und Sträuchern in Stellung. Zwei von den Männern legten sich bäuchlings auf den Boden und richteten ihre Gewehre mit Zielfernrohren aus. Als beide in Stellung waren, rückten die anderen zur Villa vor. Sie kamen ohne Widerstand bis zum Hauseingang. Dort teilten sie sich wieder auf. Zwei Mann postierten sich unter einem Fenster rechts vom Haupteingang, zwei Mann unter einem Fenster links davon. Weitere zwei Mann blieben in Schussposition vor der Villa. Dann ging alles ganz schnell. Glas zerbrach, Holz splitterte, Rauchgranaten flogen durch die zerbrochenen Fensterscheiben und die aufgebrochene Tür. Acht schwarz vermummte Männer stürmten die Villa. Fünf Minuten später meldete sich der Einsatzleiter per Funk bei Joe Hübner. Die Villa sei gesichert, die Kommissare konnten kommen. Das Tor zur Villa öffnete sich, als Joe Hübner vorfuhr.

Siebels und Till standen vor der Haustür von Silvio Silotti. Beide wurden von zwiespältigen Gefühlen geplagt. Einerseits brachten sie mit ihrem Auftauchen vielleicht den Sohn von Silotti in Gefahr. Andererseits hofften sie auf neue Informationen in dem verworrenen Fall. Till schaute sich noch einmal nach allen Seiten um. Es wirkte alles friedlich und normal. Er drückte den Klingelknopf. Kurz darauf erschien Silvio Silotti an der Tür. Er schaute seine Besucher misstrauisch an. Till stellte sich als Kommissar vom LKA vor und kam sofort auf die SilSil Import-Export GmbH zu sprechen. Siebels stellte sich nur mit Namen vor.

»Die Firma habe ich schon vor einigen Jahren verkauft«, wiegelte Silotti ab und wollte seine Besucher gleich wieder abwimmeln.

»Das wissen wir, aber wir hätten trotzdem noch einige Fragen. Es geht um einen Mordfall. Können wir reinkommen?«

»Das geht jetzt leider nicht. Meine Frau ist krank, ich muss mich um sie kümmern.« Silotti wollte die Tür vor den beiden wieder schließen.

»Wie geht es Ihrem Sohn?«, fragte Siebels intuitiv. Eigentlich hatte er mit Till besprochen, Silottis Sohn zunächst nicht zu erwähnen.

Silotti wurde nervös. »Was hat mein Sohn damit zu tun?«

»Vielleicht wäre es besser, wenn wir uns drinnen unterhalten«, sagte Till mit bestimmendem Tonfall.

Silotti schaute verunsichert zwischen Till und Siebels hin und her. Siebels nickte ihm aufmunternd zu. »Wir nehmen natürlich Rücksicht auf Ihre Situation. Deswegen sollten wir besser auch nicht zu lange hier draußen auf der Straße rumstehen.«

Silotti schnaufte kurz durch, ließ die beiden eintreten und führte sie in ein geräumiges Wohnzimmer. Eine Glasfront trennte das Zimmer von der Terrasse und einem weitläufigen Gartengrundstück. Silottis Frau saß auf der Terrasse. Sie hatte sich eine Decke übergelegt und schien zu schlafen. Silotti schloss die Terrassentür und bat seine Besucher auf einer cremefarbenen Ledercouch Platz zu nehmen. Getränke bot er ihnen nicht an. »Was wollen Sie wissen?«, fragte er etwas schroff.

»Kannten Sie Luigi Caluzi?«, erkundigte sich Till.

»Nein. Wer soll das sein?«

»Er wurde erschossen. In der Lagerhalle der Firma SilSil in der Adam-Opel-Straße.«

»Wie gesagt, die Firma habe ich schon vor einigen Jahren verkauft. Ich kann Ihnen dazu wirklich nichts sagen.«

»Sie haben mit italienischen Lederwaren gehandelt, richtig?«

»Ja. Spielt das eine Rolle?«

»Wir waren etwas verwundert, dass Sie Ihre Firma an die Monieri verkauft haben. An eine Firma, die Waffen produziert. Wie kam es denn dazu, dass Sie an die Monieri verkauft haben?«

Silotti blickte kurz nach draußen auf die Terrasse zu seiner Frau. Die saß noch auf dem Stuhl und rührte sich nicht. »Ich wollte mich verändern. Ein neues Geschäft aufbauen«, erklärte Silotti. »Die Monieri hat mir ein gutes Angebot unterbreitet. Ein sehr gutes. Ich habe nicht lange nachgefragt, ich habe verkauft.«

»Mit Lederwaren handelte die SilSil nach dem Verkauf aber nicht mehr, oder?«

Silotti zuckte mit den Schultern. »Ich habe wirklich keine Ahnung, wie es mit dem Laden weiterging.«

»Wer von der Firma Monieri hat Ihnen das Angebot denn unterbreitet? Der Inhaber, Herr de Rossi?«

»Nein, ich habe nur mit einem Anwalt zu tun gehabt. Ein Dr. Westphal, hier aus Frankfurt.«

»Gab es außer der Lagerhalle in Fechenheim noch andere Grundstücke oder Immobilien, die mit dem Verkauf der Sil-Sil den Besitzer wechselten?«

»Nein. Mein Büro war in der Lagerhalle integriert. Wir wohnten damals noch im Stadtkern von Fechenheim, es war nur ein kurzer Weg zu meinem Arbeitsplatz.«

»Jetzt sind Sie im Wettgeschäft tätig, richtig?«

»Ja. Ich habe mehrere Büros für Sportwetten. Damit verdiene ich deutlich besser als mit dem Lederwarenhandel.«

»Gegen Sie wurde ermittelt, wegen Wettmanipulation«, sagte Till ihm ins Gesicht und wartete auf seine Reaktion.

»Die Ermittlungen gegen mich wurden eingestellt«, kam es von Silotti wie aus der Pistole geschossen.

»Bei diesen illegalen Geschäften wurden Sie von einer ganz speziellen Unternehmungsberatung unterstützt. Sie haben bei den Wettmanipulationen mit einer Frau Sabine Lehmann zusammengearbeitet. Wie war denn Ihr Verhältnis damals zu Frau Lehmann?«

»Warum fragen Sie noch, wenn Sie schon alles wissen?« Silotti wirkte nun etwas zornig.

»Wo haben Sie es mit ihr getrieben? In einem Hotel? Das weiß ich zum Beispiel noch nicht.«

Siebels schaute Till überrascht an. Dass Sabine Lehmann und Silvio Silotti etwas miteinander gehabt haben könnten, war bisher überhaupt kein Thema gewesen. Er war sicher, dass Till intuitiv einen Schuss ins Blaue gewagt hatte. Silotti drehte sich wieder zur Terrasse um. Fast ängstlich betrachtete er seine Frau, die immer noch zu schlafen schien. Anscheinend hatte Till einen Volltreffer gelandet. Siebels war richtig stolz auf seinen alten Kollegen, dem er die Ermittlungsarbeit beigebracht hatte. Beim LKA hatte Till noch mal einen deutlichen Sprung gemacht, stellte Siebels zufrieden fest.

»Ja, in einem Hotel«, knurrte Silotti. »Im Hessischen Hof. Sie hatte Stil. Sie hat auch das Zimmer immer reserviert und bezahlt. Sind Sie nun zufrieden? Sabine Lehmann hat doch alles ausgeplaudert, warum machen Sie nun wieder ein Fass auf?«

»Bei ihrem Liebesleben war sie nicht ganz so auskunftsfreudig«, bemerkte Till und wunderte sich selbst über die überraschende Wendung in dem Gespräch. Als sie hergefahren waren, hatte er keinen Gedanken daran verschwendet, dass Sabine Lehmann und Silvio Silotti damals ein Verhältnis gehabt haben könnten.

»Sabine Lehmann hat auch den Deal mit der Monieri eingefädelt, nicht wahr?«

»Sie hat mir den Kontakt zu diesem Dr. Westphal hergestellt. Mehr nicht. Bis dahin hatte ich einen Verkauf noch gar nicht in Erwägung gezogen. Erst wollte ich nicht. Aber dann hat sie mir den Vorschlag gemacht, das Wettbüro zu eröffnen. Das habe ich erst abgelehnt. Ich hatte keine Ahnung von dem Wettgeschäft. Irgendwann hat sie mich in den Hessischen Hof bestellt. Dort hat sie mich dann überzeugt.« Silotti schaute wieder nach draußen zu seiner Frau. Ihm wurde immer unwohler.

»Und dann hat sie Sie auch zu den Wettmanipulationen überredet?«, hakte Till nach.

Silotti nickte. »Das war etwa ein dreiviertel Jahr später. Ich hatte dank ihrer Hilfe im Wettgeschäft Fuß gefasst. Sie hat mich wieder in den Hessischen Hof eingeladen. Es lief hinterher auch alles wie am Schnürchen. Bis plötzlich alles aufgeflogen ist.«

»Aber die Ermittlungen gegen Sie wurden dann mir nichts, dir nichts eingestellt. Und Sie haben überhaupt keine Erklärung dafür?«

»Nein, habe ich nicht«, sagte Silotti entschieden. »Wenn Sabine Lehmann die Wahrheit gesagt hat, wurde ich von der Staatsanwaltschaft vielleicht eher als Opfer denn als Täter betrachtet.«

»Das halte ich für eher unwahrscheinlich«, bemerkte Till spitz.

Siebels beugte sich nach vorne und stützte seine Ellbogen auf den Knien ab. Till wusste, dass Siebels jetzt übernehmen wollte.

»Haben Sie in letzter Zeit Kontakt zu Maria Serano gehabt, Ihrer Schwägerin?«, fragte Siebels dann auch.

Silotti wurde umgehend nervös. Er schaute Siebels feindselig an. »Lassen Sie meine Familie da raus«, fauchte er.

»Sie sollten uns vertrauen«, entgegnete Siebels ruhig und schaute Silotti in die Augen. »Sie haben Angst um Ihren Sohn. Um Marco. Oder täuschen wir uns da?«

»Sie täuschen sich«, sagte Silotti entschieden.

»Ist er hier?«

»Er ist für ein paar Tage bei seinem Onkel in Italien. Weil es seiner Mutter nicht gut geht. Sie kann sich momentan nicht um ihn kümmern. Gehen Sie jetzt bitte.«

Siebels ließ sich nicht beirren. »Wir ermitteln eigentlich in zwei Mordfällen, die wir der Mafia zuschreiben. Wenn wir bei unseren Ermittlungen keine unschuldigen Menschen gefährden wollen, müssen wir Bescheid wissen. Aber wenn Marco in Italien in Sicherheit ist, brauchen wir uns darüber ja keine Gedanken zu machen.«

»Wie kommen Sie darauf, dass mein Sohn nicht in Sicherheit sein könnte?«, fragte Silotti und klang unsicher.

»Was wollen die Leute, die Ihren Sohn haben, von Ihnen?«, kam Siebels jetzt auf den Punkt, ohne auf Silottis Frage einzugehen.

Silotti gab seinen Widerstand auf. Er sackte auf dem Sessel in sich zusammen und fing plötzlich an zu schluchzen. »Von mir wollen sie gar nichts. Sie haben recht, es geht um meine Schwägerin Maria. Seit zwei Jahren dachten wir, dass sie tot ist. Wir waren auf ihrer Beerdigung in Rom. Aber vor ein paar Tagen stand sie plötzlich vor der Tür. Meine Frau ist in Ohnmacht gefallen, als ihre Schwester plötzlich vor ihr stand. Ich war völlig perplex und konnte keinen klaren Gedanken mehr fassen. Maria war gekommen, um uns zu warnen. Sie war in Eile und ganz aufgelöst. Sie hätte ihren Tod vor zwei Jahren nur vorgetäuscht. Sie hätte untertauchen müssen, erklärte sie uns. Aber jetzt wäre sie entdeckt worden. Deswegen wären auch wir in Gefahr und sollten verschwinden. Nach Rom, dort würden wir in einer sicheren Unterkunft untergebracht werden. Aber es war zu spät. Wir hatten schon die Koffer gepackt und haben nur noch auf Marco gewartet. Aber Marco kam nicht mehr.«

»Sie waren vor zwei Jahren auf der Beerdigung Ihrer Schwägerin, haben ihren Leichnam aber nie gesehen?«, fragte Till nach.

Silotti schüttelte den Kopf. »Nein. Es gab einen Brand. In dem Büro, in dem meine Schwägerin gearbeitet hat. Es hieß, dass sie bis zur Unkenntlichkeit verbrannt wäre. Man hätte sie nur durch ihre Zahnarztunterlagen identifizieren können.«

»Gab es noch mehr Tote bei dem Brand?«, wollte Siebels wissen.

»Nein, das Feuer war spät abends ausgebrochen. Nur Maria wäre noch in dem Büro gewesen.«

»Welcher Firma gehörte das Büro?«, fragte Till.

Silotti schaute Till mit leeren Augen an. »Es war die Hauptzentrale von der Firma Monieri«, seufzte er.

»Monieri?«, wiederholten Siebels und Till wie aus einem Mund.

»Ja, Monieri. Die gleiche Firma, an die ich SilSil verkauft habe. Aber dass Maria dort gearbeitet hat, habe ich erst erfahren, als wir die Nachricht von ihrem Tod erhalten haben. Ich kann mir das alles nicht erklären. Und seit Marco verschwunden ist, kann ich an nichts anderes mehr denken. Das ergibt alles keinen Sinn.«

Till konnte sich auch keinen Reim auf diese Informationen machen. »Haben Sie Ihre Schwägerin danach gefragt, als sie jetzt wieder hier aufgetaucht ist?«

»Ja, natürlich. Aber sie hat mir keine Antwort darauf gegeben. Sie hat nur gesagt, dass es ihr leidtun würde. Dass sie uns da nicht mit reinziehen wollte. Sie hatte Angst und sie war traurig. Als Marco zwei Stunden nach Schulschluss immer noch nicht nach Hause gekommen war, hat Maria einen Weinkrampf bekommen. Sie hat uns hoch und heilig versprochen, dass Marco nichts passieren würde. Dann ist sie einfach wieder gegangen. Seitdem haben wir nichts mehr von ihr gehört.«

Die Terrassentür wurde geöffnet. Patricia Silotti betrat das Wohnzimmer und schaute fragend ihren Mann an.

»Die Herren sind Geschäftspartner«, erklärte Silotti seiner Frau. »Es gab ein paar wichtige Dinge zu klären, weil ich in den letzten Tagen nicht im Büro sein konnte. Wir sind aber auch schon fertig.« Silotti erhob sich. Siebels und Till standen ebenfalls auf und nickten Frau Silotti höflich, aber distanziert zu. Sie folgten Silotti zur Haustür.

»Hat meine Schwägerin Sie wegen Marcos Entführung kontaktiert?«, fragte Silotti leise, als sie vor dem Haus standen.

Siebels nickte.

»Bringen Sie mir meinen Sohn zurück, bitte«, flehte Silotti.

»Wir werden ihn finden«, versprach Siebels, weil es sonst keine Antwort gab, die er hätte geben können.

»Sie haben vorhin von Maria Serano gesprochen. Vor ihrem vorgetäuschten Tod hieß sie aber Monti. Maria Monti. Das war ihr Mädchenname. Sie war nicht verheiratet. Vielleicht hilft Ihnen das ja bei der Suche nach meinem Sohn.«

Lemgo fuhr durch das geöffnete Tor auf das Grundstück der Villa. Er stellte seinen Wagen neben dem Dienstwagen von Joe Hübner ab. Vom Wagen aus betrachtete er sich die zertrümmerte Tür und die eingeschlagenen Fenster der Villa. Als er aus dem Auto stieg, kamen mehrere Streifenwagen und ein Mannschaftswagen auf das Grundstück gefahren. Lemgo ging in die Villa. Er betrat eine feudale Vorhalle. Wände und Fußboden waren mit Marmor ausgekleidet. Ein Kronleuchter hing von der Decke. Mehrere Sitzgruppen aus weichem Nappaleder waren im Raum verteilt. In der Mitte der Halle stand eine Art Podest, mit rotem Samt überzogen.

»Da sind Sie ja«, ertönte die Stimme von Julia Forster über ihm.

Lemgo hob den Kopf. Über ihm verlief eine Empore rund um die Eingangshalle. Julia Forster hatte die Hände auf die Brüstung gestützt und schaute nach unten. »Wir haben die Mädchen. Sie sind im Keller.«

»Sehr gut. Wer war sonst noch anwesend?«

»Wir haben eine Frau festgenommen. Wir sind noch dabei, ihre Identität zu klären. Sonst haben wir niemanden angetroffen.«

»Okay. Was machen Sie da oben?«

»Ich verschaffe mir einen Überblick. Hier gibt es mehrere Zimmer.«

»Schlafzimmer?«

»Spielzimmer nennt man das wohl«, sagte Julia verächtlich. »In zwei Zimmern stehen hochwertige Kameras.«

Lemgo ging die Treppe hoch und verschaffte sich selbst einen Überblick. »Hoffentlich haben die hier nur Pornos gedreht und keinen Snuff«, sagte Lemgo, als er einen Blick in eines der mit Kameras ausgestatteten Zimmer warf.

»Die Mädchen sind übrigens nicht ansprechbar. Die sind mit Drogen vollgepumpt.«

»Sind sie ansonsten unversehrt?«

»Machen Sie sich selbst ein Bild. Sie sehen aus wie Zombies.«

Lemgo ging die Treppe wieder herunter. Julia folgte ihm.

»Wem gehört die Villa?«

»Das wissen wir noch nicht. Wir sind dabei es herauszufinden.«

Lemgo betrachtete sich die Halle noch einmal von unten. An den Wänden hingen großflächige Gemälde. Die Motive stellten allesamt Szenen aus Orgien dar. Über dem Eingangsportal waren Buchstaben in die Marmorplatten eingelassen. Loge 6 prangte dort in großen schwarzen Lettern.

»Was bedeutet Loge 6?«, fragte Lemgo nachdenklich.

»Keine Ahnung. Was ist das da?« Julia Forster zeigte auf das mit rotem Samt überzogene Podest in der Mitte der Halle.

»Vermutlich wird das bei Versteigerungen benutzt.«

»Bei Versteigerungen? Bilder? Kunst?«

Lemgo schüttelte den Kopf und betrachtete sich das Podest. Er war einmal bei solch einer Versteigerung dabei gewesen. Ihm wurde schlecht, als er daran dachte. Er hieß damals Hans Dietermann und hatte mitgeboten. »Da stehen die Frauen drauf, die versteigert werden. Nackt. Sie müssen sich während der Versteigerung lasziv darauf bewegen. Sie müssen auch ihre Zähne zeigen. Gute Zähne zeugen von einer guten Herkunft. Das steigert den Wert der Frauen. Drumherum sitzen die Männer und bieten. Manchmal sind auch Frauen dabei. Die Regeln sind so ähnlich wie früher auf dem Sklavenmarkt. Nur dass hier der Protz und Prunk ganz groß gepflegt wird. Der Höchstbietende bekommt die Frau und kann mit ihr machen, was er will. Nur weglaufen darf sie ihm nicht. Aber das kommt auch nicht vor.«

»Wer ist denn so pervers?«, fragte Julia Forster fassungslos.

»Männer, die so viel Geld haben, dass sie alles andere nur noch langweilt. Es geht um Macht. Wer hierher eingeladen wird, gehört zu einem elitären Club, von dem Normalsterbliche nie etwas erfahren werden.«

»Loge 6, ist das dann der Name des Clubs?«

Lemgo nickte. »So nennen sie sich wohl. Die 6 könnte für Sex stehen oder aber auch für die Anzahl der Gründungsmitglieder.«

»Wir sollten rausfinden, wer hier verkehrt.«

»Ich befürchte, das werden wir jetzt nicht mehr herausfinden«, sagte Lemgo desillusioniert. »Wo geht es denn in den Keller runter?«

Julia zeigte Lemgo den Weg zur Kellertreppe und ging voraus.

Der Keller bestand aus mehreren großen Gewölben. Die Männer vom SEK liefen oder standen hier noch herum. Julia führte Lemgo zu einem Gewölbe, in dem mehrere Feldbetten standen. Auf den Betten lagen die Mädchen. Ein Arzt war da und untersuchte sie.

»Sie waren mit Handschellen an die Bettgestelle gekettet«, klärte Julia Lemgo auf.

Lemgo wandte sich an den Arzt. »Können Sie schon abschätzen, bis wann die Frauen vernehmungsfähig sind?«

Der Arzt schüttelte den Kopf. »Ich weiß nicht, mit welchen Mitteln sie betäubt wurden und mit welcher Dosis. Zwei Tage wird es bestimmt dauern, bis sie wieder einigermaßen ansprechbar sind.«

»Wo befindet sich die verhaftete Frau?«

Julia deutete in die andere Richtung. »Die Kollegen von der Sitte versuchen noch, etwas aus ihr herauszukriegen.«

Die Frau saß auf einem Schemel, die Hände hinter dem Rücken mit Handschellen festgekettet. Das Alter der Frau war schwer einzuschätzen. Sie sah verlebt aus mit ihren harten und unnachgiebigen Gesichtszügen. Hasserfüllt schaute sie Lemgo entgegen. Lemgo schätzte sie auf Anfang vierzig.

»Hat sie schon was ausgespuckt?«, wollte Lemgo von Joe Hübner wissen.

»Die Lady hat mich vollgespuckt«, sagte Joe Hübner angewidert. »Ansonsten schweigt sie sich aus.«

»Dann lassen wir die Dame mal abführen«, beschied Lemgo und gab zwei uniformierten Kollegen die Anweisung dazu.

»Welche Abteilung übernimmt nun?«, fragte Joe mit leicht genervtem Tonfall.

»Die Mordkommission«, entschied Lemgo.

»Das hier ist unser Metier«, protestierte Sabine Siebels. »Solange Sie hier keine Leichen ausgraben, kümmern wir uns darum.«

»Wir lassen das Grundstück noch auf vergrabene Leichen absuchen«, erwiderte Lemgo ungerührt.

»Eigentlich müssten wir an die Abteilung Organisierte Kriminalität übergeben«, warf Joe ein.

»Wir sollten das LKA informieren. Die haben die Geschichte ja ins Rollen gebracht.« Sabine hoffte, sich dann mit Till einigen zu können.

»Die Frauen sind Zeugen im Mordfall Caluzi. Also werden wir sie befragen müssen, sobald sie ansprechbar sind. Sie müssen im Krankenhaus rund um die Uhr bewacht werden. Veranlassen Sie das bitte.«

Joe Hübner zeigte Lemgo einen Vogel. »Wenn Sie die Sache übernehmen wollen, dann kümmern Sie sich gefälligst auch um die Überwachung.«

»Die zwei Russen, die bei Ihnen auf stur geschaltet haben, haben sich bei uns als Kronzeugen beworben. Und wie es aussieht, verfügen die über äußerst wichtige Informationen. Die müssen wir jetzt rund um die Uhr bewachen. Wir sind ausgelastet. Sie bekommen die Mädchen, sobald wir mit ihnen sprechen konnten.«

»Ich kümmere mich um die Überwachung«, schaltete Sabine Siebels sich in den Streit ein.

»Na also, geht doch«, brummte Lemgo und Joe Hübner verzog das Gesicht.

»Und ich informiere das LKA. Wenn die übernehmen, brauchen wir uns hier nicht mit Kompetenzgerangel das Leben schwer machen,« ließ Sabine Siebels Lemgo wissen.

17

Siebels musste Dennis vom Kindergarten abholen. Till begleitete ihn dorthin. »Maria Serano hieß also Maria Monti und hat bei der Monieri gearbeitet«, überlegte Till laut.

»Fragt sich nur, was sie dort gemacht hat. Du solltest überprüfen, ob der Name beim LKA bekannt ist.«

»Ja. Und mit Sabine Lehmann müssen wir bei nächster Gelegenheit noch ein ernstes Wörtchen reden«, sagte Till etwas aufgebracht.

»Sie heißt doch jetzt Liliane«, verbesserte Siebels ihn.

»Liliane Lüttmann«, verriet Till nun den vollständigen neuen Namen der Kronzeugin.

»Die kalte Braut wechselte die Seiten, aus Sabine Lehmann wurde also Liliane Lüttman. Erkennst du die Parallelen?«, fragte Siebels und wartete gar nicht auf Tills Antwort, sondern gab sie selbst. »Aus Maria Monti wurde Maria Serano. Maria Monti wurde offiziell für tot erklärt. Das kann eigentlich nur mit tatkräftiger Unterstützung der Behörden vonstattengegangen sein.«

»Du meinst, Maria Serano ist auch eine Kronzeugin? Aber wenn sie von den italienischen Behörden eine neue Identität bekommen hat und in Frankfurt untergetaucht ist, muss der Prozess in Italien schon gelaufen sein. Was macht die Entführung von Marco dann noch für einen Sinn?«

»Das macht nur Sinn, wenn der Prozess noch nicht gelaufen ist. Die Gegenseite versucht den Prozess zu verhindern. Die Frage ist jetzt, um was für einen Prozess es sich überhaupt handelt.«

»Es muss mit dieser Firma zu tun haben. Mit Monieri. Ich habe dir doch erzählt, dass der Geschäftsführer wegen illegalem Waffenhandel mit internationalem Haftbefehl gesucht wird. Bei diesem Brand im Büro der Monieri sind mit Maria Monti wahrscheinlich auch belastende Unterlagen verschwunden. Die italienische Polizei hat eine Zeugin und Beweismaterial, aber warum kommt es nicht zum Prozess? Maria Montis Tod wurde vor zwei Jahren vorgetäuscht.

Antonio de Rossi ist aber erst vor einigen Wochen abgetaucht und wurde auch vorher nicht mit Haftbefehl gesucht. Warum musste Maria Monti zwei Jahre lang von der Bildfläche verschwinden, ohne dass sich etwas tut? Warum geht jetzt plötzlich alles drunter und drüber, nachdem zwei Jahre lang nichts passiert ist?«

Siebels wusste keine Antwort darauf. Er versuchte nicht weiter darüber nachzudenken und konzentrierte sich stattdessen auf sein untrügliches Bauchgefühl. Und in seinem Bauch rumorte es ein wenig. »Irgendwie habe ich das Gefühl, dass Liliane Lüttmann uns das erklären kann,« fasste er dann seine Bauchgefühle zusammen.

»Wir haben Liliane nach Maria Serano gefragt. Wir sollten sie besser nach Maria Monti befragen.«

»Die beiden kennen sich«, war sich Siebels nun auf einmal sicher. »Maria Serano hat mich explizit an Sabine Lehmann verwiesen. Da muss es noch Dinge geben, über die unsere kalte Braut euch noch nichts erzählt hat.«

»Ihre neue Identität hat sie für eine lückenlose Aussage erhalten. Silotti hat sie nur im Zusammenhang mit den Wettmanipulationen erwähnt. Kein Wort davon, dass sie den Verkauf der SilSil an die Monieri in die Wege geleitet hat. Von ihrer Affäre mit Silotti hat sie auch nichts preisgegeben. Wer weiß, mit wem sie es noch alles gemacht hat, um ihren Job zu erledigen. Eine Maria Monti hat sie bisher noch nicht erwähnt, das wüsste ich. Ich glaube, wir müssen unserer Kronzeugin mal richtig Dampf unter dem Hintern machen. Die verarscht uns doch.«

»Sie wird euch nichts sagen. Die kalten Bräute dieser Welt kommen nämlich immer zu mir, wenn sie Probleme haben. Irgendwas Mystisches muss ich wohl an mir haben.«

»Maria Monti hat aber bereits einen mysteriösen Beschützer im Priestergewand. Der wird schon dafür sorgen, dass sie ihre Probleme nicht alle bei dir ablädt.«

»Könnte ja richtig spannend werden, wenn wir Maria Serano heute Abend treffen.«

»Wenn sie überhaupt auftaucht. Ich schätze, wir werden uns mit dem Priester begnügen müssen. Den kann ich überhaupt noch nicht einordnen«, klagte Till. »Der verfolgt dich, holt diese Irina aus dem Krankenhaus und will sie uns nun wieder übergeben. Das ergibt doch alles keinen Sinn.«

»Es ist halt immer das gleiche Spiel. Uns fehlen noch die wesentlichen Puzzleteile. Aber die kriegen wir schon noch zusammen.« Siebels parkte den Wagen vor dem Kindergarten. »Wenn Dennis dabei ist, reden wir nicht über den Fall, klar?«

»Klar. Kann ich mit reinkommen?«

»In den Kindergarten? Weiß nicht. Die Kinder sind so Typen wie dich nicht gewohnt.« Siebels schielte schelmisch zu Till rüber.

»Kinder brauchen Vorbilder«, sagte Till voller Überzeugung und stieg aus dem Wagen.

Im Kindergarten ging es wieder hoch her. Siebels hoffte, dass es heute nicht wieder Beschwerden über Dennis geben würde.

»Hallo, Herr Siebels.« Die Kindergärtnerin Frau Klein winkte ihm zu. Sie räumte gerade Bauklötze zusammen.

Siebels ging zu ihr. »Hallo, Frau Klein. Wo ist denn mein Hilfssheriff?«

»Der ist auf der Toilette. Da war er heute öfter. Er hat Durchfall.«

»Ach du Scheiße«, entfuhr es Till.

Frau Klein sah Till belustigt an. »Welches Kind gehört denn zu Ihnen?«

Till deutete auf Siebels. »Der hier ist meiner. Kann ich den hierlassen?«

Till bekam von Siebels die flache Hand auf den Hinterkopf gehauen.

Frau Klein kicherte und sammelte weiter Bauklötzchen ein. »Ein kleiner Sheriff langt uns hier voll und ganz.«

»Hat er sich denn heute benommen?« Siebels traute sich kaum zu fragen.

»Wie gesagt, er hatte heute nicht viel Gelegenheit, sich nicht zu benehmen. Ich habe ihm eine Tablette gegeben. Vielleicht bringen Sie ihn besser noch beim Kinderarzt vorbei.«

Dennis kam aus der Toilette und lief langsam auf Siebels und Till zu. Er war ziemlich blass um die Nase und wirkte erschöpft.

»Hey, kleiner Mann. Guck mal, wen ich mitgebracht habe«, begrüßte Siebels seinen Sohn.

»Hallo, Till«, brachte Dennis wehmütig hervor.

Till ging vor Dennis auf die Knie. »Du schaust aber gar nicht gut aus. Heute Morgen war doch noch alles okay mit dir, oder?«

Dennis nickte und fasste sich auf den Bauch. »Ich habe Bauchschmerzen.«

Siebels nahm Dennis an der Hand. »Na, komm. Dann besuchen wir jetzt Doktor Bergmann. Der macht dich bestimmt wieder gesund.«

Dennis schlurfte an der Hand seines Vaters aus dem Kindergarten. Als sie am Auto ankamen, bekam Siebels eine Nachricht von Sabine auf sein Smartphone. »Kann bei Sabine heute spät werden«, seufzte er.

Till fragte sich, ob Siebels mit dem Fall nicht überfordert war.

»Ziemlich stressig, Privatdetektiv und Papa und Hausmann, was?«, fragte er, als Dennis im Kindersitz festgeschnallt war und Siebels losfuhr.

»Solange ich als Privatdetektiv keine Aufträge hatte, ging es ganz gut.«

Till lachte. »Du musst heute Abend nicht mitkommen. Ich kann mit Thomas Heck hingehen.«

»Wie sieht das denn aus? Schließlich ist Maria Serano meine Klientin. Mit dem LKA wollte sie ja anfangs gar nichts zu schaffen haben. Ich bekomme das schon irgendwie hin.«

»Wenn du heute keine Leichen mehr ausgräbst, die dringend in die Gerichtsmedizin müssen, kann ich Anna fragen, ob sie Lust auf Babysitting hat.«

»Du sollst nicht so Sachen sagen, wenn Dennis dabei ist.«

»Dennis ist zwar kein Baby mehr, aber so nennt man das doch, oder?«

»Leichen ausgraben, meine ich, du hirnloser LKA-Spezialagent.«

»Ich muss aufs Klo«, stöhnte Dennis von hinten.

Siebels stieg auf die Bremse und sprang aus dem Wagen.

»Was ist denn jetzt los?«, fragte Till entgeistert, als Siebels Dennis aus dem Kindersitz befreite. Hinter ihnen hupten die nachfolgenden Autofahrer.

»Dixi«, sagte Siebels. »Da steht ein Dixi-Häuschen.« Siebels nahm Dennis in die Arme und rannte mit ihm zu dem Plastikhäuschen, das bei einer Straßenbaustelle auf der gegenüberliegenden Straßenseite stand.

Till rutschte auf die Fahrerseite und fuhr den Wagen an die Seite.

Dann rief er bei Thomas Heck an und informierte ihn über den neuesten Stand. Thomas Heck hörte interessiert zu, was Till ihm von dem Treffen in der Katharinenkirche und dem Gespräch mit Silotti berichtete. »Wir sollten Liliane unter Druck setzen, die hat noch nicht alles ausgespuckt«, endete Till mit seinen Ausführungen.

»Wo bist du jetzt?«, wollte Thomas Heck wissen.

»Dixi-Häuschen am Dornbusch. Kleiner Notfall.«

»Was?«

»Dennis hat die Scheißerei.«

»Wer ist Dennis?«

»Der Sohn von Siebels. Wir haben ihn gerade aus dem Kindergarten abgeholt. Der muss jetzt zum Kinderarzt.«

»Das glaub ich alles nicht«, stöhnte Heck.

»Egal, mach für morgen Vormittag ein Meeting mit Liliane klar«, sagte Till und drückte seinen Chef wieder weg. Till wartete noch geschlagene fünfzehn Minuten, bis Siebels mit Dennis wieder aus dem Dixi-Häuschen rauskam.

»Sieht nicht gut aus«, sagte Siebels, als er wieder am Steuer saß. »Wäre echt gut, wenn Anna heute Abend vorbeikommen könnte.«

Samuel König saß mit zwei schweigsamen Russen in seinem Büro, als Charly Hofmeier zu ihm stieß. »Hast du eine sichere Wohnung aufgetrieben?«, fragte König, dem es nicht gelungen war, den Russen noch weitere Informationen zu entlocken.

»Ich bin dabei. Staatsanwalt Hellweg muss das noch genehmigen. Ein Antrag liegt ihm vor.«

»Hoffentlich dauert das jetzt nicht drei Monate, bis der sich den Antrag anschaut«, zweifelte Samuel König an der raschen Bearbeitung bei der Staatsanwaltschaft.

»Seid ihr wirklich Profis?«, fragte Sergei zweifelnd.

»Sind wir«, beruhigte Charly ihn. »Bei uns greift ein Rädchen ins andere. Die deutsche Justiz arbeitet wie eine Maschine.«

»Eine sichere Wohnung ist sicher, wenn niemand davon weiß«, erklärte Sergei.

»Von uns weiß ja anscheinend auch niemand was« gab ihm König zur Antwort.

Charly fischte einen Schlüsselbund aus seiner Hosentasche. »Hier, der ist für die Wohnung. Wir müssen nicht warten, bis der Staatsanwalt sein Okay gibt. Es langt, wenn der Antrag bei ihm eingegangen ist. Falls er ihn ablehnt, müssen wir die Wohnung halt wieder räumen. Eckenheimer Landstraße. Gegenüber von der Deutschen Nationalbibliothek. Außer uns weiß niemand, wo sich die Wohnung befindet. Auch der Staatsanwalt nicht.«

Sergei und Iwan berieten sich kurz auf Russisch. »Okay, gehen wir«, willigte Sergei schließlich ein.

Die jungen Frauen aus der Villa wurden mit Krankenwagen abgeholt. Sabine Siebels und Julia Forster fuhren gemeinsam hinterher. Sabine organisierte von unterwegs aus die Bewachung der fünf Frauen im Krankenhaus.

»Eine fehlt uns noch«, sagte Sabine, als sie dem Krankenwagen folgten.

»Die finden wir auch noch«, machte Julia Forster ihr Mut. »Dein Mann hat sie da rausgeholt, stimmt das?«

»Ja, das stimmt. Ich habe aber keine Ahnung, was er da überhaupt verloren hatte. Er hat sich nach seinem Rückzug von der Mordkommission als Privatdetektiv selbstständig gemacht. Das ist sein erster privater Fall. Und schon steckt er mittendrin im Geschehen. Er zieht die Kriminellen irgendwie magisch an. Wie ist denn der Neue bei der Mordkommission?«

»Lemgo? Das ist ein komischer Vogel. Der zieht am liebsten alleine los. Aber er ist sehr professionell. Irgendwas stimmt aber nicht mit ihm. Der kennt sich sehr gut mit der Mafia aus. Was er gemacht hat, bevor er zur Mordkommission kam, ist ein großes Geheimnis. Würde mich nicht wundern, wenn er als verdeckter Ermittler unterwegs war.«

»Früher oder später werden er und mein Mann sich bestimmt in die Quere kommen«, befürchtete Sabine.

Lemgo ließ die Frau in die Arrestzelle im Präsidium bringen. Mit ihr wollte er sich am nächsten Morgen beschäftigen. In der Handtasche der Frau war eine Pistole gefunden worden. Aber mit dieser Waffe waren weder Caluzi noch Pastori erschossen worden. Lemgo tippte darauf, dass sie Caluzi erschossen und die Mordwaffe entsorgt hatte. Die Frau musste den BMW X6 gefahren haben, der vor der Villa gestanden hatte. Die Spurensicherung war noch in der Villa zugange. Die Reifenspuren vor der Lagerhalle passten zu dem BMW X6, der vor der Villa stand. Der Wagen war auf Elena Kamamirow zugelassen. Die Frage, welche Rolle diese Frau in der ganzen Geschichte spielte, schob Lemgo zunächst beiseite. Der Begriff Loge 6 ging ihm aber nicht mehr aus dem Kopf. Der Schriftzug in den Marmorplatten war über dem Eingangsportal eingelassen. Drum herum waren kreisförmig die Bilder mit den Motiven von hemmungslosen Orgien aufgehängt. In der Mitte der Halle war das mit rotem Samt bezogene Podest aufgebaut. Lemgo kannte das ganze Szenario. Nur die Bezeichnung Loge 6 war ihm neu. Er hatte gedacht, er hätte das alles hinter sich gelassen.

Lemgo verscheuchte diese Gedanken und machte dafür anderen Platz. Er dachte an Annette Weiland und machte sich auf den Weg zum Studentenwohnheim. Er verspürte eine unbändige Begierde nach ihr. Er wollte sie sehen, fühlen, spüren, riechen. Ihre Stimme hören. Er wollte die Wahrheit von ihr hören. Woher wusste sie den vollständigen Namen von Maria Serano, wenn Pastoris Stammpersonal ihn nicht kannte? Warum hatte sie ihm weisgemacht, Maria Serano wäre oft mit Pastori in dem Restaurant gewesen, wenn die beiden in Wirklichkeit nur zwei- oder dreimal dort zusammen gegessen hatten? War Annette Weiland als Aushilfe in das Restaurant eingeschleust worden, um mehr über Maria Serano herauszufinden? Hatte sie deswegen Informationen, die sie gar nicht haben konnte? Hatte sie sich bei ihm einfach verplappert? Er wollte nicht wahrhaben, dass sie eine Rolle in dem Mordfall Pastori spielte.

Lemgo klopfte laut gegen ihre Zimmertür.

Annette Weiland öffnete mit einem ärgerlichen Gesichtsausdruck die Tür. »Kannst du nicht vorher anrufen, wenn du kommst?«

Lemgo schmiss die Tür hinter sich ins Schloss. Er hatte kaum das Zimmer betreten, da fing er schon an, sich die Kleider auszuziehen. Annette Weiland beobachtete ihn dabei, ohne eine Regung zu zeigen.

»Zieh dich aus«, forderte Lemgo sie auf.

Annette Weiland nickte und fing langsam an, sich die Bluse aufzuknöpfen.

»Mach schneller«, keuchte Lemgo und kam nackt auf sie zu. Er riss an ihrer Kleidung. Sie zog sich hastig vor ihm aus. Lemgo schmiss sie auf das kleine Bett. Warf sich auf sie. Drang in sie ein. Annette Weiland schlang ihre Arme und Beine um ihn. Lemgo nahm sie mit harten Stößen. »Woher kanntest du den vollständigen Namen von Maria Serano?«, keuchte er und stieß seine ganze Manneskraft in sie.

»Was willst du von mir, du Bulle«, stöhnte Annette Weiland unter ihm.

»Ich will dich vögeln«, presste er hervor und ließ sie das deutlich spüren. »Und ich will die Wahrheit wissen.« Er spürte, wie sich Fingernägel in seinen Rücken krallten und Spuren hinterließen.

»Mach's mir, bis ich dir die Wahrheit gesagt habe. Schaffst du das, Bulle?«

»Ich fick die Wahrheit aus dir heraus«, keuchte Lemgo und stieß schneller zu. Die Fingernägel gruben sich tiefer in sein Fleisch. »Im Restaurant wusste niemand ihren Nachnamen. Woher wusstest du ihn?«

»Vielleicht hat sie ihn mir gesagt?«

Lemgo stieß sie mit aller Kraft. »Sie hat ihn dir nicht gesagt. Woher?« Lemgo stöhnte, jedes Wort presste er zwischen seinen Stößen heraus.

»Ich sag's dir, Bulle. Ich sag's dir. Stoß mich. Tiefer.«

»Sag's mir. Jetzt.« Das Spiel erregte Lemgo immer mehr. Lange würde er es nicht mehr aushalten. Er verlor die Kontrolle über sich, stieß immer wilder in sie ein. Ihr hemmungsloses Stöhnen rauschte in seinen Ohren. Er spürte, wie ihr Körper unter ihm zuckte.

»Caluzi«, schrie sie und krallte sich in Lemgos Rücken fest. »Als ich ... bei ihm war.« Sie bäumte sich unter ihm auf. »Am Telefon«, japste sie. Ihre Stimme drang wie aus weiter Ferne in Lemgos Ohr. Erschöpft blieb er auf ihr liegen, sein Atem ging schnell und schwer.

»Am Telefon?«, fragte er, nachdem sie beide wieder etwas zur Ruhe gekommen waren.

»Als ich bei ihm war. Er war im Nebenzimmer. Er bekam einen Anruf auf dem Handy. Er hat italienisch gesprochen. Ich konnte es nicht verstehen. Bis auf den Namen. Den hat er laut und deutlich ausgesprochen. Zweimal hintereinander. Maria Serano. Rotlintstraße. Kurz darauf hat er das Gespräch wieder beendet.«

Lemgo rollte sich von ihr herunter. Blieb neben ihr liegen. »Warum hast du mir das nicht gleich gesagt?«

»War das wichtig? Ich habe es für ein normales Gespräch gehalten, bei dem es unter anderem um Pastoris Freundin ging. Caluzi war schließlich der Geschäftsführer. Ich wusste vorher nicht, dass sie mit Nachnamen Serano heißt. Aber ich wusste auch nicht, dass es außer mir auch niemand wusste. Ich war ja nur Aushilfe und noch nicht lange dabei. Ich habe dir dann ihren vollen Namen gesagt, weil ich ihn nun halt wusste.«

»Du hast gesagt, Pastori und seine Freundin hätten regelmäßig dort gegessen«, erinnerte Lemgo sie und blieb misstrauisch.

»Davon bin ich ausgegangen. Ich habe doch erst vier Wochen vor Pastoris Tod dort angefangen. Zweimal in der Woche. In dieser Zeit waren sie ein- oder zweimal gemeinsam dort gewesen. Ich bin einfach davon ausgegangen, dass sie das auch vor meiner Zeit schon oft getan hatten.«

»Deswegen wurde er gefoltert«, flüsterte Lemgo sich selbst zu. »Sie wollten den Namen und die Adresse von ihr erfahren.«

Annette Weiland sah ihn erschrocken an.

18

Dennis ging es wieder besser, als Till und Anna bei Siebels erschienen. Sabine war noch im Präsidium. Sie musste Berichte schreiben, die lückenlose Bewachung der jungen Frauen im Krankenhaus organisieren sowie eine psychologische Betreuung.

»Die Anna bleibt heute bei dir, bis die Mama nach Hause kommt«, erklärte Siebels seinem Sohn. Dennis saß im Schlafanzug auf dem Sofa und guckte Anna mit großen Augen an.

»Wir spielen was Schönes, ja?«, schlug Anna ihrem Schützling vor.

»Wir spielen Verbrecher und Polizist«, entschied Dennis selbstbewusst.

Siebels verdrehte die Augen. »Anna kennt noch viel bessere Spiele«, versuchte er Annas Abend zu retten.

»Du bist die Verbrecherin«, ließ sich Dennis nicht beirren und zeigte mit dem Finger auf Anna.

»Das Gefängnis ist im Badezimmer«, erklärte Siebels der Babysitterin.

Anna lachte. »Zieht ihr mal los, wir kommen schon klar. Wir spielen Memory, gelle, Dennis?«

Dennis schüttelte den Kopf. Siebels und Till machten sich auf den Weg.

Auf der Fressgass herrschte reger Betrieb. Till hatte seinen Dienstwagen in einem Parkhaus an der Hauptwache abgestellt. Als die beiden das Parkhaus verließen, trennten sie sich zunächst. Siebels schlenderte gemächlich über die Fressgass. Hin und wieder blieb er stehen und betrachtete sich die Auslagen in den Schaufenstern. Till blieb etwa zwanzig bis dreißig Meter hinter ihm und versuchte zu erfassen, ob Siebels beobachtet wurde, als er sich dem Eingang zum Dolce Vita näherte. Je näher Siebels dem Restaurant kam, desto langsamer bewegte er sich vorwärts. Till konnte keine verdächtigen Personen ausmachen. Er verkürzte den Abstand zu Siebels, lief schließlich an ihm vorbei und näherte sich ihm kurz darauf wieder von der anderen Richtung. Vor der Eingangstür zum Dolce Vita blieben sie nebeneinanderstehen. An der Tür hing ein Geschlossen-Schild. Die Jalousien waren heruntergelassen. Im Restaurant war es dunkel. Nur in einer hinteren Ecke war der Schein einer Tischlampe zu erkennen.

»Sieht so aus, als wären wir unbeobachtet«, fasste Till seine Erkenntnisse zusammen.

Siebels drückte gegen die Tür. »Ist offen.«

»Dann lass uns mal reingehen. Wir werden da hinten erwartet.«

An dem beleuchteten Tisch waren zwei Personen schemenhaft zu erkennen. Als Siebels näherkam, erkannte er Maria Serano und Irina.

»Sind Sie zwei allein hier?«, erkundigte er sich. Till stand zwei Schritte hinter ihm und blickte sich in dem dunklen Restaurant um.

»Sind Sie zwei allein hier?«, ertönte eine männliche Stimme aus dem Dunkel.

»Ja, nur wir zwei. Wie abgemacht«, antwortete Siebels, ohne den Blick von den zwei Frauen zu wenden.

Der Mann trat aus dem Zugang zu den Toiletten in Erscheinung. Das Priestergewand hatte er gegen Jeans und Lederjacke eingetauscht. »Setzen Sie sich doch. Möchten Sie etwas trinken?«

Maria Serano hatte ein Glas Rotwein vor sich auf dem Tisch stehen. Irina eine Cola. »Ein Bier bitte«, sagte Siebels und setzte sich an den Tisch.

»Für mich ein Wasser«, bat Till und setzte sich ebenfalls an den Tisch.

Der Mann kam kurz darauf mit den gewünschten Getränken.

Siebels betrachtete Irina. Sie wirkte gefasst und unbeschadet. »Geht es dir gut?«, erkundigte er sich.

Irina nickte.

»Ich habe vorhin mit meiner Frau gesprochen. Sie hat deine Schwester und die anderen Mädchen gefunden. Sie sind in Sicherheit.«

Irina schaute Siebels ungläubig an. Dann fing sie gleichzeitig an zu lachen und zu weinen. Maria Serano legte einen Arm um sie und beruhigte sie.

»Warum haben Sie Irina aus dem Krankenhaus geholt?«, wollte Siebels von dem Mann wissen.

»Wir haben uns erhofft, einige Informationen von ihr zu bekommen.«

»Informationen? Was für Informationen?«

»Das braucht Sie nicht zu interessieren. Sie ist jetzt Ihre Zeugin. Sie können Sie befragen, wenn sich unsere Wege wieder getrennt haben.«

»Der Waffenhandel von Antonio de Rossi gehört zur gleichen Organisation wie der Frauenhandel, wegen dem Irina und die anderen Mädchen ins Land geholt wurden. Habe ich recht, Frau Monti?« Till sah Maria Serano direkt in die Augen.

Maria Serano blieb völlig ruhig. »Loge 6«, sagte sie, trank einen Schluck Wein und warf ihrem Beschützer einen fragenden Blick zu.

»Loge 6 nennt sich die Organisation«, fuhr ihr Begleiter fort. »Sie betätigen sich auf den klassischen Gebieten. Waffenhandel, Drogenhandel, Menschenhandel. Sie sind dabei, sich in Europa auszubreiten. Wir wollen Antonio de Rossi vor Gericht stellen. Er ist der Einzige aus der Organisation, gegen den wir Beweise haben.«

»Und gegen den Sie mit Frau Monti eine aussagewillige Zeugin haben«, ergänzte Till.

»Sie wird nicht aussagen, solange ihr Neffe nicht in Sicherheit ist.«

»Ich hatte gehofft, dass Sabine Lehmann Ihnen sagen wird, wo mein Neffe versteckt gehalten wird«, sagte Maria Serano zu Siebels.

»Sie kannten Frau Lehmann persönlich?«, vergewisserte Siebels sich.

»Ich weiß, wer sie ist, was sie getan hat und mit wem sie verkehrt hat. Sie hatte eine Affäre mit meinem Schwager Silvio. Dabei ging es ihr aber um geschäftliche Dinge. Ich war in diese Dinge involviert und hatte damals auch Kontakt mit ihr. Nachdem die geschäftlichen Dinge geregelt waren, brach der Kontakt zwischen uns wieder ab. Aber einige Zeit später sah ich sie auf einem Fest wieder. Dort hat sie einen Mann kennen gelernt und wurde seine Geliebte. Der Mann nannte sich Damian. Damian heißt auf Deutsch: Der mächtige Mann. Er gehört zu dem Führungskreis der Organisation.«

»Damian steckt hinter der Entführung Ihres Neffen?«, tastete Siebels sich weiter vor.

»Wir gehen davon aus, dass er zumindest involviert ist.«

»Deswegen waren Sie an Irina interessiert«, kombinierte Siebels.

»Sie konnte uns aber leider nicht weiterhelfen«, gab der Begleiter von Maria Serano zu. »Wir wissen nicht, wer sich hinter Damian verbirgt. Unter diesem Namen ist er nur maskiert in Erscheinung getreten. Einige Leute aus diesen Kreisen bleiben auch unerkannt, wenn sie unter sich sind. Deswegen möchte Frau Serano Sie nun doch weiter mit der Suche nach Marco beauftragen.«

»Sind Sie sich sicher, dass Sabine Lehmann die Geliebte von diesem Damian war?«, hakte Siebels noch mal nach.

Maria Serano nickte. »Wir gehen davon aus, dass sich daran nichts geändert hat.«

»Sie hat noch Kontakt mit ihm?«, fragte Till ungläubig.

»Das wissen wir nicht«, antwortete der Mann. »Das LKA weiß es anscheinend auch nicht.«

»Wer sind Sie?«, fragte Siebels und schaute abwechselnd zu Maria Serano und dem Mann.

»Wir sind nicht befugt, Ihnen das zu sagen«, antwortete der Mann.

»Wir sollten vielleicht zusammenarbeiten«, schlug Till vor.

»Wir sind nicht befugt, das zu entscheiden.«

»Wer ist denn dazu befugt?«

Der Mann lächelte Till an und hob entschuldigend die Hände.

»Sollten wir vielleicht zurück in die Kirche gehen und besser den lieben Gott nach Ihnen befragen? Vielleicht sind Sie ja ein Engel?«, erkundigte sich Till bei Maria Serano mit einem ironischen Unterton.

»Ja, dann sind Sie auf jeden Fall bei der letzten Instanz«, antwortete sie lächelnd.

Lemgo hatte noch eine Weile neben Annette Weiland im Bett gelegen. Viel gesprochen hatten sie nicht mehr miteinander. Sie hatte in seinen Armen gelegen und seine Gedanken schweiften immer wieder ab zu dem Fall. In seinem Kopf schwirrten die Namen herum. Mattheo Pastori, Maria Serano, Luigi Caluzi, Antonio de Rossi, Dr. Michael Westphal, Eduardo Lombardi, Stefano Belozzi, Sergei und Iwan Zacharow. Alle hatten irgendwie miteinander zu tun. Aber was war der Auslöser für die beiden Morde gewesen? Lemgo tendierte immer mehr zu der Ansicht, dass Maria Serano die Schlüsselfigur in der ganzen Geschichte sein musste. Irgendwann war er aufgestanden, hatte sich angezogen und Annette Weiland zum Abschied einen Kuss auf den Mund gedrückt.
»Soll das jetzt so weitergehen?«, fragte sie.
»Ich muss darüber nachdenken«, sagte er und verschwand.
Lemgo fuhr nach Hause und machte es sich im Wohnzimmer seines kleinen Fachwerkhäuschens bequem. Er legte Musik auf. Police. Die Stimme von Sting ließ ihn entspannen. Er fragte sich, wie es wäre, mit Annette Weiland zusammen unter einem Dach zu leben. Der Gedanke gefiel ihm. Und der Gedanke erschreckte ihn auch.

Sabine Siebels saß mit Anna im Wohnzimmer, als Siebels und Till mit Irina von ihrem Ausflug zurückkamen. Dennis lag im Bett und schlief. Die beiden Frauen tranken Rotwein und redeten über ihre Männer und die Arbeit.
»Ich habe sie wieder«, sagte Siebels freudestrahlend. Mit seinen Händen auf Irinas Schultern schob er sie sachte ins Wohnzimmer. »Das ist meine Frau und das ist die Freundin von Till«, stellte Siebels Irina die beiden Frauen vor.
Irina ging langsam auf Sabine zu. »Wie geht es meiner Schwester?«

»Sie muss sich ausruhen. Vielleicht kannst du sie aber morgen schon sehen.« Sabine schaute fragend ihren Mann an.

»Der Kerl, der sie aus dem Krankenhaus geholt hat, hat ihr nichts angetan«, beruhigte Siebels Sabine. »Bist du mit Dennis klargekommen?«, fragte er Anna.

»Klar, wir hatten viel Spaß zusammen. Das Verbrecherspiel haben wir ausfallen lassen.«

»Das können wir ja nachher noch spielen«, schlug Till mit einem spitzbübischen Lächeln vor.

»Benehmt euch, wir haben Besuch«, ermahnte Siebels die beiden und bat Irina, sich auf das Sofa zu setzen.

»Und was hast du jetzt mit ihr vor?«, flüsterte Sabine ihm ins Ohr.

»Sie schläft heute Nacht im Gästezimmer. Morgen früh kannst du sie als Zeugin mit ins Präsidium nehmen. Aber Till und ich müssen ihr jetzt auch noch ein paar Fragen stellen.«

»Bist du völlig irre? Das hier ist unser Zuhause.«

Siebels hob entschuldigend die Arme. »Was sollte ich denn jetzt mit ihr machen? Ich dachte, du bist froh, dass ich sie wiederhabe.«

»Ja, bin ich ja auch. Natürlich. Aber ich habe Angst um dich und um Dennis. Irgendwelche Leute werden sie doch bestimmt noch suchen. Die anderen Mädchen stehen unter Polizeischutz. Wer ist denn nun der Typ, der sie aus dem Krankenhaus geholt hat?«

Siebels zuckte mit den Schultern. »Der gehört zu meiner Klientin. Er spricht mit einem leichten italienischen Akzent. Ich vermute, dass er zu einer speziellen italienischen Polizeieinheit gehört.«

»Der ist schlauer als du. Der bleibt im Untergrund. Du stehst sogar groß im Telefonbuch. Mit Adresse.«

»Vielleicht bleibe ich heute Nacht besser auch hier«, schlug Till vor, der das Gespräch der beiden verfolgte. »Bis wir mit Irina alles durchgesprochen haben, wird es wahrscheinlich eh sehr spät sein.«

»Willst du mit Dennis heute Nacht bei mir schlafen?«, bot Anna Sabine an.

»Ja, das wäre gut«, seufzte Sabine.

»Haben Sie jetzt Probleme wegen mir?«, fragte Irina schüchtern und blickte zu Sabine.

Sabine setzte sich neben sie. »Mach dir keine Sorgen. Ich bin froh, dass du hier bist und dir nichts passiert ist. Ich schlafe heute Nacht bei meiner Freundin. Morgen sehen wir uns dann wieder und dann kannst du bestimmt auch deine Schwester und die anderen Mädchen sehen.«

Kurz darauf verließ Sabine mit Dennis ihr Zuhause und fuhr mit Anna los. Siebels und Till hofften, dass sie von Irina nun einige erhellende Informationen erhielten.

Lemgo fühlte sich müde und erschöpft. Er erledigte sein letztes Gespräch für diesen Tag und rief Samuel König auf dem Handy an.

»Herr Lemgo. Wurde ja auch Zeit, dass Sie sich mal melden. Bei Ihnen geht immer nur die Mailbox an.«

»Ja, tut mir leid. Es war viel los heute. Alles in Ordnung bei Ihnen?«

»Ich sitze mit zwei Russen in einer fremden Wohnung. Wie geht es weiter mit den beiden?«

»Leisten Sie den beiden heute Nacht Gesellschaft. Ich hoffe, dass wir morgen die Kronzeugenregelung für unsere neuen Freunde offiziell in Anspruch nehmen können.«

»Kann ich die ganze Nacht als Überstunden geltend machen?«

»Natürlich. Unbezahlte Überstunden, die nicht abgefeiert werden können. Dafür sind Sie mitverantwortlich, wenn wir eine internationale kriminelle Organisation hochgehen lassen. Sie sind bald ein Held und die Reporter werden sich um ein Interview mit Ihnen reißen.«

»Das motiviert mich jetzt ungemein«, erwiderte Samuel König wenig enthusiastisch.

»Dachte ich mir doch. Wie geht es unseren Gästen? Sind die auch noch so motiviert?«

»Sie haben eine Flasche Wodka vernichtet und machen einen ganz zufriedenen Eindruck.«

»Passen Sie auf, König. Die zwei könnten zur Zielscheibe werden. Wir haben es mit einer mächtigen Organisation zu tun und wir sind nicht die einzigen Polizisten auf dem Spielfeld. Und keiner will sich in die Karten schauen lassen. Die beiden Russen sind unser Joker. Keine wichtigen Informationen am Telefon austauschen, kapiert?«

»Kapiert. Charly ist involviert, ansonsten nur unsere Gruppe.«

»Schlafen Sie gut, König.«

»Was wollen Sie wissen?«, fragte Irina. Sie saß mit Siebels und Till im Wohnzimmer. Siebels hatte Pizza vom Lieferservice bringen lassen. Alle drei stopften sich hungrig die Pizzastücke in den Mund.

»Wo hat der Mann dich hingebracht, nachdem er dich aus dem Krankenhaus geholt hat?«, wollte Siebels als Erstes wissen.

Irina kaute noch und schluckte ihren Bissen herunter, bevor sie darauf einging. »Er ist mit mir zu einer Wohnung gefahren. Ich weiß nicht, wo sie ist. Er hat mir unterwegs die Augen verbunden und einen Kopfhörer aufgesetzt. Ich hörte Musik. Lady Gaga. Erst in der Wohnung hat er mir die Augenbinde und den Kopfhörer wieder abgenommen. Die Frau war auch in der Wohnung. Sie wusste nicht, dass er mich mitbringt. Sie war sehr überrascht.« Irina schaute Siebels an und schien mit den Augen zu fragen, ob er mit ihrer Antwort zufrieden war.

»Hast du eine Vorstellung, wie lange ihr mit dem Auto unterwegs gewesen seid?«

Irina zuckte mit den Schultern. »Eine halbe Stunde?« Sie war sich unsicher.

»Wie viele Songs von Lady Gaga hast du auf der Fahrt denn gehört?«, erkundigte sich Till.

Irina überlegte. Zählte im Geiste nach. Benutzte dazu die Finger. »Sechs. Oder sieben. Ich bin mir nicht ganz sicher.«

»Eine halbe Stunde kommt also ganz gut hin«, stellte Siebels fest. »Kannst du sagen, ob ihr auch mal schnell gefahren seid? Oder immer nur langsam?«

»Ich glaube, wir sind ein größeres Stück ziemlich schnell gefahren.«

»Wahrscheinlich etwas außerhalb von Frankfurt«, überlegte Till.

»Okay, ist jetzt auch gar nicht so wichtig«, hakte Siebels das Thema ab. »Was wollte der Mann von dir wissen?«

»Wie wir hierhergekommen sind. Mit wem wir Kontakt hatten.« Irina zögerte einen Moment. »Was sie mit uns gemacht haben. Aber darüber habe ich nur mit Maria gesprochen.«

Siebels und Till schauten sich verlegen an. Beide begriffen plötzlich, dass die Anwesenheit von Sabine und Anna doch von Vorteil gewesen wäre.

»Hat Maria etwas über sich gesagt? Wer sie ist?« Siebels schob den unangenehmen Teil der Befragung noch hinaus. Die Frage nach Maria Seranos Rolle in diesem Stück interessierte ihn brennend.

»Sie hat gesagt, dass sie dafür sorgen will, dass das aufhört, was die Männer mit uns gemacht haben. Und noch machen wollten.«

»Klingt beruhigend«, sagte Till und griff nach dem letzten Pizzastück.

»Wie hat Maria den Mann genannt?«

»Alessandro. Meistens aber nur Sandro.«

»Somit hat Mr. Unbekannt auch einen Namen«, stellte Till fest.

»Schaffst du es, uns beiden deine Geschichte auch noch einmal zu erzählen. Die gleiche Geschichte, die du Maria erzählt hast?«

Irina nickte. Etwas stockend und mit leicht gebrochenem Deutsch fing sie an zu erzählen. »Olga und ich waren zusammen in einer Disco. Bei uns zuhause, im nächstgrößeren Ort. Wir haben getanzt und hatten Spaß. Olga wurde von einem Mann angesprochen. Er sah gut aus und machte einen netten Eindruck. Er hat ihr einen Drink spendiert. Sie haben sich unterhalten. Er hat sie dann gefragt, ob sie an einem Modelwettbewerb teilnehmen wolle. Mit den Gewinnerinnen würden in ganz Europa Fotoaufnahmen gemacht und dafür gebe es auch gutes Geld. Olga war total begeistert und hat ihm gesagt, dass sie eine Zwillingsschwester hat. Er hat gesagt, wir sollen zu zweit zu dem Wettbewerb kommen. Drei Tage später sind wir dorthin gefahren. Es war ein kleiner Ort in der Nähe von Kiew. Wir sind fünf Stunden mit dem Bus gefahren. Der Wettbewerb fand in einer alten Halle statt. Es war schmutzig und kalt. Das fand ich komisch. Ich wollte eigentlich gleich wieder da weg, aber Olga wollte bleiben. Es waren ungefähr zwanzig Mädchen da. Sie gaben uns Kleidungsstücke, die wir auf einer Bühne vorführen sollten. Röcke, Blusen, Kleider. Fünf Mädchen haben sie wieder weggeschickt. Die waren auch nicht sehr hübsch. Ich habe mich gewundert, warum die überhaupt da waren. Die, die dableiben durften, mussten als Nächstes Unterwäsche vorführen. Es war wirklich kalt dort, aber wir haben es gemacht. Eine Frau und ein Mann saßen vor der Bühne und haben uns genau beobachtet. Anschließend mussten wir nacheinander in Unterwäsche auf der Bühne stehen und ihre Fragen beantworten. Wie alt ich sei, was meine Eltern machen würden, warum ich modeln wolle, was ich mit dem verdienten Geld machen wolle. Dann wollte die Frau wissen, ob ich einen Freund hätte. Wie oft ich mit ihm schlafen würde. Ob es mir Spaß machen würde. Mit wie vielen Männern ich schon geschlafen hätte. Der Mann saß daneben und hat alles mitgeschrieben. Dann mussten wir warten. Bestimmt drei Stunden. Es war schon spät abends, als sie wiederkamen. Sie haben mir und Olga und den anderen Mädchen einen Vertrag gegeben, den sollten wir unterschreiben. Das haben wir gemacht. Wir waren hungrig und müde. Wir hatten gar keine Ahnung, was wir da unterschrieben haben. Wir dachten, wir würden bald viel Geld verdienen und in der Welt rumkommen. In luxuriösen Hotels wohnen und in schicke Bars gehen.« Irina schaute auf ihre Hände, die sie auf den Schoß gelegt hatte. »Wir waren so dumm.«

»Kannst du uns etwas zu den Leuten sagen, die das organisiert haben?«, fragte Siebels behutsam.

Irina benötigte einen Moment, bevor sie weitersprechen konnte. Sie hatte das alles schon Maria erzählt. Beim ersten Mal war es noch schmerzhafter gewesen. »Nachdem wir die Verträge unterschrieben haben, haben sie uns in ein großes

Haus gefahren. Es war auf dem Land, wir sind etwas über eine Stunde unterwegs gewesen. Als wir an dem Haus angekommen sind, wurden wir auf zwei Zimmer verteilt. Wir konnten duschen und haben etwas zu essen bekommen. Dann haben sie uns in den Zimmern eingeschlossen. Am nächsten Morgen haben sie uns wiedergeholt und in einen großen Saal gebracht. Dort sollten wir uns nackt ausziehen und in einer Reihe aufstellen. Natürlich haben wir protestiert und wollten uns nicht so behandeln lassen. Die Frau hat mir und zwei anderen Mädchen Ohrfeigen verpasst. Wir hätten einen Vertrag unterschrieben, hat sie uns angeschrien. Wir wollten uns das nicht gefallen lassen. Wir haben uns gewehrt. Dann kam der Mann. Er hat Natascha genommen und ihr mit Gewalt die Kleider vom Leib gerissen. Alles, auch die Unterwäsche. Er hat ihre Kleidung anschließend in tausend Stücke zerrissen. Andere Kleidung würde sie heute nicht mehr bekommen, hat die Frau gesagt und dabei laut gelacht. Wir anderen haben uns dann freiwillig ausgezogen und aufgestellt. So, wie sie es verlangt haben. Wir mussten eine Weile so stehen bleiben. Plötzlich kam ein anderer Mann in den Saal. Er ist ganz langsam vor uns auf- und abgeschritten und hat jeder von uns in die Augen geschaut. Dann hat er unsere Brüste angefasst. Wir mussten still stehen bleiben. Wir hätten einen Vertrag mit ihm gemacht, sagte er. Wir wären jetzt sein Eigentum und müssten alles machen, was er von uns verlangte. Nachdem er das gesagt hat, hat er uns zwischen die Beine gefasst. Einer nach der anderen. Es war so demütigend. Natascha hat ihn weggestoßen, als er sie anfassen wollte. Er hat so einen wütenden Gesichtsausdruck bekommen. Plötzlich hat er ihr die Faust in den Magen geschlagen. Natascha ist vor ihm zusammengebrochen und hat nach Luft geschnappt. Er hat gesagt, dass sie aufstehen soll. Er stand vor ihr, hat auf sie runter geschaut und gesagt, dass ihre Muschi jetzt ihm gehört. Natascha kniete auf dem Boden und hat vor ihm ausgespuckt.« Irina hob langsam den Kopf und schaute Siebels an. Sie wischte sich mit der Hand die Tränen aus den Augen. »Plötzlich hatte er eine Pistole in der Hand und zielte damit auf Nataschas Kopf. Er hat einfach geschossen. Es gab einen lauten Knall. Ihr Blut ist auf uns gespritzt. Wir haben geschrien. Wollten wegrennen. Es war die Hölle. Die Frau kam und hat uns wieder Ohrfeigen verpasst und uns befohlen, uns wieder ordentlich in der Reihe aufzustellen. Wir hatten Todesangst. Haben uns aufgestellt. Wir haben alle am ganzen Körper gezittert. Natascha lag genau vor uns. Mit aufgerissenen Augen. Wir standen mit nackten Füßen in ihrem Blut. Der Mann hat wieder unsere Reihe abgeschritten. Ist dabei auf Natascha herumgetrampelt. Er hat uns dabei ins Gesicht gelächelt. Dann haben sie uns zum Duschen geschickt. Weil wir mit Nataschas Blut beschmiert waren. Als wir aus dem Duschraum zurückgebracht wurden, war Natascha weg. Der Boden war gewischt worden, aber ein großer Blutfleck war noch da. Wir mussten uns wieder in einer Reihe aufstellen. Vor einer großen Matratze, die auf dem Boden lag. Wir waren immer noch nackt. Davor standen zwei Stühle. Der Mann, der Natascha erschossen hatte, saß auf einem, die Frau auf dem anderen Stuhl. Plötzlich kam eine Gruppe von jüngeren Männern. Fünf oder sechs. Sie haben uns nacheinander auf der Matratze vergewaltigt. Wir mussten in der Reihe stehen bleiben, bis war drankamen. Olga war vor mir an der Reihe. Ich wollte sie beschützen, aber es ging nicht.« Irina liefen die Tränen über die Wangen. Siebels und Till saßen wie angewurzelt da. »Hinterher haben sie uns was zum Trinken gegeben. Da haben sie etwas reingetan. Ich fühlte mich betäubt. Habe keinen Schmerz mehr gespürt, alles nur noch wie durch einen Schleier wahrgenommen. Am nächsten Tag haben sie uns in den Transporter gesteckt und hierhergefahren. Die zwei Männer in dem Transporter waren nicht in dem Haus gewesen. Sie haben uns nichts getan. Sie waren sogar freundlich zu uns während der Fahrt. Deswegen habe ich mich auch getraut, wegzulaufen. Als wir angekommen sind, sollten wir in den Keller gehen. Eine von uns ist am Kellereingang gestolpert und hingefallen. Ich stand noch vor dem Keller. Niemand hat auf mich geachtet. Da habe ich mich umgedreht und bin losgerannt. Und dann standen Sie da und haben mir über das Tor geholfen.«

»Hatte der Mann, der Natascha erschossen hat, einen Namen?«, fragte Siebels mit erstickter Stimme.

»Als wir in den Transporter gestiegen sind, der uns hierhergebracht hat, hat die Frau etwas zu den Fahrern gesagt. Zoran kommt in zwei Tagen nach. Er braucht die Mädchen in gutem Zustand. In vier Tagen findet das Fest statt.«

19

Donnerstag, 9. Oktober 2014

Lemgos erster Weg an diesem Morgen war der zum Büro des Staatsanwaltes Hellweg. Bei der Vorzimmerdame sagte er nur, dass es wichtig sei, und ging unter deren Protest gleich weiter.

»Herr Lemgo. Ich nehme an, Sie kommen wegen des Antrags auf die Kronzeugenregelung. Was hat es denn damit auf sich?«

»Wir haben zwei wichtige Zeugen. Sie wollen die Kronzeugenregelung in Anspruch nehmen und uns im Gegenzug die Hintermänner der Organisation nennen, die für die Morde an Caluzi und Pastori verantwortlich sind. Es geht dabei um Leute, die im illegalen Waffenhandel, im Drogengeschäft und im Menschenhandel die Fäden ziehen.«

Der Staatsanwalt schaute Lemgo neugierig an. »Was für Zeugen sind das?«

Lemgo berichtete mit wenigen Worten über die verhafteten Russen, die er nun als Kronzeugen einsetzen wollte. Dann gab er dem Staatsanwalt einen Überblick über den bisherigen Stand der Ermittlungen. Über die Villa, die Befreiung der Mädchen und die verhaftete Frau aus der Villa, die vermutlich auch Caluzi erschossen hatte. Sein Gespräch mit Eduardo Lombardi vom italienischen Auslandsgeheimdienst verschwieg er. »Das sollte jetzt schnell über die Bühne gehen. Die Hintermänner stehen momentan unter Druck«, pochte Lemgo auf ein schnelles Handeln.

»Sie wissen doch bestimmt, dass die Kronzeugenregelung ein heikles Thema ist. So, wie ich die Sache sehe, haben wir wenig Verhandlungsspielraum, wenn wir uns darauf einlassen. Wir können ihnen keine Strafmilderung anbieten, weil es gar nicht erst zu einem Prozess kommen wird. Dazu liegt gegen die beiden nämlich zu wenig belastendes Material vor. Andererseits wissen wir gar nicht, welche Straftaten die beiden noch begangen haben. Die Herren müssen uns schon einiges anbieten, wenn sie auf unsere Kosten ein neues Leben beginnen wollen. Das ist Ihnen aber bewusst, Herr Lemgo. Oder?«

»Natürlich. An den Hintermännern sind aber auch die Italiener dran. Die Amerikaner mischen auch mit, wegen den illegalen Waffengeschäften im Irak. Wir sollten jetzt nicht zu bürokratisch sein und uns nicht die Butter vom Brot nehmen lassen.«

»Gibt es denn schon irgendwelche Hinweise auf diese Hintermänner? Sind schon Namen gefallen?«

»Antonio de Rossi aus Italien. Er ist untergetaucht und wird wegen illegalem Waffenhandel gesucht.«

»Ein Italiener? Waffenhandel? Was hat das mit diesen Morden an Pastori und Caluzi zu tun?«

»Der Killer, der Pastori umgebracht hat, gehört zu de Rossis Leuten. Er hält sich jetzt wieder in Sizilien auf.«

Staatsanwalt Hellweg machte einen unentschlossenen Eindruck. »Wo befinden sich die Männer jetzt?«

»In einer sicheren Wohnung.«

»Wenn ich mich darauf einlasse, will ich umfassend informiert sein. Wo befindet sich diese Wohnung? Sind Polizisten mit vor Ort?«

»Wir haben den Zeugen absolute Diskretion zugesagt«, versuchte Lemgo diese Informationen vor Staatsanwalt Hellweg zurückzuhalten.

»So läuft das nicht, Herr Lemgo. Ich trage die Verantwortung, wenn wir zwei Schwerverbrechern ein süßes Leben finanzieren, die uns am Ende nur Bullshit erzählen. Ich will genau wissen, was da abläuft. Sonst können Sie sich Ihren Antrag in den Hintern schieben.«

Lemgo nickte. Es stand zu viel auf dem Spiel. Er nannte Staatsanwalt Hellweg die Adresse der sicheren Wohnung und gab die Auskunft, dass momentan ein Beamter in der Wohnung abgestellt sei.

»Ich lasse mir das durch den Kopf gehen und melde mich bei Ihnen. Auf Wiedersehen.«

Siebels hatte Frühstück gemacht. Irina wollte so schnell wie möglich ins Krankenhaus zu ihrer Schwester und Till musste mit Thomas Heck klären, wie es nun weiterging. Er rief ihn an, berichtete ihm von dem Treffen mit Maria Serano und Sandro und gab ihm eine Zusammenfassung von Irinas Aussage.

»Wir überlassen das Mädchen den Leuten von der Milieukriminalität. Übergib sie Sabine Siebels«, entschied Thomas Heck. »Ich berufe ein Meeting mit Liliane ein. 10:30 Uhr.«

»Glaubst du, sie wird uns was erzählen?«

»Ihr wird nichts anderes übrigbleiben. Wenn sie wirklich die Geliebte von einem Unterweltkönig war und kein Wort darüber verloren hat, bekommt sie ein Problem.«

»Ich könnte Siebels mitbringen. Ich denke immer noch, dass sie sich am ehesten ihm anvertrauen wird.«

»Dann bring ihn halt mit«, murrte Thomas Heck. »Aber er wartet, bis wir mit ihr fertig sind. Wenn wir ihn dann noch brauchen, kann er sein Glück ja probieren.«

»Bis später.« Till legte das Handy weg und grinste Siebels an. »Du darfst mich nach Wiesbaden begleiten. Und vielleicht bekommst du dort ein neues Date mit Liliane.«

»Wow. Ihr wollt mich als Traumdeuter engagieren, stimmt's?«

»Heck will sie in die Mangel nehmen. Wenn das nichts nutzt, darfst du dich mit ihr unterhalten. Und mein Bauchgefühl sagt mir, dass sie Heck und mich eiskalt abblitzen lässt und dir dann von einem verrückten Traum erzählt.«

»Seit wann hast du denn ein Bauchgefühl? Bauchgefühle sind mein Hoheitsgebiet.«

»Als Privatier sagt dein Bauch ja scheinbar nicht mehr allzu viel. Vielleicht ändert sich das, wenn du in den heiligen Hallen des LKA wandeln darfst.«

»Du hast mich schon überredet«, frohlockte Siebels.

Als Lemgo ins Büro kam, war Julia Forster bereits da. Lemgo war sich unsicher, ob er sie als Ablösung für Samuel König in die Wohnung mit den beiden Russen schicken sollte. Julia Forster war eine attraktive Frau und die Zacharow-Brüder hatten wahrscheinlich ein etwas simples Frauenbild.

»Jemand muss König ablösen. Er hat die letzte Nacht mit den Russen in der Wohnung verbracht«, warf er das Thema in den Raum.

Julia Forster sah sich demonstrativ im Büro um. »Viel Auswahl haben wir ja nicht. Sollen wir es ausknobeln? Aber ich denke, Sie haben schon etwas Besseres vor. Habe ich recht?«

»Sie haben recht. Ich habe dem Präsidenten klar und deutlich gesagt, dass wir unterbesetzt sind. Jetzt haben wir den Salat.«

»Ich komme mit den beiden schon zurecht«, sagte Julia Forster und machte deutlich, dass sie keine Sonderbehandlung wünschte, weil sie eine Frau war.

»Sagen Sie das auch noch, wenn zwei mit Wodka abgefüllte Russen sich langweilen und auf die Idee kommen, etwas Spaß haben zu wollen? Wo die herkommen, sind Frauen nur Ware.«

»Ich kann mich schon wehren.«

»Davon bin ich überzeugt. Es ist aber nicht Sinn der Sache, dass sich meine Mitarbeiter gegen unsere Zeugen wehren müssen. Wenn es dazu kommen sollte, kompliziert das die ganze Geschichte nur noch mehr.«

»Sie können Samuel ja nicht Tag und Nacht dort einquartieren.«

»Der Präsident hat etwas von einem Kommissar Kulmbacher gesagt, der uns bei Bedarf unterstützen kann. Kennen Sie den?«

»Flüchtig. Soweit ich weiß, ist er als Springer eingesetzt und springt immer dort ein, wo Not am Mann ist. Ich glaube, er ist momentan beim Betrugsdezernat.«

Lemgo griff zum Hörer und wählte die Durchwahl vom Vorzimmer des Präsidenten. Er kam gleich zum Punkt und sagte der Vorzimmerdame, dass Kommissar Kulmbacher ab sofort in seinem Team benötigt würde. Die Vorzimmerdame stellte zum Präsidenten durch.

»Herr Lemgo, Sie wollen wieder mehr Personal?«

»Ich kann auf Kommissar Kulmbacher zurückgreifen, wenn wir Verstärkung benötigen. Das hatten Sie mir zugesagt.«

»Der ist momentan mit Trickbetrügern beschäftigt.«

»Jetzt ist er mit Russen beschäftigt. Wir brauchen einen Mann, dem wir vertrauen können. Wir sind kurz davor, die Hintermänner einer international tätigen kriminellen Organisation auffliegen zu lassen. Die haben mehr auf dem Kerbholz als irgendwelche Trickbetrüger.«

»Wie lange benötigen Sie Herrn Kulmbacher?«

»Zunächst den heutigen Tag. Dann kommt es darauf an, wie schnell Staatsanwalt Hellweg meine Wünsche erfüllt.«

»Da bin ich ja beruhigt, dass Sie nicht nur mir auf die Nerven gehen«, konnte der Präsident sich eine spitze Bemerkung nicht verkneifen. »Meinetwegen soll Herr Kulmbacher Sie unterstützen. Ich informiere ihn und seinen Vorgesetzten.«

»Danke, Herr Präsident«, erwiderte Lemgo betont freundlich.

Lemgo wandte sich wieder an Julia Forster. »Sie brauchen sich bei den Russen nicht zu behaupten. Kommissar Kulmbacher gehört ab sofort zum Team.«

»Und ich hatte verstanden, dass das nur für heute gilt«, sagte Julia mit einem verschmitzten Lächeln.

»Hauptsache, der Präsident hat das richtig verstanden«, gab Lemgo brummend zurück. »Sind Sie eigentlich verheiratet?«, wechselte er abrupt das Thema.

»Nein. Warum?«

»Haben Sie einen Freund? König vielleicht?«

Julia lachte verlegen. »Samuel? Wie kommen Sie denn auf die Idee?«

»War nur eine Frage. Man kommt sich ja näher, wenn man den ganzen Tag zusammenarbeitet. Oder ist König verheiratet?«

»Sind Sie verheiratet?«, ging Julia nun in die Offensive.

Lemgo schaute sie eine Weile schweigend an. »Ich hatte eine Frau und ein Kind, eine Tochter«, begann er zögerlich zu erzählen. »Emma wurde vier Jahre alt. Sie sind beide tot. Ich konnte sie nicht beschützen.« Lemgo verstummte. Die Stimme versagte ihm.

»Das tut mir leid«, flüsterte Julia betroffen. »Wann ist das passiert?«

»Vor zwei Jahren. Ich wollte nicht indiskret sein mit meinen Fragen. Aber in unserem Job kann es gefährlich werden. Auch für Familienmitglieder. Ich weiß nicht, was bei dem Fall noch alles auf uns zukommt. Ich habe kein gutes Gefühl.« Lemgo klang traurig. Julia sah ihn plötzlich mit ganz anderen Augen. Bis jetzt hatte sie ihn für einen harten Hund und einen gefühlskalten Sonderling gehalten.

»Um mich wird niemand weinen, wenn mir etwas zustößt. Da brauchen Sie sich keine Sorgen zu machen. Meine Eltern leben nicht mehr und eigene Familie habe ich nicht. Samuel lebt auch alleine. Seine Eltern sind vor einiger Zeit nach Norddeutschland gezogen. Dort wollen sie ihren Lebensabend verbringen.«

»Ich würde um Sie weinen«, gestand Lemgo. »Also passen Sie auf sich auf und ersparen Sie mir noch mehr Trauer.«

»Versprochen«, sagte Julia und hätte Lemgo am liebsten einen Kuss auf die Wange gedrückt.

»Dann hätten wir das ja geklärt und können zur Tagesordnung zurückkehren. Ich bin mittlerweile davon überzeugt, dass Pastori gefoltert wurde, damit er die Identität seiner Freundin preisgibt. Maria Serano. Sie scheint der Organisation gefährlich werden zu können. Jemand hat sie erkannt, als sie mit Pastori im Restaurant gegessen hat. Es muss jemand aus der Führungsriege der Organisation gewesen sein. Als ich auf ihren Namen und ihre Adresse gestoßen bin, war mir nicht bewusst, dass es sich dabei um Informationen handelt, die der Geheimhaltung unterliegen. Warum auch immer. Caluzi bekam diese Informationen mitgeteilt, nachdem Pastori sein Schweigen gebrochen hatte. Möglicherweise war das auch der Grund, warum Caluzi erschossen wurde. Er wusste zu viel. Die Sache mit dem missglückten Mädchentransport hat das Fass dann zum Überlaufen gebracht. Wenn Caluzi deswegen verhaftet worden wäre, hätte er bei der Polizei vielleicht auch über die Umstände von Pastoris Ermordung geplaudert. Dieses Risiko wollten die Hintermänner nicht eingehen. Ich möchte, dass Sie jetzt in das Restaurant im Europaviertel fahren. Versuchen Sie herauszufinden, wer der Mann war, wegen dem Maria Serano fluchtartig das Restaurant verlassen hat. Reden Sie noch mal mit allen Bediensteten, lassen Sie ein Phantombild anfertigen. Nehmen Sie einen Kollegen mit, der das vor Ort erledigen kann.«

Julia Forster hatte kaum das Büro verlassen und sich auf den Weg zu dem Restaurant gemacht, da bekam Lemgo einen Anruf aus Italien.

»Hallo, Paolo, hier ist Mario.«

»Mario, schön, dass du dich meldest.« Lemgo war nicht sicher, wie er jetzt mit Mario umgehen sollte. Sein Gespräch mit Eduardo Lombardi vom italienischen Auslandsgeheimdienst hatte er noch nicht richtig einordnen können.

»Hier tut sich was«, teilte Mario ihm mit. »Stefano Belozzi hat das Anwesen verlassen.«

»Wem gibst du diese Information außer mir noch weiter?«, fragte Lemgo und klang distanziert.

»Warum fragst du? Gibt es ein Problem?«

Lemgo berichtete Mario von seinem Gespräch mit Eduardo Lombardi.

»Hey, ich habe dir doch erzählt, dass die Amerikaner auch hinter de Rossi her sind. Da hängen natürlich auch unser Inlandsdienst und der Auslandsdienst mit drin. Federführend ist aber das Anti-Mafia Kriminalamt. Also mein Verein. Wir tauschen unsere Informationen natürlich aus, was glaubst du denn? Du weißt doch, wie das läuft. Lombardi ist in Ordnung. Ich kenne ihn.«

»Ja, entschuldige. Ich war nur etwas irritiert. Ich wollte einen deutschen Anwalt in dessen Kanzlei aufsuchen und lande bei eurem Geheimdienst. Die hatten mich schon erwartet und waren bestens über meinen Fall informiert.«

»Da läuft irgendwas ganz Großes, mein Freund. Wir sind auf Antonio de Rossi fokussiert. Aber der ist nur ein Glied in der Kette. Wenn Lombardi sich so nett mit dir unterhalten hat, steckst du wahrscheinlich tiefer im Schlamassel, als du glaubst.«

»Das bin ich gewohnt. Gibt es etwas Neues über den Aufenthaltsort von de Rossi?«

»Noch nicht. Wir hoffen, dass Belozzi uns früher oder später zu ihm führt. Was gibt es bei dir Neues?«

Lemgo berichtete seinem Freund von dem Mord an Caluzi, den befreiten Mädchen und der Villa. Die Russen, die sich als Kronzeugen zur Verfügung gestellt hatten, verschwieg er.

»Was fällt dir zu Loge 6 ein?«, fragte er seinen Freund.

»Loge 6? Der Begriff ist bei einem Telefongespräch gefallen, das wir vor längerer Zeit zwischen de Rossi und Armin Mühlendorf aufgezeichnet haben. Dem Gespräch wurde aber keine größere Bedeutung zugeordnet.«

»Armin Mühlendorf?« Lemgo setzte sich aufrecht hin. »Armin Mühlendorf steht in Kontakt mit Antonio de Rossi?«

Armin Mühlendorf Consulting war eine der renommiertesten Beratungsgesellschaften im Land. Das Hauptbüro befand sich im Frankfurter Messeturm. Armin Mühlendorf bewegte sich öffentlichkeitswirksam in der High Society.

»Ja. De Rossi hat ihn vor zwei Jahren als Berater für die Geschäfte der Monieri engagiert. Das ist kein Geheimnis. Das stand auch in der deutschen und italienischen Wirtschaftspresse. Wir konnten keine illegalen Machenschaften in dieser Geschäftsbeziehung ausmachen.«

»Wenn der Begriff Loge 6 in einem Gespräch zwischen den beiden aufgetaucht ist, steckt auch Mühlendorf mit drin.« Lemgo erzählte Mario die Details aus der Villa.

»Wir schauen uns das noch einmal genauer an«, versprach Mario.

Lemgo dachte an die zwei Russen, die Andeutungen gemacht hatten, dass auch deutsche Geschäftsleute an der Sache beteiligt waren. Aber er verschwieg weiterhin deren Existenz. »Was macht Belozzi jetzt?«, fragte er stattdessen.

»Er befindet sich in einem Haus in Cosimo. Er hat sich eine Nutte kommen lassen. Wahrscheinlich das Vergnügen vor der Pflicht, nachdem er einige Tage auf dem Anwesen nur mit Männern aus de Rossis Mannschaft verbracht hat. Wir denken, dass er morgen aufbricht. Ich melde mich dann wieder.«

»Okay, Mario. Ich muss mich hier noch um einiges kümmern. Pass auf dich auf.«

»Pass du lieber auf dich auf. Ciao, Paolo.«

Lemgo blieb nachdenklich auf seinem Stuhl sitzen. Dass ein Mann vom Kaliber eines Armin Mühlendorf bei einer kriminellen Organisation mitmischte, verhieß nichts Gutes. Das ließ auf ein mächtiges Syndikat schließen. Lemgo rief im kriminaltechnischen Labor an und informierte sich über die Untersuchung der Pistole, die bei der Frau aus der Villa konfisziert wurde. Die ballistische Untersuchung der Waffe war gerade abgeschlossen worden. Die Pistole der Frau konnte als Mordwaffe an einem vor zwei Jahren erschossenen Bordellbesitzer identifiziert werden. Seine Leiche war damals aus dem Main geborgen worden. Lemgo ließ sich die Akte bringen. Ralf Steeger, 35 Jahre alt. Schuss in den Hinterkopf. Der Fall wurde ohne jegliche Spur auf einen Täter zu den Akten gelegt. Ralf Steeger hatte ein Laufhaus im Bahnhofsviertel betrieben. Nach seinem Tod wurde das Haus verkauft. Käufer war ein gewisser Mattheo Pastori. Lemgo schrieb den Namen Elena Kamamirow auf einen Zettel und heftete ihn in die Akte. Er war dabei so in seine Gedanken vertieft, dass er gar nicht mitbekommen hatte, dass er nicht mehr allein im Büro war.

»Herr Lemgo? Ich soll mich bei Ihnen melden. Ich bin Kommissar Kulmbacher.«

Lemgo musterte seinen neuen Mitarbeiter. Er trug eine enge Jeans, das Hemd hing ihm lässig über dem Hosenbund. In beiden Ohren trug er Ohrstecker.

»Sind Sie schwul?«, fragte Lemgo argwöhnisch.

»Nee, da müssen Sie sich einen anderen suchen.« Kulmbacher schüttelte den Kopf und wollte das Büro gleich wieder verlassen.

»Hey, hiergeblieben«, rief ihm Lemgo hinterher. »Hatten Sie schon mit kriminellen Organisationen zu tun? Außer mit Trickbetrügern?«

»Beruflich oder privat?« Kulmbacher schaute Lemgo herausfordernd an.

»Egal. Jetzt haben Sie damit zu tun. Beruflich jedenfalls. Willkommen im Team. Ich bin Lemgo.« Lemgo gab Kulmbacher einen kurzen Überblick über den Ermittlungsstand in den Mordfällen Pastori und Caluzi und klärte ihn dann über seinen Job als Ablösung für Samuel König in der sicheren

Wohnung auf.

»Wie lange soll ich dableiben?« Kulmbacher war von seiner Aufgabe noch nicht sonderlich begeistert.

»Bis Sie neue Instruktionen bekommen. Wann auch immer das sein wird. Und denken Sie dran, dass das ein konspirativer Einsatz ist. Kein Wort darüber zu niemandem. Nicht mal zu Ihrer Mutter.«

»Meine Mutter wäre auch nicht sehr glücklich, wenn ich ihr erzähle, dass ich den ganzen Tag mit zwei russischen Schwerverbrechern zusammen auf dem Sofa rumhänge.«

»Wir betrachten die beiden als Komplizen, nicht als Schwerverbrecher. Seien Sie also nett zu ihnen. Und falls Staatsanwalt Hellweg dort auftaucht, informieren Sie mich bitte. Das Gleiche gilt auch für alle anderen Vorkommnisse. Falls sich irgendjemand an der Wohnung bemerkbar macht, gilt allerhöchste Alarmbereitschaft. Egal ob Pizzabote, Briefträger, Handwerker oder Schornsteinfeger. Die Wohnung und die Leute darin existieren nämlich nicht. Falls also jemand dort auftaucht, hat das nichts Gutes zu bedeuten.«

»Klingt schon spannender«, befand Kulmbacher. »Sind unsere Komplizen bewaffnet?«

»Natürlich nicht. Im Notfall verbarrikadieren Sie sich in der Wohnung und warten auf Unterstützung. Speichern Sie neben meiner Rufnummer auch die von Samuel König, Julia Forster und Charly Hofmeier ab. Ich fahre Sie jetzt hin und stelle Sie persönlich vor. Nicht, dass unsere Freunde nervös werden, wenn da ein neues Gesicht auftaucht. Außerdem will ich noch ein paar Worte mit ihnen reden.«

Nachdem sie losgefahren waren, informierte Lemgo Samuel König vom Wagen aus über die Wachablösung.

20

Liliane saß entspannt an dem Besprechungstisch, an dem zehn Leute Platz hatten. Neben Liliane saßen aber nur noch Till und Thomas Heck an dem großen Tisch. Die drei hatten sich an der Tischmitte platziert. Liliane saß den beiden Kommissaren vom LKA gegenüber.

»Wir hatten eine klare Abmachung«, eröffnete Thomas Heck die kurzfristig einberufene Besprechung. »Ihre lückenlose Aussage gegen eine neue Identität und einen monatlichen Scheck. Wir haben uns an unseren Teil der Vereinbarung gehalten, oder?«

Liliane musterte Thomas Heck. Sie verzog keine Miene. Anschließend blieben ihre Augen auf Till haften. Till erwiderte ihren Blick mit hochgezogenen Augenbrauen. »Ich habe mich nicht beklagt, oder?« Liliane widmete ihre Aufmerksamkeit wieder Thomas Heck.

»Dazu haben Sie auch keinen Grund. Aber wir haben Grund, uns zu beklagen. Sie haben uns einiges verschwiegen.«

»Wie kommen Sie darauf?« Liliane wirkte überrascht, aber nicht ärgerlich, eher neugierig.

»Sie haben mit keinem Wort erwähnt, dass Sie mit Silvio Silotti schon Kontakt hatten, bevor er seine Wettbüros eröffnet hat und bei Wettmanipulationen involviert war.«

»Er hat mich gefickt. Das ist privat. Oder sehen Sie das anders?« Liliane schaute Heck provokativ an.

»Sie haben ihn gefickt, nicht umgekehrt«, stellte Till mit stoischer Ruhe fest.

Liliane lächelte Till an. »Das überlasse ich Ihrer Fantasie. Haben Sie mich deswegen so dringend herbestellt?«

»Was Sie mit Silotti im Hessischen Hof getrieben haben, ist uns scheißegal«, übernahm Heck wieder das Gespräch. »Wie es dazu kam, dass Sie ihn dazu überredet haben, seine Firma SilSil Import-Export an ein italienisches Unternehmen aus der Rüstungsindustrie zu verkaufen, gehört aber zu den Dingen, die Sie uns hätten erzählen sollen.«

»Wie Sie Ihre Überredungskünste eingesetzt haben, interessiert uns nur sekundär«, ergänzte Till.

»Dass Sie Silotti anschließend erst den Weg zu den Wettbüros geebnet haben, lässt die Sache in einem ganz anderen Licht erscheinen«, schob Heck nach.

Till blätterte in einer Mappe, die vor ihm lag. »Sie haben den Kontakt zwischen Silotti und einem Anwalt Dr. Westphal hergestellt. Dieser Dr. Westphal taucht in Ihren Aussagen auch nirgendwo auf.«

Liliane blieb völlig ruhig. Sie zeigte keine Spur von Nervosität. »Gegen Silotti wurde ermittelt und die Ermittlungen wurden eingestellt. Wahrscheinlich ist der Rest der Geschichte deswegen untergegangen. Fragen Sie Ihre Kollegen vom BKA, warum Silotti reingewaschen wurde. Oder war Europol dafür zuständig? Machen Sie mir jetzt keine Vorwürfe, wenn zwischen den Behörden schlampig kommuniziert wurde.«

»Wir wollen uns doch jetzt nach der langen und guten Zusammenarbeit nicht gegenseitig Vorwürfe machen«, entschärfte Till das Gespräch. »Erzählen Sie uns doch einfach, wie es zu dem Verkauf der SilSil kam.«

»Sie kennen doch die Abläufe. Dr. Westphal hatte einen Klienten, der an dem Deal interessiert war. Der gleiche Klient hatte sein Interesse geäußert, ein Wettbüro seines Vertrauens auf dem Markt zu etablieren. Mein Job war es, die beiden Interessen von dem Klienten mit allen Mitteln in die Tat umzusetzen. Das habe ich erfolgreich getan. Herr Silotti scheint sich ja noch sehr gut an die Details unserer diesbezüglichen Besprechungen zu erinnern.« Liliane lächelte.

Heck schmiss einen Kugelschreiber, den er in den Fingern gehalten hatte, auf die Tischplatte. »Warum zum Geier will ein italienisches Rüstungsunternehmen einen Lederwarenhändler kaufen? Und zwar mit Hilfe einer Unternehmensberaterin, die als Bindeglied zwischen der Wirtschaft und der Mafia agiert? Kommen Sie, Liliane, was steckte hinter der Geschichte?«

»Mein Job war es, Wege zu finden, um die Wünsche unserer Kunden zu erfüllen. Was unsere Kunden mit ihren Wünschen bezweckten, war für mich nicht von Belang.« Liliane wirkte nun deutlich distanzierter. Ihr Lächeln war verschwunden.

»Mag sein«, gab Heck zurück und nun war er es, der lächelte. »Aber Sie wussten genau, was der Grund für die Übernahme der SilSil war. Der deutsche Markt für italienische Lederwaren war es ganz bestimmt nicht. Also raus jetzt mit der Sprache.«

Liliane wägte ihre Worte ab, bevor sie darauf einging. »Die Monieri war jahrelang ein mittelständischer Rüstungsbetrieb, der hauptsächlich Aufträge für das italienische Militär ausführte. Vor sechs Jahren hat sich der italienische Ableger von World Consulting in die Geschäfte des Betriebes eingeschaltet. Eine afrikanische Rebellengruppe benötigte dringend eine größere Anzahl an modernen Maschinengewehren. Der Anführer der Rebellen war von dem italienischen Modell angetan. World Consulting wurde engagiert und hat den Deal mit der Monieri eingefädelt. Die Profis von World Consulting haben sich um die Modalitäten gekümmert. Offiziell handelte es sich um eine Lieferung von Lederwaren, die an eine afrikanische Firma geliefert wurde.«

Till pfiff leise durch die Zähne. »Lieferant war die SilSil Import-Export?«

»Ja, das war der Hauptgrund, warum die Monieri die SilSil von Silotti übernommen hat.«

»Bullshit«, stöhnte Thomas Heck. »Warum ein in Deutschland ansässiges Einmann-Unternehmen für so eine Aktion übernehmen? Das ist doch Quatsch.«

»Das war ja nur die eine Seite der Medaille«, gab Liliane unwirsch zurück. »Gleichzeitig wollte der Kunde ein Wettbüro seines Vertrauens im deutschsprachigen Raum etablieren. Wir konnten also zwei Fliegen mit einer Klappe schlagen. Silotti war ein geeigneter Kandidat für dieses Unterfangen.«

Im Kopf von Till fügten sich ein paar Puzzleteile zusammen, die er vor der Aussage von Liliane überhaupt nicht zusammenbekommen hatte. »Silvio Silotti hat die SilSil weit über Wert verkauft, oder?«

»Weit über Wert«, bestätigte Liliane. »Dass er so viel rausholen konnte, hatte ich nicht erwartet, als ich den Auftrag angenommen habe.«

»Dafür hat Ihre italienische Kollegin von World Consulting gesorgt, Maria Monti. Richtig?«

Liliane schaute Till verdutzt an. »Ja, so hieß sie. Jetzt erinnere ich mich wieder. Als ich beim BKA meine Aussage über Silotti und die Wettmanipulationen gemacht habe, habe ich auch ausgesagt, dass diese Frau aus Italien meine Bezugsperson zu dem Kunden war, der das Wettbüro für seine Zwecke nutzen wollte. Irgendjemand vom BKA hat mir später erzählt, dass die Frau bei einem Brand ums Leben gekommen sei. Vielleicht wurden deswegen ja die Ermittlungen gegen Silotti eingestellt?«

»Vielleicht«, sagte Till nachdenklich. Er konnte es kaum glauben, dass Siebels mit Maria Serano tatsächlich eine zweite kalte Braut in die Arme gelaufen war. Die italienische Verbindungsfrau zwischen der Mafia und der Wirtschaft. Maria Monti hatte die Monieri bei deren illegalen Aktivitäten beraten. Und in dieser Funktion hatte sie dafür gesorgt, dass ihr in Deutschland lebender Schwager Silvio Silotti ein Stück von dem Kuchen abbekam. Till versuchte das Bild weiter zu vervollständigen. »Die Monieri wurde aber nach der Zerschlagung von World Consulting in Italien nicht behelligt, oder täusche ich mich da?«

Liliane zuckte mit den Schultern. »Nicht, dass ich wüsste. Wenn meine Kollegin aus Italien ums Leben gekommen ist, gab es wohl Leute, die ordentlich aufgeräumt haben.«

Heck entnahm seiner Mappe das Fahndungsfoto von Antonio de Rossi und schob es über den Tisch zu Liliane. »Kennen Sie diesen Mann?«

Liliane schaute das Foto an, ohne es dabei in die Hand zu nehmen.

»Das ist Antonio de Rossi. Der Geschäftsführer der Monieri.«

Till trommelte mit den Fingern auf die Tischplatte. »De Rossi wird wegen illegalen Waffengeschäften im Irak mit internationalem Haftbefehl gesucht und ist untergetaucht. Wir sind wegen der alten Geschichte mit dem Verkauf der

SilSil auf ihn gestoßen. Aus irgendeinem Grund kocht das jetzt wieder hoch. Und plötzlich gibt es wieder Leute, die sich für Sie interessieren. Mit World Consulting hat das jetzt aber nichts mehr zu tun. Das müssen andere Leute sein, die jetzt nervös werden. Kommen Sie, Liliane, Sie haben uns noch nicht alles gesagt.«

»Die Lücken, die durch den Wegfall von World Consulting entstanden sind, haben andere gefüllt. Die Monieri ist nur ein Beispiel von vielen.« Liliane zeigte auf das Foto von Antonio de Rossi. »Dieser Mann hat sich einer anderen Organisation angeschlossen und wurde Mitglied in deren Führungsriege. Die Mafia können Sie nicht ausrotten. Das ist die Realität, meine Herren.«

»Eine Realität, über die Sie anscheinend gut informiert sind, zu der Sie aber bisher geschwiegen haben« schimpfte Thomas Heck erbost. »Warum?«

»Ich habe über die Machenschaften von World Consulting beim BKA und zu deren deutschem Ableger Paulsen Consulting auch beim LKA ausgesagt. Das war der Deal. Dass die Geschichte mit Silotti letzten Endes unter den Tisch gefallen ist, lag nicht an mir. Ich habe seinen Namen erwähnt«, rechtfertigte Liliane sich ebenso erbost.

»Sie beobachten diese Entwicklung nach Ihrem Ausstieg aber nicht nur von außen, Liliane.« Till durchbohrte sie förmlich mit seinem Blick. »Sie waren nicht nur eine kalte Braut bei World Consulting. Sie waren auch die Geliebte von Damian. Damian ist eine Führungsfigur in der Organisation, zu der auch Antonio de Rossi gehört. Warum tun Sie so, als würden Sie uns hier nur Ihr theoretisches Wissen auftischen? Sie sind noch mittendrin im Geschehen. Zusammen mit Damian. Sind Sie noch ein Pärchen? Verarschen Sie uns die ganze Zeit nur?«

Liliane verlor schlagartig ihre Contenance. Sie atmete schneller und blickte hektisch zwischen Till und Thomas Heck hin und her. »Nein. Nein, nein«, stammelte sie. »Sie täuschen sich. Ich fühle mich nicht wohl. Ich gehe jetzt.« Liliane stand auf und taumelte zur Tür. Till und Thomas Heck blickten ihr irritiert hinterher. Sie versuchte die Tür zu öffnen, schaffte es aber nicht mehr. Sie sank in sich zusammen, fiel erst auf die Knie und sackte dann auf den Fußboden, wo sie liegen blieb.

Lemgo hatte mehrere Runden um den Wohnblock in der Eckenheimer Landstraße gedreht, hatte nach Verfolgern und verdächtig parkenden Wagen Ausschau gehalten. Als er sicher war, dass ihnen niemand folgte und niemand das Haus von außen beobachtete, hatte er den Wagen mehrere Straßen entfernt geparkt und war mit Kulmbacher im Zickzack-Kurs zu dem Haus gelaufen. Die Einkäufe, die sie unterwegs noch getätigt hatten, schleppte Kulmbacher in Plastiktüten mit sich rum. Der Schwere der Tüten zufolge rechnete Kulmbacher mittlerweile mit einem mehrtägigen Aufenthalt in der fremden Wohnung.

Die Brüder Zacharow saßen auf dem Sofa vor dem Fernseher und schauten sich eine Nachrichtensendung an. Samuel König stand am Fenster und beobachtete die Straße. Lemgo berichtete den Russen, dass ihr Ansinnen auf die Kronzeugenregelung nach der gelungenen Befreiung der Mädchen bald in Kraft treten würde. Er legte ein Foto von der verhafteten Frau aus der Villa auf den Wohnzimmertisch. »Welche Rolle spielt diese Frau in der Organisation?«

Sergei warf einen oberflächlichen Blick auf das Foto. Iwan nahm gar keine Notiz davon. »Neue Papiere, neue Wohnung in Wien. Startkapital. Das ist der Deal.« Sergei verschränkte die Arme vor der Brust und widmete seine Aufmerksamkeit wieder den Nachrichten.

»Ist alles in Arbeit. Braucht alles seine Zeit. Die Frau sitzt jetzt in der Zelle. Wir werden sie heute verhören. Geben Sie mir was. Wer ist die Frau? Sie hat Caluzi erschossen, habe ich recht?«

Sergei und Iwan schauten regungslos auf die Mattscheibe.

Samuel König ließ sich auf dem Sessel nieder. »Ich glaube nicht, dass die uns noch viel sagen werden. Die haben uns verarscht. Das sind doch nur Laufburschen. Die haben die Mädchen hergefahren. Mehr nicht. Wir sollten sie einfach rausschmeißen und vergessen. Die Mädchen sind ja wiederaufgetaucht. Mit den Morden haben die beiden definitiv nichts zu tun.«

»Hat er recht?«, fragte Lemgo und betrachtete sich zweifelnd seine Kronzeugen.

»Er ist ein Idiot«, sagte Sergei und schaltete in ein anderes Programm.

»Ich will alles über Armin Mühlendorf wissen, bevor ich euch neue Pässe in die Hand drücke«, sagte Lemgo.

Sergei blickte kurz zu Lemgo. »Natürlich. Sie scheinen ja schon auf einem ganz guten Weg zu sein. Vielleicht brauchen Sie uns gar nicht?«

»Ich will alles über Antonio de Rossi wissen, bevor ihr auch nur einen Fuß aus dieser Wohnung setzt.«

Sergei nickte. »Selbstverständlich.«

Lemgo tippte mit dem Zeigefinger auf das Foto, das noch auf dem Tisch lag. »Sag mir ihren Namen und sag mir, welche Namen ihr in euren neuen Pässen stehen haben wollt.«

Sergei zeigte auf sich. »Karel Zikowsky, geboren in Tschechien.« Dann zeigte er auf seinen Bruder. »Thomas Zikowsky.« Dann zeigte er auf das Foto der Frau. »Elena Kamamirow. Ich denke, du hast recht. Wahrscheinlich hat sie Caluzi umgebracht. Und viele andere auch.«

»Sollte sie auch euch beide umbringen?«

»Würden wir sonst hier sitzen und nett plaudern?« Sergei grinste breit. »Irinas Flucht war unser Todesurteil. So sind die Regeln.«

Samuel König verließ mit Lemgo die Wohnung. Kulmbacher räumte in der Küche die Einkäufe aus und setzte frischen Kaffee auf.

Als Liliane die Augen wieder aufschlug, lag sie auf einer Liege im Büro von Thomas Heck. Auf dem Stuhl von Thomas Heck saß aber Siebels. Er war allein mit Liliane im Raum. Sie lächelte ihn an. »Herr Siebels, das ist aber schön.«

Siebels dachte an sein erstes Zusammentreffen mit Liliane alias Sabine Lehmann. Sie lag in einem Krankenhausbett, der Arzt hatte eine schwere Erschöpfung diagnostiziert. Siebels war nur gekommen, um ihr Geständnis aufzunehmen. Sie hatte ihren Lebenspartner mit einer leeren Weinflasche erschlagen und war neben seiner Leiche in der

Küche verhaftet worden. Sie hatte ihr Geständnis auch abgelegt. Allerdings auf ihre ganz eigene Art und Weise. Sie hatte Siebels von einem wirren Traum erzählt. Es folgten noch viele weitere wirre Träume, von denen sie Siebels in den darauffolgenden Tagen berichtete. In jedem der Träume trug sie ein weißes Brautkleid. Sie war die kalte Braut. Eine Unternehmensberaterin, die einer Gehirnwäsche unterzogen worden war und den Aufstieg in den innersten Zirkel einer weltweit agierenden Beratungsgesellschaft geschafft hat. Siebels hatte in ihr immer nur ein kleines verletzliches Mädchen gesehen. Und genau das war sie tief in ihrem Innersten auch immer geblieben.

»Wie geht es eigentlich Ihrem Vater?«, erkundigte sich Siebels. Sabine Lehmann hatte damals auch wieder Kontakt mit ihrem Vater aufgenommen. Zerrüttete Familienverhältnisse waren einer der Gründe für das Abgleiten von Sabine Lehmann in eine kriminelle Parallelwelt gewesen.

»Er ist vor drei Monaten im Gefängnis gestorben.« Liliane atmete tief durch.

»Das tut mir leid.«

»Er hat seinen Frieden gefunden, bevor er mich verlassen hat. Ich habe ihn oft besucht.«

»Hat er die ganze Wahrheit gewusst? Hat er gewusst, was mein Kollege jetzt von Ihnen wissen will?«

Liliane schüttelte den Kopf. »Nein. Das habe ich ihm nicht erzählt. Zum Glück. Sonst wäre er früher gestorben. Und wir hätten uns in seinen letzten Tagen nicht mehr sehen können.«

»Ich denke, jetzt ist die Zeit gekommen, es zu erzählen.« Siebels nahm ihre Hand und drückte sie leicht.

Liliane schloss die Augen und ein Lächeln umspielte ihre Lippen. »Ja, Sie haben recht. Die Zeit scheint nun gekommen zu sein.«

Bevor Lemgo sich Elena Kamamirow bringen ließ, machte er einen Abstecher in die Abteilung Milieukriminalität. Dorthin beorderte er auch Charly Hofmeier. Lemgo unterrichtete die Kollegen von dem alten Fall Ralf Steeger, der nun wieder aktuell war.

»Pastori war damals über alle Zweifel erhaben«, erinnerte sich Joe Hübner. »Er war ein unbescholtener Gastronom, der die Chance ergriff und das Haus übernommen hat. Caluzi erschien damals auch ganz neu auf der Bildfläche.«

Sabine Siebels berichtete von Irinas Aussage, die ihr Mann ihr telefonisch mitgeteilt hatte. Irina war mittlerweile im Krankenhaus bei den anderen Mädchen. Zwei Krankenzimmer wurden von Polizeikräften hermetisch abgeriegelt. Joe Hübner erklärte sich bereit, die Villa mit seinen Leuten in den nächsten Tagen zu observieren. Charly Hofmeier sollte sich um eine rasche Instandsetzung der demolierten Tür und Fenster der Villa kümmern. Bis zu dem Fest, das nach der Aussage von Irina in der Villa stattfinden sollte, waren noch zwei Tage Zeit. Falls sich dort tatsächlich noch etwas tun sollte, stand Lemgo mit seinen Leuten bereit.

Lemgo ließ Elena Kamamirow von der Arrestzelle in den Vernehmungsraum bringen. Joe Hübner und Sabine Siebels machten sich auf den Weg zur Villa. Lemgo besprach sich noch unter vier Augen mit Charly, bevor er zum anstehenden Verhör aufbrach. Charly bekam von Lemgo die gewünschten neuen Namen der Brüder Zacharow genannt. Er sollte sich mit Staatsanwalt Hellweg absprechen und dafür sorgen, dass so schnell wie möglich die Pässe und eine Unterkunft in Wien besorgt würden.

21

Elena Kamamirow war etwa 40 Jahre alt. Sie hatte dunkelbraunes Haar, das ihr jetzt strähnig auf die Schultern fiel. Sie war schlank, hohe Wangenknochen prägten ihr vergrämtes Gesicht. Lemgo kam das Bild von einer Aufseherin in einem Straflager in den Sinn. Sie starrte geradeaus und regte sich nicht, als Lemgo ihr gegenüber Platz nahm. Lemgo kannte die Geschichte von Irina mittlerweile auch, Sabine Siebels hatte ihn kurz zuvor über deren Aussage informiert. Lemgo war sich sicher, dass Elena Kamamirow die gleiche Frau war, die die Mädchen in deren Heimatländern bei den vorgetäuschten Modelwettbewerben begutachtete, unter falschen Versprechungen von zuhause weglockte, sie schikanierte und einschüchterte und sie für die Prostitution gefügig machte. Zusammen mit dem Mann, der Natascha erschossen hatte. Zoran. Das war der Mann fürs Grobe. Der hätte auch den Job erledigen können, den Belozzi gemacht hatte. Pastori erst zum Reden und dann zum Schweigen zu bringen. Lemgo vermutete, dass die Zacharow-Brüder sich vor diesem Zoran fürchteten und deshalb die Kronzeugenregelung in Anspruch nehmen wollten.

»Elena Kamamirow?«, fragte Lemgo. Keine Reaktion.

»Wollen Sie einen Rechtsanwalt zu dem Gespräch hinzuziehen? Vielleicht Dr. Westphal?«

Elena Kamamirow zuckte leicht mit dem rechten Auge.

»Ihnen wird vorgeworfen, Ralf Steeger ermordet zu haben. Erinnern Sie sich?«

Die Augen von Elena Kamamirow wanderten langsam zu Lemgo. Sie sah ihn verächtlich an und blieb stumm.

»Außerdem werden Sie des Mordes an Luigi Caluzi beschuldigt«, fuhr Lemgo sachlich fort. »Dazu kommt Menschenhandel, Freiheitsberaubung, Zwangsprostitution.« Der Blick von Elena Kamamirow hatte etwas Bedrohliches.

»Hat Zoran Sie auch gefickt?«, fragte Lemgo wie beiläufig. »Kann ich mir eigentlich nicht vorstellen, so wie Sie aussehen. Oder waren Sie früher mal hübscher. Eher nicht.«

Elena Kamamirow spuckte vor Lemgo auf die Tischplatte. »Vielleicht reden Sie lieber mit Frauen? Sind Sie lesbisch? Deswegen sind Sie wohl als Aufpasserin für die Mädchen zuständig. Probieren Sie die Mädchen auch selbst aus? Lassen Sie sich von ihnen lecken, bevor die Männer drankommen?«

Elena Kamamirow ballte die Hände auf der Tischplatte zu Fäusten. Aber sie blieb schweigsam.

»Wie viele Leute erwarten Sie denn zu dem Fest übermorgen in der Villa?«, erkundigte Lemgo sich nun in einem sehr höflichen Ton.

Elena Kamamirow blickte ihn hasserfüllt an, sagte aber weiter kein Wort.

»Zoran wird ganz schön wütend sein. Die Aufpasserin hockt bei der Polizei anstatt bei den Mädchen und hat alles versaut. So kurz vor dem Fest ist ihm das bestimmt gar nicht recht. Was wird er mit Ihnen machen, wenn wir Sie wieder laufen lassen? Die Kehle durchschneiden? Oder wird er Sie versteigern? Ich kenne mich nicht so richtig aus in Ihrem Geschäft. Erzählen Sie doch mal.«

Ein kaltes Lächeln legte sich auf das Gesicht der Frau. »Zoran wird Ihnen die Kehle durchschneiden.« Das kalte Lächeln verwandelte sich wieder in einen versteinerten Gesichtsausdruck. Lemgo spürte, wie sein Herz höherschlug. Die Frau war sich ihrer Sache sehr sicher. Hatte Zoran ihn schon ins Visier genommen? Wartete an der nächsten Ecke schon ein Killer auf ihn?

Lemgo stand abrupt auf und war mit zwei schnellen Schritten neben der Frau. Er beugte sich zu ihr herunter und zischte ihr ins Ohr. »Es wäre am besten, wenn man dich morgen Früh in deiner Zelle aufgehängt vorfindet. Wenn du es nicht selbst machst, sorge ich dafür, dass es jemand anderes macht. Ich hole einen der Väter von den Mädchen her. Du kommst nicht vor Gericht.« Lemgo beendete damit das Verhör und ließ die Frau zurück in die Zelle bringen. Er war sicher, dass sie bald mit ihm reden würde.

Liliane lag völlig reglos auf der Liege und fing an zu erzählen. Es schien, als wäre sie in eine Art Trance gefallen. Siebels saß neben ihr und lauschte ihren leisen Worten.

»Ich hatte meinen Auftraggeber zufriedengestellt. Er hing an seinem Fußballverein. Schon seit Kindesbeinen an. Dieser Verein sollte gewinnen. Immer nur gewinnen. Wenn sein Verein ein Spiel gewonnen hatte, war mein Auftraggeber glücklich. Sein Verein wurde bald unbesiegbar. Seine Mannschaft hat den Aufstieg in eine höhere Liga geschafft. Damit hatte vorher niemand gerechnet. Mein Auftraggeber hat immer höhere Summen auf den Sieg seiner Mannschaft gewettet. Er hat große Summen gewonnen. Aber das war ihm nicht wichtig. Wichtig war nur, dass seine Mannschaft das Spiel gewann. Egal wie. Alle Mittel waren recht. Silotti bekam kalte Füße. Sein Wettbüro fiel auf. Die hohen Summen. Die unglaublichen Ergebnisse. Mein Auftraggeber war aber sehr glücklich. Viele Fußballspieler waren unglücklich. Sie hatten Angst um ihre Frauen und ihre Kinder. Vor allem die Schiedsrichter hatten große Angst. Einer von ihnen musste sterben.«

Siebels stellte erleichtert fest, dass Liliane Klartext sprach. Kein wirrer Traum, den er erst entschlüsseln musste. Er hoffte, dass sie dabei blieb, und hörte weiter zu.

»Als der Aufstieg geschafft war, bekam ich von meinem Auftraggeber eine Einladung. Er hat mich zu einem Fest eingeladen. Das Fest fand in seiner Heimat statt. Ein kleiner Ort in Sizilien. Von außen sah es aus wie ein gewöhnlicher Bauernhof. Doch im Inneren glich es einem Palast aus dem alten Rom. Marmor, Gold, Spiegel, Springbrunnen, Gemälde, Statuen. Es war unglaublich. Die Gäste trugen venezianische Masken und stellten sich mit Fantasienamen einander vor. Ich lernte meinen Gastgeber kennen. Er nannte sich Mozart. Neben Fußball liebte er auch die klassische Musik. Die anderen Gäste nannten sich Zeus und Hades, Ramses, Cleopatra, Al Capone, Marylin, Nofretete, Robespierre, Napoleon und so weiter. Sie waren aus vielen Ländern angereist. Manche Gäste trugen neben den Masken auch Perücken. Mir wurde schnell klar, dass sich einige hochrangige Vertreter aus Wirtschaft und Politik darunter befanden. Es gab einen Willkommensdrink. Wenn man ihn getrunken hatte, fühlte man sich gut. Leicht und unbeschwert, vergnügt und erregt. Musiker spielten klassische Musik. Barbusige Frauen servierten Getränke. Es gab Käfige, sie standen auf Podesten oder hingen von der Decke. In jedem Käfig befand sich ein Mensch, nur mit der venezianischen Maske bekleidet. Frauen und Männer. Um die Käfige herum standen die Gäste und betrachteten sich die Insassen. Mein Auftraggeber gesellte sich zu mir, hakte sich bei mir ein und führte mich herum. Er zeigte mir seine bizarre Welt. Die Leute in den Käfigen gehörten dazu. Es war ein Spiel. Ein Spiel innerhalb der illustren Gesellschaft. Die Gäste waren alle Mitglieder einer geheimen Organisation, die sich Loge 6 nannte. Eine Geheimloge, deren Mitglieder sich zusammengeschlossen hatten, um ihre kriminellen Machenschaften in einem Netzwerk zu vereinen. Wie ich später erfuhr, gab Mozart mit diesem Fest seinen Einstand als neues Mitglied in dieser Gesellschaft. Sie trafen sich regelmäßig zu Festen wie diesem, knüpften neue Kontakte und frönten sexuellen Ausschweifungen. Sex verbindet, so lautet ein Motto der Loge. Die Leute in den Käfigen hatten sich freiwillig dort hineinbegeben. Wer im Käfig saß oder stand, bot sich selbst bei einer Versteigerung an. Das war ein beliebtes Spiel, um seinen persönlichen Wert innerhalb der Loge zu ermitteln oder zu steigern. Aber das sollte ich erst später begreifen. Mozart stellte mich einigen Gästen vor. Unter anderem einem Mann, der sich Damian nannte. Damian hatte innerhalb der Loge eine gehobene Stellung, das war offensichtlich. Unter seiner venezianischen Maske strahlten stahlblaue Augen heraus, die eine hypnotische Wirkung auf mich hatten. Vom ersten Augenblick an faszinierte mich dieser Mann. Seine Ausstrahlungskraft war unbeschreiblich. Er fragte mich nach meinem Namen. Ich stellte mich ihm als Sabine vor. Da lächelte er mich an und sagte, dass ich einen anderen Namen brauchen würde. Mozart sprang mir zur Seite und stellte mich als Ehrengast ohne Mitgliedsstatus vor. Damian fragte mich, von wo ich kommen würde. Aus Frankfurt antwortete ich ihm und sah, wie seine Augen funkelten. Dann bist du heute Abend die

Nitribitt, sagte er und betrachtete mich von Kopf bis Fuß. Ich trug ein kurzes enges Cocktailkleid. Die berühmte Frankfurter Hure, die aus einfachsten Verhältnissen kam, aber für deren Gesellschaft die Männer aus den gehobenen Kreisen tief in die Tasche griffen, erläuterte er, ohne seinen Blick von meinem Körper zu lassen. Ich nahm ihn noch nicht sonderlich ernst. Ich dachte, dass er mir imponieren und den Hof machen wollte. Einem kleinen Techtelmechtel war ich nicht abgeneigt. Ich war in der Stimmung dazu, die Atmosphäre tat ihr Übriges. Er war charmant, galant und gutaussehend. Er hakte sich bei mir ein und führte mich hinaus in den Garten. Wir unterhielten uns. Er erzählte mir, dass er auch aus Frankfurt kommen würde, aber viel unterwegs sei. Es stellte sich heraus, dass er über meine Tätigkeit bei World Consulting gut Bescheid wusste. Mir wurde klar, dass er über ausgezeichnete Kontakte bei den Führungskräften von World Consulting verfügen musste. Er führte mich zurück zu der Gesellschaft. Um die Käfige mit den nackten Männern und Frauen hatten sich noch mehr Gäste versammelt. Sie betrachteten sich die Insassen, tuschelten miteinander, lachten laut. Ein neuer Käfig stand auf einem Podest. Er war größer als die anderen. Er war noch leer. Damian führte mich zu dem Käfig. Zieh dich aus, Nitribitt, forderte er mich auf. Ich schaute ihn fragend an. Tu es, sagte er nur. Ich spürte, wie die Blicke der anderen Gäste auf uns gerichtet waren. Damian öffnete den Reißverschluss meines Kleides. Ich schlüpfte aus dem Kleid. Damian sah mich an, nickte mir zu. Ich zog meine Unterwäsche aus. Er hielt mir die Hand, half mir, in den Käfig zu steigen. Ich konnte aufrecht in dem Käfig stehen. Damian verschloss die Tür und klatschte in die Hände. Die Versteigerung kann beginnen, rief er den Gästen zu. Ich stand nackt in dem Käfig, um mich herum versammelten sich die Gäste und betrachteten mich interessiert. Meine Hände umklammerten die Gitterstäbe. Ich erwiderte die Blicke. Trug nur noch meine Maske. Die Versteigerung begann. Eine Frau wurde angeboten. Sie konnte nur gebückt in ihrem Käfig stehen. Sie war vielleicht dreißig Jahre alt, rothaarig mit blasser Haut. Napoleon und Robespierre wollten sie haben. Sie überboten sich gegenseitig. Bei 120.000

Euro stieg Napoleon aus. Robespierre bekam den Schlüssel des Käfigs ausgehändigt. Er ließ sie noch im Käfig schmoren und sich von den anderen Gästen zu seiner Errungenschaft gratulieren. Anschließend ersteigerte Cleopatra einen dunkelhäutigen Mann für 30.000 Euro. Nach und nach wurden die Insassen der Käfige versteigert. Ich war als Letzte an der Reihe. Alle Augen waren auf mich gerichtet. Damian stellte mich vor und pries mich an. Er sprach Englisch. Die Nitribitt: hemmungslos, skrupellos, intelligent und schön. Unzähmbar, wild, stolz und integriert in der ehrenwerten Gesellschaft. Zeus und Al Capone boten für mich. Sie überboten sich gegenseitig bis Al Capone bei 80.000 Euro scheinbar den Zuschlag bekommen sollte. Ich schaute Al Capone an, presste mich gegen die Käfigstäbe. Schau her, was du bekommst, wollte ich ihm deutlich machen. Doch dann stieg Damian im letzten Moment mit ein. Er bot 100.000 Euro. Ich lächelte ihm zu. Zeus stieg wieder ein. Al Capone gab sich auch noch nicht geschlagen. Damian erhöhte um große Summen. Bald waren 300.000 Euro geboten. Mit erhobenem Kopf stand ich im Käfig und schaute in das Publikum. Ich war mehr wert. Viel mehr. Ich wusste es. Weder Al Capone noch Zeus wollten aufgeben. Bald waren 500.000 Euro geboten. Ein Raunen ging durch die Menge. Damian verdoppelte. Eine Million Euro. Es wurde still. Die Gäste wussten, was ich noch nicht wusste. Zum Ersten, zum Zweiten und zum Dritten. Damian bekam den Zuschlag. Applaus ertönte und die Gäste traten zur Seite und machten ehrfürchtig eine Gasse für ihn zu meinem Käfig frei. Er öffnete die Käfigtür und trat zu mir. Er winkte seinen Gästen zu und öffnete seine Hose. Er stand hinter mir. Du bist der teuerste Fick aller Zeiten, raunte er mir ins Ohr. Der eine Million-Euro-Fick. Du gehörst mir, Nitribitt. Er nahm mir die Maske ab und schmiss sie ins Publikum. Er demaskierte mich, denn ich gehörte nun ihm. Ich war seine Hure, dafür hatte er einen hohen Preis bezahlt. Vor aller Augen fickte er mich in dem Käfig. Er machte mich zu seiner Braut.«

Liliane blieb ruhig liegen und schaute Siebels an. Siebels fühlte sich in der Rolle des Beichtvaters peinlich berührt. Er konnte die Geschichte noch nicht richtig einordnen.

»Es war ein Spiel in dem erlauchten Kreis«, erklärte ihm Liliane. »Körperliche Reize waren nicht der ausschlaggebende Punkt. Je höher jemand in diesem Kreis angesehen war, desto attraktiver wurde es, sie oder ihn zu ersteigern. Wer unter den Hammer kam, bekam das Geld vom Meistbietenden und musste ihm eine Nacht zur Verfügung stehen. Nur eine Nacht. Die Kopulation im Käfig war dem höchsten Gebot des Abends vorbehalten. Die Vereinigung der Kriminellen, im wahrsten Sinne des Wortes.«

»Das war aber nicht Ihr letztes Zusammentreffen mit Damian, oder?«

»Nein. Ich war später auch noch auf zwei ähnlichen Festen eingeladen. Aber nicht mehr im Käfig. Ich wurde Damians Geliebte. Er wollte mich nicht nur für eine Nacht. Er wollte mich, wann immer es ihm beliebte.«

Siebels versuchte die Geschichte mit den aktuellen Vorkommnissen in Verbindung zu bringen. Er hatte nur eine Erklärung. Maria Monti und Sabine Lehmann hatten sich bei einem dieser Feste kennen gelernt. Maria Monti musste dabei gewesen sein, wenn sie wusste, dass Sabine Lehmann Damians Geliebte gewesen war. Wenn jemand wusste, wo der kleine Marco versteckt wurde, dann war es der mächtige Mann, Damian. Und seine Hure Nitribitt kannte seine Geheimnisse. Sabine Lehmann, die Frau, die Siebels schon einmal so viele Geheimnisse anvertraut hatte. Die Frau, die jetzt in Sicherheit und unerreichbar war, als Kronzeugin beim LKA. Sie war jetzt der Hoffnungsschimmer für Maria Serano und Siebels war einer der wenigen, der an sie herankommen konnte. Aber welche Rolle spielte diese Frau, als sie noch Maria Monti hieß?

»Ist es möglich, dass bei einem dieser Feste auch Maria Monti anwesend war?« Siebels war sich sicher, dass dem so war.

Liliane schaute Siebels überrascht an. »Sie glauben, dass sie noch lebt? Ihre Mandantin, wie hieß sie noch gleich? Maria Serano? Sie denken, dass es sich bei ihr um meine italienische Kollegin von World Consulting handelt, habe ich recht?«

»Ich mache mir nur so meine Gedanken«, versuchte Siebels abzuwiegeln.

Liliane massierte sich die Schläfen. »Ich bekomme Kopfschmerzen«, stöhnte sie leise. »Es wohnen zu viele Menschen in mir. Die kalte Braut, Sabine Lehmann, die Nitribitt, Liliane. Ich möchte nur noch Liliane sein, sonst niemand mehr. Aber Sie rufen meine Dämonen alle wieder hervor, Herr Siebels.«

Siebels wollte die Dämonen jetzt nicht vertreiben. Er war nah dran, das spürte er. »Der Mann, der Sie auf sein Anwesen in Sizilien zu dem Fest eingeladen hat, das war Antonio de Rossi, richtig?«

»Ja. Er war der Geschäftsführer bei der Monieri. Für ihn habe ich den Deal mit der SilSil eingefädelt.«

»Hat auch Mozart auf einem der Feste eine Frau ersteigert? Oder umgekehrt?«

»Ja, Mozart hat eine Frau ersteigert. Nofretete. Er hat das höchste Gebot des Abends abgegeben. Er war ganz verrückt nach ihr. Das war auf dem darauffolgenden Fest gewesen.«

»Beschreiben Sie mir Nofretete«, bat Siebels.

»Sie war schön und wirkte unnahbar. Schwarzes langes Haar und ein blasser Teint. Ihr Gesicht habe ich nie richtig gesehen. Sie trug den ganzen Abend eine Maske.«

Siebels hatte keine Zweifel. Nofretete war Maria Monti alias Maria Serano. Er versuchte sich seine Mandantin vorzustellen, nackt in einem Käfig. Von Antonio de Rossi ersteigert und öffentlich bestiegen. Siebels dachte an die Frau, die ihn engagiert hatte. Eine vornehme Frau mit Stil und Charakter. Siebels fragte sich, ob der Mord an Pastori auch eine persönliche Note hatte. War da auch eine krankhafte Eifersucht eines kriminellen Psychopaten im Spiel? Wollte der Waffenhändler vielleicht nur die Frau zurückhaben, die er so sehr begehrte? Die Frau, mit der er sich vereinigt hatte, sexuell und kriminell? Mozart und Nofretete, Damian und Nitribitt. Was war zwischen diesen Leuten passiert? Siebels drehte sich in seinen Gedanken nur im Kreis. »Wer ist Damian?«, fragte Siebels mit lauter Stimme.

Liliane zuckte leicht zusammen, als Siebels sie mit dieser Frage konfrontierte. »Sie glauben, dass ich Ihnen das sage?«

Sie schaute Siebels überrascht an.

»Ja, das glaube ich.«

»Was würden Sie tun, wenn ich es Ihnen sagen würde?«

»Ich würde versuchen, meinen Auftrag auszuführen. Den entführten Sohn von Silotti zu finden.«

»Sie denken, Damian hat ihn entführt? Warum sollte er das tun?«

Siebels spürte, dass Liliane mit ihm spielte. Und dass sie bereit war, das Spiel zu verlieren. »Weil Nofretete eine Gefahr für Mozart darstellt und ein gefährdeter Mozart eine Gefahr für Damian ist.« Siebels hangelte sich mühsam durch die ihm vorliegenden Informationen, ohne deren tiefere Zusammenhänge wirklich zu verstehen.

Liliane schien in ihren Gedanken zu versinken. »Alles hängt irgendwie miteinander zusammen«, murmelte sie vor sich hin.

»Machen Sie reinen Tisch«, forderte Siebels sie auf. »Tun Sie es für sich und für den kleinen Marco Silotti.«

»Damian liebt mich«, flüsterte Liliane kaum hörbar.

»Lieben Sie ihn auch?« Siebels konnte sich nicht vorstellen, dass dem so war.

Liliane zuckte mit den Schultern. »Kommt drauf an, wer ich bin. Als ich die kalte Braut und die Nitribitt war, habe ich ihn geliebt. Wir waren ein sagenhaftes Pärchen. Wie Bonny und Clyde. Niemand konnte uns stoppen.« Liliane lächelte zaghaft. »Na ja, fast niemand. Bis auf einen Kriminalkommissar. Siebels war sein Name. Er hat es geschafft, das kalte Herz der Braut zum Schmelzen zu bringen.«

Siebels fühlte sich erneut peinlich berührt. »Ich habe nichts gemacht«, wehrte er etwas verschüchtert ab. »Ich habe Ihnen einfach nur zugehört.«

»Sie sind verheiratet und haben einen Sohn. Sind Sie glücklich?« Liliane schaute Siebels neugierig an.

»Ja, ich bin sogar sehr glücklich. Meine Familie ist das Wichtigste in meinem Leben.«

»Ich beneide Sie dafür. Aber ich finde es auch schade. Sonst hätte ich Ihnen vielleicht einen Antrag gemacht. Man kann sich so gut mit Ihnen unterhalten.«

Siebels räusperte sich verlegen und wusste nicht, was er darauf antworten sollte.

»Sagen Sie nichts«, half Liliane ihm aus der Patsche. »Ich liebe Damian nicht. Er ist zwar charmant und galant, sieht gut aus und strotzt nur so vor Selbstbewusstsein, aber er ist genauso kalt, wie ich es war. Ich sehne mich nach Wärme. Sie strahlen so viel Wärme aus, Herr Siebels, wissen Sie das eigentlich?«

»Das tun viele Menschen. Sie haben davon nur nichts mitbekommen, Sie hatten andere Prioritäten im Leben. Aber das hat sich doch geändert. Ich finde, Sie strahlen auch viel Wärme aus. Sie werden noch viele glückliche Jahre verbringen, als Liliane Lüttmann, fernab von Ihrer Vergangenheit.«

»Danke.« Liliane schaute Siebels dankbar an. »Damian hat die Lücke gefüllt, die World Consulting hinterlassen hat. Ihm gehört eine renommierte Unternehmensberatung. Sie haben bestimmt schon von ihm gehört. Armin Mühlendorf.«

Siebels traute seinen Ohren nicht. »Der Armin Mühlendorf?«

»Genau der. Der eloquente Mann, der sein braungebranntes Gesicht so gern in der Öffentlichkeit zeigt. Ehrlich gesagt, bin ich neugierig darauf, wie er sich verhält, wenn sein wahres Gesicht in der Öffentlichkeit zum Vorschein kommt.«

»Können Sie sich vorstellen, dass Armin Mühlendorf hinter der Entführung von Marco Silotti steckt?«, fragte Siebels und zweifelte stark daran.

»Natürlich. Wenn Maria Monti tatsächlich noch lebt und den Leuten von der Loge 6 in den Arsch treten will, muss er alle Mittel ausschöpfen, um das zu verhindern. Sonst ist er nämlich selbst im Arsch.«

»Es gibt noch Leute, die in der Hierarchie über ihm stehen?«

»Nicht in Deutschland. Ich weiß aber nicht, was für Leute das sind und wo sie herkommen. Ich weiß nur, dass Damian anderen Leuten Rechenschaft schuldig ist. Leute, über die er niemals reden würde. Nicht mal mit der Nitribitt.«

»Die Nitribitt ist tot. Es lebe Frau Liliane Lüttmann«, munterte Siebels seine Gesprächspartnerin auf.

»Ihr Mörder wurde nie gefasst. Ich denke, mich wird eines Tages das gleiche Schicksal treffen«, folgerte Liliane mit traurigem Gesichtsausdruck.

»Sie werden bestimmt hundert Jahre alt«, winkte Siebels ab.

»Ich fühle mich jetzt schon so. Ich habe zu viel erlebt, mehr als ein Mensch ertragen kann.«

»Ja, das haben Sie ganz bestimmt. Aber Sie haben auch vieles wieder gut gemacht und sich letzten Endes für die richtige Seite entschieden. Bleiben Sie dabei.«

»Nur wenn Sie bei mir bleiben und mich ab und zu mal besuchen, wenn das hier alles vorbei ist und Liliane Lüttmann ein einsames und gesetzestreues Leben führen wird. Vielleicht irgendwo an der Ostsee.«

»Das verspreche ich Ihnen. Aber nur, wenn Sie mir jetzt auch noch einen Tipp geben, wo Marco Silotti versteckt gehalten werden könnte.«

»Können Sie ein Treffen zwischen mir und Maria Monti arrangieren, wenn ich Ihnen den richtigen Tipp gebe?«

»Das kann ich. Darauf gebe ich Ihnen mein Wort.«

»Gut, ich vertraue Ihnen. Aber das wissen Sie ja. Allerdings weiß ich nicht, wie gut mein Tipp ist. Es ist nur eine Vermutung.«

22

Julia Forster und der Phantombildzeichner Ingo Keller saßen am gleichen Tisch, an dem Lemgo gestern gesessen hatte. Die beiden bestellten sich nur einen Kaffee und fragten nach dem Kellner, der Lemgo Auskunft gegeben hatte. Ingo Keller stellte den Laptop auf den Tisch und fuhr das Programm hoch, mit dem er Phantombilder erstellen konnte. Im Restaurant herrschte noch wenig Betrieb. Julia Forster wies sich als Kommissarin aus und stellte sich als Partnerin von Lemgo vor. »Sie haben meinem Kollegen gestern von der Situation berichtet, als die Freundin von Herrn Pastori, Maria Serano, fluchtartig das Restaurant verlassen hat, nachdem einige Männer das Restaurant betreten hatten. Einer der Männer hat sich daraufhin zu Herrn Pastori begeben und mit ihm gesprochen. Wir benötigen eine Beschreibung von diesem Mann und möchten ein Phantombild erstellen.«

»Glauben Sie, dass dieser Mann Herrn Pastori umgebracht hat?«

»Nein, das glauben wir nicht. Aber wir glauben, dass er ein wichtiger Zeuge sein könnte«, beschwichtigte Julia Forster den Kellner.

»Nachdem ich gestern mit Ihrem Kollegen gesprochen habe, habe ich in unserem Reservierungsbuch nachgesehen. Die Männer hatten den Tisch reserviert gehabt.«

»Auf welchen Namen?«

»Herr Armin Mühlendorf hat die Reservierung vorgenommen. Ein Tisch für vier Personen. Vielleicht fragen Sie einfach Herrn Mühlendorf, wer seine Begleiter waren. Dann können wir uns das hier doch sparen.«

»Das werden wir tun. Trotzdem würden wir mit Ihrer Hilfe gern das Phantombild erstellen.«

Ingo Keller erkundigte sich nach Alter, Haarfarbe, Haarlänge und Gesichtsform und erstellte einen ersten Entwurf. Anschließend änderte er in vielen kleinen Schritten nach Vorgabe des Kellners die Details.

»Ja, das ist er«, sagte der Kellner schließlich.

Nach dem fruchtlosen Verhör von Elena Kamamirow begab sich Lemgo in sein Büro und versuchte nachzudenken. Er überlegte, wie er Maria Serano ausfindig machen konnte. Die Frau blieb ein Rätsel und spurlos verschwunden. Er fragte sich, ob sie in der Kanzlei untergekommen war, die vom italienischen Nachrichtendienst bewohnt wurde. Und wenn ja, ob sie freiwillig oder unfreiwillig dort untergebracht worden war. Seine Grübeleien wurden durch einen Anruf auf seinem Handy unterbrochen.

»Ciao, Paolo«, meldete sich Mario.

»Hey, Mario. Wie geht es dir?«

»Es geht so. Wir haben ein kleines Problem hier. Aber sag erst mal, wie es dir geht und wie du mit deinem Fall vorankommst.«

»Kann ich dir etwas anvertrauen?« Lemgo wunderte sich selbst über den spontanen Entschluss, den er gerade gefasst hatte.

»Wenn nicht mir, wem dann? Was hast du auf dem Herzen?«

Lemgo dachte an die langen Nächte, die er zusammen mit Mario in einem Auto verbracht hatte. Stundenlanges Warten, oft vergebens. Damals hatten sie sich so viel erzählt, während sie auf einen Hauseingang oder auf ein Fenster starrten und warteten. Niemand wusste mehr über Lemgo als Mario. Und umgekehrt war es vermutlich genauso. »Ich habe mich verliebt«, sagte Lemgo und seine Stimme kam ihm merkwürdig fremd vor.

Mario lächelte leise in sich hinein. »Das kann passieren. Eine Kollegin?«

»Nein. Eine Studentin. Sie ist jung. Ich könnte ihr Vater sein.«

»Sie ist aber nicht in dich verliebt, oder doch?«

»Ich weiß nicht. Wir gehen ins Bett. Es ist gut. Es ist sehr gut.«

»Paolo, Paolo, willst du mich neidisch machen? Das ist dir gelungen.«

»Ich habe sie bei den Ermittlungen zu dem Mord an Pastori kennen gelernt. Ich bin mir nicht sicher, ob ich ihr vertrauen kann.«

»Hast du Grund, ihr zu misstrauen?«

»Nein. Ja. Verdammt, ich weiß es nicht. Sie war plötzlich da. Es lief alles so glatt. Wie bestellt. Als wäre sie für mich geschaffen. Ich will es nicht versauen, Mario.«

»Verlass dich auf deinen Instinkt, Paolo. Den hast du doch noch, oder?«

»Ich weiß nicht. Manchmal glaube ich, ich werde alt und sollte den ganzen Scheiß sein lassen. Ich habe nachts immer noch Albträume.«

»Komm mich mal besuchen. Das wird dir guttun. Ich würde mich freuen.«

»Wenn das hier vorbei ist, Mario. Eurem Nachrichtendienst traue ich nämlich auch nicht. Irgendwas ist hier faul.«

»Es ist nie vorbei, das weißt du doch. Bring deine Freundin einfach mit, wenn du kommen möchtest. Ich würde sie sehr gerne kennen lernen.«

»Warum hast du eigentlich angerufen?«

»Ich wollte dich warnen. Ich habe ja schon gesagt, dass wir ein Problem hier haben.«

»Was ist los? Vor was willst du mich warnen?« Lemgo spürte ein Ziehen in der Magengegend.

»Belozzi hat das Anwesen verlassen. Wir haben uns an ihn drangehängt, aber wir haben ihn aus den Augen verloren.«

»Verdammt, Mario, wie konnte das passieren?« Lemgo überlegte fieberhaft, was das für ihn und seine Ermittlungen bedeuten könnte.

»Tut mir leid. Ein jüngerer Kollege war mit seiner Beschattung betraut. Belozzi ist von dem Anwesen nach Cosimo zu einer Prostituierten gefahren. In ihre Wohnung. Scheinbar hat er das Haus durch den Hinterausgang verlassen.«

Lemgo stöhnte. »Mario, das sind Anfängerfehler. Was ist los bei euch?«

»Wir sind unterbesetzt. Dir muss ich doch nichts erzählen. Wir checken gerade die Flüge. Aber er hat sicher eine größere Auswahl an Reisepässen. Das kann eine Weile dauern. Wir prüfen alle Videoaufnahmen vom Flughafen. Aber er könnte auch mit dem Auto zu einem der größeren Flughäfen gefahren sein, falls er das Land verlassen will.«

»Wenn er einen Auftrag bekommen hat, muss er kommuniziert haben. Habt ihr nichts mitbekommen?«

»Wir gehen davon aus, dass Gabriela ihm Instruktionen übermittelt hat. Dass ist die Nutte, bei der er gewesen ist. Wir drehen sie gerade durch die Mangel. Sie stellt sich aber noch dumm. Kann ich ihr auch nicht verdenken. Mit einem Typ wie Belozzi ist nicht gut Kirschen essen.«

»Danke für deinen Anruf, Mario. Wir werden uns darauf einstellen. Hast du zufällig ein gutes Foto von ihm?«

»Schicke ich dir auf dein Handy. Pass auf dich auf. Der Typ ist ein Vollprofi.«

»Ich befürchte wirklich, dass er wieder hier auftauchen wird.«

»Warum das?«

»Wir haben mehrere Leute von einer Organisation verhaftet, zu der auch de Rossi gehört.«

»Klingt tatsächlich nach einem Job für Belozzi«, sagte Mario nachdenklich.

»Wann habt ihr ihn aus den Augen verloren?«

Mario zögerte einen Moment. »Gestern hat er nachmittags Gabriela besucht. Seitdem haben wir seine Spur verloren.«

»Gestern? Dann könnte er ja schon hier sein. Warum erfahre ich das erst jetzt?«

»Ich weiß es auch erst seit drei Stunden. Der junge Kollege hat noch stundenlang vor Gabrielas Wohnung ausgeharrt, bevor er misstrauisch geworden ist. Danach hat er sich auch nicht sehr professionell verhalten und die Information kam erst spät bei den richtigen Leuten an.«

»Mensch, Mario. Das klingt übel, sehr übel. Sag mir sofort Bescheid, wenn ihr aus Gabriela rauskriegt, was er vorhat.«

»Nur, wenn du mir ein Foto von deiner jungen Freundin schickst.« Mario versuchte zaghaft, seinen alten Freund wieder etwas aufzuheitern.

»Vergiss es. Ciao, Mario, bis bald.«

»Bis bald, mein Freund.«

Julia Forster kam aufgeregt in Lemgos Büro gerannt und knallte ihm das Phantombild auf den Tisch, das nach den Angaben des Kellners angefertigt wurde. »Das ist der Mann, vor dem Maria Serano aus dem Restaurant geflohen ist«, erklärte Julia und schaute Lemgo fassungslos an.

»Das ist doch Staatsanwalt Hellweg«, bemerkte Lemgo und erfasste dann erst, was das bedeutete. »Hellweg ist ein Informant der Mafia. Verdammte Scheiße! Und ich Idiot habe ihm die Adresse der sicheren Wohnung gegeben«, stöhnte Lemgo. »Unser Killer aus Sizilien hat scheinbar einen neuen Auftrag. Würde mich nicht wundern, wenn er bald wieder hier auftaucht.«

»Was?« Julia kam zwei Schritte auf Lemgo zu und blieb dicht vor ihm stehen. »Woher wissen Sie das?«

»Von meinem Freund Mario. Er und seine Leute haben Belozzi in Sizilien beobachtet. Jetzt haben sie ihn aber aus den Augen verloren. Das ist eine inoffizielle Information«, schob Lemgo nach.

»Vielleicht sollten wir besser die Kollegen vom LKA informieren.«

»Welchen Teil von *inoffiziell* haben Sie jetzt nicht verstanden?« Lemgo klang verärgert. Er wollte das LKA außen vorlassen.

»Ich dachte ja nur, weil wir hier die Mordkommission Frankfurt sind und nicht das BKA. Bei denen waren Sie doch früher, nicht wahr?«

Lemgo schaute Julia verdutzt an. »Sie sind ein schlaues Mädchen, bei Ihnen muss man aufpassen«, sagte er und griff im nächsten Moment zum Telefonhörer. Er rief Charly Hofmeier an und zitierte ihn in sein Büro.

»Waren Sie verdeckter Ermittler beim BKA?«, griff Julia das Thema wieder auf.

»Sie sollten sich jetzt besser auf unseren Fall konzentrieren. Damit haben wir mehr als genug Probleme.« Lemgo bedachte Julia mit einem bösen Blick.

»Tut mir leid. Ich wollte nicht indiskret sein. Glauben Sie, dass Belozzi den Auftrag hat, die Zacharow-Brüder auszuschalten?«

»Ich befürchte es«, sagte Lemgo mit finsterer Stimme. »Staatsanwalt Hellweg hat darauf bestanden, dass ich ihm die Adresse der Wohnung mitteile. Irgendwie hatte ich schon kein gutes Gefühl, als ich ihn aufgesucht habe. Aber dass Hellweg zur Loge 6 gehören könnte, hätte ich nicht für möglich gehalten.«

»Wo gehört Hellweg dazu?« Charly hatte gerade das Büro betreten und den letzten Satz von Lemgo noch aufgeschnappt. Lemgo gab Charly eine kurze Zusammenfassung über die aktuellen Ermittlungsergebnisse und klärte ihn über die Verdachtsmomente gegen Hellweg auf.

Charly pfiff durch die Zähne. »Das ist ja ein starkes Stück. Wie wollen Sie in der Angelegenheit jetzt vorgehen?«

»Ich schlage vor, wir machen weiter wie bisher und versuchen Hellweg mit falschen Informationen aus der Deckung zu locken. Noch haben wir keine klaren Beweise gegen ihn vorliegen. Unsere Kronzeugen wissen anscheinend auch nichts von ihm. Die haben ja mitbekommen, dass wir den Staatsanwalt eingeschaltet haben.«

»Guter Plan, Herr Kollege. Aber ohne Staatsanwalt keine Kronzeugenregelung. Ich würde vorschlagen, Oberstaatsanwalt Jensen einzuschalten.«

»Können wir dem trauen?«

»Hundertprozent. Wir haben jahrelang mit ihm zusammengearbeitet.«

»Okay, ich verlasse mich auf Sie, Charly. Rufen Sie ihn an, er soll herkommen. Sofort.«

Liliane hatte nach ihrer Beichte bei Siebels darauf bestanden, nach Hause gebracht zu werden. Unter den üblichen Sicherheitsvorkehrungen wurde sie von Mitarbeitern des LKA in ihre Bleibe gefahren. Till und Thomas Heck hatten im Nebenraum zugehört und das Gespräch aufgezeichnet. Gemeinsam mit Siebels beratschlagten sie, wie sie nun vorgehen sollten. Laut dem Tipp von Liliane versteckte Armin Mühlendorf den entführten Jungen vielleicht bei seiner Schwester. Die führte ein Gestüt in der Nähe von Friedberg, etwa 30 Kilometer von Frankfurt entfernt. Ein idealer Ort, um einen Jungen von acht Jahren unterzubringen. Liliane war mit Mühlendorf auf diesem Gestüt gewesen. Ein nobles Anwesen, das Mühlendorf finanzierte. Er parkte dort zwei oder drei seiner Leute, die sich als Stallburschen verdingten und auf Abruf bereitstanden, wenn er jemanden fürs Grobe benötigte. Die konnten auch gut auf einen achtjährigen Jungen aufpassen.

»Das erledigen wir selbst, die Mordkommission aus Frankfurt hat da draußen eh nichts verloren«, sagte Heck. Auf seinem Laptop lud er über Google Maps das Gebiet rund um Friedberg auf den Bildschirm. Das Gestüt lag abgelegen und uneinsehbar in einem Waldstück.

»Wir sollten jedenfalls schnell handeln. Nicht, dass Liliane ihre Zuneigung zu Siebels noch mal überdenkt und ihren Lover Damian noch warnt.«

Heck schaute auf die Uhr. »In zwei Stunden fahren wir hier ab«, sagte er entschlossen.

»Das ist schlecht«, warf Siebels zaghaft ein.

»Warum ist das schlecht?« Heck schaute Siebels irritiert an.

»Da muss ich meinen Sohn aus dem Kindergarten abholen«, teilte Siebels dem Leiter der Abteilung für schwere Kriminalität beim LKA mit.

Heck schüttelte verständnislos den Kopf. »Wir schaffen das auch ohne Sie, Herr Siebels«, sagte Heck und konnte sich einen mitleidigen Ton nicht verkneifen.

»Ohne mich hätten Sie von der ganzen Sache überhaupt keinen blassen Schimmer«, wies Siebels Heck zurecht. »Sie befragen Liliane schon seit Wochen oder Monaten und hatten bis vor einer Stunde noch nicht den Hauch einer Ahnung über die Loge 6. Außerdem habe ich den Auftrag erhalten, Marco wieder zurückzubringen. Wir machen das also besser morgen Vormittag. Von 8:00 bis 15:00 Uhr ist Dennis im Kindergarten. In der Zeit können wir das Gestüt durchsuchen.«

Heck blickte entnervt zu Till. »Ich glaub das alles nicht«, stöhnte er.

»Ich habe eine Idee«, schaltete Till sich ein. »Wir sollten uns erst mal einen Überblick über das Gestüt verschaffen, bevor wir da reinstürmen. Siebels könnte doch nachher mit

Dennis dort vorbeifahren und sich nach Reitstunden für seinen Sohn erkundigen. Er schaut sich in Ruhe um und wir warten am anderen Ende des Waldstückes. Wenn er zurückkommt, sagt er uns, mit wie vielen Leuten wir dort konfrontiert werden und dann gehen wir gut vorbereitet rein. Na, was haltet ihr davon?«

Siebels tippte sich mit dem Finger gegen die Stirn. »Ich fahre mit meinem Sohn doch nicht in eine Mafia-Hochburg rein. Bist du denn völlig bescheuert?«

Heck fand die Idee gar nicht so schlecht. »Stimmt. Sie fahren in keine Mafia-Hochburg rein. Sie sind ja auch kein Polizist. Sie fahren in Ihrer Freizeit in ein Gestüt. Sie zeigen Ihrem Sohnemann ein paar Pferdchen und plaudern ein wenig mit den Stallburschen und vielleicht auch mit Frau Mühlendorf. Machen Sie ein paar Fotos. Schauen Sie sich um, nehmen Sie ein paar Würfelzucker mit und freunden sich mit den Pferden an. Vielleicht findet Ihr Sohn auch einen Spielkameraden, vielleicht einen achtjährigen Jungen namens Marco Silotti, wer weiß das schon.«

»Sabine bringt mich um, wenn sie davon erfährt«, sagte Siebels nachdenklich.

»Sie muss ja nichts davon erfahren«, beruhigte ihn Till.

»Und wie soll ich Dennis daran hindern, ihr davon zu erzählen, du Schlaumeier?«

»Das, was Dennis ihr erzählt, wird in ihren Ohren doch gut klingen. Ein Besuch auf einem Gestüt. Papa Siebels lässt sich halt was einfallen.«

»Wir verkabeln Sie und hören mit. Im Notfall sind wir sofort bei Ihnen«, redete Heck auf Siebels ein.

»Na ja, eigentlich kann ja nichts passieren. Es ist ja nur das Gestüt von Mühlendorfs Schwester«, redete Siebels sich nun selbst gut zu.

»In drei Stunden treffen wir uns in Friedberg auf dem Parkplatz am Bahnhof«, machte Heck die Sache klar.

»Unter einer Bedingung«, erwiderte Siebels.

»Welche Bedingung?«, fragte Heck neugierig.

»Marco Silotti fährt mit mir zurück, falls wir ihn dort auftreiben.«

»Geht in Ordnung. Aber wir müssen dann besprechen, wie wir ihn und seine Eltern vor weiteren Übergriffen schützen können.«

»Und unter noch einer Bedingung«, setzte Siebels noch einen drauf.

»Welche weitere Bedingung?«, wollte Heck nun mit leicht genervtem Tonfall wissen.

»Das Treffen mit Maria Monti, das ich Liliane versprochen habe, findet statt.«

»Wenn Frau Monti das auch gern möchte, von mir aus«, stöhnte Heck und zeigte Siebels mit einer Handbewegung den Weg zur Tür.

23

Oberstaatsanwalt Jensen erschien eine halbe Stunde nach Charlys Anruf im Büro der Mordkommission. Er klopfte Charly freundschaftlich auf die Schulter und schüttelte die Hände von Lemgo und Julia Forster. »So, das ist also die neue Mordkommission«, stellte der Oberstaatsanwalt fest und musterte die beiden Kommissare. Dann wendete er sich an Charly. »Da bin ich aber gespannt, Herr Hofmeier, über welches Problem Sie am Telefon nicht reden wollten. Der Feind hört wohl mit?« Der Oberstaatsanwalt lief beim Reden hin und her, so wie er es auch früher als einfacher Staatsanwalt immer getan hatte, wenn er bei Siebels und Till aufgetaucht war.

»Der Feind hört leider mit«, bestätigte Charly. »Jedenfalls sind Herr Lemgo und Frau Forster bei ihren Ermittlungen auf eine sehr unangenehme Spur gestoßen.«

»Geht das schon wieder los mit diesen heiklen Angelegenheiten? Ich hatte ja gedacht, dass es hier jetzt etwas ruhiger wird, nach den Abgängen von Siebels und Till Krüger.«

»Die beiden stecken übrigens auch mit drin in der Sache«, erklärte Charly dem Oberstaatsanwalt.

Jensen drehte sich einmal um die eigene Achse und schaute dabei den drei um ihn herumstehenden Kommissaren fragend in die Gesichter. »Pfuschen die beiden uns jetzt etwa ins Handwerk? So geht das aber nicht. Um was für Ungeheuerlichkeiten handelt es sich denn eigentlich und warum besprechen Sie das nicht mit dem Kollegen Hellweg?«

»Jetzt setzen Sie sich doch mal hin«, forderte Lemgo den aufgedrehten Oberstaatsanwalt auf und deutete auf einen Stuhl. »Dann erkläre ich es Ihnen. Wir stehen unter Zeitdruck und müssen schnell handeln.«

Jensen ignorierte den angebotenen Stuhl und referierte weiter, während er umherlief. »Unter Zeitdruck stehen wir ja immer. Nur schnell aufgeklärte Fälle sind gute Fälle.«

»Wir haben ernstzunehmende Hinweise, dass Staatsanwalt Hellweg Mitglied einer kriminellen Organisation ist und streng vertrauliche Informationen an diese Organisation weitergibt«, sagte Lemgo mit lauter Stimme.

Der Oberstaatsanwalt blieb wie angewurzelt im Büro stehen. Langsam drehte er seinen Hals in Richtung Charly und schaute ihn zweifelnd an. Charly nickte ihm nur bestätigend zu. »Ich glaube, ich muss mich jetzt hinsetzen«, sagte Jensen und klang geschockt. Als er saß, gab Lemgo ihm eine kurze Zusammenfassung über die Fälle und über die Rolle, die Staatsanwalt Hellweg dabei zu spielen schien. »Kurz nachdem ich Hellweg den Aufenthaltsort unserer Kronzeugen genannt habe, wurde Belozzi in Italien reaktiviert«, beendete Lemgo seinen Vortrag.

»Und Sie glauben, dahinter steckt Kollege Hellweg und dieser Killer soll jetzt die zwei Russen aus dem Weg räumen?«, fragte Jensen mit erstickter Stimme.

»Möglicherweise ist aber auch Dr. Westphal seine Zielperson«, antwortete Lemgo nachdenklich.

Julia Forster schaute Lemgo skeptisch an. »Warum sollte er den Auftrag haben, den Anwalt auszuschalten?«

Lemgo klärte die Anwesenden nun auch über sein Gespräch mit Eduardo Lombardi vom italienischen Auslandsnachrichtendienst auf und berichtete, dass Pastori die Restaurants und das Bordell an eine Firma verkauft hatte, die von der italienischen Anti-Mafia-Behörde kontrolliert wurde.

Oberstaatsanwalt Jensen hörte erstaunt zu, öffnete mehrmals den Mund, um etwas zu sagen, schloss ihn aber immer wieder.

»Caluzi und Pastori sind tot und die Mafia hat die Kontrolle über Pastoris Geschäfte verloren. Westphal hat keine Funktion mehr, er ist aber ein Sicherheitsrisiko. Vielleicht können wir uns das zunutze machen.«

»Ist ja schön, dass ich das auch schon erfahre«, motzte Julia ihren Chef an. »Seit wann wissen Sie das alles?«

»Jetzt tun Sie doch nicht so, als würden wir schon wochenlang an dem Fall zusammenarbeiten. Ich hatte ja an meinem ersten Tag kaum einen Fuß in mein Büro gesetzt, da haben sich die Dinge auch schon überschlagen. Jetzt wissen Sie es. König weiß es allerdings noch nicht«, gestand Lemgo. »Den brauchen wir jetzt für Westphal«, kam es Lemgo in den Sinn. Er schnappte sich das Telefon, rief König an und beorderte ihn umgehend zur Kanzlei Westphal in die Schumannstraße. König sollte den Anwalt beschatten. Lemgo wollte über alle Vorkommnisse umgehend informiert werden.

»Wie viel von unseren Ermittlungsergebnissen hat Hellweg eigentlich mitbekommen?«, fragte Julia Forster anschließend. »Schließlich hatten wir ja bisher kaum Zeit, uns gegenseitig zu informieren.«

»Gute Frage. Er weiß auf jeden Fall von den Russen in der sicheren Wohnung. Aber dann war da noch der SEK-Einsatz in der Villa. Davon hat er bestimmt etwas mitbekommen.«

»Das SEK hatten wir auch im Haus der Lust. Kurz darauf wurde Caluzi erschossen. Wahrscheinlich hat Hellweg da seine Finger auch im Spiel gehabt.« Julia ließ sich die ganze Geschichte noch einmal durch den Kopf gehen. »Maria Serano ist wegen Hellweg aus dem Restaurant geflüchtet. Aber kannte sie ihn nur als Mitglied der Loge 6 oder wusste sie über sein Doppelleben Bescheid? In welcher Beziehung standen die beiden eigentlich? Welche Rolle spielt diese Frau?«

»Ich hatte bisher den Verdacht, dass Maria Serano eine Agentin von der italienischen Anti-Mafia-Behörde ist, die auf Pastori angesetzt wurde. Aber in diesem Fall hätte sie Hellweg bestenfalls als Staatsanwalt gekannt und keinen Grund zur Flucht gehabt. Sie müssen sich aus der Loge 6 gekannt haben.«

»Diese Frau kommt also auch aus dem kriminellen Milieu?«, fragte Jensen stirnrunzelnd nach.

»Es deutet leider alles darauf hin«, erwiderte Lemgo angespannt und blickte nervös auf seine Uhr.

»Ist der Kollege Kulmbacher schon informiert?« Jensen erlangte langsam seine Fassung wieder und versuchte Ordnung in seine Gedanken zu bringen.

Lemgo schüttelte den Kopf. »Noch nicht. Aber ich habe ihn darauf vorbereitet, dass es brenzlig werden könnte.«

»Aha«, entfuhr es Jensen. »Wo befindet sich diese Wohnung?«

»In der Eckenheimer Landstraße«, beeilte Charly sich zu sagen, als er den abwägenden Blick von Lemgo bemerkte. »Gegenüber von der Deutschen Nationalbibliothek.«

»Da könnte es also brenzlig werden«, stöhnte Jensen. »In einer Wohnung in einem Mehrfamilienhaus. Direkt an einer Hauptverkehrsader. Eine Straßenbahnhaltestelle liegt auch genau vor der Tür. Jede Menge Fußgänger und Fahrradfahrer. Und da suchen Sie die Konfrontation mit einem professionellen Killer?« Jensen redete sich langsam in Rage und ließ seinen Blick dabei drohend über die Kommissare wandern.

»Wir müssen endlich Maria Serano finden«, sagte Lemgo entschieden. »Frau Forster und ich fahren jetzt zu Eduardo Lombardi vom italienischen Auslandsdienst. Von dem lassen wir uns nicht länger auf der Nase herumtanzen. Das ist unsere Stadt. Ein Durchsuchungsbefehl für die Kanzlei Richard Franzen wäre hilfreich.« Lemgo schaute Oberstaatsanwalt Jensen herausfordernd an.

»Ein Durchsuchungsbefehl für die Räumlichkeiten des italienischen Nachrichtendienstes? Da brauche ich aber eine triftige Begründung, Herr Lemgo.«

»Für die Kanzlei Franzen. So steht es am Hauseingang. Von Nachrichtendienst steht da nichts.«

»Versuchen Sie es zunächst auf die sanfte Tour. Rufen Sie mich an und lassen mich mit diesem Lombardi sprechen, wenn er nicht kooperativ ist. Ich leite die Aktion ab sofort von hier aus. Herr Hofmeier unterstützt mich dabei. Sie halten uns über alle Ermittlungsergebnisse auf dem Laufenden.«

»Wieso leiten Sie die Aktion jetzt? Was soll das denn heißen?« Lemgo war völlig perplex von der Betriebsamkeit, die Jensen plötzlich an den Tag legte.

»Das ist jetzt Chefsache. Hellweg ist Staatsanwalt. Dem pinkele ich ans Bein, nicht Sie. Und wenn da auch noch der italienische Geheimdienst mit drinsteckt, ist das eine ganz heikle Angelegenheit. Da werde ich jetzt mit Argusaugen über alles wachen.«

»Ich melde mich, wenn Lombardi nicht mitspielt«, stöhnte Lemgo und verließ mit Julia das Büro.

Die beiden waren kaum zur Tür raus, da klemmte Jensen sich ans Telefon und ordnete eine Überwachung der kompletten Telekommunikation von Dr. Westphal sowie von Staatsanwalt Hellweg an. Da mit dem Auftauchen eines Auftragskillers gerechnet werden musste, konnte Jensen auf Gefahr im Verzug pochen und eine sofortige Umsetzung der Maßnahme einleiten. Die richterliche Genehmigung zu der Abhöraktion musste er sich schnellstmöglich nachreichen lassen. Jensen ordnete an, dass Kommissar Charly Hofmeier die inhaltliche Auswertung der Abhörprotokolle zugewiesen bekam. Jensen musste seine ganze Überzeugungskraft einsetzen, um die gewünschten Abhöraktionen bei einem Rechtsanwalt und einem Staatsanwalt durchzusetzen. Als Oberstaatsanwalt bekam man aber auch so etwas hin, lobte Jensen sich selbst. Die Techniker beim Bundeskriminalamt machten sich unverzüglich an die Arbeit.

Während der Autobahnfahrt auf der A66 von Wiesbaden zurück nach Frankfurt war Siebels so in Gedanken versunken, dass er den roten Alfa Romeo nicht bemerkte, der einige Autos hinter ihm fuhr. Auch als Siebels von der Autobahn abfuhr und sich in den Stadtverkehr einordnete, bemerkte er den Alfa nicht. Siebels hatte noch etwas Zeit, bis er im Kindergarten sein musste, und beschloss, sich die Zeit in einem Straßencafé zu vertreiben. Er entschied sich für einen Zwischenstopp in Alt-Eschersheim und setzte sich an einen freien Tisch auf dem Bürgersteig vor einem Café. Die Sonne schien ihm angenehm ins Gesicht, er bestellte sich einen Eiskaffee. Er schloss für einen Moment die Augen und überlegte, wie er mit Dennis den Besuch auf dem Gestüt gestalten sollte. Als die Bedienung ihm seinen Eiskaffee servierte, schlug er die Augen wieder auf. Und da erst bemerkte er, dass er nicht mehr allein am Tisch saß. Ihm gegenüber hatte Sandro Platz genommen. Der mysteriöse Begleiter von Maria Serano.

»Der Platz war doch noch frei, oder?«, fragte Sandro schelmisch und nahm sich die Sonnenbrille ab. Er bestellte ebenfalls einen Eiskaffee.

Siebels beäugte seinen Tischnachbarn misstrauisch.

»Wie war Ihr Tag beim LKA? Hatten Sie ein gutes Gespräch mit Frau Lehmann?«

»Sie kennen Frau Lehmann?«

»Nicht persönlich. Aber ich habe schon einiges über sie gehört. Eine interessante Frau.«

»Maria Serano ist auch eine sehr interessante Frau.« Siebels fand das Katz-und-Maus-Spiel zwar ganz nett, er hätte aber auch zu gerne genau gewusst, mit wem er es eigentlich zu tun hatte.

»Das stimmt. Frau Serano und Frau Lehmann haben viele Gemeinsamkeiten«, sagte Sandro nachdenklich.

»Vor allem haben sie viele Geheimnisse. Ich nehme an, Sie kennen die Geheimnisse von Maria Serano.«

Sandro bekam ebenfalls seinen Eiskaffee serviert. Als die Bedienung sich wieder entfernt hatte, ging er auf Siebels Frage ein. »Selbstverständlich kenne ich die Geheimnisse von Maria. Aber mein Job ist es auch, dafür zu sorgen, dass diese Geheimnisse geheim bleiben.«

»Tja, Sandro, und ich muss dafür Sorge tragen, dass die Geheimnisse von Frau Lehmann geheim bleiben. Aber es ist trotzdem nett von Ihnen, dass Sie mir ein wenig Gesellschaft leisten.«

»Es ist mir ein Vergnügen, Herr Siebels. Ihr Ruf als Kommissar war legendär. Besonders, nachdem Sie Sabine Lehmann umgedreht haben und World Consulting auseinandergebrochen ist.«

Siebels lächelte. »Vielen Dank für die Blumen. Aber mein Beitrag dazu wird überschätzt. Ich habe lediglich in einem Mordfall ermittelt.«

»Jetzt sind Sie Privatdetektiv und ermitteln in einem Entführungsfall. Ihre Klientin heißt Maria Serano und nicht Sabine Lehmann. Dass Sie überhaupt wieder mit Frau Lehmann in Kontakt stehen, hat Frau Serano angestoßen. Ich denke, Sie sollten sich mehr für die Interessen von Frau Serano einsetzen. Oder täusche ich mich da?«

»Das tue ich. Allerdings ist mir nicht ganz klar, was Sie damit zu tun haben. Warum fragt mich Frau Serano nicht selbst, wenn sie etwas wissen will?«

»Frau Serano kann sich leider nicht frei bewegen. Sie ist untergetaucht, um es genau zu sagen. Ihr Leben ist in Gefahr. Aber ich nehme an, dass ist Ihnen geläufig.«

Siebels blickte auf die Uhr. Viel Zeit hatte er nicht mehr, bis er Dennis im Kindergarten abholen musste. »Was wollen Sie nun eigentlich von mir wissen?«, fragte er daher direkt.

»Hat sich Frau Lehmann als kooperativ erwiesen, um Ihnen bei Ihren Ermittlungen im Fall Marco weiterzuhelfen?«

»Stimmt es denn, dass Maria Serano unter dem Decknamen Nofretete bei gewissen Festen anwesend war? Und dass sie dort einen etwas merkwürdigen Kontakt zu einem gewissen Mozart pflegte?«

Sandro zündete sich eine Zigarette an und blies nachdenklich den Rauch in die Luft. »Ich wusste nicht, dass Frau Lehmann Kenntnis davon hat, dass es sich bei Nofretete um Maria handelte. Ich bitte Sie um äußerste Diskretion«, sagte er dann mit ernstem Gesichtsausdruck.

»Kein Problem, ich vertrete schließlich die Interessen von Frau Serano. Ich verstehe allerdings nicht, warum Frau Serano mich engagiert hat, anstatt mit der Polizei oder mit meinem ehemaligen Kollegen vom LKA zusammenzuarbeiten. Immerhin steht Frau Lehmann unter deren Schutz. Ich kann nur sehr eingeschränkt mit ihr in Kontakt treten.«

»Weil es undichte Stellen in Ihren Behörden gibt.«

Siebels schaute Sandro überrascht an. »Wen?«

Sandro legte das Foto eines Mannes vor Siebels auf den Tisch.

»Den Mann kenne ich nicht«, sagte Siebels.

»Bei diesen Festen war er als Cäsar zugegen. Er hatte dort regen Kontakt mit Damian. Im Gegensatz zu Damian konnten wir Cäsar identifizieren. Sein richtiger Name ist Gregor Hellweg. Staatsanwalt Hellweg von der Staatsanwaltschaft Frankfurt. Wir wissen leider nicht, ob er in der Behörde noch Verbündete hat. Deshalb haben wir uns an Sie gewendet.«

»Hellweg kenne ich gar nicht. Ich habe während meiner Zeit als Hauptkommissar mit Staatsanwalt Jensen zusammengearbeitet. Er ist jetzt leitender Oberstaatsanwalt.

Ihm vertraue ich voll und ganz.«

Sandro nahm das Foto von Hellweg wieder an sich. »Unsere Zielperson ist Antonio de Rossi. Wenn wir de Rossi habhaft werden, ist das Leben des kleinen Marco gefährdet. Wir hätten das Problem gerne gelöst, ohne dabei selbst in Erscheinung zu treten.« Sandro nahm einen Umschlag aus seiner Jackentasche und schob ihn auf dem Tisch zu Siebels. »Wir würden gerne weiter mit Ihnen zusammenarbeiten. Das ist die zweite Rate Ihres Honorars.«

»Sehr großzügig«, sagte Siebels und warf einen Blick in den Umschlag. »Falls ich Marco auftreibe und zurückbringe, was haben Sie dann mit Herrn de Rossi vor, falls Sie seiner habhaft werden?«

»Darüber sollten Sie sich keine Sorgen machen. Herr de Rossi wird bei uns gut aufgehoben sein.«

»Hält er sich in Frankfurt auf?« Siebels versuchte jetzt so viele Informationen wie möglich aus Sandro herauszukitzeln.

»Wir wissen nicht, wo er sich aufhält. Wir gehen aber davon aus, dass er sich ganz in der Nähe von Damian befindet.«

»An Damian kommen Sie aber auch nicht heran, oder?«

Sandro lächelte. »Ein Treffen zwischen Sabine Lehmann und Damian könnte der Sache vielleicht dienlich sein.«

Siebels schaute Sandro überrascht an. Langsam fiel bei ihm der Groschen. Sie wollten Sabine Lehmann als Lockvogel und er sollte das dem LKA schmackhaft machen. Bevor ihm darauf eine Antwort einfiel, fiel sein Blick auf seine Uhr. Erschrocken sprang er von seinem Stuhl auf. »Ich muss jetzt zum Kindergarten. Mein Sohn wartet schon. Ich werde Ihren Vorschlag dem LKA vortragen.«

Sandro stand ebenfalls auf und reichte Siebels die Hand. »Auf eine gute Zusammenarbeit. Melden Sie sich auf dem Handy von Maria, wenn Sie Neuigkeiten für uns haben.«

Siebels nickte geistesabwesend und lief los. Nachdem er ein paar Meter gelaufen war, drehte er sich noch einmal um. »Würden Sie bitte meinen Eiskaffee mit bezahlen«, rief er Sandro zu.

24

Lemgo und Julia Forster mussten wieder die Sicherheitsschleusen im Eingangsbereich durchschreiten, bevor sie ins Büro von Eduardo Lombardi vorgelassen wurden. Dort wurde ihnen Espresso und Wasser serviert, Signore Lombardi würde gleich kommen, teilte eine Dame mit hochgebundenem dunklem Haar den Kommissaren mit.

Julia nippte an ihrem Espresso. »Italienische Sitten«, bemerkte sie und schaute sich in dem holzvertäfelten Büro um.

»Wird Zeit, dass wir den Herrschaften die deutschen Sitten näherbringen«, nörgelte Lemgo.

»Und welche Sitten wären das?«

»Klare Linien fahren, keine Spielchen. Unhöflich sein, wenn es angebracht ist.«

»Den Part übernehmen besser Sie.« Julia grinste Lemgo an.

»Herr Lemgo, wie ich sehe, haben Sie Verstärkung mitgebracht.« Lombardi betrat den Raum und ging zielstrebig auf Julia Forster zu. Die stand auf und wollte ihm die Hand schütteln, aber Lombardi verbeugte sich leicht, führte ihre Hand zu seinen Lippen und deutete einen Handkuss an. Anschließend gab er Lemgo die Hand. »Was führt Sie zu mir? Haben Sie Fortschritte bei Ihren Ermittlungen gemacht?«

»Unsere Ermittlungen werden leider behindert«, entgegnete Lemgo spitz.

»Oh, wirklich? Haben Sie Probleme mit Ihren Vorgesetzten?«

»Ganz und gar nicht. Im Gegenteil. Der leitende Oberstaatsanwalt hat mir seine volle Unterstützung zugesagt.«

Lombardi lächelte und genehmigte sich auch einen Espresso. »Gilt Ihre Kritik dann etwa mir?«

»Sie haben es erfasst. Sie verbergen eine wichtige Zeugin. Das ist nicht hinnehmbar. Der Oberstaatsanwalt sieht das genauso.«

Lombardi bekam einen ernsten Gesichtsausdruck. »Herr Lemgo, Sie sollten doch besser als jeder andere wissen, dass unsere Arbeit absoluter Diskretion unterliegt. Ich kenne Ihre Geschichte. Meine Aufgabe ist auch dafür zu sorgen, dass sich solche Geschichten nicht wiederholen.«

Lemgo atmete tief durch. In seinem Kopf tauchten Bilder auf, die sonst nur in seinen Albträumen auftauchten. Schweißperlen bildeten sich auf seiner Stirn. »Ihre Leute in Italien haben Mist gebaut«, presste er hervor. »Wenn Sie wirklich verhindern wollen, dass wieder Scheiße passiert, sollten Sie mit uns zusammenarbeiten. Ich muss mit Maria Serano reden. Wenn Sie nicht kooperativ sind, komme ich in zwei Stunden mit einem Durchsuchungsbefehl wieder und bringe eine ganze Truppe mit, die hier alles auseinandernimmt.«

»Was möchten Sie von Frau Serano eigentlich wissen?« Lombardi schaute Lemgo interessiert an.

»Das geht Sie gar nichts an«, fauchte Lemgo. »Sie behindern die deutsche Kriminalpolizei bei den Ermittlungen, wenn Sie Frau Serano von einer Befragung abhalten. Das ist nicht akzeptabel. Basta.«

»Anscheinend haben Sie ja schon mitbekommen, dass Stefano Belozzi abgetaucht ist. Seine Aufgabe war es, Frau Serano zu töten. Diese Aufgabe hat er noch nicht erledigt. Und diese Aufgabe wird er auch nicht erledigen. Frau Serano kann Ihnen nichts zu den Morden an Pastori oder Caluzi sagen, was Sie nicht schon wissen.«

Julia Forster schaltete sich in das Gespräch ein. »Können Sie uns sagen, woher sich Frau Serano und Staatsanwalt Hellweg kennen?«

Lombardi konnte seinen überraschten Gesichtsausdruck nicht verbergen. Er griff zum Wasserglas und trank mehrere Schlucke, bevor er sich an Julia wendete. »Staatsanwalt Hellweg?«, fragte er dann und stellte sich unwissend.

»Kommen Sie, das hat keinen Sinn hier«, brauste Lemgo auf. »Entweder sind die blöd oder sie halten uns für blöd.« Lemgo erhob sich von seinem Sessel.

Lombardi forderte ihn mit einer beschwichtigenden Handbewegung auf, wieder Platz zu nehmen. »Die beiden sind sich vor mehreren Jahren auf einem Fest über den Weg gelaufen. Das Fest wurde für die Mitglieder einer kriminellen Organisation veranstaltet. Die Gäste trugen venezianische Masken und stellten sich mit Fantasienamen untereinander vor. Frau Serano lernte Herrn Hellweg dort unter dem Namen Cäsar kennen.«

»Cäsar, na super«, konnte sich Julia Forster nicht verkneifen.

»Damals war er noch kein Staatsanwalt«, fuhr Lombardi fort. »Frau Serano kannte seine wahre Identität nicht. Meine Abteilung hat zu einem späteren Zeitpunkt herausgefunden, wer tatsächlich hinter Cäsar steckte.«

»Und welche Rolle spielt Hellweg in dieser Organisation?«, fragte Lemgo.

»Kennen Sie den Lebenslauf von Hellweg?«, erkundigte sich Lombardi.

Lemgo schüttelte den Kopf.

»Er ist erst seit einigen Monaten bei der Staatsanwaltschaft Frankfurt. Vorher hat er eine Kommission geleitet. Eine Arbeitsgruppe von Europol, die die länderübergreifenden Ermittlungen gegen World Consulting koordiniert hat. Diese Arbeitsgruppe hatte keine operativen Aufgaben. Sie haben die Informationen aus den europäischen Kriminalbehörden gesammelt, ausgewertet und relevante Hinweise zwischen den nationalen Ermittlungsbehörden kommuniziert.«

Lemgo schaute Lombardi ungläubig an. »Was hat er dann bei diesem Fest gemacht?«

Lombardi räusperte sich. »Das ist eine gute Frage. Die Organisation, die das Fest veranstaltet hat, hat mit World Consulting nichts zu tun. Es gab dort allerdings Leute, die mit beiden Organisationen in Verbindung standen.«

»Staatsanwalt Hellweg könnte dort also auch bei einer verdeckten Operation von Europol mitgewirkt haben?«

»Wir wissen es nicht. Europol hält sich in dieser Sache bedeckt. Allerdings hat er Frau Serano hier wiedererkannt. Kurz darauf kam Belozzi ins Land und hat Pastori gefoltert und getötet. Nur wenig später wurde die Wohnung von Maria Serano aufgebrochen. Wir sind sicher, dass sie liquidiert werden sollte. Ihre Adresse unterlag strengster Geheimhaltung.«

Lemgo nickte nachdenklich. »Wurde Maria Serano von Ihnen auf Pastori angesetzt?«

Lombardi musste lachen. »Nein, die beiden haben sich zufällig kennen gelernt und ineinander verliebt. Bei einem Besuch im Städel Museum sind sie sich über den Weg gelaufen und ins Gespräch gekommen.«

»Sie haben sie hier also als Kronzeugin geparkt. Sie ist bei der kriminellen Organisation Loge 6 ausgestiegen und ist aussagebereit.«

»Ich habe Ihnen doch gesagt, dass wir Antonio de Rossi ins Visier genommen haben. Frau Serano verfügt über Insiderwissen zu den illegalen Waffenlieferungen von de Rossi. Sie ist die Hauptbelastungszeugin, wenn es zu einem Prozess kommt. Daher steht sie Ihnen leider auch nicht zur Verfügung.«

»Wie ist ihr richtiger Name?«, wollte Lemgo wissen.

Lombardi schüttelte lächelnd den Kopf. »Das spielt doch keine Rolle, Herr Lemgo. Ich denke, Sie haben nun genug Informationen, um Ihrer Ermittlungsarbeit in den beiden Mordfällen weiter nachgehen zu können. Sollten Sie dabei auf Antonio de Rossi stoßen, bin ich Ihnen für jeden Hinweis dankbar.«

»Sie haben es nur auf de Rossi abgesehen?« Lemgo wusste noch nicht, was er von der ganzen Geschichte halten sollte. »Was ist mit den anderen Mitgliedern der Loge 6?«

»Die fallen nicht in unseren Zuständigkeitsbereich. Meine Kollegen von der Anti-Mafia-Behörde sind aber an der ganzen Organisation interessiert. Es gibt da wohl einige Schnittpunkte zwischen dieser Organisation und der klassischen italienischen Mafia.«

Lemgo stand auf und deutete an, seinen Besuch zu beenden. Julia Forster erhob sich ebenfalls. Bevor Lemgo sich bei Lombardi verabschiedete, stellte er noch nachdenklich eine Frage. »Was denken Sie, hat Stefano Belozzi nun vor?«

»Er wird den Auftrag haben, Antonio de Rossi aus seiner misslichen Situation zu befreien. Diese Leute wollen einen

Prozess gegen de Rossi wegen illegaler Waffenlieferungen um jeden Preis verhindern.«

»Sie denken, Maria Serano ist weiterhin seine Zielperson?«

Lombardi zuckte mit den Schultern. »Stefano Belozzi kann nicht wissen, wo Maria Serano sich zurzeit aufhält. Ich vermute, dass er einen anderen Auftrag erhalten hat.«

Lemgo ging einen Schritt auf Lombardi zu und sah ihm direkt in die Augen. »Kommen Sie, Sie wissen mehr. Wer steht auf der Abschussliste von Belozzi?«

»Sorgen Sie sich um Ihre Zeugen? Um die Zacharow-Brüder?« Lombardi lächelte Lemgo überheblich an. »Die beiden gehören zu der Truppe von Zoran Stankovic und arbeiten in der Organisation für die Sektion Menschenhandel. Ich glaube nicht, dass Belozzi ihretwegen beauftragt wurde. Solche Dinge erledigt Zoran selbst. Er ist ein Sadist, der das Töten liebt.«

Julia Forster ahnte plötzlich, dass sie der Sache mit den verschleppten Mädchen nicht die nötige Aufmerksamkeit geschenkt hatten. »In welcher Beziehung steht Zoran Stankovic zu Elena Kamamirow?«, wollte sie von Lombardi wissen.

»Das ist eine gute Frage und die Antwort gehört eigentlich nicht in mein Ressort. Trotzdem kann ich Ihnen zu den beiden einiges erzählen. Es gibt von anderer Stelle ein Dossier über Zoran Stankovic, das ich vor einiger Zeit einsehen konnte. Elena Kamamirow wurde von Zoran Stankovic vor 15 Jahren in die Prostitution gezwungen. Das war noch am Anfang seiner kriminellen Laufbahn, damals gehörte er noch keiner Organisation an. Elena war eine seiner ersten Frauen. Sie verdiente sein erstes Geld. Und sie liebte ihn. Sie war ihm hörig und ist es immer noch. Als sie für das Geschäft zu alt wurde, hat Zoran sie zu seiner Assistentin gemacht. Elena besorgt regelmäßig neue Mädchen in deren Heimatländern. Sie sorgt dafür, dass die Mädchen gefügig gemacht werden und sie passt auf sie auf. Sie hält Zoran den Rücken frei und sie ist vollkommen skrupellos. Sie würde alles für ihn tun, ohne mit der Wimper zu zucken. Für Zoran ist sie unersetzlich. Er wird es nicht dulden, wenn ihr jemand etwas antut.

Das gilt auch für die Kriminalpolizei, glauben Sie mir.«

»Wir haben sie verhaftet«, sagte Lemgo ungerührt. »Er wird ja wohl kaum das Präsidium stürmen.«

Während Charly Hofmeier sich auf die Abhöraktion von Westphal und Hellweg vorbereitete, war Oberstaatsanwalt Jensen in die sichere Wohnung gefahren. Er wollte sich vor Ort ein Bild über die Lage und vor allem über die Tauglichkeit der Zacharow-Brüder als Kronzeugen machen. Charly Hofmeier hatte den Besuch von Jensen bei Kulmbacher zwar telefonisch angekündigt, trotzdem reagierte Kulmbacher nervös. Er öffnete Jensen die Wohnungstür, trat einen Schritt zurück und richtete mit beiden Händen die Waffe auf den Oberstaatsanwalt.

»Erschießen Sie mich bloß nicht, Kulmbacher«, stöhnte Jensen.

»Sind Sie allein?« Kulmbacher klang verunsichert und schielte an Jensen vorbei ins Treppenhaus.

»Sehen Sie etwa noch jemanden außer mir?« Jensen verdrehte leicht genervt die Augen und trat in die Wohnung ein.

Kulmbacher ließ die Waffe sinken und schloss schnell wieder die Wohnungstür. »Lemgo hat gesagt, dass ich vorsichtig sein soll«, entschuldigte Kulmbacher sich.

»Ich habe die Leitung in den Ermittlungen übernommen«, klärte Jensen Kulmbacher auf. »Das hat Charly Hofmeier Ihnen doch mitgeteilt, oder?«

»Ja, aber Lemgo hat gesagt, dass hier niemand auftauchen darf, wenn er es nicht ausdrücklich genehmigt hat.«

»Das gilt wohl kaum für den Oberstaatsanwalt«, echauffierte sich Jensen. »Für Staatsanwalt Hellweg allerdings schon«, schob er etwas kleinlaut hinterher. »Wo sind denn Ihre Schützlinge, mit denen ich jetzt unbedingt sprechen.«

Kulmbacher deutete mit einer Handbewegung ins Wohnzimmer. »Da lang. Die beiden spielen schon seit Stunden Karten.«

Jensen öffnete die Wohnzimmertür und warf zunächst einen Blick in das Zimmer. Auf dem Tisch standen ein mit Kippen überquellender Aschenbecher und zwei halbvolle

Flaschen Wodka. Die Zacharow-Brüder trugen Jogginghosen und gerippte Unterhemden. Sie verfielen sofort in eine angespannte Haltung, als sie Jensen bemerkten.

»Da muss aber mal gelüftet werden, das ist ja nicht zum Aushalten«, klagte Jensen und machte sich am verdunkelten Fenster zu schaffen.

Sergei und Iwan sprangen gleichzeitig auf und zerrten Jensen vom Fenster weg.

»Das ist der Oberstaatsanwalt«, rief Kulmbacher verzweifelt.

Sergei und Iwan hielten Jensen mit eisernem Griff fest. »Was macht der hier?«, wollte Sergei von Kulmbacher wissen. »Wieso will der Idiot das Fenster öffnen?«

»Weil es hier drinnen stinkt. Und jetzt lassen Sie mich los. Ich muss mit Ihnen reden. Ich entscheide nämlich, ob Sie als Kronzeugen zugelassen werden oder nicht.«

Sergei hielt Jensen weiter fest und Iwan tastete ihn am ganzen Körper ab. »Er ist sauber«, sagte Iwan nach der gründlichen Leibesvisite. Sergei ließ Jensen los.

Jensen warf Kulmbacher einen bösen Blick zu, Kulmbacher zuckte mit den Schultern.

»Können wir jetzt reden?« Jensen nahm auf dem Sofa Platz.

»Sind unsere neuen Ausweise etwa schon fertig?«, fragte Sergei zynisch.

»Sie müssen erst vor Gericht Ihre Aussage machen, bevor Sie eine neue Identität vom deutschen Staat bekommen«, referierte Jensen mit einem gelehrigen Tonfall. »Ich weiß aber noch nicht einmal, wer überhaupt angeklagt werden soll. Ich glaube, die ganze Sache ist etwas aus dem Ruder gelaufen und ich muss da jetzt wieder Ordnung reinbringen.«

»Ordnung?« Sergei schaute Jensen verwirrt an. »Was für eine Ordnung? Was für ein Gerichtsverfahren?«

»Das will ich ja nun von Ihnen wissen. Kronzeugen müssen als Zeugen auftreten. Und zwar vor einem Richter. Das ist Ihnen doch bekannt, nehme ich an. Wenn ich die ermittelnden Kommissare richtig verstanden habe, bieten Sie uns eine Aussage über die Hintermänner einer kriminellen Organisation an. Einer Organisation, die für die Morde an Mattheo Pastori und Luigi Caluzi sowie an der illegalen Einreise von sechs jungen Frauen verantwortlich ist.«

»Von einem Gericht war nie die Rede«, wehrte Sergei ab.

»Was für einen Unsinn verzapft dieser Lemgo hier eigentlich?«, fragte Jensen Kulmbacher und wirkte konsterniert.

»Ich hatte den Eindruck, dass er ziemlich im Stress ist«, versuchte Kulmbacher eine Erklärung zu finden.

»Nur gut, dass ich jetzt die Leitung von dem ganzen Schlamassel übernommen habe«, seufzte Jensen. »Sie müssen sich nun entscheiden, meine Herren. Entweder Sie liefern uns was und wir bringen mit Ihren Aussagen diese Leute vor Gericht oder die ganze Sache ist erledigt und Sie wandern in Untersuchungshaft.«

»Das wird schwierig«, erklärte Sergei und zündete sich eine Zigarette an. »Die Organisation ist länderübergreifend tätig. Diese Leute können Sie in Deutschland nicht einfach vor Gericht stellen.«

Jensen strich sich mit der Hand nachdenklich über die Glatze. »Sie müssen mir schon sagen, um wen es sich handelt. Wie soll ich sonst Entscheidungen treffen können?«

»Wir brauchen Garantien. Vorher sagen wir nichts.«

Ein Anruf von Charly auf Jensens Handy unterbrach die nach Sergeis Forderung eingetretene Stille. Jensen verließ das Wohnzimmer, schloss die Tür hinter sich und nahm das Gespräch in der Küche an.

»Da bahnt sich scheinbar irgendwas an«, verkündete Charly. »Westphal hat einen Anruf auf seinem Handy bekommen. Der Anrufer war Armin Mühlendorf. Er hat Westphal mitgeteilt, dass Plan B zur Ausführung kommt. Der Transfer würde in einer halben Stunde stattfinden. Westphal hat gesagt, dass Plan B seiner Meinung nach auch die bessere Alternative sei.«

»Aha«, sagte Jensen nachdenklich. »Was sagt uns das?«

»Dass Plan A abgeblasen wurde«, teilte Charly ihm mit.

»Das sagt uns, dass Armin Mühlendorf tatsächlich eine führende Rolle im kriminellen Milieu spielt«, sagte Jensen tadelnd. »Da rollt eine Lawine auf uns zu, Herr Hofmeier.

Ich bin schockiert, muss ich sagen. Ein Staatsanwalt und ein renommierter Unternehmensberater. Das riecht nach einer Infiltrierung der staatlichen Souveränität. Da müssen wir jetzt alle Register ziehen.«

»Ganz Ihrer Meinung, Herr Oberstaatsanwalt. Wie sollen wir jetzt vorgehen?«

»Informieren Sie die Kollegen. Herr König hat ja den Auftrag, diesen Dr. Westphal zu observieren. Der muss Bescheid wissen, dass Westphal was vorhat. Und geben Sie mir doch die Nummer von Siebels. Nicht, dass der uns jetzt als Teilzeit-Privatdetektiv noch in die Suppe spuckt.« Charly hatte die Nummer von Siebels parat und gab sie Jensen durch. Jensen beendete das Gespräch und stürmte aufgeregt zurück ins Wohnzimmer. »Armin Mühlendorf und Gregor Hellweg. Welche Rolle spielen die beiden in der Organisation?«, wollte er von Sergei wissen.

Sergei sah Jensen misstrauisch an. »Hellweg? Ist das nicht der Staatsanwalt, der uns den Kronzeugenstatus zugesagt hat? Was für eine Scheiße läuft hier ab?«

25

Siebels hatte Dennis im Kindergarten abgeholt. Zu seiner Erleichterung gab es keine besonderen Vorkommnisse. Dennis hatte sich laut Frau Klein vorbildlich benommen und keine Verhaftungen durchgeführt. Zur Belohnung versprach Siebels seinem Sohn einen Ausflug zu einem Gestüt.

»Was ist ein Gestüt?«, wollte Dennis erst mal wissen, bevor er sich darauf einließ.

»Da werden Pferde gezüchtet und ausgebildet«, erklärte ihm sein Vater.

»Kann ich da auf einem Pferd reiten?«

»Wir schauen uns nur mal um und gucken uns die Pferde an. Die stehen bestimmt auf einer Weide und grasen.«

»Ich will aber auf einem Pferd reiten«, blieb Dennis beharrlich.

»Dafür bist du noch zu klein.« Siebels schaute auf seinen Sohnemann herunter.

»Nein, bin ich nicht. Samantha reitet auch. Und die ist so viel kleiner als ich.« Dennis zeigte den Größenunterschied mit zwei Fingern an.

»Samantha reitet?« Siebels glaubte das nicht so recht. Sie war erst vier.

»Ja, auf einem riesengroßen Pferd. Ich reite heute auch auf einem großen Pferd. Auf dem größten, das es dort gibt. Das erzähle ich Samantha dann morgen.«

»Das geht nicht. Das muss deine Mutter nämlich erst erlauben. Die sehen wir aber erst heute Abend wieder.«

»Dann ruf sie jetzt an.«

Siebels fluchte innerlich. Genau das wollte er jetzt nicht tun. »Die Mama ist jetzt bei der Arbeit und hat viel zu tun«, versuchte er sich rauszureden.

»Das geht doch schnell«, stöhnte Dennis. »Du sagst ihr, dass ich auf einem großen Pferd reiten kann und sie sagt ja und du sagst Tschüss.«

Siebels fielen keine Gegenargumente mehr ein und er rief notgedrungen bei Sabine an.

Sabine Siebels saß neben Joe Hübner im Wagen vor der Villa in Bergen-Enkheim. Sie observierten seit dem Vormittag die Feststätte der Loge 6. Die demolierte Tür und die zerbrochenen Fenster waren von Handwerkern notdürftig repariert worden, auf den ersten Blick deutete nichts mehr auf den SEK-Einsatz hin. Es war aber ruhig geblieben, niemand hatte sich dem Anwesen genähert und Sabine war froh, mit dem Anruf etwas Ablenkung zu bekommen. »Was machen meine Männer?«, erkundigte sie sich und hoffte inständig, dass weder der Große noch der Kleine Ärger machten.

»Wir haben uns gedacht, dass wir mal einen Männerausflug machen und uns Pferde auf einem Gestüt anschauen«, klärte Siebels sie auf.

»Oh, das ist ja eine schöne Idee. Da würde ich gerne mitkommen.«

»Beim nächsten Mal nehmen wir dich vielleicht mit.«

»Vielleicht? Ich muss besser auf euch aufpassen, sonst werdet ihr noch übermütig, glaube ich.«

»Übermütig ist hier nur einer, und das ist dein Kleiner. Der will nämlich auch auf einem Pferd reiten.«

»Kommt gar nicht in Frage«, beschied Sabine. »Nur, wenn es Ponyreiten für Kinder gibt. Zu welchem Gestüt wollt ihr eigentlich?«

Siebels überlegte kurz, ob das Gestüt von Mühlendorfs Schwester bei den Polizeiermittlungen schon zur Sprache gekommen sein könnte. Er glaubte es nicht und teilte seiner Frau mit, dass es ein privates Gestüt bei Friedberg sei.

»Und wie bist du darauf gekommen?«

»Ähm, habe ich zufällig entdeckt und dann habe ich das einfach spontan beschlossen.«

»Aha. Hast du nach Stuten und Deckhengsten gegoogelt oder was?«

»Das erzähle ich dir später. Dein Sohn will dich jetzt dringend mal sprechen.« Siebels reichte Dennis das Handy.

»Mama, darf ich reiten? Auf einem großen Pferd?«

Sabine überlegte fieberhaft, wie sie das verhindern konnte, ohne dabei ihrem Mann den Tag mit einem beleidigten Sohn zu verderben. »Du bist doch ein kleiner Polizist, oder?«

»Ja, bin ich. Deswegen kann ich auch auf großen Pferden reiten.«

»Das denke ich auch. Aber du solltest nicht auf irgendwelchen Pferden reiten, sondern auf Polizeipferden. Du schaust dir heute mit deinem Vater die Pferde erst mal an. Und wenn du dann immer noch reiten willst, dann besuchen wir zwei die berittene Polizei. Da kannst du dann auf einem richtigen Polizeipferd reiten.«

»Wann?« Dennis fand das Angebot äußerst verlockend.

»In zwei Tagen habe ich frei. Da machen wir das. Einverstanden?«

»Okay, aber ich will auf dem größten Polizeipferd reiten, das es dort gibt.«

Siebels nahm das Handy wieder an sich. »Polizeipferd?«

Sabine klärte ihn auf.

»Danach macht er bestimmt wieder Stress im Kindergarten«, seufzte Siebels. »Aber ansonsten hast du das wieder erstklassig gelöst. Kuss.«

»Kuss zurück.«

»Armin Mühlendorf gehört zum Führungskreis der Organisation. Er ist einer der wenigen Männer in der Organisation, die mit allen Geschäften vertraut sind. Diese Leute haben sich auf den Handel mit Waffen, Drogen und Menschen spezialisiert und sich in die Geschäfte der europäischen Mafia eingekauft. Nach dem Zusammenbruch von World Consulting in Europa konnte die Loge 6 entstandene Lücken füllen. Mühlendorf hat in mehreren europäischen Ländern einflussreiche Geschäftsleute für die Organisation gewinnen können. Für den Waffenhandel war Antonio de Rossi aus Italien verantwortlich, das hat Kommissar Lemgo schon herausgefunden. Den Menschenhandel organisiert Zoran Stankovic. Ein Serbe, dem im Jugoslawienkrieg Kriegsverbrechen vorgeworfen wurden. Neben dem Mädchenhandel befehligt er auch eine Schlepperbande, die Flüchtlinge aus Afrika nach Europa bringt. Dieses Geschäft wurde in den letzten beiden Jahren massiv verstärkt. Mein Bruder und ich haben hauptsächlich für Zoran gearbeitet. Sowohl bei den

Mädchentransporten von der Ukraine nach Deutschland und Holland sowie bei den afrikanischen Flüchtlingstransporten. Die werden jetzt aber von lokalen Leuten organisiert. Marokkaner, Tunesier, Libyer. Diese Leute werden von einem Spanier geführt. Juan Pablo Alvarez ist sein Name.«

Oberstaatsanwalt Jensen kam sich mit diesem Ausmaß an Verbrechen nun etwas überfordert vor. Der Leiter der Mordkommission hatte in einer ganz normalen Frankfurter Wohnung zwei Zeugen untergebracht, die hier völlig fehl am Platz waren. Mit den Mordermittlungen konnte diese Aktion nicht gedeckt werden. Hier ging es um internationale Verbrechen. Jensen überlegte fieberhaft, wie er nun weiter vorgehen sollte. Diese Russen waren ein Fall für das BKA oder für Europol. Auf keinen Fall aber für die Frankfurter Staatsanwaltschaft und schon gar nicht für die Mordkommission. Vielleicht konnte er die beiden Russen auch an das LKA in Wiesbaden übergeben. Jedenfalls konnte er dort zunächst Till Krüger kontaktieren und die Sache mit ihm erst mal unter vier Augen besprechen. Dazu benötigte er aber so viele Informationen wie möglich. Die Sache war mehr als heikel, befand Jensen. »Sie haben diese Leute persönlich kennen gelernt?«, vergewisserte er sich bei Sergei.

Sergei nickte. »Wir haben viele Jobs und Aufgaben für Zoran erledigt. Dabei haben wir auch mit einigen Leuten aus dieser Organisation zu tun gehabt.«

»So, so. Das klingt nach einer tieferen Verbundenheit. Warum wollen Sie Zoran jetzt ans Messer liefern?«

»Zoran kennt keine Verbundenheit. Ein Mann wie er hat keine Freunde. Er ist ein Perfektionist und duldet keine Fehler. Wir haben einen Fehler gemacht, wir haben das Mädchen laufen lassen. Wir sollten den Job für Zoran erledigen. Zoran ist vollkommen skrupellos. Ein Psychopath und ein Sadist. Er ist unberechenbar.«

Kulmbacher schaute sich die beiden Russen an. Muskelbepackte, tätowierte, ehemalige Söldner. »Sie haben Angst vor Zoran? Sie waren in einer Eliteeinheit beim russischen Militär und als Söldner im Irak. Warum haben Sie solche Angst vor diesem Zoran?«

»Wir haben keine Angst vor Zoran. Aber vor der Organisation, die hinter ihm steht. Es ist eine Chance für uns, ein neues Leben zu beginnen.«

»Aber von Staatsanwalt Hellweg als Mitglied der Organisation haben Sie noch nie etwas gehört?« Jensen fühlte sich immer unwohler in seiner Haut. Verdächtigten die Kommissare den Staatsanwalt am Ende zu Unrecht? Jensen musste absolut sicher sein, womit er bei Hellweg dran war, bevor er weitere Maßnahmen einleitete.

Sergei schüttelte den Kopf. »Dieser Mann weiß aber von uns. Diese Wohnung ist nicht mehr sicher. Sie war nie sicher. Wir wollen hier raus. Sofort.« Sergei stand auf und packte seine Sachen zusammen. Sein Bruder tat es ihm gleich.

Joe Hübner und Sabine Siebels saßen im Wagen und langweilten sich. Die Villa lag einsam und verlassen und nichts deutete darauf hin, dass sich hier Mitglieder einer kriminellen Organisation treffen wollten. Hin und wieder kam ein Auto vorbeigefahren, Jogger liefen vorüber, Hundehalter führten ihre Hunde aus. Niemand davon interessierte sich für die Villa. Joe Hübner ließ das Fenster herunter und zündete sich eine Zigarette an.

»Mein Mann hat damit aufgehört«, sagte Sabine. Sie glaubte aber insgeheim, dass Siebels hin und wieder doch noch heimlich eine rauchte.

»Wenn ich nur rumsitze, werde ich verrückt. Da brauche ich das einfach«, rechtfertigte sich Joe und genoss jeden Zug. Im Rückspiegel bemerkte er einen Mann, der auf dem Bürgersteig entlanggeschlendert kam. Joe schenkte ihm keine weitere Beachtung. Er konzentrierte sich mehr auf den Rauch, den er aus dem Fenster blies. Erst als der Mann um das Auto herumlief und zur Fahrerseite kam, schenkte Joe ihm seine Aufmerksamkeit.

»Haben Sie vielleicht Feuer für mich?« Der Mann beugte sich zu Joe und hielt eine Zigarette in den Fingern. Joe kramte in seiner Hosentasche nach dem Feuerzeug. Sabine war müde und schaute teilnahmslos nach vorne. Als Joe plötzlich aufschrie, war Sabine wieder hellwach. Instinktiv griff sie nach ihrer Waffe, aber dazu war es zu spät. Der Mann hielt eine Pistole mit Schalldämpfer in der Hand und hatte Joe in den Oberschenkel geschossen, als der mit der Hand in der Hosentasche nach dem Feuerzeug gesucht hatte. Jetzt hielt der Mann die Pistole an Joes Schläfe. Joe hielt sich beide Hände auf den blutenden Oberschenkel.

»Legen Sie beide die Hände vorne auf das Armaturenbrett«, forderte der Mann die Kommissare mit vorgehaltener Waffe auf. Sabine und Joe taten, was er verlangte. Der Mann stieg hinten in den Wagen ein. Als er auf der Rückbank saß, griff er durch die Vordersitze und nahm den beiden ihre Waffen aus den Holstern. Anschließend hielt Joe sich wieder den Oberschenkel. Er stöhnte leise vor Schmerz.

»Was wollen Sie?«, fragte Sabine.

»Ich will Elena. Rufen Sie Ihre Kollegen an und veranlassen Sie die Freilassung von Elena Kamamirow. Elena soll mich anrufen, wenn sie in Sicherheit ist. Das sollte nicht länger als fünfzehn Minuten nach Ihrem Anruf passieren. Sonst bekommt Ihr Kollege die nächste Kugel in den Kopf.«

»Damit kommen Sie nicht durch«, stöhnte Joe. Der Mann drückte ohne Vorwarnung ein zweites Mal ab. Die Kugel durchbohrte Joes anderen Oberschenkel. Joe schrie wieder auf. Durch den Schalldämpfer war nur ein leises Ploppen zu hören gewesen.

»Hören Sie auf«, schrie Sabine. »Ich rufe an.« Sabine griff das Handy.

»Machen Sie keinen Fehler«, drohte der Mann von hinten.

Sabine wählte die Durchwahl von Charly Hofmeier. »Was soll ich sagen, wen Elena Kamamirow anrufen soll, wenn sie in Sicherheit ist?«

»Sagen Sie, dass sie Zoran anrufen soll.«

Sabine lief es eiskalt den Rücken herunter, als sie begriff, wer der Mann war. Der Mann, von dem Irina berichtet hatte. Der Mann, der Natascha kaltblütig ermordet hatte. Einfach so. »Charly«, rief sie hysterisch, als er ihren Anruf entgegengenommen hatte. »Du weißt doch Bescheid über Elena Kamamirow. Sitzt sie noch in der Arrestzelle? Lass sie raus. Jetzt sofort, hörst du. Lasst sie einfach gehen. Sie soll in fünfzehn Minuten Zoran anrufen und ihm Bescheid sagen, dass sie in Sicherheit ist. Charly, ich flehe dich an, mache es. Erledige das selbst und sofort, das ist sehr wichtig. Verstehst du?«

Charly verstand zwar nichts, spürte aber, dass Sabine in einer Notlage war. Er fragte nicht weiter nach und sagte ihr zu, dass Elena Kamamirow sofort freigelassen werden würde.

»Es geht in Ordnung«, wimmerte Sabine, nachdem sie den Anruf beendet hatte. »Mein Kollege kümmert sich sofort darum. Elena wird sie in wenigen Minuten anrufen.«

»Ich warte immer noch auf Feuer«, sagte Zoran und drückte Joe den Schalldämpfer in den Nacken. Joe griff sich wieder in die Hosentasche und reichte das Feuerzeug nach hinten. Zoran zündete sich genüsslich eine Zigarette an. »Das ist ein schönes Haus«, sagte er und deutete mit dem linken Zeigefinger nach vorne zur Villa. »Die Mädchen hätten dort viel Spaß gehabt. Mit richtigen Männern. Den Spaß haben Sie ihnen verdorben.« Zoran sprach freundlich, aber zynisch. Dann wurde er schlagartig wütend. »Allein dafür haben Sie schon die Kugeln verdient,« zischte er und schlug Joe mit dem Griff seiner Pistole gegen die Schläfe.

»Sie Schwein, hören Sie auf. Wir haben getan, was Sie verlangt haben«, presste Sabine wütend hervor. Im nächsten Moment bekam auch sie einen heftigen Schlag gegen den Hinterkopf.

»Halt dein dummes Maul, du elende Polizeihure«, fauchte Zoran sie an. »Gib mir den Autoschlüssel und eure Handys hinter. Aber schnell, sonst bekommt dein Kollege die nächste Kugel ab.«

Sabine fühlte sich nach dem Schlag benommen. Zorans Stimme drang nur langsam in ihr Ohr. Sie spürte einen heftigen Schmerz im Kopf, als sie sich nach dem im Zündschloss steckenden Autoschlüssel streckte. Sie zog ihn raus und warf ihn nach hinten. Dann griff sie in die Innentasche von Joes Jacke und holte sein Handy heraus. Sie gab erst Joes, dann ihr Handy nach hinten. Zoran ließ seine Zigarette in den Fußraum fallen und trat sie aus. Sabine starrte auf die Uhr im Armaturenbrett. Seit ihrem Anruf bei Charly waren schon fast wieder fünfzehn Minuten vergangen. Sie fragte sich, ob Charly tatsächlich Elena Kamamirow einfach gehen lassen würde. Sie war sich nicht mal sicher, ob er überhaupt dazu befugt war. Er wusste aber, dass sie mit Joe die Villa observierte. Hatte er das SEK verständigt? Oder einen Streifenwagen hergeschickt? Sabine überlegte, wie Zoran reagieren würde, wenn ein Polizeiwagen in Sichtweite käme. Sie hegte keine Zweifel, dass er Joe und sie erschießen würde. Der Klingelton von Zorans Handy unterbrach ihre Überlegungen. Zoran nahm das Gespräch an, ohne sich zu melden.

»Wir treffen uns in einer Stunde«, sagte er und beendete das Gespräch wieder. Sabine atmete erleichtert auf. Besorgt blickte sie zu Joe rüber, der schmerzverzerrt die Zähne zusammenbiss. Aus dem Augenwinkel erkannte Sabine den Lauf der Pistole, der zwischen den Vordersitzen zum Vorschein kam. Bevor sie schreien konnte, spürte sie den Schmerz. Zoran hatte auch ihr eine Kugel durch den linken Oberschenkel gejagt.

»Ein kleines Andenken an unsere nette Zusammenkunft«, sagte er und stieg aus dem Wagen. Er gab zwei weitere Schüsse auf die Hinterreifen ab. Sabine stöhnte vor Schmerzen und beobachtete im Außenspiegel, wie Zoran hinter der nächsten Kurve verschwand.

26

Siebels fuhr auf der A5 nach Norden Richtung Friedberg. Dennis saß auf der Rückbank und quälte seinen Vater mit Fragen über Polizeipferde. Er wollte wissen, wo die Polizisten damit reiten würden und warum sie nicht auf den Feldern neben der Autobahn unterwegs seien. Siebels antwortete etwas lustlos, in Gedanken war er bei Armin Mühlendorf, der Loge 6 und den ehemaligen kalten Bräuten, die sein Leben gerade ziemlich durcheinanderbrachten. Er nahm die Abfahrt nach Friedberg und folgte den Ansagen von seinem Navi zum Friedberger Bahnhof. Till und Thomas Heck waren schon da und warteten im Wagen. Daneben stand ein zweites Fahrzeug, in dem drei Männer saßen. Siebels parkte einige Parkbuchten entfernt. Dennis sollte von seiner Besprechung mit den Leuten vom LKA nichts mitbekommen. »Ich muss kurz was erledigen. Du wartest hier. Bin gleich zurück.«

Dennis zeigte sich wortlos einverstanden. Er beobachtete die einfahrende S-Bahn auf den Bahnhofsgleisen.

Till und Thomas Heck stiegen aus dem Wagen. Die Männer in dem zweiten Auto blieben sitzen. Heck hatte das Mikrofon schon in der Hand, Siebels knöpfte sein Hemd auf, Till verkabelte ihn.

»Du kannst mit uns sprechen. Wir hören dich. Geh kein Risiko ein. Mach es kurz. Alles klar?« Till grinste seinen Ex-Chef an.

»Was mache ich hier eigentlich?« Siebels bekam nun doch kalte Füße. Die Verkabelung auf seiner Brust machte ihm bewusst, dass er sich vielleicht doch mit seinem Sohn in eine Gefahrensituation begab. Am liebsten hätte er die Aktion sofort wieder abgeblasen.

»Wir fahren ein Stück mit, bleiben etwa 500 Meter hinter dem Gestüt. Keine Sorge«, versuchte Heck ihn zu beruhigen.

»Nein«, entschied Siebels spontan. »Das war eine Schnapsidee. Wir machen das anders. Dennis bleibt hier im Wagen. Till, du bleibst bei ihm. Ich gehe allein.«

Heck und Till sahen sich ratlos an.

»Ja, in Ordnung«, sagte Till. Er klopfte am Wagen nebenan gegen die Scheibe. »Planänderung. Ich bleibe hier. Wolfgang fährt mit Thomas im Wagen.« Der Mann auf dem Beifahrersitz des zweiten Wagens stieg aus und setzte sich mit Siebels in das Auto von Heck. Siebels gab Till die Schlüssel von seinem Wagen. »Erzähl Dennis was von Polizeipferden«, bat Siebels. »Der wird bestimmt stinksauer sein, wenn er rauskriegt, dass ich mir die Pferdchen ohne ihn anschaue.«

»Wenn alles nach Plan läuft, habt ihr den kleinen Silotti auf der Rückfahrt dabei. Dann hat Dennis etwas Ablenkung.«

»Ich brauche eine Waffe«, sagte Siebels und schaute Till an.

Till reichte ihm seine Pistole. »Die gibst du mir nachher aber wieder. Am besten unbenutzt.«

Thomas Heck fluchte leise vor sich. »Scheiße, worauf habe ich mich hier nur eingelassen. Haben Sie keine eigene Waffe, Herr Detektiv? Haben Sie wenigstens einen Waffenschein?«

»Bin ich noch nicht dazu gekommen. Ist ja mein erster Fall. Fahren Sie los.«

Heck steuerte den Wagen zu dem Waldstück und fuhr ein Stück den Waldweg hinein. »Wir können das auch ohne Sie erledigen. Das artet hier langsam aus. Mein Partner spielt Babysitter und gibt einem Privatmann ohne Waffenschein seine Dienstwaffe für einen Einsatz, den das LKA zu verantworten hat. Wenn da was schiefläuft, habe ich ein Problem.« Heck hielt den Wagen vor einer Kurve an.

»Sind Sie eigentlich zufrieden mit Ihrem neuen Partner?« Siebels schaute Heck neugierig an.

»Till ist ein guter Mann. Aber das wissen Sie ja selbst. Das ist jetzt kein guter Zeitpunkt für Smalltalk, Herr Siebels.«

»Till ist auch ein ausgezeichneter Babysitter«, lobte Siebels seinen ehemaligen Partner und ließ sich von Heck nicht aus der Ruhe bringen. »Na, dann schaue ich mir das Gestüt mal aus der Nähe an. Wir sehen uns, bis später.« Siebels öffnete die Tür, stieg aus und lief zum Ende des Waldstückes. Es waren nur knappe 300 Meter, bis der Wald endete und das Gestüt vor ihm auftauchte.

Oberstaatsanwalt Jensen versuchte die Zacharow-Brüder zu beruhigen und zum Bleiben in der Wohnung zu bewegen, bis er eine neue Unterkunft ausfindig gemacht hätte. Doch die beiden Russen wollten unverzüglich die Wohnung verlassen. Die Unruhe der Brüder machte auch Jensen nervös. Immerhin trieb sich irgendwo ein Killer herum und es war nicht auszuschließen, dass er diese Wohnung schon beobachtete. Jensen fragte Kulmbacher um Rat.

»Meine Großeltern haben einen Kleingarten mit einer komfortablen Gartenhütte«, schlug Kulmbacher vor.

»Sagen Sie das doch gleich«, sagte Jensen und war von dem Vorschlag angetan. »Wo befindet sich dieser Garten denn?«

»In Ginnheim, die Kleingartenanlage zum Feldbergblick. Kann aber sein, dass mein Opa da ist.«

»Den schicken Sie dann aber besser heim.«

»Der trinkt gern Wodka. Das passt schon.«

Sergei besprach sich mit seinem Bruder auf Russisch. Dann willigten die beiden ein. »Wie heißt Ihr Opa?«, wollte Sergei von Kulmbacher wissen.

»Kurt. Kurt Kulmbacher. Warum?«

»Wir kaufen unterwegs ein. Wodka. Wir wollen nicht ohne Geschenk zu Opa Kurt kommen.«

Dem Oberstaatsanwalt fiel wieder ein, dass er Siebels anrufen wollte. Als Hauptkommissar bei der Mordkommission war Siebels allen anderen immer eine Nasenlänge voraus gewesen. Jensen hatte das ungute Gefühl, dass Siebels auch als Privatdetektiv wieder vorneweg marschierte und die Mordkommission nur hinter ihm aufräumte. Während Kulmbacher von Opa Kurt erzählte, wählte Jensen die Handynummer von Siebels.

Sabine Siebels war aus dem Wagen gestiegen und einige Meter die Straße entlanggehumpelt, als ein Wagen neben ihr anhielt. Sie befürchtete schon, Zoran wäre zurückgekommen und würde ihr noch eine Kugel verpassen. Aber als das Seitenfenster heruntergelassen wurde und ein junger Mann sich sorgenvoll erkundigte, ob sie Sabine Siebels sei, wusste sie, dass Charly Hilfe geschickt hatte. Wenige Minuten später wurden Sabine und Joe von einem Notarzt versorgt. Mehrere Streifenwagen riegelten die Straße ab, aus den umliegenden Häusern hatten sich schaulustige Anwohner auf dem Bürgersteig versammelt und ein Spürhund nahm in Joes Wagen die Witterung von Zoran auf. Sabine Siebels borgte sich ein Handy und rief bei Charly an. Sie berichtete ihm, was passiert war, und erkundigte sich nach Elena Kamamirow.

»Ich habe sie laufen lassen. Was hätte ich auch tun sollen?«

»Ist ihr jemand von uns gefolgt?« Die Angst, die Sabine vor wenigen Minuten noch gelähmt hatte, war nun verflogen. Sie wollte diesen Zoran erwischen.

»Nein, auf die Schnelle konnte ich das nicht organisieren. Die Kollegen von der Mordkommission sind alle ausgeflogen. Ich hatte ganz schön Schiss, dass dir und Joe was passiert«, gestand Charly. »Ihr zwei werdet euch jetzt hoffentlich ins Krankenhaus fahren lassen.«

»Ja, bei Joe steckt noch eine Kugel im Oberschenkel. Die zweite war ein Durchschuss. Bei mir ging die Kugel auch glatt durch. Laufen können wir aber momentan beide nicht. Charly, du musst die Fahndung nach den beiden rausgeben.«

»Gib mir eine exakte Beschreibung von Zoran«, bat Charly.

»Schlank, zirka 1,75 Meter groß, Mitte vierzig, dunkelbraunes, zurückgekämmtes Haar. Schwarze Jeans, schwarze Lederjacke. Weiße Sportschuhe. Adidas. Er ist bewaffnet und macht von der Schusswaffe Gebrauch.«

»Schießt gerne durch Oberschenkel«, ergänzte Charly, der langsam seinen Humor wiederfand. »Soll ich deinen Göttergatten verständigen?«

»Das mache ich lieber selbst. Später, im Krankenhaus. Soll die Villa hier weiter observiert werden?«

»Ich versuche Lemgo zu erreichen, das soll er entscheiden. Das macht aber wahrscheinlich keinen Sinn mehr. Da wird sich niemand mehr blicken lassen, höchstens irgendwelche Oberschenkelschützen.«

»Das ist nicht lustig, Charly. Woher wusste der überhaupt, dass wir hier sind?«

Charly berichtete Sabine von dem Verdacht gegen Staatsanwalt Hellweg und fügte auch gleich hinzu, dass Jensen nun übernommen hatte.

Sabine benötigte einen Moment, bis sie diese Information verdaut hatte. »Uns darüber zu informieren, ist aber niemandem eingefallen, oder was?«, regte sie sich auf. »Tut mir leid. Es war ziemlich hektisch hier. Ich dachte, Lemgo würde euch ins Bild setzen.«

»Diesem Lemgo drehe ich den Hals um. Der lässt uns hier dumm rumsitzen, obwohl er weiß, dass die Sache völlig aus dem Ruder läuft. Dem Arsch hänge ich eine Dienstaufsichtsbeschwerde an«, redete Sabine sich in Rage. »Ich muss Schluss machen, der Arzt will das Loch in meinem Bein stopfen.«

»Ich komme dich später im Krankenhaus besuchen, dann reden wir in Ruhe über alles«, versprach Charly.

Siebels erreichte die große Lichtung, auf der das Gestüt lag. Zu seiner Linken lagen Koppeln. Zwei braune Stuten grasten friedlich im Schatten des Waldrandes. Am Wegesrand war ein großes Schild angebracht. Privatgrundstück. Betreten verboten. Siebels ging weiter auf die Gebäude am anderen Ende der Lichtung zu. Ein großes Haupthaus, ein Nebenhaus, zwei Stallungen und eine Halle waren hufeisenförmig um einen gepflasterten Hof herum angelegt. Alle Gebäude waren weiß gestrichen und mit grünen Türen und Fensterrahmen versehen. Vor den Stallungen lagen rechter Hand zwei Sandplätze. Auf einem der Plätze ritt ein Mann und dirigierte sein Pferd über kleinere Hindernisse. Eine blonde Frau in Reithosen stand am Gatter des Springplatzes und rief dem Springreiter etwas zu. Siebels nahm die Abzweigung zu dem Springplatz. Die Frau bemerkte ihn und ließ ihn nicht mehr aus den Augen. Siebels suchte mit den Augen das Gelände ab. Er entdeckte aber weder finster aussehende Stallburschen noch einen achtjährigen Jungen. Als er dem Platz näherkam, rief die Frau ihm zu, dass er sich auf einem

Privatgelände befinden würde. Siebels winkte ihr freundlich und kam näher. Die Frau stemmte die Hände in die Hüften und schaute ihm grimmig entgegen. Der Springreiter beachtete Siebels nicht und ritt unbeirrt seine Runden über die Hindernisse hinweg. Er trug braune Reithosen, hellbraune Reitstiefel und ein braunkariertes Jackett.

»Sind Sie schwer von Begriff?«, maulte die Frau Siebels an, als er etwa zwei Meter vor ihr stehen blieb und dem Springreiter zuschaute. »Das ist ein Privatgelände. Oder sind Sie angemeldet?«

»Bei wem muss man sich denn anmelden?«, erkundigte sich Siebels und trat noch einen Schritt auf die Frau zu.

»Wenn Sie Ihre Stute decken lassen möchten, können Sie sich bei mir melden. Mein Name ist Susanne Mühlendorf.« Susanne Mühlendorf wendete sich dem Springreiter zu. »Antonio, das langt für heute. Reite ihn noch ein paar Runden im Schritt.«

Siebels drehte reflexartig den Kopf zu dem Reiter. Jetzt erkannte er ihn. Er hatte das Fahndungsfoto gesehen. Antonio de Rossi.

»Und Sie verschwinden jetzt wieder. Wir müssen hier in Ruhe mit den Pferden arbeiten«, rief sie Siebels zu.

»Ich wollte mal fragen, ob mein Sohn hier vielleicht ein paar Reitstunden absolvieren kann«, erkundigte sich Siebels und stellte sich dumm.

»Wir sind ein Gestüt und kein Reiterhof. Verschwinden Sie jetzt, aber schnell. Anderenfalls muss ich ein paar Leute rufen, die Sie zurück zum Wald begleiten.«

Siebels wunderte sich über die rabiate Art der Dame und war nun doch froh, dass er Dennis nicht mitgenommen hatte. Die Leute, die ihn begleiten könnten, wollte er aber doch gerne aus der Nähe sehen. »Das ist wirklich ein sehr schönes Gestüt. Sehr gepflegt alles. Ist das Ihr Mann?« Siebels deutete auf Antonio de Rossi.

»Nein, das ist nicht mein Mann. Verpissen Sie sich.« Das Handy von Frau Mühlendorf kündigte einen Anruf an und hielt sie von weiteren verbalen Angriffen gegen Siebels ab. Hastig hielt sie sich das Gerät ans Ohr. »Nein, noch nicht. Noch ein paar Minuten«, rief sie dem Anrufer verzweifelt zu.

»Warum geht das nicht?«, schrie sie fast verzweifelt. Dann war das Gespräch auch schon wieder beendet. Sie hakte sich bei Siebels unter und zog ihn mit sich, zurück in Richtung Wald.

»Schlechte Nachrichten?«, fragte Siebels Frau Mühlendorf und sich selbst fragte er, wo er hier bloß gelandet war. Susanne Mühlendorf schob ihn mit aller Kraft den Weg zurück. Vom Springplatz hörte er Antonio de Rossi rufen.

»Susanne, wer ist der Mann?«

Siebels schaute zu de Rossi. De Rossi schaute zu Siebels. Plötzlich sackte de Rossi zusammen. Erst dann hörte Siebels den Schuss. De Rossi fiel vom Pferd. Das Pferd galoppierte davon, zwischen den Hindernissen durch. Susanne Mühlendorf versuchte Siebels weiterzuschieben. Sie atmete schwer. Siebels stemmte sich gegen sie, drehte sich zum Springplatz. Ein zweites Geschoss zerschmetterte den Schädel von dem am Boden liegenden de Rossi. Den Knall hörte Siebels wieder erst, nachdem ein Schwall Blut und Gehirnmasse aus dem Kopf spritzte. Siebels riss sich von Susanne Mühlendorf los, beugte seinen Kopf und schrie gegen seine Brust, auf der das Mikrofon befestigt war. »Scharfschütze im Wald. De Rossi wurde erschossen. Kommt. Schnell. Scheiße.«

Siebels hob wieder den Kopf und schaute direkt in die Augen von Susanne Mühlendorf. Kalte, graublaue Augen, die ihn wütend fixierten. Dann drehte sie ihren Kopf zu dem auf dem Sandplatz liegenden de Rossi. Eine Blutlache breitete sich um seinen Kopf herum aus. Als auf dem Feldweg der Wagen von Thomas Heck auftauchte, lief sie Richtung Haupthaus los. Siebels wollte sie am Handgelenk festhalten, aber sie riss sich los und im gleichen Moment bekam Siebels einen Anruf auf seinem Handy. Er ließ sie laufen und nahm das Gespräch entgegen. Thomas Heck und seine Kollegen sprangen aus dem Wagen und rannten zum Reitplatz.

Siebels wunderte sich, dass jetzt auch noch Staatsanwalt Jensen bei ihm anrief. »Herr Jensen, dass ist gerade etwas ungünstig. Können Sie mich später noch einmal anrufen?«

»Herr Siebels, ich habe das ungute Gefühl, dass ich mich schon viel zu spät bei Ihnen melde. Ihr Nachfolger, der Herr Lemgo, ermittelt in einem sehr heiklen Fall. Und Sie mischen da eifrig mit, kam mir zu Ohren. Ich will wissen, was Sie treiben, Herr Privatdetektiv.«

Heck gab Siebels hektisch Zeichen, dass der jetzt gefälligst nicht telefonieren sollte. Mit einem seiner Kollegen rannte er zum Haupthaus. Sie liefen zickzack und versuchten zwischendurch hinter Bäumen und Zäunen in Deckung zu gehen. Da erst begriff Siebels, dass er noch im Schussfeld des Killers stand. Heck war schon fast am Haupthaus angekommen. Er drehte sich zu Siebels um, sagte etwas zu seinem Kollegen, schüttelte den Kopf und zeigte Siebels einen Vogel. Siebels kam zu dem Entschluss, dass er schon lange genug im Schussfeld stand, ohne das ein Schuss gefallen wäre. Der Killer wird längst den Rückzug angetreten haben, beruhigte er sich und blieb stehen, wo er stand. »Herr Jensen, ich bin gerade mit den Kollegen vom LKA im Einsatz. Vielleicht hat sich mein Auftrag als Privatdetektiv in Kürze erledigt. Dann ziehe ich mich wieder zurück und überlasse den Kollegen das Feld.«

»Jetzt hören Sie mir mal gut zu, Siebels. Wir haben Grund zur Annahme, dass sich ein Auftragskiller aus Sizilien in der Gegend rumtreibt. Das ist kein Fall für Sie.«

Siebels wurde unruhig. Er wollte sich jetzt lieber nach Marco umschauen und seinen Auftrag erledigen, bevor irgendwelche Stall- und Laufburschen von Mühlendorf mit dem Jungen durch einen Hinterausgang verschwanden. Heck kroch mittlerweile an der Hauswand vom Haupthaus entlang und duckte sich unter den Fenstern. Sein Kollege stand an der Hausecke und gab ihm Feuerschutz. Plötzlich fiel Heck flach auf den Boden. Gleichzeitig hörte Siebels den Schuss. Im nächsten Moment schmiss sich Siebels auf den Boden und robbte zu einem Baumstamm. Dabei hielt er sich das Handy weiter ans Ohr. »Dieser beschissene Killer macht gerade seinen Job«, fluchte Siebels. »Wir sind unter Beschuss.«

»Was ist los?«, brüllte Jensen. »Wo verdammt noch mal sind Sie?«

Siebels kam gerade an dem Baum an, als erneut ein Schuss fiel. Dieses Mal galt der Angriff dem Kollegen von Heck. Siebels lehnte sich mit dem Rücken gegen den Baumstamm und hoffte, in dieser Position in Sicherheit zu sein. Er blickte verängstigt zu Heck. Der robbte am Boden entlang und schien nicht getroffen worden zu sein. Auch der zweite Mann stand noch an der Ecke und hatte sich aus dem Schussfeld zurückgezogen. Siebels ahnte, dass der Killer die Beamten nur daran hindern wollte, das Haupthaus zu betreten. Wahrscheinlich wurde dort wirklich gerade die Flucht mit Marco Silotti vorbereitet. Das würde bedeuten, dass der Killer mit jemandem aus dem Haus in Kontakt stand. Siebels widmete sich wieder seinem Telefongespräch. »Wir brauchen Verstärkung. Gestüt Mühlendorf in Friedberg. Antonio de Rossi war hier. Er wurde erschossen. Jetzt hat der Killer das Feuer auf die Kollegen vom LKA eröffnet. Er hat sich im Wald postiert. Wahrscheinlich auf einem Hochsitz. Schicken Sie auch einen Hubschrauber, Jensen.«

Samuel König hatte nicht lange vor der Kanzlei von Dr. Westphal warten müssen. Westphal kam eilig aus dem Haus gelaufen und war mit seinem Porsche Cayenne losgefahren. Samuel König hatte ihn bis nach Friedberg verfolgt. Kurz hinter dem Ort in der Wetterau war Westphal in einen Waldweg abgebogen. König hatte den Abstand deutlich vergrößern müssen, um nicht aufzufallen. Schließlich musste er anhalten. Etwa 500 Meter vor ihm hatte Westphal seinen Wagen an einer kleinen Parkbucht am Waldrand abgestellt. Direkt neben einem roten Wagen. König legte den Rückwärtsgang ein und fuhr den Waldweg zurück, bis er außer Sichtweite war. An einem etwas breiteren Wegstück hielt er an und stellte den Motor ab. Aus dem Kofferraum holte er sich die kugelsichere Weste und legte sie an. Außerdem nahm er ein Fernglas mit. Er ging ein paar Meter in den Wald hinein und bewegte sich zwischen den Bäumen in Richtung der Parkbucht. Als die beiden Autos in sein Sichtfeld kamen, beobachtete er die Szenerie durch das Fernglas. Westphal saß noch in seinem Wagen. Der andere Wagen war ein Toyota. Ein älteres Modell. König rief Lemgo an und gab ihm einen Lagebericht. Lemgo und Julia hatten vor wenigen Minuten das Gespräch mit Lombardi beendet und überlegten, wie sie nun weiter vorgehen sollten. Lemgo beauftragte König damit, ihm das Nummernschild des roten Toyota durchzugeben. Dazu musste König erst noch ein ganzes Stück durch den Wald laufen, bis er das Kennzeichen entziffern konnte, ohne dabei von Westphal entdeckt zu werden. Es handelte sich um ein Frankfurter Kennzeichen. König gab Lemgo die gewünschte Information durch. Anschließend beendeten sie das Gespräch. Lemgo wollte zunächst den Halter des Wagens abfragen. König behielt Westphal durch das Fernglas im Auge. Der Anwalt schien nervös zu sein. Er trommelte mit den Fingerspitzen unaufhörlich auf dem Lenkrad herum. Dann stieg er aus, lief ein paar Meter in den Wald hinein, blieb vor einem Baum stehen und urinierte. Als er fertig war, schaute er sich nach allen Richtungen um. König ging in Deckung. Schließlich lief Westphal wieder zu seinem Wagen zurück. Er ging um den Toyota herum, schaute von allen Seiten durch die Fenster. Blickte mehrmals auf seine Armbanduhr und lehnte sich dann mit den Händen in den Hosentaschen gegen seinen Cayenne. König vernahm das Vibrieren seines Handys. Den Ton hatte er ausgeschaltet. Lemgo hatte den Halter des Toyota ermittelt. Der Wagen war auf Werner Hellweg zugelassen und am Vortag als gestohlen gemeldet worden. Lemgo hatte kurzerhand beschlossen, Staatsanwalt Hellweg einen Besuch abzustatten. König sollte ihn sofort informieren, wenn sich bei ihm etwas tat. Eine Viertelstunde lang tat sich nichts. Dann ertönte plötzlich ein Schuss aus dem Wald. König konnte nicht einordnen, aus welcher Richtung der Schuss abgegeben worden war. Er überlegte, ob ein Jäger geschossen haben könnte. Aber als er Westphal wieder ins Visier nahm, wusste er, dass der Schuss nicht von einem Jäger abgegeben worden war. Westphal telefonierte und war merklich ruhiger geworden. Auf diesen Schuss schien er die ganze Zeit gewartet zu haben. König beschloss kurzerhand tiefer in den Wald hineinzugehen. Er wollte wissen, was hier vor sich ging, bevor er wieder bei Lemgo anrief. Er war sich nicht sicher, ob er in die richtige Richtung lief. Er ging in die Richtung, in die Westphal gespannt gestarrt hatte, nachdem der Schuss gefallen war. König versuchte außerhalb des Sichtfeldes von Westphal zu bleiben und machte einen größeren Bogen durch den Wald. Plötzlich ertönte wieder ein Schuss. Diesmal hörte König ihn viel intensiver. Der Schütze musste sich ganz in der Nähe befinden. König ging geduckt weiter. Er hielt seine entsicherte Dienstwaffe in der Hand und erschrak bei jedem Geräusch, das er verursachte, wenn er auf Zweige trat. Er zuckte zusammen, als der nächste Schuss fiel. Und dann sah er ihn. Nur fünf Meter von ihm entfernt auf einem Hochsitz. Und jetzt konnte König in der Ferne auch das Gestüt ausmachen. In diese Richtung hatte der Schütze sein Gewehr mit Zielfernrohr ausgerichtet. König erkannte den Mann. Er hatte sein Bild gesehen. Stefano Belozzi. Er trug ein Headset und sprach leise in das Mikrofon. König konnte nicht verstehen, was er sagte. Irgendjemand schien dem Killer direkte Anweisungen zu geben. König näherte sich dem Hochsitz von der Seite. Er hatte Belozzi direkt in seinem Schussfeld. Mit beiden Händen streckte König seine Waffen nach oben. Belozzi war ganz auf sein Zielfernrohr konzentriert. König handelte intuitiv. Jeder Schuss von Belozzi konnte ein Menschenleben auslöschen. König atmete einmal tief durch, dann machte er sich lautstark bemerkbar. »Polizei, nehmen Sie die Hände hoch.«

Belozzi bewegte seinen Kopf langsam zu König und blickte in die Mündung von Königs Waffe. Die beiden sahen sich direkt in die Augen. Belozzi lächelte und sagte etwas in das Mikrofon, das an seinem Kopfhörer befestigt war. König konnte es nicht verstehen, registrierte aber die leichte Bewegung von Belozzis rechtem Arm.

27

Nach seinem Gespräch mit Siebels rief Jensen aufgeregt bei Charly an. Charly war gerade dabei, das letzte Telefongespräch von Westphal abzuhören. Als er von Jensen erfuhr, was sich bei Siebels gerade abspielte, wurde ihm einiges klar.

»Westphal hat gerade bei Mühlendorf angerufen«, teilte Charly dem Staatsanwalt mit. »Das Paket wurde nach Plan B abgeschickt. Melde mich wieder, wenn ich Paketboten treffe, hat er gesagt. Die Antwort von Mühlendorf lautete: Der Paketbote soll sich für das nächste Paket bereithalten.«

»Das nächste Paket soll bestimmt in unsere sichere Wohnung geschickt werden«, stöhnte Jensen. »Aber wir sind schon unterwegs, raus aus der Schusslinie. Herr Hofmeier, ich bringe die Russen in Sicherheit. Sie schicken jetzt die Kavallerie nach Friedberg. Versuchen Sie Verbindung mit Siebels aufzunehmen. Oder mit Till Krüger und dem LKA. Setzen Sie Himmel und Hölle in Bewegung. SEK, Hubschrauber mit Wärmebildkamera, Spürhunde, Rettungswagen. Und informieren Sie Paul Lemgo über den Stand der Dinge. Ich melde mich wieder, wenn wir abgetaucht sind.«

»Es gibt noch ein Problem«, räusperte sich Charly.

»Sagen Sie mir nicht, dass es noch schlimmer kommt.«

Charly berichtete Jensen von Zorans Angriff auf Joe Hübner und Sabine Siebels und der damit erzwungenen Flucht von Elena Kamamirow.

»Das ist ja unglaublich. Ein Angriff auf die Staatsgewalt. Wie geht es den beiden?«

»Den Umständen entsprechend gut. Sie sind jetzt im Krankenhaus.«

»Weiß Siebels schon, dass nicht nur auf ihn, sondern auch auf seine Frau geschossen worden ist?«

»Das wollte seine Frau ihm selbst sagen.«

»Hoffentlich kommt sie noch dazu. Wenn Hellweg das alles zu verantworten hat, bringe ich ihn eigenhändig um.«

»Der hat bisher jedenfalls keine verdächtigen Gespräche geführt.«

»Wir werden sehen. Jetzt müssen wir aber die aktuelle Lage in den Griff kriegen. Holen Sie Siebels da raus, egal wie.«

Lemgo und Julia trafen Staatsanwalt Hellweg in dessen Büro an. Er telefonierte gerade und bat seine Besucher mit einer Handbewegung um einen Moment Geduld. Lemgo beobachtete Hellweg, während der anscheinend mit einem Richter sprach. Lemgo versuchte sich darüber klar zu werden, wen er da vor sich hatte. Ein hochrangiges Mitglied einer kriminellen Organisation oder einen ehemaligen Mitarbeiter von der europäischen Polizeibehörde Europol? Oder beides? Hellweg beendete sein Gespräch und widmete seine Aufmerksamkeit seinen Besuchern. »Gibt es etwas Neues in Ihrer Kronzeugengeschichte?«

»Wir sind auf Ihre Anzeige wegen dem Autodiebstahl aufmerksam geworden«, erklärte Lemgo und versuchte dabei etwas desinteressiert zu wirken.

Hellweg zog die Augenbrauen hoch und musterte Lemgo und Julia argwöhnisch. »Deswegen sind Sie hier? Hat das etwas mit Ihrem Fall zu tun? Der Wagen ist auf mich zugelassen, wird aber von meinem Sohn benutzt. Der ist 22 und studiert Betriebswirtschaft.«

»Wann und wo ist der Wagen verschwunden?« Lemgo fixierte den Staatsanwalt mit einem durchdringenden Blick. Er testete, ob er Hellweg nervös machen konnte. Hellweg blieb aber äußerst gelassen.

»Mein Sohn hat mich gestern angerufen. Ich war hier im Büro. So gegen 15:00 Uhr. Er hatte den Wagen am Abend zuvor am Westbahnhof abgestellt. Er wohnt mit einem Freund in einer Wohngemeinschaft in der Adalbertstraße, ganz in der Nähe vom Westbahnhof. Warum wollen Sie das wissen?«

»Der Wagen steht jetzt in einem Waldstück in der Nähe von Friedberg.« Lemgo suchte im Gesicht von Hellweg nach einem verräterischen Zeichen. Hellweg wirkte neugierig, blieb ansonsten aber entspannt. »Nicht weit von einem

Gestüt. Das Gestüt gehört Susanne Mühlendorf. Kennen Sie das Gestüt oder Frau Mühlendorf?«

Jetzt zeigte Hellweg eine Reaktion. Er legte die Stirn in Falten, schaute Lemgo misstrauisch an und atmete hörbar aus. Er nickte nachdenklich.

»Ich habe dort einmal ein Pferd gekauft. Für meine Tochter Saskia. Es war ein Geschenk zu ihrem 18. Geburtstag. Das war vor etwas über einem Jahr. Aber ich verstehe nicht, was das mit dem gestohlenen Auto zu tun haben soll.«

Bevor Lemgo das Gespräch weiterführen konnte, stellte Julia die nächste Frage. »Wie kam es dazu, dass Sie ausgerechnet auf diesem Gestüt das Pferd gekauft haben?«

»Jetzt lassen Sie endlich die Katze aus dem Sack«, entfuhr es dem Staatsanwalt. »Was steckt hinter Ihren Fragen?«

»Beantworten Sie bitte zunächst unsere Fragen«, bat Lemgo. »Übrigens hat Herr Oberstaatsanwalt Jensen die Leitung über unsere Ermittlungen übernommen. Das hat er Ihnen aber schon mitgeteilt, nehme ich an.«

Hellweg schaute Lemgo nun völlig perplex an. »Das ist mir neu. Habe ich irgendetwas verpasst?«

»Wie kamen Sie auf das Gestüt von Susanne Mühlendorf?«, wiederholte Julia ihre Frage.

Hellweg schüttelte verärgert den Kopf. »Soll das hier ein Verhör sein?«

»Ein informelles Gespräch«, erklärte Lemgo und sah den Staatsanwalt abwartend an.

»Der Bruder von Frau Mühlendorf hat mir das Gestüt empfohlen. Armin Mühlendorf. Sie haben sicher schon von ihm gehört.«

»Mühlendorf Consulting«, bestätigte Lemgo. »Wie gut kennen Sie Herrn Mühlendorf?«

Hellweg schlug mit der flachen Hand auf seinen Schreibtisch. »Das geht mir jetzt aber zu weit. Entweder sagen Sie mir jetzt, warum Sie wirklich hier sind oder Sie verlassen auf der Stelle mein Büro.«

Lemgo bekam einen Anruf auf dem Handy. »König«, sagte er zu Julia und nahm das Gespräch an. Staunend hört er zu, als König ihm mit aufgeregtem Tonfall erzählte, dass er soeben Stefano Belozzi im Wald erschossen hatte, nachdem dieser als Scharfschütze ein Gestüt unter Feuer genommen hatte. »Wir kommen sofort«, sagte Lemgo knapp. »Behalte den Anwalt im Auge.« Lemgo schaltete das Gespräch weg, stand auf und beugte sich über den Schreibtisch zu Hellweg. »Sie stehen unter Verdacht, die Ermittlungen in zwei Mordfällen behindert zu haben. Sie stehen unter Verdacht, Amtsmissbrauch begangen zu haben. Sie stehen unter Verdacht, Beihilfe zu mehreren Mordfällen geleistet zu haben. Ich lade Sie für morgen Vormittag zu einer Befragung ins Präsidium. 10:00 Uhr. Auf Wiedersehen, Herr Staatsanwalt.«

Hellweg schaute Lemgo und Julia fassungslos hinterher, als sie ohne weitere Erklärungen sein Büro verließen.

Siebels hatte einige Minuten hinter dem Baum ausgeharrt und sich nicht gerührt. Als kein weiterer Schuss mehr fiel, robbte er sich auf dem Bauch liegend langsam am Wegesrand zum Haupthaus. Siebels dachte an Dennis und an Sabine und fragte sich, ob er nicht besser hinter dem schützenden Baum geblieben wäre. Aber er robbte weiter. Bis er zu dem gepflasterten Hof kam, der vor dem Haus angelegt war. Am Wegesrand hatte er sich noch einigermaßen gedeckt an der leicht abfallenden Böschung bewegen können. Wenn er den Hof überquerte, gab er ein leichtes Ziel ab. Siebels rief nach Heck. Heck antwortete, dass mit ihm alles in Ordnung sei. Aus der Ferne hörte Siebels Sirenengeheul. War Verstärkung unterwegs? Oder nur ein Krankenwagen auf der Fahrt zu einem Unfallort? Das Martinshorn kam näher. Siebels atmete erleichtert auf. Er hob den Kopf, sah gerade noch, wie Heck durch die Eingangstür im Haus verschwand. Kein weiterer Schuss war gefallen. Siebels stand auf und rannte im Zickzack zum Haus. Er schaute sich um, bevor er Heck ins Haus folgte. Drei Streifenwagen kamen im hohen Tempo den Weg zum Gestüt hochgefahren. Von oben vernahm Siebels Rotorengeräusche. Ein Hubschrauber kreiste kurz darauf über dem Gestüt und dem angrenzenden Wald. Heck und sein Kollege waren schon im oberen Stockwerk. Siebels nahm die Waffe in die Hand und suchte umgehend nach einem Hinterausgang. Er fand ihn auf der anderen Seite der großen Küche. Die Tür stand noch offen. Siebels gelangte auf einen Trampelpfad, der in den Wald führte. Er überlegte einen Moment, ob er auf Heck warten sollte. Aber Heck war noch irgendwo oben im Haus. Wenn Marco noch im Haus wäre, hätte Heck sich schon bemerkbar gemacht. Siebels rannte los. Den engen Pfad zwischen Brombeersträuchern entlang bis zum Wald. Als er im Wald angekommen war, blieb er stehen und lauschte. Es war niemand zu sehen und nichts zu hören. Auf der rechten Seite lag eine Erhebung, hinter der es wieder bergab ging. Siebels rannte zwischen den Bäumen nach oben. Er stolperte über eine Wurzel, fiel hin, fluchte, rappelte sich wieder auf, rannte weiter. Oben angekommen, sah er zwei Gestalten durch den Wald laufen.

Samuel König kniete auf dem Hochsitz neben dem zusammengesunkenen Belozzi. Nach seinem Anruf bei Lemgo vergewisserte er sich ein letztes Mal, dass der Killer tatsächlich tot war. Er nahm die Pistole an sich, nach der Belozzi gegriffen hatte, bevor König ihn erschoss. Die Waffe lag auf dem Holzboden. König stieg die Leiter vom Hochsitz runter und lief zurück zu dem Platz, an dem Westphal wartete. Als die beiden Autos in sein Sichtfeld kamen, suchte er Deckung zwischen den Bäumen. Westphal lief nervös zwischen den beiden Wagen auf und ab. Plötzlich blieb er stehen und starrte in den Wald. Dann hob er beide Hände und winkte jemanden zu sich. König schaute zur Seite. Rechts von ihm hetzten zwei Leute durch das Waldstück. Eine Frau und ein Kind. Die Frau zerrte das Kind an der Hand mit sich. Sie liefen genau auf Westphal zu. Über ihnen dröhnte ein Hubschrauber. König lief im Schutz der Bäume parallel zu der Frau mit dem Kind in Richtung Westphal. Weder Westphal noch die Frau schauten in seine Richtung. Der Lärm, den der Hubschrauber verursachte, trieb sie zur Eile. Von der anderen Seite des Waldes drang Sirenengeheul durch die Baumreihen. Das Kind fiel hin. Die Frau schleifte es mit sich. Westphal kam ihnen entgegengerannt. König kam unbemerkt bis kurz vor die geparkten Wagen. Dort blieb er hinter einem Baum stehen. Westphal schnappte das Kind an der anderen Hand. Zu zweit schleppten sie den

Jungen zu Westphals Wagen. Westphal öffnete den Kofferraum von seinem Cayenne. Zusammen mit der Frau versuchte er, den Jungen in den Kofferraum zu stecken. Der Junge wehrte sich. Zappelte mit beiden Beinen. König sprang hinter dem Baum hervor, die Waffe hielt er mit ausgestreckten Händen vor sich. Belozzis Pistole steckte in seinem Hosenbund.

»Lassen Sie das Kind los. Polizei. Hände nach oben.«

Westphal ließ von Marco ab. Verwundert schaute er zu Samuel König. Marco lief zurück in den Wald hinein. Susanne Mühlenberg schrie ihm hinterher, dass er stehen bleiben soll. Sie klang hysterisch. König schaute Marco einen Augenblick lang hinterher. In dem Moment langte Westphal in den Kofferraum. Als König wieder zu ihm sah, sah er den Lauf der Waffe auf sich gerichtet. König drückte ab. Im gleichen Moment spürte er den Schmerz im rechten Oberarm. Im nächsten Moment fiel ihm seine Waffe aus der Hand und reflexartig griff er sich an den blutenden Oberarm. Der Hubschrauber kreiste jetzt genau über ihm, kam bis an die Baumkronen herunter. König biss sich auf die Zähne, griff nach der Waffe in seinem Hosenbund. Westphal lag vor dem Wagen auf dem Boden. Die Frau saß neben ihm. Sie hatte jetzt die Waffe in der Hand. König konnte seinen rechten Arm nicht so bewegen, wie er es wollte. Er versuchte, die Pistole mit der linken Hand zu greifen. Aber das dauerte zu lange. Die Frau zielte schon auf ihn. Der Schuss fiel. König kniff die Augen zusammen. Wartete darauf, dass er tot umfiel. Aber er blieb stehen. Er spürte nur den Schmerz in seinem angeschossenen Arm. Verblüfft öffnete er wieder die Augen. Die Frau lag neben Westphal. Ein Mann kam aus dem Wald auf ihn zugelaufen. Der Mann hatte auch eine Pistole in der Hand. König versuchte wieder mit der linken Hand nach der Waffe zu greifen.

»Polizei, Waffe runter«, schrie König.

Siebels schmiss die Pistole auf den Boden und kam mit erhobenen Händen auf König zu. »Ich arbeite mit dem LKA zusammen. Wo ist der Scharfschütze?«

König atmete erleichtert auf. Er lehnte sich gegen den Baumstamm. Er hob den linken Arm und zeigte in den Wald hinein. »Den habe ich erschossen. Der liegt dahinten auf einem Hochsitz.«

»Saubere Arbeit«, sagte Siebels und schaute König dankbar an.

»Das aber auch«, entgegnete König und nickte mit dem Kopf in Richtung Susanne Mühlendorf. Die rührte sich noch und stöhnte schmerzvoll. Siebels hatte ihr in die Schulter geschossen. Westphal war tot. Königs Kugel hatte ihn mitten in die Stirn getroffen.

»Kümmern Sie sich um die Frau. Rufen Sie einen Krankenwagen und verständigen Sie Ihre Leute«, forderte Siebels König auf. »Ich bringe den Jungen hier raus.«

Kurt Kulmbacher war sehr stolz auf seinen Enkel, als der mit dem Oberstaatsanwalt und zwei tätowierten Russen in dessen Gartenlaube Unterschlupf suchte. Opa Kulmbacher wähnte sich in einem Agentenkrimi und stellte eine Schrotflinte griffbereit neben die Hüttentür. Während er einen Kaffee aufsetzte, beobachtete er durch das Fenster die Umgebung. Außer der unkrautrupfenden Frau Krämer im Nachbarsgarten gab es aber keine besonderen Vorkommnisse. Sergei und Ivan überreichten ihrem Gastgeber feierlich eine Flasche Wodka, die sie unterwegs noch in einem Supermarkt erstanden hatten. Für sich selbst hatten sie noch fünf weitere Flaschen gekauft, die Jensen bezahlen musste. Als Opa Kulmbacher den Kaffee servierte, bekam Jensen einen Anruf von Charly.

»Die Dinge überschlagen sich«, gab Charly dem Oberstaatsanwalt durch und berichtete von den Geschehnissen im Wald und auf dem Gestüt. Jensen hörte ihm still zu und nickte ständig. Begreifen konnte er noch nicht so recht, was Charly ihm da alles erzählte. »Außerdem konnte ich gerade ein Telefongespräch zwischen Staatsanwalt Hellweg und Armin Mühlendorf verfolgen«, setzte Charly zum Abschluss noch einen drauf.

»Können wir Hellweg die ganze Scheiße jetzt in die Schuhe schieben?«, wollte Jensen wissen und klang kriegerisch.

»Da bin ich mir nicht so sicher«, wiegelte Charly ab.

»Hellweg hat den Anruf getätigt. Er hat Mühlendorf eine Frist von 24 Stunden gegeben, um die Sache abzuschließen. Wenn die Sache dann nicht gelaufen wäre, würde sich die Schlinge um Mühlendorfs Hals zuziehen. Mühlendorf hat gesagt, dass er mehr Zeit braucht. Daraufhin hat Hellweg gesagt, dass die Sache mit dem gestohlenen Wagen das Fass nun zum Überlaufen gebracht hätte. 24 Stunden und keine Minute länger. Danach hat er aufgelegt, ohne eine Antwort von Mühlendorf abzuwarten. Mühlendorf hat gleich darauf probiert bei Hellweg zurückzurufen, aber Hellweg hat den Anruf nicht angenommen.«

»Und was soll das bedeuten?«, fragte Jensen irritiert.

»Das fragen Sie besser den Herrn Staatsanwalt.«

Jensen stellte seine Gedanken über Hellweg erst mal zurück und klärte Kulmbacher über die Entwicklung der letzten Stunden auf. »Um den Killer brauchen wir uns also keine Sorgen mehr zu machen«, schlussfolgerte Jensen.

Opa Kulmbacher packte seine Schrotflinte und hielt sie in die Höhe. »Um den Killer hätte ich mich schon gekümmert«, prahlte er und schaute seinen Enkel verschwörerisch an.

»Ja klar, Opa. Deswegen sind wir ja auch hierhergekommen«, sagte Kulmbacher und grinste dabei heimlich.

»Wer war der Killer?«, wollte Sergei wissen.

»Ein Profi aus Italien«, verriet ihm Jensen. »Er kam aber, um seinen eigenen Chef zu eliminieren. Diese Leute scheinen sich nun gegenseitig zu vernichten.«

»Wir sollten uns Sorgen machen«, widersprach Sergei und kippte einen Wodka herunter. »Zoran wird auf uns angesetzt sein, nicht dieser Italiener.«

Opa Kurt griff gleich wieder zur Flinte. »Soll er nur kommen, dieser Zoran. Ich werde ihm die Eier wegschießen.«

»Darauf trinken wir«, entgegnete Sergei fröhlich und erhob wieder mal sein Glas.

»Opa, mach mal langsam. Dieser Typ ist gefährlich und skrupellos.« Kulmbacher blickte entschuldigend zu Jensen.

»Diesen Zoran brauchen wir lebend«, mahnte Jensen. »Falls er hier auftaucht, müssen wir ihn dingfest machen, Herr Kulmbacher.« Jensen schaute den Enkel an.

»Er wird hier aber kaum auftauchen. Niemand weiß, dass wir hier sind.«

»Vielleicht sollten wir zwei dann besser zurückgehen«, überlegte Jensen. »Unsere Kronzeugen sind bei Ihrem Opa ja gut aufgehoben.«

28

Siebels hatte Marco zusammengekauert hinter einem Stapel Baumstämmen gefunden. Marco hatte leise gewimmert und die Augen fest verschlossen gehalten. Siebels hatte sich neben Marco auf den Waldboden gesetzt und beruhigend auf ihn eingeredet. Er erzählte von Marcos Tante Maria, der er versprochen hatte, ihn zu finden und seinen Eltern zurückzubringen. Dann erzählte Siebels von seinem Sohn Dennis, der nicht weit von hier auf ihn warten würde.

»Dennis ist jetzt fünf Jahre alt. Er geht noch in den Kindergarten. Ich wollte ihn eigentlich mitnehmen zu dem Gestüt. Ich wollte ihm die Pferde zeigen und dabei heimlich nach dir suchen, Marco. Aber im letzten Moment habe ich mich anders entschieden und habe Dennis bei einem guten Freund zurückgelassen. Das war so ein Bauchgefühl, weißt du. Ich bin so froh, dass ich Dennis nicht mitgenommen habe.« Siebels versagte für einen Moment die Stimme. Der Gedanke daran, wie er sich jetzt fühlen würde, wenn Dennis etwas passiert wäre, ließ ihn erschauern. »Du kannst dir gar nicht vorstellen, wie viel Angst ich vorhin hatte, als die Schüsse gefallen sind. Na ja, doch, du hast in den letzten Tagen bestimmt genauso viel Angst gehabt. Vielleicht sogar noch mehr. Aber jetzt brauchen wir zwei keine Angst mehr zu haben. Ich bringe dich zurück. Komm, mein Sohn wartet schon auf uns.«

Marco öffnete die Augen, schaute Siebels eine Weile an, ohne sich zu rühren. Siebels ließ ihm Zeit. Er sagte nichts. Blieb einfach nur neben Marco sitzen. Dann stand Marco auf, schüttelte sich Laub und Staub von der Hose und reichte Siebels seine kleine Hand. Hand in Hand gingen die beiden durch den Wald. Sie liefen schweigend bis nach Friedberg zum Bahnhof, wo der Wagen von Siebels stand. Dennis lag schlafend auf der Rückbank. Till hatte den Fahrersitz in die Liegeposition gestellt und döste vor sich hin. Die Seitenfenster waren zu einem Drittel heruntergelassen. Siebels betrachtete erleichtert den friedlich schlafenden Dennis durch die hintere Seitenscheibe. Dann griff er durch das geöffnete vordere Seitenfenster und tippte Till gegen die Schulter. Till öffnete sofort die Augen.

»Danke, dass du bei ihm geblieben bist«, sagte Siebels.

Till musterte den kleinen Jungen an der Hand von Siebels. »Ich dachte schon, ihr zwei kommt überhaupt nicht mehr.«

»Es hat etwas länger gedauert als geplant. Hat Dennis mein heimliches Verschwinden verkraftet?«

Till schaute über seine Schulter nach hinten zur Rückbank und vergewisserte sich, dass Dennis noch schlief. »Ich sage dir lieber nicht, wie er dein heimliches Verschwinden kommentiert hat. Du wirst ihm noch einiges erklären müssen.«

»Ja, vielleicht überlasse ich das besser Sabine.«

Till schaute Siebels nachdenklich an. »Du weißt es noch gar nicht, was?«

Siebels bekam ein mulmiges Gefühl. »Was weiß ich noch nicht?«

Till stieg aus dem Wagen und stellte sich vor Siebels. »Mach dir keine Sorgen, es geht ihr gut. Aber sie ist im Krankenhaus und wird über Nacht auch drinbleiben.« Till hatte in der letzten Stunde mehrfach mit Charly gesprochen und war nicht nur über die Geschehnisse auf dem Gestüt, sondern auch von denen vor der Villa informiert. Behutsam erzählte er Siebels, was dort passiert war.

Siebels fühlte sich plötzlich völlig leer. Er stand reglos vor Till und starrte durch ihn hindurch. Vorhin hatte er fast mit seinem eigenen Leben abgeschlossen gehabt, um ein Haar hätte er seinen kleinen Sohn in die gleiche Situation gebracht und nun erfuhr er, dass sich auch seine Frau in großer Gefahr befunden hat. Er kam sich vor wie am Rand eines Abgrundes. Wankend hatte er vor der Tiefe gestanden. Eine Schlucht, in der fast alles verschwunden wäre, was er liebte. Till rüttelte ihn an den Schultern.

»Hey, komm wieder zu dir. Sabine kann wahrscheinlich morgen schon das Krankenhaus wieder verlassen. Soll ich euch jetzt nach Hause fahren?«

Siebels schüttelte den Kopf. »Nein. Ich bringe dich schnell runter zu deinen Kollegen und fahre dann mit den Jungs zurück. Ich muss Maria verständigen und ihr Marco übergeben und dann fahre ich ins Krankenhaus.«

Siebels fuhr den Weg zum Gestüt zurück, bis er zu einem Absperrband kam. Mittlerweile herrschte dort reger Betrieb. Jede Menge Fahrzeuge standen auf dem Hof. Polizeiwagen, bei einigen blinkte das Blaulicht noch, Krankenwagen und zivile Einsatzfahrzeuge standen kreuz und quer. Streifenbeamte, Kriminalbeamte und Rettungssanitäter tummelten sich auf dem Grundstück und ein Team von der Spurensicherung machte sich auch schon an die Arbeit. Till stieg aus und sah Siebels nur noch einmal kurz an, bevor der den Wagen wendete und davonfuhr. Für heute gab es nicht mehr viel zu sagen. Till entdeckte Heck und die Kollegen vom LKA und gesellte sich zu ihnen.

»Antonio de Rossi«, sagte Heck und deutete auf den erschossenen Mann auf dem Reitplatz. Till wunderte sich, dass seine Freundin auch da war. Die Frankfurter Gerichtsmedizinerin Anna Lehmkuhl untersuchte gerade die Einschusswunden an dem Toten.

»Was macht Anna hier?«, fragte Till. »Das ist doch gar nicht ihr Revier.«

»Ich habe sie angerufen. Wir übernehmen jetzt offiziell das Kommando und ich wollte Anna mit an Bord haben.« Heck zeigte in das Waldstück hinter dem Gestüt. »Dahinten gab es noch eine Schießerei. Der Scharfschütze ist tot. Ein Auftragskiller aus Sizilien. Außerdem ein toter Mafiaanwalt. Susanne Mühlendorf ist verletzt. Ein Kollege von der Frankfurter Mordkommission war in die Schießerei verwickelt. Und noch ein zweiter Mann. Angeblich einer vom LKA.« Heck schaute Till fragend an.

Till nahm seine Waffe aus dem Holster und reichte sie Heck. »Meine Dienstwaffe. Damit wurde auf Frau Mühlendorf geschossen. Wie du das in deinem Bericht erwähnst, überlasse ich dir.« Till sah, dass Anna ihre Utensilien schon wieder zusammenpackte. Er ging zu ihr. Heck hielt kopfschüttelnd Tills Waffe in der Hand und wusste nicht, ob er

Siebels verfluchen oder bewundern sollte.

»Na, wie fühlst man sich als Gerichtsmedizinerin, wenn man einem waschechten sizilianischen Auftragskiller die Eingeweide rausnehmen darf?« Till begrüßte Anna mit einem Kuss auf die Lippen.

»Es heißt, er hätte auf Leute vom LKA geschossen«, erkundigte Anna sich sorgenvoll. »Bist du dabei gewesen?«

Till schüttelte den Kopf. »Ich habe auf Dennis aufgepasst. Am Friedberger Bahnhof. Aber das bleibt unter uns, ja.«

»Seid ihr zwei eigentlich völlig durchgeknallt? Du und Siebels?«

»Hey, wir hatten absolut keine Ahnung, dass das hier so aus dem Ruder laufen könnte. Das Ganze sollte ein kleiner Ausflug von Vater und Sohn werden. Zum Glück hat Siebels im letzten Moment kalte Füße bekommen und mich zum Babysitter degradiert.«

Anna sah Till wehmütig an. »Auf Heck wurde geschossen. Ich will nicht eines Tages zu einem Tatort gerufen werden und dann feststellen, dass du das Opfer bist. Verstehst du das?«

Till umarmte Anna, drückte sie fest an sich. »Denk nicht an so etwas. Mich bekommst du nur lebend unter die Fittiche.«

Anna löste sich aus der Umarmung. »Ich muss noch rüber in den Wald. Da warten noch zwei Leichen.«

»Ich komme mit. Muss mir mal anschauen, was Siebels da angerichtet hat.«

Lemgo und Julia hatten sich von König den ganzen Ablauf schildern lassen. Susanne Mühlendorf war verarztet worden und saß in einem Mannschaftswagen der Bereitschaftspolizei. Auch hier war bereits ein Team der Spurensicherung bei der Arbeit.

»Was für ein Junge?«, wollte Lemgo wissen, als König seinen Bericht abgeschlossen hatte. »Warum hat ein Mann vom LKA ihn einfach mitgenommen? Was hat das LKA hier gemacht? Das stinkt doch alles zum Himmel.«

König zuckte nur mit den Schultern. Sein angeschossener Arm war verarztet worden. Es war nur ein Streifschuss. »Ich war jedenfalls froh, dass er hier aufgetaucht ist. Er hat mir das Leben gerettet.«

»Darüber bin ich allerdings auch froh«, seufzte Julia und warf einen wehmütigen Blick auf König.

König lächelte Julia verlegen an. »Wenn das so ist, darf ich dich noch auf ein Glas Wein einladen, wenn wir hier fertig sind?«

Julia nickte. »Darfst du.«

»Wir sind hier aber noch lange nicht fertig«, warf Lemgo murrend dazwischen. »Der rote Toyota stand also schon hier, als Westphal ankam?«

König bestätigte das.

»Belozzi kam demnach allein mit dem gestohlenen Wagen von Hellwegs Sohn hierher und erschießt Antonio de Rossi. Währenddessen kommt Westphal hier an und wartet. Er wartet auf Belozzi. Warum? Sollte der Toyota hier stehen bleiben? Sollte Belozzi mit Westphal zusammen zurückfahren? Was soll das?«

»Ich habe keine Ahnung«, seufzte König.

»Vielleicht sollte Belozzi sein Gewehr in dem Toyota zurücklassen«, mutmaßte Julia. »Ein Komplott gegen Hellweg?«

»Fragen wir doch Frau Mühlendorf«, schlug König vor. »Die war ja bestimmt eingeweiht. Die kann uns auch sagen, was das für ein Junge war.«

Lemgo, Julia und König gingen zu dem Wagen, in dem Susanne Mühlendorf saß. Von der anderen Seite näherten sich gerade Till und Anna dem Mannschaftsbus.

Siebels fühlte sich müde und erschöpft, als er mit Dennis und Marco sein Haus betrat. Dennis spürte, dass Marco etwas Schlimmes zugestoßen sein musste und dass sein Vater das wieder in Ordnung brachte. Deswegen war Dennis auch nicht mehr sauer, weil sein Vater ihn mit Till im Auto zurückgelassen hatte. Er versuchte Marco zu trösten, wusste aber nicht genau, wie er das anstellen sollte. Er bot Marco an, ihm seine ganzen Spielsachen zu zeigen. Marco zeigte keine Reaktion, starrte nur vor sich hin. Aber Dennis blieb hartnäckig.

Zuhause angekommen rief Siebels als Erstes Sabine auf deren Handy an. Als er sie nicht erreichen konnte, rief er Charly an.

»Ah, Siebels, alter Junge. Wie geht es dir? Du bist in aller Munde.«

»Ich kann Sabine nicht erreichen.« Mehr sagte Siebels nicht. Er hatte einen Kloß im Hals. Charly klärte ihn auf, dass Zoran ihr Handy mitgenommen hatte. Er gab ihm das Krankenhaus und die Zimmernummer durch.

»Lass uns mal wieder zusammen ein Bier trinken gehen«, schlug Charly vor. »Du und ich und Till.«

»Ich melde mich«, versprach Siebels und rief als Nächstes die Nummer von Maria Serano an.

»Sie können Marco bei mir abholen«, sagte Siebels ohne weitere Erklärungen.

»Sie haben ihn? Geht es ihm gut?« Maria Serano war die Anspannung deutlich anzumerken. Als Siebels ihr versicherte, dass es Marco den Umständen entsprechend gut ginge, stieß sie einen tiefen Seufzer aus.

»Ihre Situation hat sich jetzt aber auch anderweitig grundlegend geändert«, ließ Siebels sie wissen.

»Wie meinen Sie das?«

»Antonio de Rossi ist tot. Er wurde erschossen. Von seinem eigenen Mann. Die Organisation hat anscheinend beschlossen, dass es besser ist, ihn loszuwerden.«

»Das bringt mich in der Tat in eine völlig neue Situation«, bestätigte Maria Serano nachdenklich.

»Sie kommen also besser alleine her. Kommen Sie schnell. Ich habe nicht viel Zeit. Ich muss wieder weg.«

»Ich komme, so schnell es geht. Danke.«

Lemgo musterte Till argwöhnisch, nachdem der sich ihm als Mitarbeiter des LKA vorgestellt hatte. Anna war gleich zu dem zugedeckten Leichnam von Westphal gegangen und inspizierte ihn.

»Sind Sie der Typ, der mit dem Jungen verschwunden ist?«, bellte Lemgo Till an.

»Nein, das war ein externer Mitarbeiter«, erklärte Till und betrachtete sich neugierig das Team von der Frankfurter

Mordkommission, die in seine und Siebels‹ Fußstapfen getreten sind.

Julia erinnerte sich an ihr Gespräch mit Sabine Siebels und begriff noch vor Lemgo, was es mit diesem externen Mitarbeiter auf sich hatte. »Steffen Siebels hat hier also auch wieder kräftig mitgemischt?«

»Nicht schon wieder dieser Siebels«, stöhnte Lemgo.

»Sagen Sie ihm einen schönen Gruß von mir«, sagte König. »Er hat mir das Leben gerettet.«

»Ist ja gut jetzt, König«, meckerte Lemgo. »Jetzt ist nicht die Zeit für Sentimentalitäten.«

»Siebels ist raus aus der Nummer. Der hat seinen Auftrag erledigt«, erklärte Till.

»Das freut mich aber.« Lemgo schüttelte genervt den Kopf. »Was läuft hier eigentlich? Was war das für ein Junge? Was hat Siebels mit dem Jungen zu tun? Warum hat Belozzi hier rumgeballert? Was macht das LKA hier?«

Till versuchte einen Blick durch die halb geöffnete Schiebetür des Mannschaftsbusses zu werfen, in dem Susanne Mühlendorf saß. »Ich hätte auch einige Fragen, die ich gerne Frau Mühlendorf stellen möchte. Haben Sie was dagegen, wenn wir sie jetzt gemeinsam befragen?«

Julia kam Lemgo zuvor, der Till jetzt fast an die Gurgel gegangen wäre. »Natürlich können wir Frau Mühlendorf gemeinsam befragen. Aber es wäre vielleicht ganz hilfreich, wenn Sie uns vorher unsere Fragen beantworten, oder?« Julia lächelte Till zuckersüß an.

»Natürlich, ich will Ihnen nichts vorenthalten. Der Junge heißt Marco Silotti. Er wurde entführt und auf dem Gestüt von Susanne Mühlendorf festgehalten. Marco ist der Neffe von Maria Serano, der Freundin des ermordeten Mattheo Pastori. Maria Serano ist ein Deckname. Ihr richtiger Name ist Maria Monti. Sie war bis vor einigen Jahren für eine kriminelle Organisation in Italien tätig. Diese Organisation hieß World Consulting und wurde zerschlagen. Vielleicht wissen Sie ja, dass Steffen Siebels und ich damals diese Organisation haben auffliegen lassen. Es gab eine Kronzeugin. Sabine Lehmann. Sie steht bis heute unter dem Schutz des LKA. Wir ermitteln noch gegen verschiedene

Personen in diesem Zusammenhang. Maria Monti und Sabine Lehmann arbeiteten damals bei einer Sache zusammen. Es ging um die Organisation einer illegalen Waffenlieferung der italienischen Firma Monieri an eine afrikanische Rebellengruppe. Nachdem World Consulting in Europa zerschlagen war, etablierte sich eine andere kriminelle Organisation und nutzte die entstandenen Lücken. Der Geschäftsführer der Monieri, Antonio de Rossi, schloss sich dieser Organisation an. Er bekam den Auftrag, das illegale Waffengeschäft in großem Stil auszubauen. Maria Monti hatte zu dieser Zeit eine Affäre mit de Rossi. Sie setzte sich aber von ihm ab und verschwand von der Bildfläche. Vermutlich mit wichtigem Beweismaterial. Offiziell starb sie bei einem Brand. In Wirklichkeit tauchte sie in Frankfurt als Maria Serano auf und lebte unter dem Schutz der italienischen Behörden im Untergrund. Sie sollte gegen Antonio de Rossi aussagen. De Rossi verschwand aber von der Bildfläche, als die Ermittler ihm zu nahekamen. Wie wir jetzt wissen, hat er auf dem Gestüt Mühlendorf Unterschlupf gefunden. Armin Mühlendorf gehört scheinbar zum Führungskreis der Loge 6. Die Loge 6 hat sich auf die klassischen Geschäftsfelder Waffenhandel, Menschenhandel und Drogenhandel spezialisiert. Nachdem sich Maria Monti den Behörden als Kronzeugin zur Verfügung gestellt hat, war Antonio de Rossi das schwache Glied in der Kette. Wenn ihm der Prozess gemacht worden wäre, wäre die ganze Organisation in Gefahr gewesen. De Rossi wusste zu viel. Er durfte auf keinen Fall vor Gericht gestellt werden. Mir ist allerdings noch nicht ganz klar, warum er nicht festgenommen wurde, bevor er abgetaucht ist. Maria Monti hält sich ja schon eine ganze Weile in Frankfurt auf.«

In Lemgos Kopf fügte sich allmählich ein schemenhaftes Gesamtbild der Geschichte zusammen. »Die Italiener wollten sich nicht allein auf eine einzige Kronzeugin verlassen«, ließ er Till an seinen Überlegungen teilhaben. »Maria Serano hätte kurz vor oder während eines Prozesses noch ermordet werden können. Sie haben de Rossi beobachtet und seine Kommunikation überwacht. Sie wollten so viel wie möglich gegen ihn in der Hand haben, bevor sie ihn vor Gericht stellten. Die Amerikaner hängen auch mit drin. Ich vermute, dass die Amis seine Verhaftung hinausgezögert haben, damit sie mehr Leute aus dem Umfeld von de Rossi herausfiltern und überwachen konnten. De Rossi untersteht eine kleine Privatarmee, die sich in seinem Anwesen in Sizilien versammelt hat. Amerikaner und Italiener sitzen da vor der Haustür und lauschen, was das Zeug hält. Die Idioten hatten Belozzi genau auf dem Radar und trotzdem kommt der ungehindert hier an und schießt alles zusammen. Obwohl sie genau wussten, dass er vor einigen Tagen erst einen Auftrag hier erledigt hat.«

»Welchen Auftrag?«, fragte Till nach.

»Der gleiche Mann hat den Restaurantbesitzer Mattheo Pastori gefoltert und getötet«, weihte Lemgo Till in seine Ermittlungsarbeit ein.

»Erzählen Sie weiter«, forderte Till Lemgo auf.

»Maria Serano lebte einsam und zufrieden in Frankfurt vor sich hin und lernte eines Tages einen netten einsamen Herrn kennen. Den Gastronom Pastori. Aber ausgerechnet Pastori war von der kriminellen Organisation, vor der Maria Serano sich versteckte, unterwandert worden. Er wurde als Strohmann eingesetzt, um ein Bordell in Frankfurt zu erwerben, über das der Mädchenhandel abgewickelt wurde. In seinen Restaurants gingen die Mitglieder der Loge 6 ein und aus.«

»Der Unternehmensberater Mühlendorf und Staatsanwalt Hellweg zum Beispiel«, sagte Julia bissig.

»Welche Rolle Hellweg dabei spielt, ist mir noch nicht ganz klar«, warf Lemgo ein und erzählte weiter. »Jedenfalls wurde Maria Serano von diesen Leuten als Maria Monti identifiziert. Sie verlässt fluchtartig das Restaurant, als Hellweg, Mühlendorf und zwei andere Männer am Tisch nebenan Platz nehmen. Jetzt musste sie Pastori gegenüber Farbe bekennen. Sie schenkte ihm reinen Wein ein. Jedenfalls verrät sie ihm einen Teil ihrer Geschichte und er beichtete ihr, dass er von der Mafia unterwandert wurde. Die beiden fassten den Entschluss, gemeinsam zu fliehen. Maria Serano vermittelte ihm einen Kontakt zum italienischen Auslandsdienst in Deutschland. Die arbeiten mit der Anti-

Mafia-Behörde zusammen und witterten eine große Chance. Mittels einer Strohfirma übernahmen sie Pastoris Geschäfte und bekamen somit einen Fuß in die Tür der Loge 6. Pastori bekam einen neuen Pass auf den Namen Serano ausgestellt. Ob er Maria tatsächlich noch geheiratet hat, bezweifele ich allerdings.«

»Das ist mir neu«, gestand Till ein.

»Es hat auch nichts mehr genützt«, fuhr Lemgo fort. »Die Loge 6 hat Belozzi aktiviert. Der hat Pastori gefoltert, um die Adresse von Maria Serano herauszubekommen. Nachdem Pastori ihm die Adresse verraten hat, hat er Pastori getötet und Caluzi telefonisch die Adresse durchgegeben. Kurz darauf bekam Maria Serano auch schon Besuch in ihrer Wohnung.«

»Das haben wir mitbekommen«, warf Till ein. »Sie hat aber Wind von der Sache bekommen und ist gerade noch rechtzeitig untergetaucht. Ein gewisser Sandro hat sich ihrer angenommen. Wir gehen davon aus, dass er von der italienischen Kriminalpolizei abgestellt ist. Ich würde mich nicht wundern, wenn Pastori unter Beobachtung der italienischen Kollegen stand. Wahrscheinlich haben die seine Leiche schon kurz nach dem Mord entdeckt und dann in einer Nacht-und-Nebel-Aktion Maria Serano aus deren Wohnung geholt. Als die Leute von der Loge 6 merkten, dass sie zu spät gekommen sind, heckten sie einen neuen Plan aus. Sie wussten, dass Maria Monti Familie in Frankfurt hatte. Ihr Schwager Silvio Silotti war auch für de Rossi tätig. Er managte Wettmanipulationen in seinen Wettbüros für Antonio de Rossi. Mühlendorf ordnete die Entführung von Silottis Sohn an, um ein Druckmittel gegen Maria Monti in der Hand zu haben. Wenn sie gegen de Rossi aussagen würde, sollte Marco Silotti sterben. Maria Serano war nun stark eingeschränkt in ihrer Bewegungsfreiheit. Noch am gleichen Tag engagierte sie deswegen Siebels und gab ihm den Auftrag, Marco aufzuspüren und zurückzubringen. Sie wusste, dass Siebels damals Sabine Lehmann umgedreht hatte, dass Sabine Lehmann die Geliebte von Armin Mühlendorf war und es vielleicht immer noch ist. Mühlendorf hatte die Entführung des Jungen veranlasst und ihn bei seiner Schwester auf dem Gestüt untergebracht. Genauso, wie er Antonio de Rossi hier versteckt hielt, bevor die Italiener ihn sich greifen konnten. Während de Rossi hier fröhlich seine Runden geritten ist, hat die Loge 6 die Männer von de Rossi davon überzeugt, dass ihr Chef zu einer unkalkulierbaren Gefahr geworden ist. Belozzi bekam den Auftrag, seinen Boss aus sicherer Entfernung zu eliminieren.«

»Wir hätten uns vielleicht schon früher austauschen sollen«, schlussfolgerte Lemgo. Er zeigte auf den roten Toyota. »Der Wagen ist auf Staatsanwalt Hellweg zugelassen. Hellweg hat ihn als gestohlen gemeldet. Möglicherweise sollte Belozzi sein Gewehr in dem Wagen zurücklassen und mit Westphal von hier verschwinden. Wenn dem so ist, sollte Hellweg in die Scheiße geritten werden. Angeblich war er bis vor Kurzem noch für Europol tätig. Was er dort genau gemacht hat, ist mir allerdings nicht bekannt.«

»Das kriegen wir auch noch raus«, gab sich Till selbstsicher. »Mühlendorf scheint alle Fäden in der Hand gehalten zu haben. Aber nur in der Angelegenheit mit de Rossi und den Waffengeschäften. Bei dem Geschäft mit den Mädchen aus der Ukraine scheint Mühlendorf nicht mitzumischen. Da hat Zoran Stankovic die Fäden gezogen. Er ist mit Elena Kamamirow auf der Flucht. Es muss noch Leute geben, die über Zoran und Mühlendorf stehen. Leute, die den beiden Anweisungen erteilen.«

»Davon gehe ich auch aus«, sagte Lemgo und blinzelte Till an. Jetzt war es an der Zeit, sein Ass auf den Tisch zu legen. »Wir haben die zwei Russen, die Sie im Bahnhofsviertel verhaftet haben. Die haben sich als Kronzeugen zur Verfügung gestellt und wollen genau gegen diese Leute aussagen.«

Till schielte zu Anna herüber, die ihre Arbeit bei Westphal gerade beendet hatte und sich nun auf den Weg zum Hochsitz zur Leiche von Belozzi machte. »Sieht so aus, als hätten wir das Puzzle bald zusammen und die Loge 6 auseinandergenommen. Soll ich Ihnen was verraten, Lemgo? Wenn das Ding hier gelaufen ist, werde ich heiraten.«

Lemgo drehte sich um und sah Anna gerade hinter ein paar Bäumen im Wald verschwinden. Er nickte anerkennend. Plötzlich bekam er Sehnsucht nach Annette Weiland.

»Dann unterhalten wir uns jetzt mal mit Frau Mühlendorf«, schlug Till vor.

König und Julia betraten zuerst den Mannschaftsbus. Zwei Beamte machten Platz und kamen aus dem Wagen raus. Till folgte seinen Frankfurter Kollegen. Lemgo brauchte noch einen Moment, um seine Gedanken an Annette Weiland zu verscheuchen.

29

Jensen und Kulmbacher standen neben der Deutschen Nationalbibliothek und schauten zu dem Haus auf der anderen Straßenseite von der Eckenheimer Landstraße. In der sicheren Wohnung war alles dunkel. Kulmbacher hatte ein mulmiges Gefühl, weil er seinen Opa allein mit den Russen zurückgelassen hatte. Jensen hatte ein mulmiges Gefühl, weil er nicht auch noch mit einem durchschossenen Oberschenkel im Krankenhaus landen wollte.

»Sieht ruhig aus«, bemerkte Kulmbacher.

»Die Ruhe vor dem Sturm«, flüsterte Jensen theatralisch. Eine Straßenbahn hielt quietschend an der Haltestelle vor dem Haus mit der sicheren Wohnung. Die beiden warteten, bis die Bahn sich wieder in Bewegung setzte. Jensen betrachtete sich die Leute, die aus der Bahn gestiegen waren. Zwei Mädchen im Teenageralter, eine schwangere Frau, ein Mann mit Vollbart und ein Mann, der am Stock lief. Zoran schien nicht darunter zu sein. Jensen lief unvermittelt los und überquerte die Straße am Fußgängerüberweg. Ein Autofahrer bremste und hupte aufgebracht.

»Wir haben rot«, rief Kulmbacher ihm hinterher.

»Kommen Sie schon«, forderte Jensen Kulmbacher auf und ging weiter zur Haustür. Kulmbacher folgte ihm, nachdem keine weiteren Autos kamen. »Schließen Sie auf, wir gehen hoch in die Wohnung«, forderte Jensen Kulmbacher auf. Kulmbacher nahm den Schlüssel und öffnete die Tür. Auf leisen Sohlen schlichen die beiden sich in den ersten Stock. Kulmbacher deutete erschrocken auf das Schloss der Wohnungstür. Es war aufgebrochen. Er nahm seine Waffe in die Hand. »Bleiben Sie hier«, flüsterte Kulmbacher.

»Warten Sie, Kulmbacher. Wir sollten Verstärkung rufen«, fluchte Jensen ihm hinterher.

Kulmbacher war aber schon in der Wohnung. Er drehte sich nur kurz zu Jensen um und deutete ihm mit dem Finger auf den Lippen an, ruhig zu sein.

Jensen hätte ihn jetzt am liebsten eigenhändig erwürgt.

Mit angespannter Körperhaltung spähte er durch den Türspalt und verwünschte dabei Kulmbachers Tatendrang. Er sah noch, wie Kulmbacher im Wohnzimmer verschwand. Kurz darauf hörte Jensen ein dumpfes Geräusch aus dem Wohnzimmer. Irgendetwas schien zu Boden gefallen zu sein.

Jensen machte einen Schritt in die Wohnung und blieb im Flur stehen. Versuchte zu erkennen, was Kulmbacher im Wohnzimmer umgeschmissen hatte. Aber er konnte nichts erkennen. »Kulmbacher, Sie Trottel«, flüsterte Jensen. »Was machen Sie da? Sind Sie über den Sessel gefallen?« Er hoffte jedenfalls inständig, dass dem so war.

Jensen atmete erleichtert auf, als die Wohnzimmertür von innen aufgestoßen wurde. Aber im nächsten Moment setzte sein Herzschlag aus. Vor ihm stand ein Mann und hatte eine Pistole auf ihn gerichtet.

»Legen Sie Ihre Waffe auf den Boden«, forderte der Mann Jensen auf.

Jensen blieb wie angewurzelt stehen. Er starrte den Mann an, dann erhob er langsam seine Hände.

»Waffe auf den Boden, habe ich gesagt«, wiederholte der Mann wütend.

»Ich habe keine Waffe«, stammelte Jensen.

»Ach, Polizist im Einsatz ohne Waffe. Sehr witzig. Halten Sie mich für einen Vollidioten? Waffe auf den Boden oder Ihr Kollege bekommt eine Kugel ins Knie.« Zoran hielt eine Pistole mit Schalldämpfer in der Hand.

»Ich bin kein Polizist. Ich bin Oberstaatsanwalt.« Bei der Nennung seines Ranges klang Jensen schon wieder viel selbstbewusster.

»Oh. Ein Oberstaatsanwalt. Welch eine Ehre.« Zoran nickte kurz mit dem Kopf und gab Elena ein Zeichen. Elena tauchte aus der Dunkelheit im Flur auf und blieb hinter Jensen stehen. Sie tastete ihn ab.

»Er ist wirklich unbewaffnet«, sagte Elena.

»Was für ein Idiot«, grunzte Zoran und gab Jensen einen Wink, ins Wohnzimmer zu kommen. Jensen folgte der Aufforderung. Im Wohnzimmer lag Kulmbacher auf dem Fußboden und kam gerade wieder zu sich. Zoran hatte ihm den Griff seiner Pistole gegen die Schläfe geschlagen. Elena kam hinter Jensen ins Wohnzimmer und verpasste Kulmbacher einen Fußtritt in die Lenden, als der versuchte aufzustehen.

»Liegenbleiben«, schnauzte Elena ihn an. »Hinsetzen«, befahl sie dann Jensen. Jensen nahm auf dem Sessel Platz.

»Wo sind meine beiden Jungs?«, wollte Zoran wissen. Er setzte sich Jensen gegenüber auf das Sofa und hielt seine Pistole auf Kulmbachers Kopf gerichtet.

»Was habe ich mit Ihren Jungs zu tun?« Jensen stellte sich blöd.

»Sergei und Iwan. Ich vermisse sie. Sie sind ein Teil meiner Familie. Ich liebe sie, wissen Sie. Also sagen Sie mir jetzt, wo ich meine Jungs finde. Sonst werde ich sehr ärgerlich.«

Jensen schaute sorgenvoll auf Kulmbacher. Der lag auf dem Boden und sah Jensen flehentlich an.

»Ihre Jungs haben eine Aussage gemacht. Die wurde im Polizeipräsidium vor einigen Stunden protokolliert. Wir haben sie dann laufen lassen. Sie wollten zurück nach Russland fahren.« Jensen blickte Zoran herausfordernd an und dachte, er hätte die Situation jetzt im Griff.

Zoran lächelte Jensen an, bewegte seine Hand mit der Pistole einige Zentimeter und drückte ab. Die Kugel drang in Kulmbachers Oberschenkel ein. Kulmbacher stöhnte schmerzvoll auf.

»Schnauze halten«, fuhr Elena Kulmbacher an.

Susanne Mühlendorf saß mit verbundenem Arm auf einem Sitz am Seitenfenster und starrte teilnahmslos in den Wald. Till hatte ihr gegenüber Platz genommen, Lemgo saß neben ihm. Julia nahm den Platz neben ihr ein und König setzte sich hinter die beiden Frauen.

»Ihr Anwalt ist leider tot«, bemerkte Lemgo spitz. »Möchten Sie sich einen anderen besorgen?«

Susanne Mühlendorf ignorierte ihn und die anderen und blickte weiter durch das Seitenfenster in den Wald hinein.

»Mit wem haben Sie telefoniert, bevor die Schüsse auf Antonio de Rossi abgefeuert wurden?«, wollte Till wissen. Siebels hatte ihn auf das Telefonat hingewiesen und ihm berichtet, wie Frau Mühlendorf den Beschuss nach seinem

Erscheinen noch verhindern wollte.

»Mit Ihrem Bruder? Oder mit dem Schützen?«, bohrte Till weiter.

»Sie hat telefoniert?« Lemgo verzog das Gesicht zu einer Grimasse, weil ihm diese Information noch nicht mitgeteilt worden war.

»Sie wollten den Mörder aufhalten, weil Sie unverhofft Besuch erhalten haben. Aber es war zu spät. Ihr Bruder kann Sie jetzt auch nicht mehr rausreißen. Sie sollten sich kooperativ zeigen.« Till studierte das Gesicht von der Frau, die ihn nun direkt ansah.

»Ich weiß nicht, wovon Sie reden? Was hat mein Bruder damit zu tun?«

»Wo wollten Sie denn mit dem Jungen hin?«, erkundigte sich Julia Forster.

Susanne Mühlendorf zuckte mit den Schultern. »Ich weiß nicht. Ich wollte ihn in Sicherheit bringen. Raus aus der Gefahrenzone.«

Lemgo schlug mit der flachen Hand auf den kleinen Klapptisch zwischen den Sitzreihen. »Reden Sie keine Scheiße, verdammt. Ich gebe Ihnen jetzt genau zwei Minuten. Wenn Ihnen dann nichts Besseres einfällt, ermitteln wir ohne Ihre Aussage weiter. Das ist jetzt nicht mehr schwer. Sie verschwinden dann in einer Zelle und haben zwanzig Jahre Zeit darüber nachzudenken, warum Sie diese Chance hier nicht ergriffen haben.«

»Marco Silotti ist in Sicherheit. Er ist ein guter Zeuge«, ließ Till sie wissen. »Ihr Bruder ist ein hochrangiges Mitglied einer kriminellen Organisation. Es gibt Leute aus dem Kreis der Loge 6, die sich als Kronzeugen zur Verfügung gestellt haben und Ihren Bruder ans Messer liefern werden. Sie müssen nicht gegen Familienangehörige aussagen. Aber Sie sollten jetzt an sich denken. Es ist niemand mehr da, der Ihnen zur Seite steht. Sie sind jetzt ganz auf sich allein gestellt.«

Susanne Mühlendorf atmete schwer aus. »Mein Bruder ist ein erfolgreicher Unternehmensberater, der mit kriminellen Organisationen nichts zu tun hatte. Bis er sich bereiterklärte, eine Ermittlungseinheit von Europol zu beraten. Mit seiner

Unterstützung sollten die Strukturen einer kriminellen Organisation aufgedeckt werden. Mit Hilfe seiner Kontakte und Geschäftsbeziehungen sollte er die Hintermänner der Organisation identifizieren. Das hat er erfolgreich getan. Aber dann wurde er reingelegt und kam aus der Sache nicht mehr raus.«

Lemgo schüttelte den Kopf. »Das ist ja eine schöne Geschichte, die Sie uns da auftischen wollen. Sie hat nur einen entscheidenden Haken. Europol führt keine operativen Ermittlungen durch. Die Behörde hat nur administrativen Charakter. Sie unterstützt die jeweiligen Länder mit der nötigen Informationsstruktur bei länderübergreifenden Ermittlungen.«

»Ja. Offiziell ist das so. Aber diese Ermittlungsgruppe hat inoffiziell agiert. Die offiziellen Ermittlungsbehörden kamen in dieser Sache nicht voran. Antonio de Rossi war eine der Zielpersonen. Seine Firma war der Hauptlieferant des italienischen Militärs. Die damalige italienische Regierung blockte alle Ermittlungen, die im Zusammenhang mit der Firma Monieri standen. Einige Leute bei Europol haben sich daraufhin für den inoffiziellen Weg entschieden. Sie haben den Weg über Mühlendorf Consulting gewählt, weil mein Bruder schon geschäftliche Beziehungen zu der Firma Monieri pflegte. Legale Beziehungen. Nach dem Regierungswechsel in Italien hat sich die Lage aber geändert. Die Behörden dort fingen an, mit Europol und auch mit den Amerikanern in dieser Angelegenheit zu kooperieren. Die inoffizielle Ermittlungseinheit bei Europol hat sich daraufhin selbst aufgelöst. Wie sich herausstellte, gab es dort aber Leute, die ein doppeltes Spiel spielten. Nachdem sie mit Hilfe meines Bruders Zugang zu der Organisation gefunden haben, wurden sie dort selbst aktiv. Ohne staatlichen Auftrag und ohne staatliche Kontrollen. Sie können sich sicher denken, was das bedeutet. Mein Bruder konnte seine Beziehungen zu der Organisation jedenfalls nicht mehr so einfach auflösen. Im Gegenteil. Die Leute, die ihn da reingedrängt hatten, rissen ihn immer tiefer mit hinein.«

»Sie reden nicht zufällig von Staatsanwalt Hellweg?«, erkundigte sich Lemgo.

Zoran richtete seine Waffe nun auf Jensen. Der Austritt des Schalldämpfers war auf Jensens Stirn gerichtet. »Wo sind meine Jungs?« Zoran schien fest entschlossen zu sein, den Abzug zu drücken, falls er nicht augenblicklich eine Antwort erhielt. Jensen kniff die Augen zusammen. Er hatte keine Wahl, er musste seine Kronzeugen verraten. Wenn er es nicht tun würde, würde Kulmbacher es tun und er wäre einen sinnlosen Tod gestorben. Jensen öffnete die Lippen. Aber er war nicht imstande, auch nur einen Laut herauszubringen. Er öffnete die Augen wieder, sah direkt in die Mündung der Pistole. Und dann sah er die Entschlossenheit in Zorans Gesicht.

»Sie sind in einer Gartenlaube«, stöhnte der am Boden liegende Kulmbacher.

Zorans Lippen formten sich zu einem Lächeln. Dann zersplitterte Glas und Zoran fiel um. Er fiel genau auf Kulmbacher. Im nächsten Moment sackte Elena zusammen. Jensen starrte auf die leblosen Körper. Beide hatten ein Loch in der Stirn. Kulmbacher versuchte den toten Zoran von sich herunterzuschieben.

»Was ist passiert?«, fragte er verwirrt.

Jensen schlich sich zum Fenster und spähte hinaus. Auf dem Dach der gegenüberliegenden Nationalbibliothek erkannte er mehrere schwarz vermummte Gestalten, die sich gerade zurückzogen.

Jensen half Kulmbacher auf die Beine. »Scharfschützen. Sie haben auf dem Dach gegenüber gelegen. Sieht nach einem SEK-Einsatz aus.«

Kulmbacher ließ sich auf das Sofa fallen. »Warum haben Sie ihm nicht gesagt, wo seine Jungs sind? Er hätte Sie eiskalt erschossen.«

Jensen nickte. »Damit hatte ich mich schon abgefunden. Aber mit Ihrem Tod konnte ich mich nicht abfinden. Ich hätte es ihm gesagt. Sie sind mir zuvorgekommen. Danke.«

Kulmbacher sah den Oberstaatsanwalt bewundernd an.

»Und wenn Sie noch einmal gegen meine Anweisungen verstoßen, schieße ich Ihnen eine Kugel ins Knie, haben Sie das kapiert, Sie Trottel?«

»Tut mir leid«, flüsterte Kulmbacher. »Kommt nicht wieder vor, Herr Oberstaatsanwalt.«

»Alles in Ordnung mit Ihnen?« Weder Jensen noch Kulmbacher hatten bemerkt, dass sie Besuch bekommen hatten.

»Sie?«, entfuhr es Jensen, als der Besucher das Wohnzimmer betrat und einen abschätzigen Blick auf die beiden Leichen warf. »Was machen Sie denn hier?«

Staatsanwalt Hellweg betrachtete sich die Wunde von Kulmbacher, gab dann über sein Funkgerät bekannt, dass die Lage unter Kontrolle sei, und verlangte einen Arzt. »Ihr Leben retten«, gab Hellweg Jensen zur Antwort. »Was machen Sie hier eigentlich? Wo sind die beiden Russen?«

»Die sind in Sicherheit. Hatten Sie es auf die beiden abgesehen? Wollten Sie unsere Zeugen mit einem SEK-Einsatz aus dem Weg räumen?«

»Reden Sie keinen Unsinn«, fuhr Hellweg ihn an. »Ich habe einen Hinweis bekommen, dass ein professioneller Auftragskiller in der Stadt ist und ich wusste, dass Herr Lemgo hier zwei zwielichtige Figuren untergebracht hat. Deswegen habe ich eine Spezialeinheit angefordert und die Wohnung überwachen lassen. Dass Sie hier auftauchen, wundert mich allerdings.«

Jensen stand auf und blieb vor Hellweg stehen. »Sie stehen unter dem Verdacht, Mitglied einer kriminellen Organisation zu sein«, sagte er ihm direkt ins Gesicht. »Deswegen habe ich die Federführung in dieser Angelegenheit übernommen.«

Hellweg nickte. »Ich weiß. Aber Herr Lemgo irrt sich. Ich werde morgen mit ihm sprechen und die Angelegenheit aufklären.«

Maria Serano hatte ihren Neffen Marco überglücklich in die Arme geschlossen und wollte ihn gar nicht mehr loslassen. Marco erkannte seine Tante auf Anhieb gar nicht. Maria Serano musste ihm erst erklären, wer sie war. Marco nahm es relativ gelassen zur Kenntnis, er wollte endlich zu seiner Mutter. Tante Maria versprach ihm, ihn nach Hause zu seinen Eltern zu bringen. Vorher wollte sie sich aber noch kurz mit Siebels unterhalten.

»Ich wusste, dass Sie ihn finden«, sagte sie, als sie mit Siebels in dessen Arbeitszimmer saß.

»Sie hatten recht. Sabine Lehmann hat mir den entscheidenden Tipp gegeben«, ließ Siebels sie wissen. »Sie würde sich gerne mit Ihnen treffen. Ich habe ihr versprochen, dass ich mich darum kümmere.«

Maria Serano schaute Siebels nachdenklich an. »Ich weiß nicht, ob das eine gute Idee ist«, sagte sie leise.

»Denken Sie darüber nach und sagen Sie mir Bescheid. Ich kann ein Treffen arrangieren. Was haben Sie jetzt vor?«

»Ich bringe Marco nach Hause.«

»Und dann? Sind Sie jetzt auf der Flucht vor ihren Beschützern? Wird man Sie anklagen, wenn Sie als Kronzeugin gegen de Rossi nicht mehr gebraucht werden?«

»Wer weiß. In diesem Spiel spielen viele Leute mit und die Spielkarten werden ständig neu gemischt. Es ist gut, wenn man immer ein Ass im Ärmel hat. Ich habe meine Trümpfe noch nicht alle ausgespielt.« Maria Serano stand auf, griff in ihre Handtasche und reichte Siebels einen Umschlag. »Die letzte Rate Ihres Honorars. Sie haben es sich redlich verdient. Leben Sie wohl, Herr Siebels. Falls ich Sabine Lehmann treffen möchte, lasse ich es Sie wissen.«

»Wo haben Sie eigentlich so gut Deutsch gelernt?«, fragte Siebels sie, während er sie zurück zu Marco begleitete.

»Ich spreche sechs Sprachen fließend. World Consulting hat viel Geld in meine Ausbildung investiert.«

Lemgo hatte die weitere Befragung von Susanne Mühlendorf auf den nächsten Morgen verschoben. Till und Heck sollten mit dazu ins Frankfurter Präsidium kommen. Julia Forster und Samuel König fuhren gemeinsam zurück nach Frankfurt und ließen den Tag in einem gemütlichen Weinlokal in der Brückenstraße ausklingen.

Lemgo klopfte am späten Abend zaghaft gegen die Zimmertür von Annette Weiland. »Darf ich reinkommen?«, fragte er und lächelte dabei etwas verlegen. In der Hand hielt er einen Blumenstrauß, den er unterwegs noch spontan an einer Tankstelle erworben hatte.

»Sind die etwa für mich?« Annette Weiland trug nur ein Hemdchen, sie hatte schon im Bett gelegen. Lemgo hielt ihr die Blumen etwas unbeholfen vor die Nase. »Magst du Blumen? In deinem Zimmer gibt es ja gar keine Pflanzen«, stellte er fest.

Annette nahm die Blumen und ließ Lemgo in ihr Zimmer eintreten. »Ich mag Blumen, besonders, wenn ich sie von einem aufmerksamen Mann geschenkt bekomme. Danke. Magst du etwas trinken? Oder willst du nur wieder eine schnelle Nummer?«

»Hast du vielleicht ein Bier da? Ich bin nicht wegen Sex gekommen. Heute nicht.«

Annette holte zwei Flaschen Bier aus dem kleinen Kühlschrank, der unter ihrem Schreibtisch stand. Sie stieß mit Lemgo an.

»Wie soll das mit uns weitergehen?«, fragte Lemgo.

»Was ist in deinem Leben passiert? Woher kommen deine Albträume?« Annette sah ihn mitfühlend an.

Lemgo setzte sich auf die Bettkante und starrte die Bierflasche an, die er mit beiden Händen festhielt. »Ich hatte eine Frau. Sie sah dir ähnlich. Und eine Tochter. Emma wurde vier Jahre alt. Ich war bei einer Spezialeinheit bei der Drogenfahndung. Dort wurde ich als verdeckter Ermittler bei der Mafia eingeschleust. Als Hans Dietermann, deutscher Geschäftsmann, der im großen Stil Drogendeals einfädelt und abwickelt. Ich war gut. Mein Einsatz im Untergrund war ursprünglich für drei Monate vorgesehen. Es wurden schließlich drei Jahre daraus. Drei Jahre, in denen ich meine Frau und meine Tochter nur sehr selten zu Gesicht bekam. Emma wuchs auf und ich bekam es nicht mit. Ich verkehrte stattdessen mit ranghohen Mafiosi. Hans Dietermann war zu einem klangvollen Namen in der Unterwelt geworden. Ich machte Karriere, war Stammgast bei den Paten in Sizilien. Wurde auf Partys eingeladen, lebte in Saus und Braus und deckte mehr und mehr Namen und Lieferwege aus dem Drogengeschäft auf. Der große geplante Polizeieinsatz wurde aber ständig weiter verschoben. Ich deckte immer mehr auf, sollte noch tiefer in die Strukturen eindringen, mehr Hintermänner identifizieren. Ich geriet zwischen die Fronten, als die Anti-Mafia-Behörde in Italien anfing, intensiver gegen die Mafia vorzugehen. Ich hatte dort einen Verbindungsmann. Mario. Wir sind gute Freunde geworden. Aber er konnte nicht verhindern, dass ich bei einem Einsatz von seinen Leuten als hochrangiger Mafioso eingestuft wurde. Die Geheimhaltung meiner Identität war wichtiger. In der Nähe von Palermo hatte mir ein Pate sein Wochenendhaus zur Verfügung gestellt. Ich hatte Sehnsucht nach meiner Frau und meiner Tochter. Ich habe etwas getan, was ich nie hätte tun dürfen. Ich habe meine Frau und meine Tochter für ein paar Tage zu mir geholt. Ich dachte, ich könnte mit meiner Familie dort allein sein. Ich hatte davon niemandem etwas gesagt. Es wurde ein wundervolles Wochenende und ich hatte den festen Entschluss gefasst, mein Doppelleben zu beenden und zu meiner Familie zurückzukehren. Ich wollte keinen Tag länger als Hans Dietermann leben. Am Sonntagabend bekam ich unangemeldeten Besuch. Der Pate kam mit einigen seiner wichtigsten Leute vorbei. Ein Familientreffen, zu dem ich kurzerhand auch eingeladen wurde. Meine Frau und meine Tochter lagen schon in den Betten. Ich hatte gehofft, dass sie von niemandem bemerkt werden und saß mit den Männern im Wohnzimmer. Es handelte sich um ein kurzfristig anberaumtes Treffen, weil mehrere Mitglieder der Familie verhaftet worden waren. Gegen Mitternacht brach plötzlich die Hölle los. Eine italienische Spezialeinheit stürmte das Haus. Die Mafiosi eröffneten sofort das Feuer. Mit Maschinenpistolen schossen sie wahllos aus den Fenstern. Sie hatten aber keine Chance. Die Polizisten schmissen Rauchgranaten ins Haus. Plötzlich kippten die Mafiosi Benzin in den unteren Räumen des Hauses aus. Ich begriff nicht, was das sollte. Sie steckten das Haus an und verschwanden durch eine Luke im Boden. Unter dem Haus war ein Fluchttunnel angelegt. Die Flammen breiteten sich rasend schnell aus. Von außen wurde das Haus unter Dauerbeschuss genommen. Ich wollte hoch zu den Schlafzimmern. Meine Frau und meine Tochter aus dem Inferno rausholen. Ich habe es nicht geschafft. Ich hätte es schaffen können, aber die Polizisten kamen in das brennende Haus und holten mich raus. Sie haben mich verhaftet. Hans Dietermann hatte weder Frau noch Tochter. Sie haben mich einfach mitgenommen, haben mein Schreien, Betteln, Flehen und Heulen völlig ignoriert. Sie hatten einen großen Fang gemacht. Hans Dietermann, den wichtigsten Geschäftspartner der Mafia in Deutschland.«

Annette saß neben Lemgo auf der Bettkante. »Möchtest du heute Nacht bei mir bleiben?«

Lemgo nickte, rollte sich auf das schmale Bett und schlief ein. Annette zog ihm die Schuhe aus und deckte ihn zu.

30

Freitag, 10. Oktober 2014

Lemgo war um sechs Uhr morgens aufgewacht. Er hatte die Nacht durchgeschlafen. Es war die erste Nacht seit langer Zeit, in der er von seinen Albträumen verschont geblieben war. Er war nach Hause gefahren, hatte geduscht und gefrühstückt und war um halb neun im Präsidium erschienen. Als er sein Büro betrat, saß Jensen auf seinem Platz und schaute mit vorwurfsvollem Blick auf seine Armbanduhr.

»Na endlich. Ich versuche Sie seit gestern Abend zu erreichen.«

»Guten Morgen, Herr Oberstaatsanwalt. Nach den Ereignissen gestern habe ich mir heute Nacht mal eine Ruhepause gegönnt. Ist etwa noch mehr passiert?«

»Kulmbacher hat ein Loch im Oberschenkel.«

Lemgo benötigte einen Moment, bis er den Zusammenhang begriff. »Kulmbacher auch? Zoran? In der sicheren Wohnung?«

»Ihre Russen haben wir vorher an einen sicheren Ort gebracht.«

Lemgo setzte sich auf die Schreibtischplatte. Jensen berichtete ihm ausführlich, was er gestern alles erlebt hatte.

»Hellweg hat die beiden wegpusten lassen«, überlegte Lemgo und fragte sich, was das zu bedeuten hatte. »Susanne Mühlendorf hat ihn als Drahtzieher hinter der Loge 6 bezichtigt. Vielleicht will er alle aus dem Weg räumen, die von seinen Verstrickungen wissen?«

Jensen schüttelte den Kopf. »Zoran hat mir die Pistole vor den Kopf gehalten. Er hätte abgedrückt. Die finalen Schüsse der Scharfschützen waren absolut berechtigt.«

»Aber woher wusste Zoran von der sicheren Wohnung? Er kann die Information nur von Hellweg erhalten haben.«

»Hellweg hat angekündigt, dass er heute hier erscheinen und alles aufklären will.«

»Ja, ich habe ihn offiziell herbestellt. Ich bin gespannt, was er uns auftischen will. Wir sollten Armin Mühlendorf verhaften. So wie sich die Sache momentan darstellt, hat er die Entführung von Marco Silotti organisiert und Belozzi damit beauftragt, Antonio de Rossi zu eliminieren.«

»Den Haftbefehl habe ich schon ausgestellt. Herr König und Frau Forster sind schon unterwegs, um ihm das gute Stück unter die Nase zu halten.«

Lemgo wusste nur zu gut, wie es war, wenn man von den eigenen Leuten als Gegner betrachtet wurde. Wenn die Aussage von Susanne Mühlendorf der Wahrheit entsprach, war Mühlendorf im Auftrag von Europol bei der Loge 6 aktiv geworden. Hellweg hatte ihn engagiert, um die Blockade der italienischen Regierung zu umschiffen und Beweise für die illegalen Aktivitäten der Monieri zu beschaffen. Lemgo gab Jensen eine Zusammenfassung über die Befragung von Susanne Mühlendorf und den daraus resultierenden Vermutungen.

»Ein italienischer Waffenhändler, der von der eigenen Regierung gedeckt wurde. Da hatten die Ermittlungsbehörden schlechte Karten. Bei Europol ist man auf die Loge 6 aufmerksam geworden. Wahrscheinlich mit dem Zusammenbruch von World Consulting und den vielen durchgeführten Verhören in ganz Europa. Man wollte verhindern, dass wieder so ein kriminelles europäisches Geflecht wie World Consulting entstehen konnte. Aber den nationalen Behörden waren die Hände gebunden. Jedenfalls bis zum Regierungswechsel in Italien. Bei Europol gab es einige hochrangige Beamte, die ihre Kompetenzen überschritten haben. Einer von ihnen war Gregor Hellweg. Sie wollten die Loge 6 infiltrieren und bedienten sich dazu Mühlendorf Consulting. Armin Mühlendorf erklärte sich bereit, für Europol tätig zu werden und sein Unternehmen dafür zu nutzen. Dabei agierte er äußerst erfolgreich und schaffte es bis an die Spitze der Loge 6. Aber dann gab es den Regierungswechsel in Italien. Die schützende Hand über Antonio de Rossi und der Monieri zog sich zurück. De Rossi sollte endlich vor Gericht gestellt werden. Er hatte seine illegalen Waffengeschäfte mittlerweile in die Loge 6 integriert und ist dort selbst zu einem führenden Mitglied aufgestiegen. Wahrscheinlich mit tatkräftiger Unterstützung von Armin Mühlendorf. Die eigenmächtig handelnde Gruppe von Europol hatte jetzt ein Problem. Wenn de Rossi vor Gericht aussagen würde, wäre auch Mühlendorf dran gewesen. Der wurde aber von Europol engagiert. Hellweg hatte Europol bereits verlassen und ist Staatsanwalt in Frankfurt geworden. Mühlendorf stand plötzlich alleine da. Als führendes Mitglied der Loge 6. Er sorgte dafür, dass de Rossi abtauchte. Auf dem Gestüt seiner Schwester. Wahrscheinlich wollte er nur Zeit gewinnen, um Hellweg zu überreden, ihn wieder aus der Scheiße rauszuholen, in die er ihn reingeritten hatte. Aber dann tauchte Maria Serano hier plötzlich vor den Augen von Hellweg und Mühlendorf auf. Die Frau, die vor zwei Jahren als Maria Monti bei einem Brand ums Leben gekommen war. Die Frau, die Antonio de Rossi bei seinen illegalen Waffengeschäften als Beraterin von World Consulting zur Seite gestellt bekommen hatte. Sie ist der Schlüssel. Nachdem sie aufgetaucht war, ging plötzlich alles drunter und drüber. Wir müssen sie auftreiben.«

Jensen war blass geworden. »Wenn das stimmt, was Sie vermuten, steht uns ein mediales Erdbeben bevor.«

Siebels hatte Dennis vom Kindergarten freigestellt und ihn mit ins Krankenhaus genommen, wo sie Sabine abgeholt hatten. Jetzt öffnete er ihr die Beifahrertür und hielt ihr die Krücken, als sie aus dem Auto stieg. Sie humpelte ins Haus und ließ sich dort auf dem Sofa nieder.

»Wann kann ich auf dem Polizeipferd reiten?«, wollte Dennis wissen.

Herr und Frau Siebels sahen sich ratlos an. »Wenn Mama wieder laufen kann«, hoffte Siebels auf Verständnis.

»Wann kannst du wieder laufen, Mama?«

»Wir verschieben das um eine Woche. Dann kann ich bestimmt wieder durch die Gegend hüpfen.«

»Warum hat der Mann dir ins Bein geschossen?«

Sabine war überfragt, aber Siebels wusste Rat. »Weil die Mama ihn sonst ins Gefängnis gesteckt hätte. Der Mann war ein Verbrecher.«

»Kommt Marco heute wieder zu uns?«, wechselte Dennis das Thema.

»Was war es im Krankenhaus so schön ruhig«, seufzte Sabine lachend.

Siebels bekam einen Anruf auf seinem Handy und flüchtete aus dem Wohnzimmer, um in Ruhe telefonieren zu können.

»Guten Tag, Herr Siebels. Ich habe gehört, Sie haben Ihren Auftrag erledigt. Herzlichen Glückwunsch.«

Siebels erkannte die Stimme von Sandro. In ihm schrillten alle Alarmglocken. Er hatte den Fall abgehakt, nachdem Maria Serano gestern Abend mit Marco sein Haus verlassen hatte. »Sandro, was wollen Sie?«, fragte er barsch.

»Maria ist verschwunden. Ich mache mir Sorgen um sie. Wissen Sie vielleicht, wo sie sich aufhalten könnte?«

»Warum? Antonio de Rossi ist tot. Was wollen Sie noch von ihr?«

»Können wir uns treffen? In einer Stunde?«

Siebels hatte schon ein deutliches Nein auf den Lippen. Dieser Tag war für die Familie reserviert. »Wo?«, fragte er stattdessen.

»Ich muss gleich noch mal los«, sagte er wie beiläufig, als er wieder ins Wohnzimmer kam.

Wenn Blicke töten könnten, wäre er von seiner Frau jetzt ermordet worden. »Das ist nicht dein Ernst?«

»Es dauert nicht lange, versprochen. Es ist ganz ungefährlich. Nur ein letztes informatives Gespräch. Immerhin habe ich in den letzten vier Tagen 30.000 Euro verdient. Da kann ich mich jetzt nicht einfach zurückziehen.«

»Ich dachte, deine Kundin hätte sich zurückgezogen.«

Siebels nickte nachdenklich. »Ja. Aber in meinem Bauch rumort es noch gewaltig. Ich glaube, wir haben etwas Wesentliches übersehen in der ganzen Hektik.«

»Irgendwann schieße ich dir eine Kugel in den Bauch, dann ist hoffentlich Ruhe«, stöhnte Sabine.

Siebels hatte sich mit Sandro in einem Café im Frankfurter Nordwestzentrum verabredet. Er war etwas zu früh dran und schlenderte noch durch die überdachten Passagen des Einkaufscenters. Er machte einen Abstecher in die Buchhandlung und begutachtete die reichhaltige Auswahl an Krimis. Nach seinem Treffen mit Sandro wollte er den Stress der letzten Tage mit entspannten Lesestunden auf seiner Terrasse abbauen. Er ließ sich von dem kompetenten Buchhändler beraten und entschied sich für einen Krimi von einem Frankfurter Autoren. Er wollte einfach mal wissen, wie nah die Fantasie eines Schriftstellers an die Wirklichkeit reichte. Anschließend besuchte er die benachbarte Parfümerie und erstand einen exotischen Duft in einem hübsch geformten Flacon, den er seiner Frau schenken wollte.

Sandro saß bereits an einem der Tische, die vor dem Kaffee in der Passage aufgestellt waren. Er blätterte in einer Zeitung und hatte sich bereits einen Cappuccino bestellt. Siebels stellte seine Einkäufe auf einem freien Stuhl ab und setzte sich auf einen anderen. Sandro legte die Zeitung beiseite und nahm die Sonnenbrille ab. Er schaute sich nach allen Richtungen um. »Sind Sie alleine da? Oder ist Ihr Freund vom LKA in der Nähe?«

Siebels wunderte sich über den misstrauischen Empfang. »Ich bin alleine. Mein Fall ist abgeschlossen. Marco ist wieder zuhause.«

Sandro schaute Siebels unentschlossen an, während der bei der Bedienung einen Milchkaffee bestellte. »Sie haben die falschen Schlüsse gezogen«, begann Sandro zu erläutern.

Siebels sah ihn überrascht an. »Welche Schlüsse?«

»Sie sind davon ausgegangen, dass wir Maria Serano als Kronzeugin gegen Antonio de Rossi einsetzen wollten.«

»Sie wollten aber genau das verhindern, oder?«, kam es Siebels intuitiv in den Sinn. Seit seinem letzten Gespräch mit Maria Serano hatte er geahnt, dass ihm und Till noch ein wesentliches Puzzlestück fehlte, um das Gesamtbild erkennen zu können.

»Stimmt. Aber es gab andere Leute, die Maria als Kronzeugin einsetzen wollten. Mein Job war es, das zu verhindern. Nachdem Maria Monti von der Bildfläche verschwunden war, musste jetzt auch Maria Serano wieder verschwinden. Aber mein Job ist jetzt mit dem Tod von Antonio de Rossi beendet. Meine Abteilung löst sich auf, uns hat es offiziell nie gegeben. Ich kann Maria jetzt nicht mehr beschützen.«

»Wollten Sie mich treffen, damit ich diese Aufgabe übernehme?«

»Sie könnten die Ermittlungen vom LKA und der Mordkommission in die richtigen Bahnen lenken«, sagte Sandro zögerlich.

»Ich glaube, Sie sollten mir noch einiges erklären.«

»Ja. Aber dieses Gespräch hat es nie gegeben. Mich hat es nie gegeben. Bedenken Sie das bitte, wenn sich unsere Wege nachher für immer trennen.«

»Sie machen mich neugierig, Sandro.«

»Wie Sie ja bereits wissen, war Maria Monti eine sogenannte kalte Braut bei World Consulting in Italien. Sie hat eine ähnliche Laufbahn absolviert wie Sabine Lehmann hier in Deutschland. Maria wurde nach Abschluss ihres Studiums von einer Unternehmensberatung eingestellt, die von World Consulting unterwandert worden war. Sie durchlief die internen Seminare und machte die richtigen Leute auf sich aufmerksam. Mit den Methoden aus den USA wurde sie schließlich ganz auf die Linie von World Consulting getrimmt. Sie kennen ja die Vorgehensweise zur Gehirnwäsche von diesen Leuten. Maria wurde eine erfolgreiche Beraterin. Völlig skrupellos setzte sie sich dafür ein, die kriminellen und illegalen Wünsche ihrer Kunden in die Tat umzusetzen. Ihr wichtigster Kunde war die Monieri. Ein Rüstungsunternehmen, das das italienische Militär mit modernen Waffen und Waffensystemen belieferte. Maria arbeitete eng mit Antonio de Rossi zusammen. De Rossi wickelte über die Monieri auch regelmäßig illegale Waffenlieferungen ab. Maria war die Kontaktperson zu den Kunden und sorgte für einen reibungslosen Ablauf der Geschäfte. Mit der Unterstützung von Maria wurden hauptsächlich afrikanische Rebellengruppen beliefert. Es gab aber auch mehrere illegale Lieferungen an Gaddafi in Libyen. Bei diesen Geschäften hatten auch ranghohe italienische Regierungsmitglieder ihre Finger im Spiel. Nicht zuletzt der Ministerpräsident persönlich. Aus diesem Grund war Antonio de Rossi eine heilige Kuh. Die Regierung konnte es nicht zulassen, dass Antonio de Rossi jemals wegen illegaler Waffengeschäfte angeklagt wird. De Rossi genoss also den Schutz der Regierung bei seinen Aktivitäten und das nutzte er aus. Er fühlte sich unantastbar und glaubte, er könne sich alles erlauben. Er übertrieb es aber mit seinen Geschäften, als er die im Irak stationierten italienischen Truppen offiziell mit Waffen belieferte, einen großen Teil dieser Waffen aber an irakische Rebellen- und Terrorgruppen weiterschmuggelte. Nach dem Abzug der italienischen Truppen aus dem Irak waren die Amerikaner auf die Monieri und de Rossi aufmerksam geworden und begannen Nachforschungen anzustellen und Ermittlungen einzuleiten. Die italienische Regierung versuchte das mit allen Mitteln abzublocken. Es wurde eigens eine Abteilung innerhalb des italienischen Geheimdienstes gegründet. Eine inoffizielle Abteilung, die direkt dem Ministerpräsidenten berichtete.«

»Für diese Abteilung arbeiten Sie also«, stellte Siebels überrascht fest.

»Mein Gespräch mit Ihnen ist meine letzte Handlung in dieser Funktion«, räumte Sandro ein. »Wir konnten die Monieri und de Rossi erfolgreich aus allem raushalten. Die Amerikaner ließen zwar nicht locker, kamen mit ihren Bemühungen aber auch nicht wirklich voran. Die Geschäfte der Monieri liefen weiter wie eh und je und de Rossi fühlte sich noch unangreifbarer als zuvor. Er war ein leichtfertiger Lebemann, der nur an Geld und Sex interessiert war. Beste Voraussetzungen, um Zugang zur Loge 6 zu finden. Er wurde dort Mitglied und erhoffte sich dadurch noch mehr lukrative illegale Waffendeals abwickeln zu können. Die Loge 6 ist in erster Linie ein Interessenverband im Waffen-, Drogen- und Menschenhandel. De Rossi liebte die ausschweifenden Partys, die von den Mitgliedern der Loge 6 veranstaltet wurden. Er wurde Gastgeber dieser Feste, die nach seinem Eintritt in der Loge 6 fast alle auf seinem feudalen Anwesen in Sizilien stattfanden. Zu diesen Orgien lud de Rossi auch Maria mehrmals ein. Einmal hatte er auch Sabine Lehmann eingeladen, weil sie seinen Fußballverein zum Aufstieg verholfen hatte. Aber davon hat Ihnen Sabine Lehmann ja bestimmt berichtet. Die Sorgen in meiner Abteilung über das

Verhalten von de Rossi wurden zusehends größer. Das Unheil kam dann aber von einer ganz anderen Richtung, nämlich von Ihnen, Herr Siebels.«

Siebels lächelte und fühlte sich geschmeichelt. Sandro kannte ihn demnach schon länger. »Mein Fall Sabine Lehmann hat Sie in eine unangenehme Situation gebracht.«

»Das kann man so sagen. Nachdem Sabine Lehmann als Kronzeugin eingesetzt wurde und Europol die Ermittlungen gegen World Consulting europaweit koordiniert hat, mussten wir unser Augenmerk plötzlich auf Maria richten. Sie wusste alles über die Geschäfte mit Libyen. Sie hätte relativ unbeschadet aus der Sache rauskommen können, wenn sie es Sabine Lehmann gleichgetan und sich als Kronzeugin zur Verfügung gestellt hätte. Sie war nicht nur für Europol interessant, sondern auch für die Amerikaner. Wir konnten sie gerade noch rechtzeitig aus dem Verkehr ziehen, als der italienische Ableger von World Consulting von unseren Ermittlungsbehörden auseinandergenommen und zahlreiche Leute verhaftet wurden.«

»Sie haben sie offiziell sterben lassen. Bei einem Brand im Büro der Monieri«, bemerkte Siebels.

Sandro schüttelte den Kopf. »Nein, zu diesem Zeitpunkt noch nicht. Wir haben zunächst alle Spuren verwischt. Alles, was auf eine Verbindung zwischen Maria Monti und der Monieri oder Antonio de Rossi hinwies, wurde vernichtet. Wir haben die Ermittlungen des Kriminalamtes blockiert, Kommissare versetzt und Akten verschwinden lassen. Wir haben sie erfolgreich aus den Ermittlungen unserer Behörden rausgehalten.«

»Was ist schiefgelaufen?«, wunderte sich Siebels.

»De Rossi und Maria amüsierten sich auch weiterhin völlig ungeniert als Mozart und Nofretete auf den Festen der Loge 6. Wir haben einen unserer Männer dort eingeschleust, um die beiden im Auge zu behalten. Das war aber nicht ganz einfach, weil die Leute dort nur Fantasienamen trugen und maskiert waren. Manche waren auch noch bis zur Unkenntlichkeit geschminkt. Einer der Gäste war Gregor Hellweg. Der machte gerade Karriere bei Europol in Den Haag und versuchte Informationen über die Hintermänner der Loge 6 zusammenzutragen. Seine Bemühungen waren aber nicht erfolgreich. Die Loge 6 ging äußerst konspirativ vor. Hellweg konzentrierte sich auf den Mädchenhandel. In Holland wurde eines der Mädchen bei einer Razzia in einem illegalen Bordell aufgegriffen. Aus dem Mädchen war nicht viel herauszukriegen. Sie kannte keine Namen und sprach nur russisch. Aber der Bordellbetreiber zeigte sich kooperativ. Er gehörte zu den Gästen auf den Festen der Loge 6. Hellweg ließ sich von ihm dort einschleusen und ermittelte auf eigene Faust. Das konnten wir aus internen Akten von Europol entnehmen, in die wir Einblick hatten. Er nannte sich Cäsar und knüpfte Kontakte mit den anderen Gästen. Dort stieß er unter anderem auf Mozart und Nofretete sowie auf Damian und die Nitribitt. In Damian erkannte er seinen alten Freund Armin Mühlendorf wieder. Die beiden haben zusammen studiert. Mühlendorf gehörte mittlerweile eine exponierte Unternehmensberatung. Die beiden erkannten sich wieder und Mühlendorf ging davon aus, dass Hellweg auch einen kriminellen Hintergrund besaß. Hellweg spielte das Spiel mit und gab sich als Banker aus, der sich auf Geldwäschegeschäfte spezialisiert hätte.«

Siebels runzelte die Stirn. »Warum haben Sie uns erzählt, dass Sie nicht wüssten, wer sich hinter Damian verbirgt?«

»Wie ich ja schon sagte, war es meine Aufgabe, dafür zu sorgen, dass Maria nicht als Zeugin aussagt. Als Sie Ihren Freund vom LKA mit zu unserem Treffen gebracht haben, haben Sie mich in eine schwierige Lage gebracht. Zumal er zu meiner Überraschung auch schon Marias richtigen Namen kannte. Wenn wir Armin Mühlendorf direkt erwähnt hätten, wäre Maria für das LKA zu interessant geworden. Das musste ich verhindern. Also haben wir Sabine Lehmann vorgeschoben und uns auf die Erwähnung des Namens Damian beschränkt. Frau Lehmann konnte alle Informationen geben und sie ist schließlich die Kronzeugin des LKA. Außerdem war dieser Weg meiner Meinung nach sicherer, um Marco heil aus der Sache rauszuholen. Eine direkte Konfrontation mit Mühlendorf erschien mir ein unkalkulierbares Risiko. Vorsichtshalber habe ich Sie nach Ihrem Ausflug zum LKA nach Wiesbaden auch gleich abgepasst und Sie nach Ihrem Gespräch mit Frau Lehmann befragt. Sie haben sich zwar sehr bedeckt gehalten, aber ich war mir sicher, dass Sie die nötigen Informationen von ihr erhalten haben. Anderenfalls hätte ich Ihnen bei dieser Gelegenheit verraten, dass Armin Mühlendorf sich hinter Damian verbirgt.«

»Sie sind ein ziemlich gerissener Hund, Sandro«, musste Siebels ihm zugestehen. »Ich habe mir viele Gedanken über Ihre Rolle gemacht, aber so viel strategische Geheimniskrämerei hätte ich nie vermutet. Kommen wir zurück zu Hellweg. Der hat sich also tatsächlich ohne Rückendeckung durch Europol bei den Festen der Loge 6 als Krimineller ausgegeben?«

»Ja. Wahrscheinlich wollte er sich dort nur umsehen und versuchte einige Leute zu identifizieren, deren Namen er dann über Europol an die nationalen Ermittlungsbehörden weiterleiten konnte. Aber dann kam der Schlag gegen World Consulting und Hellweg wurde bei Europol für die Koordination der europaweiten Ermittlungen eingesetzt. De Rossi hatte bei seinem Fest keinen Hehl daraus gemacht, dass Nofretete und die Nitribitt zwei Top-Beraterinnen von World Consulting seien. Hellweg wusste zu diesem Zeitpunkt mit dieser Information wahrscheinlich noch nichts anzufangen. Aber dann bekam er die Aussagen von Sabine Lehmann auf den Schreibtisch und später auch die von etlichen anderen verhafteten Personen aus den betroffenen Ländern. Ihm fiel auf, dass die Ermittlungserfolge gegen World Consulting in Italien nur bescheiden ausfielen und dass von einer italienischen kalten Braut überhaupt keine Informationen auftauchten. Er wusste nicht, wer sich hinter Nofretete verbarg. Aber er wusste, dass diese Frau ihm wertvolle Informationen über World Consulting in Italien und von der Loge 6 verschaffen konnte. Hellweg wollte um jeden Preis die Identität von Nofretete aufdecken.«

Siebels kam das nicht schlüssig vor. »Sabine Lehmann war doch sehr aussagefreudig. Hat er sich bei ihr nach Nofretete erkundigt?«

Sandro schüttelte den Kopf. »Meines Wissens nicht. Jedenfalls hat er einen ganz anderen Weg eingeschlagen. Vielleicht hatte er Angst davor, dass bei der Loge 6 dann die wahre Identität von Cäsar bekannt wird. Vielleicht hatte er auch ganz andere Beweggründe. Jedenfalls hat er sich an seinen alten Freund Mühlendorf gewendet. Dem hat er verraten, dass er eine leitende Funktion bei Europol begleitet. Er hat Mühlendorf ein Angebot gemacht. Mühlendorf sollte fortan als Informant für Hellweg arbeiten und ihm den Kontakt zu Nofretete herstellen. Im Gegenzug wollte er Mühlendorf offiziell als V-Mann führen und ihm Straffreiheit gewähren, wenn die Loge 6 auffliegen würde. Mühlendorf hat sich auf den Deal eingelassen. Allerdings hat er anschließend ein doppeltes Spiel gespielt. Maria Monti hat er aber geopfert, um auf Hellwegs Vorschlag eingehen zu können. Hellweg kam nach Italien und hat sich mit Maria getroffen. Er hat ihr die Kronzeugenregelung angeboten, wenn sie vollständig gegen World Consulting Italien und die Loge 6 sowie über die illegalen Waffenlieferungen von der Monieri und Antonio de Rossi aussagen würde. Außerdem sollte sie die Verbindungen zwischen der italienischen Regierung und der Monieri offenlegen. Maria blieb keine Wahl. Sie versprach Hellweg, dass sie noch belastendes Material in der Zentrale der Monieri beschaffen könne und willigte ein, als Kronzeugin auszusagen. Glücklicherweise konnte meine Abteilung das Gespräch zwischen Maria und Hellweg mithören. Wir haben Maria einen Gegenvorschlag unterbreitet. Ein neues Leben unter einem neuen Namen. Zwei Tage später starb Maria Monti bei einem Brand im Büro der Monieri. Seither lebte Maria Serano zurückgezogen und friedlich in Frankfurt. Die Ermittlungen gegen de Rossi verliefen noch zwei weitere Jahre ohne Ergebnisse. Aber der Regierungswechsel in Italien hat die Lage grundlegend geändert. Wir haben die verbleibende Zeit genutzt und dafür gesorgt, dass er seine illegalen Waffenlieferungen einstellt und wir haben uns neue Lieferanten für das Militär gesucht. Wir haben die Bombe de Rossi entschärft. Alle Unterlagen, die Mitglieder der alten Regierung belasteten, wurden vernichtet. Bis auf die Unterlagen, die Maria Monti zur Seite geschafft hatte. Das war ihre Lebensversicherung.«

»Sie hat diese Unterlagen mit Ihrem Wissen behalten?«, wunderte sich Siebels.

Sandro zuckte mit den Schultern. »Das war nicht meine Entscheidung. Sie hat gut verhandelt. Wir waren in Zeitdruck. Sabine Lehmann hat gerade gesungen wie ein Vögelchen. Das hat einige Leute sehr nervös gemacht.«

»Dass Sie sie ausgerechnet in Frankfurt untergebracht haben, war aber keine sehr weise Entscheidung«, überlegte Siebels laut.

»Aus heutiger Sicht nicht, nein. Maria wollte in der Nähe ihrer Schwester sein, obwohl ein Kontakt ausgeschlossen war. Das war natürlich ein Risiko, das sind wir aber eingegangen. Dass Hellweg Europol verlässt und ausgerechnet Staatsanwalt in Frankfurt wird, konnte niemand ahnen. Genauso wenig, dass Maria hier einen Freund findet, dessen Geschäfte von den Leuten der Loge 6 unterwandert worden sind. Über ihn haben sie mit dem Haus der Lust ein etabliertes Bordell übernehmen und für den Mädchenhandel nutzen können, ohne dabei selbst in Erscheinung zu treten. Außerdem sollte er noch Besitzer von mehreren Spielhallen werden, die zur Geldwäsche genutzt werden sollten. Aber dazu kam es nicht mehr.«

»Maria Serano geht also eines Tages nichtsahnend mit ihrem Freund in dessen Restaurant zum Essen und trifft dort ausgerechnet auf Hellweg und Mühlendorf«, resümierte Siebels. »Vor wem ist sie nun eigentlich geflüchtet? Vor Hellweg oder vor Mühlendorf?«

»Vor beiden. Welche Rolle Hellweg mittlerweile spielt, ist uns allerdings schleierhaft. Jedenfalls pflegt er noch engen Kontakt mit Mühlendorf und verkehrte mit ihm in dem Restaurant, das von Leuten der Loge 6 kontrolliert wird. Mühlendorf hatte de Rossi auf dem Gestüt untergebracht, nachdem der internationale Haftbefehl gegen ihn ausgestellt worden war. Das wussten wir leider nicht. Er muss de Rossi über die Wiederauferstehung von Maria Monti informiert haben. Das war für de Rossi ein letzter Strohhalm. Er wollte die Unterlagen haben, die Maria besaß. Damit hätte er vielleicht noch einen Deal mit den italienischen Behörden aushandeln können. Der Rest ist Ihnen geläufig.«

»Ja. De Rossi setzte Belozzi auf Pastori an. Der erledigte seinen Job und bekam die Adresse von Maria Serano heraus.

Kurz darauf wurde ihre Wohnung auf den Kopf gestellt. Ich nehme an, dass dort keine Unterlagen gefunden wurden. Jetzt hat es sich aber gerächt, dass Maria damals ihren Schwager Silotti in die Geschäfte von Antonio de Rossi verwickelt hat. De Rossi hat sich daran erinnert und dafür gesorgt, dass der kleine Marco entführt wird. Das Leben von Marco gegen die Dokumente von Maria, habe ich recht?«

Sandro nickte etwas bekümmert. »Ja, Sie haben recht. Ich hatte auch vor, mich darauf einzulassen. Wir konnten in der kurzen Zeit sowieso nur improvisieren. Nachdem Maria entdeckt worden war, hat sie mich sofort verständigt. Ich habe den nächsten Flug von Rom nach Frankfurt genommen. Wir wollten Maria und Pastori sofort aus dem Land schaffen. Aber als wir dahinterkamen, dass Pastori als Strohmann für die Geschäfte der Loge herhalten musste, kam uns eine Idee. Wir haben Pastori die Restaurants und das Bordell abgekauft. Die Geschäfte gingen in den Besitz der Enterprise International Holding über. Einer Firma, die von unserem Geheimdienst geleitet wird. Damit hatten wir ein Bein in der Tür der Loge 6. Pastori bekam einen neuen Pass auf den Namen Salvatore Serano. Der Flug für die beiden war schon gebucht. Es sollte zunächst auf eine griechische Insel gehen. Aber Belozzi kam uns zuvor. Maria konnte ich gerade noch rechtzeitig aus der Schusslinie bringen, um die Silottis konnte ich mich aber nicht mehr kümmern.«

»War es Ihre Idee, mich dann mit der Suche nach Marco zu beauftragen?«

»Das war Marias Idee. Sie erinnerte sich an die Affäre zwischen Mühlendorf und Sabine Lehmann. Eigentlich wollten wir über Sie direkt an Sabine Lehmann herankommen. Aber das hat leider nicht geklappt.«

»Dass ich den Peilsender an meinem Wagen Ihnen zu verdanken hatte, habe ich mir schon gedacht.«

»Ja, das hat die Sache aber noch komplizierter gemacht. Anstatt zu Sabine Lehmann haben Sie mich zum Haus der Lust geführt und sich dort das Mädchen geschnappt. Das hat mich verwirrt. Deswegen habe ich Irina im Krankenhaus abgeholt und befragt. Zoran war ja auch ein Mann der Loge 6 und Caluzi gehörte zu seinen Leuten. Caluzi war aber auch der Kontaktmann für Belozzi. Nachdem das Mädchen verschwunden war, hatte er in beiden Fällen mit der Polizei zu tun. Da war irgendjemand der Meinung, dass es besser wäre, ihn aus dem Weg zu räumen.«

Siebels musste sich eingestehen, dass er in seinem ersten Fall als Privatdetektiv ziemlich an der Nase herumgeführt worden war. Und warum Sandro ihm jetzt alles offenlegte, war ihm auch noch nicht ganz klar. »Was genau soll ich Ihrer Meinung nach denn jetzt noch für Maria tun?«

»Das müssen Sie entscheiden. Ich weiß nicht, wie sich die Dinge weiterentwickeln. Aber ich werde keinen Einfluss mehr darauf nehmen. Nach de Rossis Tod wurde spontan entschieden, dass Maria keine relevante Bedeutung mehr für uns hat. Das gilt allerdings nur für meine Abteilung und die existiert seit heute nicht mehr. Ich weiß nicht, was Maria jetzt vorhat. Und ich weiß nicht, in welchem Verhältnis Mühlendorf und Hellweg heute zueinander und zur Loge 6 stehen. Aber ich befürchte, dass Marias Existenz für die beiden ein Problem bedeutet und sie dieses Problem lösen wollen. Deswegen lag es mir am Herzen, dass Sie die Fakten kennen.«

»Für das Honorar, dass ich erhalten habe, kann ich noch ein bisschen was tun«, erklärte Siebels sich bereit, die Sache noch weiter zu beobachten und nötigenfalls einzugreifen. »Ich schulde Ihnen auch noch einen Eiskaffee. Die Rechnung geht heute also auf mich.«

»Es war mir eine Ehre, mit Ihnen zusammengearbeitet zu haben, Herr Siebels.« Sandro stand auf und reichte Siebels zum Abschied die Hand.

»Was werden Sie in Zukunft tun, wenn Ihre Abteilung nicht mehr existiert?«, wollte Siebels noch wissen.

»Für Leute wie mich wird es immer Abteilungen geben, die es eigentlich gar nicht gibt.« Sandro zwinkerte ihm zu und verschwand dann in das Nichts, aus dem er gekommen war.

31

König und Julia waren ohne Mühlendorf im Präsidium erschienen. Herr Mühlendorf sei für unbestimmte Zeit verreist, hieß es in seinem Büro. Er wurde umgehend zur Fahndung ausgeschrieben und Jensen ließ Durchsuchungsbescheide für seine Büros und Privatadresse ausstellen. Die Durchsuchung des Gestüts von Susanne Mühlenberg hatte keine relevanten Hinweise ergeben. Antonio de Rossi hatte im Haupthaus das obere Stockwerk bewohnt. Seiner Garderobe und Lektüre nach zu urteilen, hatte er sich auf einen längeren Aufenthalt auf dem Gestüt eingestellt. Sein Handy und sein Laptop hatte das LKA offiziell konfisziert, inoffiziell wertete Charly Hofmeier aber gerade die Geräte in seinem Büro aus.

Lemgo hatte Hellweg für 10:00 Uhr in sein Büro bestellt und Till und Heck zu dem Termin eingeladen. Um kurz vor zehn bekam Lemgo einen Anruf von Mario.

»Guten Morgen, Mario. Ich wollte dich gestern noch anrufen, bin aber nicht mehr dazu gekommen. Hast du schon gehört, was hier passiert ist?«

»Ja, die Nachricht ist gerade bei uns angekommen. Belozzi hat also de Rossi umgelegt. Das ist ja eine interessante Wendung.«

»Ja, das hat uns auch überrascht. Belozzi wurde anschließend von einem meiner Männer erschossen. Wir gehen mittlerweile davon aus, dass Armin Mühlendorf Belozzi für den Job engagiert hat. Er wollte ihn loswerden, damit er nicht vor Gericht gestellt wird und die Loge 6 in Bedrängnis bringen konnte.«

»Da habe ich aber andere Informationen, mein Freund. Wir haben Gabriela hart bearbeiten müssen, aber schließlich hat das Vögelchen uns etwas gezwitschert.«

»Gabriela?«

»Die Nutte, die Belozzi besucht hat, bevor er uns durch die Lappen gegangen ist. Du erinnerst dich?«

»Ja, klar. Es ist ein bisschen viel, was im Moment alles passiert. Was hat sie gesagt?«

»Sie war tatsächlich zwischen Belozzi und dessen Auftraggeber als Vermittlerin tätig. Oder besser gesagt: dessen Auftraggeberin. Gabriela hat die Instruktionen für Belozzi von einer Frau erhalten. Sie nannte sich Cleopatra. Sonst habe ich leider nichts. Nur den Decknamen: Cleopatra.«

Gregor Hellweg erschien um 10:00 Uhr in Lemgos Büro. Er machte einen ausgeglichenen Eindruck und begrüßte die anwesenden Kommissare und den Oberstaatsanwalt mit Handschlag.

Julia schob Hellweg einen Stuhl hin. Man hatte sich im Vorfeld darauf geeinigt, mit ihm zunächst in vertrauter Runde ein informelles Gespräch zu führen.

»Wie geht es Herrn Kulmbacher?«, erkundigte sich Hellweg.

»Er humpelt«, antwortete Jensen knapp. Dass er Kulmbacher nach der ärztlichen Behandlung zurück in die Gartenlaube gefahren hatte, verschwieg er. Opa Kulmbacher harrte dort immer noch mit den Russen aus.

Till und Heck betraten mit zehnminütiger Verspätung das Büro der Frankfurter Mordkommission. Man begrüßte sich freundschaftlich und einigte sich darauf, dass Lemgo und Till die Fragen stellten, die Hellweg beantworten sollte.

»Stimmt es, dass Sie eine Funktion bei Europol innehatten, bevor Sie Ihre Tätigkeit bei der Staatsanwaltschaft Frankfurt aufgenommen haben?«, begann Lemgo die Befragung.

»Das ist korrekt«, antwortete Hellweg knapp.

»Wann haben Sie Armin Mühlendorf kennen gelernt?«

»Während des Studiums. Wir waren im gleichen Jahrgang und hatten uns beide auf internationales Wirtschaftsrecht spezialisiert.«

»Sie sind also auch privat miteinander befreundet?«

Hellweg suchte nach den richtigen Worten. »Wir sind gute Bekannte geblieben. Freundschaft ist vielleicht zu viel gesagt.«

»Welche Funktion übten Sie bei Europol aus?«

»Soll das ein Kreuzverhör werden?«

»Ein informelles Gespräch«, wiegelte Lemgo ab. »Können Sie die Frage bitte beantworten?«

»Natürlich. Ich habe in der Zentrale in Den Haag den Arbeitsbereich Bekämpfung und Prävention des illegalen Waffenhandels geleitet.«

»Welche Aufgaben waren damit verbunden?«

»In erster Linie haben wir Informationen aus den europäischen Mitgliedsstaaten gesammelt und ausgewertet und darauf basierend Analysen und Lageberichte erstellt und an die nationalen Behörden weitergeleitet.«

»Haben Sie auch Analysen und Berichte über die italienische Firma Monieri erstellt?«

»Ja. Die Monieri war in zahlreiche illegale Aktivitäten im internationalen Waffenhandel verwickelt.«

»Gab es dafür Beweise?«

»Die Beweisführung lag bei den italienischen Behörden. Wir haben sie tatkräftig mit Informationen zu den Aktivitäten der Monieri unterstützt.«

»Gehörten dazu auch Informationen über eine Firma Sil-Sil Import-Export?«

»Ja. Das ist ein Tochterunternehmen der Monieri.«

»Sind die italienischen Behörden gegen die Monieri vorgegangen?«

»Nein. Sämtliche Ermittlungen sind dort im Sande verlaufen.«

»Woran lag das?«

»Die Monieri war der Hauptlieferant des italienischen Militärs. Die Unternehmensführung war eng mit der italienischen Regierung verbunden. Ermittlungen waren dort nicht erwünscht.«

»Das klingt nach Korruptionsvorwürfen.«

»Es gab Hinweise auf beträchtliche Wahlkampfspenden, die durch dunkle Kanäle geflossen sind.«

»Das klingt nach puren Vermutungen.«

»Wir waren bei Europol von der Zusammenarbeit mit den Mitgliedstaaten abhängig. Das war in diesem Fall nicht gegeben.«

»Damit wollten Sie sich aber nicht zufriedengeben?«

»Nein, wollte ich nicht.«

»Wussten Sie damals, dass Mühlendorf Consulting die Monieri bei Firmenübernahmen beraten hat?«

»Ja, das war mir bekannt.«

»War Mühlendorf Consulting damals in die illegalen Waffengeschäfte der Monieri verwickelt?«

»Davon war mir nichts bekannt.«

»Wann haben Sie erfahren, dass Herr Mühlendorf auch außerhalb seiner legalen Geschäftsbeziehungen Kontakte zu Antonio de Rossi und der Firma Monieri pflegte?«

»Wie meinen Sie das?«

Lemgo lächelte Hellweg herausfordernd an. »Soll ich Sie bei dieser Frage besser mit Cäsar ansprechen, Herr Staatsanwalt?«

Hellweg nickte verdrossen. »Okay, das war vor etwa drei Jahren. Ich habe von diesem Fest erfahren, das für Mitglieder und Freunde der Loge 6 veranstaltet wurde. Mir hat sich die Möglichkeit geboten, dort von einem Mann aus dem kriminellen Milieu eingeführt zu werden. Diese Chance habe ich ergriffen und mich dort mit dem Namen Cäsar unter das Volk gemischt.«

Till rollte auf seinem Stuhl ein Stück näher an Hellweg heran und gab Lemgo ein Zeichen, dass er nun übernehmen wollte. »Wie haben Sie reagiert, als Sie dort auf Damian trafen und in ihm Ihren alten Bekannten Armin Mühlendorf erkannten?«

Hellweg überlegte einen Moment, bevor er darauf einging. »Wir waren beide überrascht, dass wir uns bei dieser Veranstaltung über den Weg gelaufen sind. Entsprechend einsilbig verlief an jenem Abend auch unsere Konversation. Er sagte mir nur, dass er von einem seiner Kunden eingeladen worden wäre. Von Antonio de Rossi, dem Gastgeber. Der trat dort als Mozart auf. Ich habe ihm gesagt, dass ich als Investmentbanker tätig und ebenfalls von einem Kunden zu diesem Fest eingeladen worden sei.«

»Das klingt ja nach einem eher schüchternen Gespräch«, bemerkte Till nachdenklich. »War das vor oder nach dem Ein-Million-Euro-Fick mit Damian und Nitribitt im Käfig?«

Hellweg zeigte nun zum ersten Mal kleine Anzeichen von Nervosität. Er tupfte sich mit einem Taschentuch den Schweiß von der Stirn und suchte nach einer bequemeren Sitzhaltung. »Wir haben uns davor unterhalten. Ich war schockiert, als ich Armin später bei dieser Versteigerung in Aktion gesehen habe.«

»Damian alias Mühlendorf war ein führendes Mitglied bei der Loge 6. War Ihnen das nach der Versteigerung und dem Auftritt Ihres Bekannten im Käfig bewusst?«

Hellweg rang nach den richtigen Worten. »Natürlich habe ich mir meine Gedanken gemacht. Aber ein paar Tage später bekam ich in meinem Büro in Den Haag einen Anruf von Herrn Mühlendorf. Er hatte nach unserer Begegnung auf dem Fest Nachforschungen über mich angestellt und herausgefunden, dass ich bei Europol tätig bin. Er hat um ein Treffen gebeten und ich habe zugesagt.«

Till und Lemgo schauten sich kurz an. Bisher hatte Hellweg alles bestätigt, was sie sowieso schon wussten. Nun kam der Teil, der die Beziehung zwischen Hellweg und Mühlendorf aufklären sollte. Lemgo übernahm wieder.

»Was wollte Mühlendorf von Ihnen bei diesem Treffen?«

»Zunächst hat er mir erzählt, wie er dort hineingeraten ist. Sein Kunde Antonio de Rossi hatte ihn nicht ohne Grund auf das Fest eingeladen. Er wollte Herrn Mühlendorf dazu bewegen, Mitglied bei der Loge 6 zu werden. Mit Hilfe seines Beratungsunternehmens sollten Kontakte und Geschäftsbeziehungen im Sinne der Loge 6 geknüpft werden. Konkret ging es um den Aufbau einer europäischen Infrastruktur für Waffen-, Menschen- und Drogenhandel. Herr Mühlendorf wollte damit aber nichts zu tun haben. Als er herausgefunden hat, dass ich in Wirklichkeit bei Europol bin, hat er mich ins Vertrauen gezogen und um Hilfe gebeten.«

Lemgo schnaufte hörbar aus der Nase. »Das klingt dünn, Herr Staatsanwalt. Erst macht Mühlendorf auf dieser Party den Ein-Million-Euro-Hengst und dann kommt er bei Ihnen angeschlichen und bittet um Hilfe? Das glaubt doch kein Mensch. Warum hat er de Rossi nicht einfach den Stinkefinger gezeigt und abgelehnt?«

Hellweg stand auf und lief zwischen den Kommissaren in dem beengten Büro umher. Vor dem Fenster blieb er stehen und schaute hinaus. Dabei sprach er leise weiter. »Er wurde reingelegt und erpresst. Armin Mühlendorf ist sexuell sehr aktiv. Schon immer gewesen. Er hat schon in der Uni ständig neue Affären gehabt. Auf diesem Fest machte Antonio de Rossi ihm diese Versteigerung schmackhaft. Diese Frau wäre etwas ganz Besonderes. Sie wäre nämlich eine der begehrtesten Unternehmensberaterinnen von World Consulting. Der Ruf von World Consulting war damals legendär. Was wirklich hinter diesem Unternehmen steckte, kam ja erst kurz danach durch eben diese Frau heraus. Jedenfalls konnte Armin dieser Verlockung nicht widerstehen. Angestachelt durch Gebote von Mozart und anderen hochrangigen Mitgliedern ließ er sich mitreißen. Geld hatte er genug. Er gab das höchste Gebot und durfte sie vor aller Augen in dem Käfig besteigen. Eine hochrangige international agierende Unternehmensberaterin. Das war für ihn der ultimative Kick. Was er nicht wusste, war, dass die Nummer heimlich gefilmt wurde. Als er sich später weigerte, für die Loge 6 tätig zu werden, drohte man ihm mit der Veröffentlichung dieses Videos.«

»Er hatte sich doch maskiert und war wahrscheinlich gar nicht zu erkennen«, wandte Till ein.

»Im Käfig war er nicht mehr maskiert. Die Frau, Ihre jetzige Kronzeugin Sabine Lehmann, hat dafür gesorgt, dass er seine Maske fallen lässt.«

Heck und Till schauten sich mit dem gleichen überraschten Gesichtsausdruck an. Hatte Liliane sie nur mit Halbwahrheiten gefüttert und sie bewusst auf eine falsche Fährte gelockt?

Heck platzte nun mit der Frage heraus. »Wusste Sabine Lehmann, dass die Zeremonie im Käfig aufgezeichnet wurde?«

»Natürlich wusste sie das. Sie hat ihre Maske ja auch aufbehalten. Aber fragen Sie sie doch selbst. Sie sind doch sehr eng mit ihr, oder?«

»Haben wir schon«, winkte Till ab. »Aber wir werden noch mal nachfragen. Darauf können Sie sich verlassen.«

Till rief sich die Aussage von Liliane ins Gedächtnis. Damian hätte ihr die Maske beim Akt im Käfig abgenommen und seine aufbehalten, hatte sie gesagt und sich damit die passivere Rolle bei dem Spiel verpasst. In Wirklichkeit war es wohl eher anders herum gewesen, spekulierte Till. Mühlendorf hatte ein in der Öffentlichkeit bekanntes Gesicht. Liliane alias Sabine Lehmann war eine Frau, die so eine Situation für sich auszunutzen wusste. Die aktive Rolle, die sie bei dem Spektakel übernommen hatte, wollte sie Siebels wohl nicht aufs Auge drücken, war Till sich sicher und schenkte der Aussage von Hellweg größeren Glauben.

»Wie sind Sie dann mit Herrn Mühlendorf verblieben?«, fuhr Till mit seinen Fragen fort.

»Ich habe ihm vorgeschlagen, dass er zum Schein auf das Angebot von de Rossi eingehen soll. Er sollte mein Informant werden und mir die nötigen Informationen über die Hintermänner der Loge 6 verschaffen. Ich habe dazu bei Europol einen Aktenvermerk gemacht. Um das Video wollte ich mich kümmern, wenn wir gegen de Rossi vorgehen konnten. Dazu kam es aber nicht mehr.«

Hellweg hatte sich wieder auf seinen Stuhl gesetzt. Lemgo kreiste wie ein Aasgeier um ihn herum und riss das Gespräch wieder an sich.

»Das war dann wohl Pech für Ihren Kumpel. Sie haben ihn also erst zu kriminellen Machenschaften genötigt und dann einfach allein im Regen stehen lassen. Habe ich das richtig verstanden?«

»So einfach ist das nicht«, wehrte Hellweg sich lautstark. »Ich habe von Armin Mühlendorf wertvolle Informationen über die Aktivitäten der Loge 6 erhalten. Vor allem über die illegalen Waffengeschäfte von Antonio de Rossi. Aber auch von dem Mädchenhandel, den Zoran Stankovic aufgebaut hat. Wir waren kurz davor, die ersten Maßnahmen zu ergreifen. Aber dann kam der Schlag gegen World Consulting und ich wurde bei Europol in die dafür zuständige Einheit versetzt. Als mir klar wurde, dass es sich bei der Kronzeugin des BKA um die Frau handelt, die mit Armin Mühlendorf bei dem Fest im Käfig war, habe ich den Job angenommen. Ich war mir sicher, dass ich in dieser Funktion auch die Loge 6 angehen konnte. Aber das war ein Irrtum. Weder von Ihrer Kronzeugin noch von den italienischen Ermittlungsbehörden kamen irgendwelche Hinweise auf Antonio de Rossi und seine illegalen Waffengeschäfte oder auf andere Aktivitäten der Loge 6. Auch von World Consulting Italien gab es nur spärliche Ermittlungserfolge, verglichen mit den anderen betroffenen Ländern.«

Heck schüttelte ungläubig den Kopf. »Können Sie mir mal erklären, warum Sie nicht das BKA informiert haben und eine Aussage von Sabine Lehmann zu diesem Thema angefordert haben? Sie war doch sehr redselig, jedenfalls was ihre Tätigkeiten bei World Consulting betraf.«

»Eben. Sie hat weder de Rossi noch Mühlendorf auch nur mit einem Wort erwähnt. Das kam mir merkwürdig vor. Trotzdem habe ich mit Armin Mühlendorf darüber gesprochen. Aber er war dagegen, weil de Rossi offensichtlich unter dem Schutz von wichtigen Leuten stand. Das Video war immer noch ein Grund, vorsichtig zu agieren. Ich wollte nicht schuld sein, wenn ein renommiertes Unternehmen wie Mühlendorf Consulting wegen so einer Geschichte ramponiert werden würde. Herr Mühlendorf hatte aber einen anderen Vorschlag. Er hatte die Frau identifiziert, die bei World Consulting Italien den gleichen Rang innehatte wie Sabine Lehmann in Deutschland. Sie war eine enge Vertraute von Antonio de Rossi. Ihr Name war Maria Monti und sie hatte es geschafft, bei den Ermittlungen gegen World Consulting nicht in Erscheinung zu treten. Mit ihr hätten wir ein erstklassiges Pendant zu Sabine Lehmann gehabt. Ich wollte sie als Kronzeugin für Europol gewinnen und mit ihren Aussagen gegen die Loge 6, World Consulting Italien und die korrupte italienische Regierung vorgehen. Herr Mühlendorf kontaktierte sie und arrangierte ein Treffen mit mir. Sie ging darauf ein, wir trafen uns in Rom. Nachdem Sabine Lehmann hier als Kronzeugin so gute Bedingungen für die Verfolgung ihrer Straftaten ausgehandelt hatte, war Maria Monti bereit, den gleichen Weg zu gehen. Früher oder später wäre sie auf jeden Fall dran gewesen, das hat sie gewusst. Sie hat sich darauf eingelassen. Sie hat mir sogar das Videoband angeboten, mit dem Armin Mühlendorf erpresst wurde. Um das zu besorgen, wollte sie aber drei Tage Zeit haben. Ich ließ mich darauf ein. Das Video war ein sehr guter Verhandlungspunkt für Frau Monti. Aber zwei Tage später erfuhr ich von Armin Mühlendorf, dass Maria Monti bei einem Brand ums Leben gekommen sei. Bei einem Brand in der Zentrale der Monieri. Dort wollte sie das Videoband an sich nehmen. Ich habe mich bei den italienischen Ermittlungsbehörden erkundigt und mir die Ermittlungsakten zukommen lassen. Es sah alles wasserdicht aus. Wir sind davon ausgegangen, dass de Rossi für ihren Tod verantwortlich war. Aber es gab keine Chance, das zu beweisen.«

Lemgo stand mit gekreuzten Armen gegen seinen Schreibtisch gelehnt und musterte Hellweg zweifelnd. »Und als das mit Ihrem Solo-Kreuzzug gegen das organisierte Verbrechen nichts geworden ist, haben Sie in Den Haag Ihren Schreibtisch geräumt, sind in Frankfurt Staatsanwalt geworden und haben Ihren Freund Mühlendorf bei der Loge 6 zurückgelassen, oder wie soll ich das verstehen?«

»Leider ist das suboptimal gelaufen, nachdem bei Europol die Arbeitsgruppe World Consulting nach getaner Arbeit wieder aufgelöst wurde«, erklärte Hellweg und klang dabei wenig überzeugend.

»Suboptimal?«, spie Jensen verächtlich aus. »Können Sie das vielleicht spezifizieren, Herr Kollege?«

Hellweg wurde nun immer kleinlauter bei seinen Erklärungsversuchen. »Nach Abschluss des Falles World Consulting bei Europol wollte ich mich wieder auf die Ermittlungen gegen die Loge 6 konzentrieren. Mein Vorgesetzter hat das abgelehnt. Er sah keine Notwendigkeit, weil die nationalen Ermittlungsbehörden auch nicht tätig waren. Ich wollte das so nicht hinnehmen. Ich zerstritt mich deswegen mit meinem Vorgesetzten. Einem Spanier. Er hat mich schließlich in die Abteilung Bekämpfung der Kinderpornographie versetzt. Dort war ich ein halbes Jahr tätig. Es war ein hartes halbes Jahr. Ich konnte das nicht länger machen. Habe das alles zu nah an mich rankommen lassen. Meine Frau wollte auch wieder zurück nach Deutschland. Ich habe mich bei der Frankfurter Staatsanwaltschaft beworben und die Stelle bekommen. Für Armin Mühlendorf konnte ich dann leider nichts mehr tun. Ich habe ihm geraten, sich bei der Loge 6 rauszuhalten. Aber das ist ihm nicht gelungen.«

»Nein, das ist ihm wohl völlig misslungen«, kommentierte Lemgo Hellwegs Aussage spöttisch. »Sie treffen sich aber weiterhin mit ihm, plaudern und essen ganz ungeniert zusammen im Restaurant und dann erkennen Sie am Nebentisch plötzlich die totgesagte Maria Monti. Dieses Zusammentreffen hat einige Menschen das Leben gekostet, Herr Staatsanwalt. Auf unserer Liste stehen Mattheo Pastori, Luigi Caluzi, Antonio de Rossi, Stefano Belozzi und Dr. Westphal. Gestern haben Sie noch Zoran Stankovic und Elena Kamamirow dazugefügt. Dazu kommen wir noch. Außerdem haben wir vier verletzte Polizisten zu beklagen. Einer davon ist der Kollege König hier, der hat zum Glück nur einen Streifschuss abbekommen. Das alles ist passiert, weil Sie im Restaurant Maria Monti erkannt haben. Was um Himmels willen haben Sie da für eine Lawine losgetreten?«

Hellweg schüttelte verzweifelt den Kopf. »Ich weiß es doch auch nicht. Ich war mir ja nicht mal sicher, ob die Frau überhaupt Maria Monti war. Sie hat fluchtartig das Restaurant verlassen, als sie mich und Armin Mühlendorf gesehen hat. Ich bin dann zum Nebentisch gegangen und habe mich bei ihrem Begleiter, Herrn Pastori, nach ihrem Namen erkundigt. Ich habe ihn direkt gefragt, ob das Frau Monti gewesen sei. Herr Pastori hat das verneint. Er wollte mit mir nicht über die Frau reden. Kurz darauf hat er auch das Restaurant verlassen. Natürlich habe ich mich mit Herrn Mühlendorf dann darüber unterhalten. Er hat gesagt, dass er Erkundigungen einholen will. Plötzlich hatte er wieder Hoffnung, dass er doch noch an das Videoband kommen könne.«

Till versuchte sich die Szene im Restaurant vorzustellen. Dass es sich so abgespielt hat, wie Hellweg es ihnen gerade weismachen wollte, bezweifelte er stark. Er hatte den Eindruck, dass Hellweg ihnen eine stark frisierte Geschichte auftischte, und alles tat, um seine Haut zu retten. »Erkundigungen wollte er also einholen?«, äffte Till den Staatsanwalt wenig schmeichelhaft nach. »Er hat keine Erkundigungen eingeholt, sondern er hat umgehend seinen Kumpel Antonio de Rossi über das Auftauchen von Maria Monti informiert.

Den hatte er ja schon zur Familie geholt und auf dem Gestüt seiner Schwester untergebracht. Da haben die beiden wahrscheinlich gemütlich bei einem Glas Wein zusammengesessen und gemeinsam Pläne geschmiedet. Oder waren Sie sogar dabei? Frau Mühlendorf hat uns jedenfalls erzählt, dass Sie der Drahtzieher sind.«

Hellweg widersprach aufgeregt. »Nein, ich war nicht dabei. Die Mühlendorfs wollen mir das jetzt alles in die Schuhe schieben.« Hellweg wischte sich wieder den Schweiß von der Stirn. »Die Sache ist völlig aus dem Ruder gelaufen. Nach der Geschichte im Restaurant bin ich mit Armin aneinandergeraten. Ich wusste bis dahin nicht, dass er de Rossi bei seiner Schwester untergebracht hatte. Plötzlich wurde mir bewusst, wie tief er mittlerweile bei der Loge 6 mit drinhängt.«

Till schüttelte mitleidig den Kopf. »Armin Mühlendorf stand doch von Anfang an auf der anderen Seite und er hat die Seiten nie gewechselt. Entweder sind Sie völlig naiv und haben alles falsch gemacht oder Sie stecken genauso tief mit drin wie er und das seit vielen Jahren. Kommen Sie Cäsar, zeigen Sie uns Ihr wahres Gesicht. Aus der Nummer kommen Sie doch nicht mehr raus. Wir werden genug Leute finden, die über Cäsar was zu erzählen haben. Erzählen Sie es uns jetzt lieber selbst.«

Jensen wusste mittlerweile überhaupt nicht mehr, was er von Hellweg halten sollte. »Machen wir mal eine kurze Pause«, schlug er vor. »Ich muss frische Luft schnappen. In einer Viertelstunde können wir weitermachen.« Jensen verließ das Büro, ohne die Reaktionen der Kommissare abzuwarten. Er ging aber nicht an die frische Luft, sondern besuchte Charly in dessen Büro. »Herr Hofmeier, rufen Sie Kulmbacher an«, kam er gleich zur Sache. »Der soll mit den Russen unverzüglich hierherkommen. Bereiten Sie bitte eine Gegenüberstellung vor. Rufen Sie mich in Lemgos Büro an, wenn alles vorbereitet ist. Wir brauchen fünf oder sechs Beamte, die den Zacharows hier noch nicht über den Weg gelaufen sind. Männer, die im Alter von Staatsanwalt Hellweg sind und ungefähr seine Statur haben.«

»Na dann erzählen Sie mal, wie sich das nach Ihrem Aufeinandertreffen mit Maria Monti alles entwickelt hat«, forderte Jensen Hellweg auf, als er wieder im Büro erschienen war.

Hellweg fuhr sich mit den Händen durch die Haare und versuchte sich zu sammeln. »Ich weiß es doch auch nicht. Plötzlich ging alles so schnell. Als ich von dem Mord an Herrn Pastori erfahren habe, habe ich umgehend Herrn Mühlendorf angerufen. Ich wollte natürlich von ihm wissen, ob er mit der Sache etwas zu tun hat. Aber der hat sich mir gegenüber auf einmal sehr abweisend verhalten und mir sogar gedroht.«

»Er hat Ihnen gedroht?« Lemgo schüttelte verständnislos den Kopf. »Mit was denn? Sie haben sich doch gar nichts zuschulden kommen lassen. Oder doch?«

»Nein, natürlich nicht. Herr Mühlendorf befand sich anscheinend unter großem Druck. Er hat mir vorgeworfen, dass ich ihn in eine aussichtslose Position gebracht hätte und dass er die Dinge jetzt auf seine Art und Weise regeln würde. Er hat mir damit gedroht, dass er mich als kriminelles Mitglied der Loge 6 denunzieren würde. Zum Schluss wollte er diese Drohung wahr machen, indem er mir den Mord an Antonio de Rossi in die Schuhe schieben wollte.«

»Das hat ja nun nicht geklappt«, bemerkte Till und klopfte Samuel König auf die Schulter. »Danken Sie dafür dem Kollegen König. Der hat den Killer gestellt und ausgeschaltet.«

»Ja, danke, Herr König«, stammelte Hellweg geistesabwesend.

König quittierte es mit einem stolzen Lächeln.

»Mühlendorf hat also Belozzi angeheuert, um de Rossi zu liquidieren«, fasste Lemgo zusammen. »Die Tatwaffe sollten Dr. Westphal und Belozzi nach dem Mord in Ihrem Wagen deponieren. Ehrlich gesagt, kommt mir das ziemlich stümperhaft vor. Warum hätten Sie Ihren Wagen mit der Waffe im Kofferraum nach dem Mord dort stehen lassen sollen? Wie hätten Sie vom Tatort verschwinden sollen? Das ergibt doch keinen Sinn.«

»Mühlendorf hat mich dort hinbestellt«, sagte Hellweg leise. »Mittlerweile bin ich davon überzeugt, dass er mich dort auch umbringen lassen wollte. Aber als mein Sohn mir erzählte, dass der Wagen gestohlen wurde, habe ich geahnt, was er vorhat und bin nicht hingefahren.«

»Mit dem Wagen muss Belozzi zum Tatort gefahren sein«, stellte Lemgo fest. »Fragt sich nur, wie er an den Wagen gekommen ist und warum Westphal mit seinem eigenen Auto dazugestoßen ist.«

»Was wollte denn der Anwalt Dr. Westphal dort?«, fragte Till. »Wer hat den dorthin bestellt? Für wen arbeitete der eigentlich?«

Hellweg rieb sich die ermüdeten Augen. »Mit dem hatte ich nie etwas zu tun. Den kannte ich gar nicht. Aber wenn er dort war und wenn er neben meinem gestohlenen Wagen gewartet hat, dann kam er natürlich auf Anweisung von Herrn Mühlendorf.«

Jensen lief zwischen den Kommissaren auf und ab und tat sich schwer damit, Hellweg seine Geschichte abzukaufen. »Sie tun hier so, als wären Sie da mal so eben hineingeraten, Herr Kollege. Gestern Abend haben Sie aber noch ziemlich kaltblütig agiert und den Scharfschützen den Befehl erteilt, Zoran und Elena Kamamirow auszuschalten. Von dieser abgebrühten Kaltblütigkeit ist heute nicht mehr viel übrig. Wie kommt es? Und vor allem, wie kamen Sie eigentlich dazu, diese Wohnung mit einem Sondereinsatzkommando zu überwachen? Erzählen Sie mir nicht wieder, dass Sie unsere Zeugen vor einem Killer beschützen wollten. Sie hatten es ganz gezielt auf Zoran und seine Gehilfin abgesehen. Da bin ich mir mittlerweile sicher. Sie haben doch nur darauf gewartet, dass es dort zu einer Gefahrensituation kommt. Damit Sie als strahlender Held dastehen. Und ich als Depp. Die beiden waren aber doch schon eine Weile in der Wohnung, bevor ich mit Herrn Kulmbacher dort eintraf. Warum haben Sie nicht viel früher eingegriffen?«

Hellweg sah Jensen feindselig an. »Ich habe Ihnen das Leben gerettet und jetzt wollen Sie mir einen Strick daraus drehen. Ich sage jetzt nichts mehr und werde mir anwaltlichen Beistand holen. Unser Gespräch sollte von informellem Charakter sein. Aber es war von Anfang an ein Verhör. Ich habe Ihnen alles gesagt. Finden Sie Herrn Mühlendorf. Er hat das alles zu verantworten. Nicht ich.«

»Okay, machen wir eine Pause«, ging Lemgo darauf ein. »Wir müssen Sie aber noch hierbehalten, Herr Hellweg.«

»Warum das?«

»Fluchtgefahr und Gefahr der Vertuschung«, befand Jensen kurzerhand. »Außerdem benötigen wir gleich noch einmal Ihre Mitarbeit.«

Hellweg wurde in eine der Arrestzellen gebracht. Die Kommissare und der Oberstaatsanwalt begaben sich zu einem Mittagessen in die Kantine.

32

Als Jensen und die Kommissare ihr Mittagessen beendet hatten, gingen sie zurück in Lemgos Büro und ließen Susanne Mühlendorf aus der Arrestzelle dorthin bringen. Susanne Mühlendorf setzte sich auf den Stuhl, auf dem vorhin noch Staatsanwalt Hellweg gesessen hatte. Jensen stellte sich und die anwesenden Kommissare vor und Till übernahm die Befragung.

»Wissen Sie, wo sich Ihr Bruder zurzeit aufhält?«

Susanne Mühlendorf schüttelte den Kopf. »Nein. Wir haben nicht viel Kontakt miteinander.«

»Aber Sie beherbergen für ihn entführte Kinder und kriminelle Waffenhändler? Wie kommt das?« Till stellte die Frage mit einem provozierend naiven Tonfall.

»Das habe ich Ihnen doch gestern schon erklärt«, entgegnete Susanne Mühlendorf schnippisch. »Gregor Hellweg hat uns erpresst. Er hat meinen Bruder erpresst. Ich wollte meinem Bruder helfen. Dem Kind ging es gut. Es war wie Urlaub für ihn.«

»Und wer hat den Mord an de Rossi geplant? Mit wem haben Sie telefoniert, kurz bevor der Scharfschütze geschossen hat?«

»Das war Hellweg«, sagte Susanne Mühlendorf knapp und presste anschließend die Lippen aufeinander.

Lemgo schüttelte den Kopf. »Nein, das war nicht Hellweg. Zu dem Zeitpunkt saß ich nämlich mit ihm zusammen in seinem Büro. Er hat zwar telefoniert, aber nicht mit Ihnen.«

Susanne Mühlendorf zuckte mit den Schultern. »Es war Hellweg. Ich habe sonst nichts zu sagen.«

Till versuchte sie nun weiter in die Enge zu treiben. »Sie sind nach den Schüssen mit Marco durch den Wald gelaufen. Genau zu der Stelle, an der Dr. Westphal gewartet hat. Dort stand auch ein Wagen, der auf Herrn Hellweg zugelassen ist. Warum haben Sie Marco dorthin gebracht? Wer hat Ihnen diese Anweisung gegeben?«

Susanne Mühlendorf schaute sich hilfesuchend im Raum um, aber ihre Blicke trafen nur auf skeptische Gesichter. »Ich habe damit nichts zu tun. Ich wollte den Jungen nur in Sicherheit bringen. Ich bin mit ihm durch den Wald gerannt. Dann stand da Dr. Westphal. Ich weiß nicht, warum er dort war.«

Till stellte sich nun dicht vor Susanne Mühlendorf und redete lautstark auf sie ein. »Ich glaube Ihnen kein Wort. Sie haben mit Ihrem Bruder telefoniert. Er hat die Entführung von Marco organisiert und er hat de Rossi auf das Gestüt gelockt und ihm anschließend seinen Killer dorthin bestellt. Das war einer von de Rossis eigenen Leuten. Den Befehl, seinen Chef zu liquidieren, konnte er nur von einem sehr mächtigen Mann bekommen haben. Von Damian. Ihrem Bruder. Mir kommt es fast so vor, als wären Sie auch ein aktives Mitglied in diesem Verein. Waren Sie auch ein gerngesehener Gast bei den Festen der Loge 6? Haben Sie sich auch nackt in einem Käfig ausstellen lassen? Wer hat Sie denn im Käfig gefickt? Vor aller Augen? Gab es Beifall? Hat die Menge geraunt? Gibt es einen Film von der Nummer? Hatten Sie Spaß dabei? Haben Sie Ihre Maske aufbehalten? Oder wollten Sie von allen gesehen und erkannt werden? Die Schwester von Damian. Die Schwester des mächtigen Mannes. Das war doch bestimmt ein Anreiz. Unter welchem Namen haben Sie sich dort präsentiert? Nackt im Käfig? Wer hat das höchste Gebot abgegeben? Wer hat sie gefickt?«

»Cäsar«, schrie Susanne Mühlendorf plötzlich hysterisch aus. Dann verwandelte sie sich schlagartig und schaute aus glasigen Augen durch Till hindurch. Wie in Trance sprach sie tonlos weiter und schien um sich herum nichts mehr wahrzunehmen. »Es war Cäsar. Mein Bruder wollte es so. Er hat es auch gefilmt. Ich war Cleopatra. Cäsar und Cleopatra. Ich wusste nicht, was mich dort erwartete. Es war alles so surreal. Als wäre es nur ein Traum gewesen. Mein Bruder ist verrückt, müssen Sie wissen. Verrückt und gefährlich. Aber ich liebe ihn. Er ist mein Bruder. Er ist stark. Alle tun, was er will. Jetzt bin ich müde. Ich brauche Ruhe. Ich möchte allein sein.«

Till war völlig überrascht vom Erfolg seiner Strategie und dieser plötzlichen Aussage. Staunend schaute er Heck und Lemgo an und erntete anerkennende Blicke.

»Wo befindet sich ihr Bruder jetzt?«, hakte Lemgo nach. Aber Susanne Mühlendorf saß zusammengesackt mit geschlossenen Augen auf dem Stuhl und war nicht mehr ansprechbar. Julia und Samuel brachten sie aus dem Büro und verständigten einen Arzt.

Siebels war wieder bei Frau und Kind und heilfroh, dass er jetzt wieder ein Privatdetektiv ohne Aufträge war. Sabine lag auf dem Sofa und schaute ihren Mann misstrauisch an, als der gut gelaunt von seinem Ausflug zurückkam.

»Wir haben Hunger«, begrüßte sie ihn vorwurfsvoll.

»Ich auch. Wie ein Bär.« Siebels beugte sich zu seiner Frau und drückte ihr einen Kuss auf den Mund. »Was hältst du von einem feudalen Mittagsessen in einem Restaurant deiner Wahl?«

»Ich soll jetzt auf meinen Krücken in ein Restaurant humpeln? Ich dachte eigentlich, dass ich mein Mittagessen im Bett serviert bekomme.«

»Kein Problem«, ging Siebels lächelnd darauf ein. »Dann bringe ich dich einfach wieder ins Krankenhaus zurück.«

»Okay, Restaurant«, willigte Sabine seufzend ein. »Dann lass ich mich aber auch überraschen, wohin du uns ausführen möchtest. Wenn du schon deinen Hausmannspflichten nicht nachkommen willst, solltest du wenigstens einen Plan haben und ein passables Restaurant vorschlagen können.«

»Wie wäre es mit einem Edelitaliener? Das La Taverna im Europaviertel soll ausgezeichnet sein.« Siebels war auf die Schnelle nichts Besseres eingefallen und er bereute seinen Vorschlag auch im gleichen Moment.

Sabine schaute ihn mit großen Augen an. »Du willst uns in das Restaurant von Pastori ausführen? Ist das dein Ernst? Kleiner Familienausflug in die Mafiahochburg? Pasta mit einem Schuss Action zum Nachtisch? Vielleicht taucht ja noch ein Killer auf?«

Siebels legte eine entschuldigende Miene auf und suchte fieberhaft nach einem besseren Vorschlag. Er stotterte etwas von Balkangrill oder gut bürgerlicher Küche und nahm dann dankend zur Kenntnis, dass er auf dem Handy einen Anruf bekam. Die Rufnummer des Anrufers war unterdrückt, Siebels nahm das Gespräch unbekümmert an.

»Guten Tag, Herr Siebels. Hier spricht Maria. Sie haben mich doch wegen eines Treffens mit Sabine Lehmann angesprochen. Ich möchte sie nun gerne treffen. In zwei Stunden im Dolce Vita. Können Sie das organisieren?«

Siebels fing an zu schwitzen und verließ mit dem Handy am Ohr und dem durchdringenden Blick seiner Frau im Rücken das Zimmer. »Das ist aber sehr kurzfristig. Da brauche ich etwas mehr Zeit.«

»Es ist leider die einzige Möglichkeit. Ich werde morgen das Land verlassen.«

Siebels fluchte innerlich. Aber er hatte es Sabine Lehmann fest versprochen. Ohne sie hätte er Marco nicht gefunden und seinen Auftrag nicht erledigen können. Sabine Lehmann hatte ihm eines ihrer größten Geheimnisse verraten. Er hatte keine andere Wahl. »Ich spreche mit meinem Freund vom LKA. Kann ich Sie zurückrufen?«

»Ich melde mich in einer halben Stunde wieder bei Ihnen.« Maria Serano beendete das Gespräch, ohne weitere Kommentare von Siebels abzuwarten.

Siebels rief sofort bei Till an und informierte ihn über das gewünschte Treffen. »Bekommst du das geregelt?«

»Ich bin mit Heck bei der Frankfurter Mordkommission. Hier tut sich gerade einiges. Warte einen Moment, ich rede kurz mit Heck.«

Siebels blieb angespannt am Hörer und fragte sich, was sich da bei der Mordkommission abspielte. Er dachte an sein Gespräch mit Sandro. Intuitiv spürte er, dass er aus dem Fall noch nicht draußen war. Till meldete sich wieder zurück. »Wir kommen hier noch nicht raus. Jensen ist auch da und hat noch was vor. Aber Heck ist einverstanden, wenn du die Damen begleitest und dafür sorgst, dass Liliane aus diesem Treffen unbeschadet wieder herauskommt. Wir schicken dir einen Taxifahrer, der Liliane mitbringt. Er kommt in einer

Stunde.«

»Na super«, stöhnte Siebels. »Sabine bringt mich gleich um.«

»Sie liebt dich, weil du so bist, wie du bist«, machte Till ihm Mut. »Zu deiner Information, Mühlendorf hat den ganzen Schlamassel wohl zu verantworten und der ist flüchtig.«

»Okay, ich warte auf das Taxi. Wir telefonieren später. Ich muss wissen, was bei euch noch rausgekommen ist.« Sein Gespräch mit Sandro verschwieg Siebels.

»Ich liebe dich«, sagte Siebels, als er wieder im Wohnzimmer vor Sabine stand.

»Mit wem hast du gesprochen?«

»Du liebst mich auch, weil ich so bin, wie ich bin. Das hat Till jedenfalls eben gesagt.«

»Till hat angerufen, um dir das zu sagen?«

Siebels kniete sich vor Sabine auf den Boden. »Du bist das Beste, was mir in meinem Leben passiert ist. Du und Dennis.«

»Dann können wir ja jetzt in ein schönes Restaurant gehen. Aber nicht ins La Taverna. Ist dir mittlerweile etwas Besseres eingefallen?«

Siebels traute sich nicht, Sabine anzusehen. »Das Dolce Vita. Aber das hat eigentlich noch geschlossen. Da kann ich euch zwei nicht mitnehmen. Gleich kommt ein Taxi und holt mich ab.«

Sabine schaute ihren Mann eine ganze Weile still und nachdenklich an. »Soll ich dir mal etwas sagen?«, fragte sie dann mit bedeutungsvoller Stimme. Siebels saß wie ein Häufchen Elend vor Sabine und befürchtete Schlimmes. »Till hat recht. Ich liebe dich, weil du so bist, wie du bist. Also tu, was du tun musst. Aber komm gesund und munter wieder zurück. Das ist das Einzige, was ich von dir verlange.«

»Das verspreche ich dir«, seufzte Siebels. »Und ich mache es wieder gut. Ganz bestimmt. Soll ich beim Pizzaservice anrufen und euch was Leckeres bringen lassen?«

»Mach das. Wenigstens das. Ich habe wirklich Hunger.«

Gregor Hellweg stand mit sechs anderen Männern in einer Reihe. Jeder Mann hielt ein Schild mit einer Nummer vor sich. Hellweg hielt die Nummer drei in den Händen. Die anderen Männer waren von Charly auserwählte Polizeibeamte. Auf der anderen Seite des Einwegspiegels standen Sergei und Iwan Zacharow sowie Jensen, Till Heck und Lemgo.

»Haben Sie einen von diesen Männern schon einmal gesehen?«, wollte Jensen von den Russen wissen. Die beiden brauchten nicht lange hinzusehen. Sergei nickte bedächtig.

»Der Mann mit der Nummer drei«, sagte er und wandte sich von dem Spiegel ab.

Jensen und Till sahen Iwan an. »Haben Sie diesen Mann auch schon einmal gesehen?«

Iwan sah seinen Bruder an. Dann wendete er seinen Blick zu Jensen. »Nummer drei«, antwortete auch er.

Jensen beendete die Gegenüberstellung und bat die Zacharows in das Büro von Lemgo.

»Erzählen Sie uns von Nummer drei«, forderte Lemgo Sergei auf.

»Wir haben eine Vereinbarung«, schaltete Sergei auf stur. Er blieb mit verschränkten Armen auf seinem Stuhl sitzen und schaute demonstrativ gelangweilt zum Fenster raus.

Lemgo lächelte vergnügt. »Die Dinge haben sich aber geändert. De Rossi ist tot, Belozzi ist tot, Zoran und Elena sind tot, Dr. Westphal ist tot. Als Kronzeugen haben Sie damit viel an Wert verloren. Ich weiß gar nicht, ob wir Ihnen überhaupt noch etwas anbieten können.« Lemgo sah Jensen fragend an.

Jensen kratzte sich kurz über die Glatze. »Da hat er wohl recht. Wollen Sie denn überhaupt noch neue Pässe? Jetzt wo Zoran tot ist?«

Sergei schlug mit der Hand auf den Tisch. »Natürlich. Diese Leute sind immer noch sehr gefährlich und zu allem fähig. Wir haben Ihnen verraten, wo die Mädchen sind. Wir haben Ihnen die Adresse der Villa gegeben. Das war Hochverrat. Das werden sie uns niemals vergessen. Sie schulden uns etwas.«

»Nun gut«, ging Jensen darauf ein. »Wir wollen alles über den Mann mit der Nummer drei und über Armin Mühlendorf wissen. Außerdem über alle anderen Leute, die mit oder für die beiden arbeiten. Im Gegenzug erhalten Sie die gewünschten Pässe und wir verzichten auf eine Strafverfolgung wegen Menschenhandel, Freiheitsberaubung und Zwangsprostitution. Das ist mein Angebot. Entscheiden Sie sich.«

Sergei beriet sich zähneknirschend mit seinem Bruder auf Russisch. Schließlich willigte er ein.

»Dann schießen Sie mal los«, forderte Till Sergei auf.

Siebels drehte sich noch einmal um und winkte Sabine zu, die am Fenster stand und beobachtete, wie er in das Taxi stieg. Er setzte sich auf den Beifahrersitz und nickte dem Fahrer zu. Liliane saß auf der Rückbank. Siebels drehte den Kopf nach hinten. »Wie geht es Ihnen?«

»Gut. Sehr gut. Mir geht es immer gut, wenn Sie in der Nähe sind, Herr Siebels. Danke, dass Sie Ihr Versprechen gehalten haben.«

»Maria Serano hat darum gebeten, Sie zu treffen. Das LKA hat mir die Verantwortung übertragen. Ich muss also die ganze Zeit bei Ihnen bleiben. Ich hoffe, das stört Sie nicht.«

»Sind Sie bewaffnet?« Aus dem Mund von Liliane klang die Frage eher nebensächlich.

Siebels zuckte kurz zusammen. »Nein. Sollte ich?«

Liliane summte leise vor sich hin und schaute interessiert aus dem Seitenfenster. »Immerhin haben Sie ein Rendezvous mit zwei ehemaligen kalten Bräuten«, säuselte sie dann leicht vergnügt. »Diese Frauen sind unberechenbar. Das wissen Sie doch, oder?«

Der Taxifahrer warf einen kurzen Blick auf Siebels. »Im Handschuhfach liegt eine Pistole. Sie ist geladen. Nehmen Sie die mit.«

Siebels öffnete das Handschuhfach, warf einen nachdenklichen Blick auf die Waffe und schloss das Fach wieder. »Eigentlich habe ich nicht vor, jemanden zu erschießen. Weder Frau Serano noch Sie.«

»Wissen Sie, warum Maria sich mit mir treffen will?« Liliane klang so, also wüsste sie es ganz genau.

»Sagen Sie es mir«, bat Siebels.

»Ich weiß es nicht. Vielleicht will sie mich umbringen?«

»Warum sollte sie das tun?«

»Das ist eine doofe Frage, Herr Siebels. Ich habe alles verraten, wofür sie gelebt hat.«

»Sie haben aber doch um das Treffen gebeten, Liliane. Warum?«

»Warum? Weil ich eine sehr einsame Frau bin. Maria und ich sind Seelenverwandte. Vielleicht suche ich nach einer Freundin. Einer Freundin, mit der ich auch mal über alte Zeiten plaudern kann. Wir könnten über Männer tratschen. Es gab sehr interessante Männer in unserem Umfeld, als wir noch im Geschäft waren. Männer, die uns begehrt haben. Maria und mich.«

»Warum sollte ich mir dann Sorgen machen, dass sie sich gegenseitig umbringen könnten?«

»Das liegt in unserer Natur. Wir sind kalte Bräute. Abgerichtet wie Kampfhunde. Eine falsche Bewegung, ein falsches Wort, und es könnte ein Blutbad geben. Lassen Sie sich nicht von unserem Charme täuschen, Herr Siebels.«

Das Taxi hielt vor der Katharinenkirche an. »Ich warte hier auf Sie. Aber nicht länger als eine Stunde. Wenn Sie dann nicht beide zurück sind, schlage ich Alarm«, drohte der Taxifahrer.

Liliane öffnete die Tür und stieg aus dem Wagen. Siebels zögerte noch. »Haben Sie sie nach Waffen durchsucht?«, wollte Siebels von dem Taxifahrer wissen.

»Nein. Sie ist keine Gefangene. Wir sollen Sie beschützen.«

Siebels öffnete das Handschuhfach, nahm die Pistole und steckte sie sich hinten in den Hosenbund.

»Wir kennen den Mann nur unter dem Namen Cäsar«, begann Sergei mit seiner Aussage. »Er war mehrmals in Moskau und hat sich mit Zoran getroffen. Zoran verbrachte viel Zeit in Moskau. Ich war dort sein Fahrer. Cäsar ist ein wichtiger Informant für Zoran gewesen. Er hat ihn über Razzien in europäischen Bordellen informiert und ihm berichtet, wenn eines von Zorans Mädchen von der Polizei aufgegriffen wurde. Aber ich weiß nicht, woher er diese Informationen hat. Er muss über sehr gute Kontakte zu den Behörden verfügen.«

»Das klingt so, als hätte Zoran etwas gegen ihn in der Hand gehabt«, schlussfolgerte Till. »Welches Geheimnis von Cäsar kannte Zoran?«

Sergei schnaufte geräuschvoll aus. »Wir haben einen Deal. Keine Strafverfolgung, wenn wir aussagen«, vergewisserte er sich.

»Ja, das ist der Deal«, bestätigte Jensen. »Sie können uns von Ihren Sünden berichten, es bleibt unter uns.«

»Wir haben unsere Jobs für Zoran immer erledigt. Aber es waren meistens keine guten Jobs. Wir haben es nicht gerne gemacht. Aber wir haben es getan. Wir sind dazu erzogen worden, Befehle auszuführen und keine Fragen zu stellen. Aber damit soll nun Schluss sein. Wir wollen ein neues Leben führen. Ein anständiges Leben.«

»In Ordnung«, ging Till auf ihn ein. »Wir glauben Ihnen das. Sagen Sie uns einfach, was Sie wissen.«

»Die Loge 6 ist eine Art Geheimbund. Dort versammeln sich hauptsächlich Leute mit hohen Stellungen aus Politik und Wirtschaft, die ihre Macht und ihr Vermögen mit kriminellen Machenschaften vorantreiben wollen. Skrupellose Leute, die sich selbst als Elite der Gesellschaft sehen und sich über die Gesetze und Moral hinwegsetzen. Bei der Loge 6 gibt es Feste und Partys. Zu den Festen werden nur die Mitglieder und Freunde der Loge 6 eingeladen. Dort sollen sie zunächst ihr wahres Gesicht zeigen, bevor sie aktiv eingebunden werden. Diese Leute müssen Masken tragen, wenn sie ihr wahres Gesicht zeigen wollen«, sinnierte Sergei. »Hemmungsloser Sex zwischen den Mitgliedern ist eines der Aufnahmerituale. Bei den Partys ist es etwas anders. Die Partys wurden ausschließlich von Zoran organisiert. Dort waren nur auserwählte männliche Gäste willkommen. Männer, die ihre außergewöhnlichen Vorlieben gerne auslebten und sich das einiges kosten ließen. Zoran brachte junge Mädchen zu diesen Partys. Mädchen aus Russland, aus der Ukraine und aus anderen osteuropäischen Ländern. Unschuldige Mädchen. Diese Mädchen wurden auf den Partys versteigert. Wer ein Mädchen ersteigert hatte, konnte mit ihr auf eines der Zimmer gehen und mit ihr machen, was er wollte. Ganz egal, was.«

»Woher wissen Sie das alles?«, wollte Till wissen.

Sergei blickte auf den Fußboden. »Mein Bruder und ich waren bei vielen dieser Partys als Sicherheitspersonal anwesend.«

»Sicherheitspersonal?«

»Ja. Wir haben aufgepasst, dass keine unbefugten Personen auf das Gelände kamen. Und wir mussten die Mädchen zu den Partys bringen und dort auf sie aufpassen, bis die Gäste eintrafen.«

»Cäsar war auch auf diesen Partys?«

Sergei nickte bedächtig. »Nur einmal. Aber das war schon schlimm genug. Er kam zusammen mit Damian. Die beiden waren anscheinend befreundet.«

»Wann war das?«

Sergei überlegte kurz. »Ungefähr vor einem Jahr. Cäsar hat eines der Mädchen ersteigert. Er wollte sie unbedingt haben. Sie war erst sechzehn. Schließlich ist er mit ihr auf ein Zimmer gegangen. Was dort passiert ist, weiß ich nicht. Aber das Mädchen war tot, nachdem Cäsar das Zimmer wieder verlassen hat. Mein Bruder und ich haben sie auf dem Gelände begraben.«

Für einen Moment herrschte eine unheimliche Stille im Büro.

Till räusperte sich erst, bevor er das Gespräch fortsetzte. »Was in dem Zimmer passiert ist, wurde auf Video aufgezeichnet?«

Sergei nickte. »Ja. Aber nur Zoran weiß, was auf den Videobändern zu sehen ist. Cäsar ist ihm seitdem ausgeliefert, so viel steht fest.«

»Gibt es von diesen Partys auch Videos von Damian?«

»Ich weiß es nicht. Aber seitdem das passiert ist, haben die beiden ein komisches Verhältnis. Sie haben sich seit diesem Vorfall gegenseitig misstraut.«

»Wir brauchen das Video«, stellte Till fest. »Wo ist es? Wie kommen wir da dran?«

Sergei zuckte etwas verlegen mit den Schultern. »Das weiß ich nicht. Wahrscheinlich hat er sie irgendwo in Moskau versteckt.«

Lemgo erhob sich von seinem Stuhl. »Hellweg hat das Videoband gefunden. Oder er weiß jetzt, wo es sich befindet. Da bin ich mir ganz sicher. Deswegen hat er Zoran abknallen lassen.«

33

Liliane hatte sich bei Siebels eingehakt, als sie Seite an Seite über die Hauptwache schlenderten. »Haben Sie schon mal einen Menschen erschossen?«, wollte Liliane wissen.

»Nein. Zum Glück kam ich in all den Jahren nicht in die Verlegenheit.«

»Würden Sie es tun, um mein Leben zu beschützen?«

Siebels blieb stehen. »Was geht hier eigentlich vor, Liliane?«

»Das war nur eine rhetorische Frage. Ich habe keine Ahnung, was uns gleich erwartet.«

»Da bin ich mir nicht so sicher«, zweifelte Siebels.

Liliane ging weiter und zog Siebels sanft mit sich. »Entschuldigen Sie bitte, ich rede nur Unsinn. Ich finde es aufregend, Maria zu treffen. Es ist wie eine Reise in die Vergangenheit. Da kommen alte Gewohnheiten wieder zum Vorschein. Die Liebe nach der Gefahr. Ich glaube, das war es, was mich immer angetrieben hat. Damals.«

Die beiden liefen über die Fressgass und erreichten den Eingang zum Dolce Vita. Drinnen war wieder alles abgedunkelt, nur ein Tisch wurde von einer Stehlampe erleuchtet. Siebels fühlte nach der Waffe in seinem Hosenbund, bevor er die Tür öffnete. Liliane trat ein und ging zu dem beleuchteten Tisch. Siebels folgte ihr mit einigem Abstand. Maria Serano saß allein an dem Tisch. Vor ihr stand ein Glas Rotwein. Auf der anderen Tischseite stand ein leeres Glas. Die Flasche stand in der Mitte des Tisches. Liliane setzte sich zu Maria an den Tisch. Siebels blieb einen Meter entfernt stehen und nickte Maria zu.

»Hallo, Maria«, begrüßte Liliane ihre alte Bekanntschaft.

Maria schenkte Liliane Rotwein ein. »Danke für deine Hilfe«, sagte Maria emotionslos. »Ohne dich hätten wir meinen Neffen nicht gefunden.«

Liliane drehte sich kurz zu Siebels um. »Herr Siebels hat mich überzeugt. Als Gegenleistung habe ich dieses Treffen mit dir verlangt. Und jetzt sitzen wir hier gemütlich bei einem Glas Wein zusammen.«

»Ich wollte mich nicht mit dir treffen«, entgegnete Maria und schwenkte melancholisch ihr Weinglas.

»Du hast mit Damian gesprochen, nicht wahr? Er wollte, dass du dich mit mir triffst.«

»Ja. Nachdem ich Marco zu seinen Eltern zurückgebracht habe, habe ich mit Damian gesprochen. Ich wollte ihm die Videos geben. Dafür sollte er mir etwas anderes geben. Aber er wollte die Videos nicht mehr haben. Er wollte stattdessen dich noch einmal sehen. Er ist hier.«

Siebels zuckte zusammen und griff intuitiv nach seiner Waffe. Aber da war es schon zu spät. Armin Mühlendorf trat aus der gleichen dunklen Ecke hervor, aus der vor wenigen Tagen Sandro zum Vorschein gekommen war. Mühlendorf hielt eine Pistole in der ausgestreckten Hand und zielte auf Siebels. Siebels zog seine Hand wieder langsam hinter seinem Rücken hervor und zeigte seinem Gegenüber zwei leere Hände.

»Hallo, Nitribitt«, sagte Mühlendorf und hielt Siebels mit der Pistole in Schach. »Endlich sehe ich dich wieder. Ich habe dich vermisst.«

»Hallo, Damian. Bist du gekommen, um mich umzubringen?« Liliane klang eher neugierig als ängstlich. »Weil ich dich nun doch noch verraten habe?«

Damian lächelte sie an. »Vielleicht. Aber ich möchte, dass du die Wahrheit über mich weißt, bevor wir endgültig auseinandergehen. Du sollst wissen, was ich alles für dich getan habe. Nur für dich. Für uns. Ich verstehe immer noch nicht, wie ich mich so in dir täuschen konnte. Ich habe auf dich gewartet. Ich war felsenfest davon überzeugt, dass du World Consulting verraten hast, um den Weg für die Loge 6 freizumachen. Wir hätten die Welt erobert, Nitribitt. Du und ich. Der Teufel und sein Weib.«

Siebels lief ein kalter Schauer den Rücken herunter. Er sah den verrückten Blick in Mühlendorfs Augen. Maria saß regungslos am Tisch. Liliane wirkte völlig entspannt. Siebels hatte den Eindruck, als würde sie Mühlendorf sogar etwas verliebt anschauen.

»Ich habe diese Organisation aufgebaut. Ich habe sie Loge 6 genannt. Ein Geheimbund, zu dem nur Auserwählte Zutritt haben. Mächtige Leute. Skrupellose Leute. Leute, die sich den Rest der Welt zum Untertan machen wollen. Leute, die bereit sind, ihre Lust hemmungslos auszuleben. Hemmungen sind das größte Hindernis für den Erfolg. Unser Fick war das Beste, was ich je erlebt habe, Nitribitt. Sie standen um uns herum und haben uns bewundert. Wir waren ihre Vorbilder. Sie wollten so sein wie wir. Das Böse hat sich vereint. Die Faszination des Bösen hat sie alle in den Bann gezogen. Antonio de Rossi lieferte seine Waffen an die übelsten Terrorgruppen und fickte Maria bei jeder Gelegenheit.« Mühlendorf warf einen hämischen Blick auf Maria. »Oder verhielt es sich umgekehrt?« Maria zeigte keine Reaktion. Mühlendorf fuhr mit seinem Monolog fort. »Ich habe Zoran und Elena in der Gosse aufgelesen und ihnen die Verantwortung für den Menschenhandel übertragen. Die beiden waren perfekt. Völlig skrupellose Zuhälter. Mit ihrer Hilfe konnten wir das Haus der Lust erwerben und verfügten damit über ein Drehkreuz für den Mädchenhandel mitten in Europa. Mattheo Pastori war der ideale Strohmann für unsere Zwecke. Ein biederer Gastronom, der sich in sein Schicksal fügte. Und ausgerechnet mit diesem Trottel hast du dich eingelassen, Maria. Was ist nur aus dir geworden?« Mühlendorf schüttelte angewidert den Kopf. »Ich habe Caluzi und Westphal angeheuert. Die beiden haben den Trottel an die Leine genommen und dahin geführt, wo wir ihn haben wollten. Wir hatten noch viel vor mit ihm. Er sollte noch stolzer Besitzer von Spielhallen im ganzen Rhein-Main-Gebiet werden. Das viele schmutzige Geld musste schließlich gewaschen werden.«

Während Mühlendorf sich vor seiner Angebeteten offenbarte und ihr von seinen teuflischen Machenschaften berichtete, bewegte Siebels seinen Arm langsam hinter seinen Rücken. Seine Fingerspitzen berührten schon das kalte Metall der Pistole. Aber Mühlendorf bemerkte es. »Ich will Ihre Hände sehen«, fauchte er Siebels an. Siebels hielt sie ihm mit einer beruhigenden Geste entgegen.

»Möchtest du vielleicht auch ein Glas Rotwein?«, fragte Liliane Mühlendorf mit stoischer Ruhe. Siebels überlegte, ob die beiden gemeinsame Sache machten. Ob Mühlendorf für seine Geliebte eine große Show abzog. Ob er ihr mit seiner Selbstdarstellung eine Liebeserklärung machte und anschließend ihm und Maria eine Kugel verpassen wollte. Siebels haderte mit sich selbst. Hatte er sich dermaßen in Liliane getäuscht? Er wollte es nicht wahrhaben. Ihm kam sein Gespräch mit Sandro in den Sinn. Er sollte auf Maria aufpassen. Selbst der italienische Geheimdienst hatte die Rolle von Mühlendorf nicht einschätzen können.

Liliane reichte Mühlendorf ein Glas Wein. Er nippte daran, ohne Siebels dabei aus den Augen zu lassen. Die Pistole hielt er weiter auf ihn gerichtet. »Niemand konnte uns etwas anhaben«, schwadronierte Mühlendorf weiter. »Ich lud meinen alten Freund Gregor Hellweg zu unseren Festen ein. Wir haben schon als Studenten oft zusammen über die Stränge geschlagen. Damals haben wir stundenlang zusammengesessen und uns Verschwörungstheorien ausgedacht, mit denen wir die Macht an uns reißen wollten. Gregor und ich waren aus dem gleichen Holz geschnitzt. Wir hatten ein Punktesystem entwickelt, nach denen wir die Frauen bewerteten, die wir ficken wollten. Wir haben sie alle gefickt. Dieses alte Punktesystem war die Grundlage für die Versteigerungen auf unseren Festen. Gregor hatte sich eine perfekte Fassade aufgebaut. Er war verheiratet, hatte schon zwei erwachsene Kinder und Karriere bei Europol gemacht. Ausgerechnet er leitete dort den Arbeitsbereich Bekämpfung und Prävention des illegalen Waffenhandels. Da haben sie den Bock zum Gärtner gemacht.« Mühlendorf lachte laut auf und fuhr gleich darauf fort, seiner Geliebten von seinen genialen Schachzügen zu berichten. »Gregor hat mich in den Akten als verdeckten Informanten eingetragen und sich selbst zum Chefermittler erklärt. Damit hatten wir einen Freifahrtschein. Ich musste meinen alten Freund nur bei Laune halten. Eines Tages bestand er darauf, auf einem der Feste meine Schwester zu ficken. Ich habe sie zur Cleopatra gemacht und meinem Freund Cäsar geschenkt. Seitdem gehört auch meine Schwester zu den Auserwählten. Das

Geschäft florierte. De Rossi lieferte auf immer abenteuerlichere Art und Weise seine Waffen in die Krisengebiete der Welt und Maria Monti unterstützte ihn dabei mit allen Mitteln. Zoran baute den Mädchenhandel aus und Gregor frisierte eifrig die Akten bei Europol und frönte seiner Lust auf unseren Festen und Partys. Ich baute die Infrastruktur aus und gewann neue Leute für unsere Organisation. Ich war der mächtige Mann, der die kalte Braut von World Consulting zu seiner Braut gemacht hatte. Du bist meine Nutte gewesen, Nitribitt.« Mühlendorf sah seine Geliebte mit funkelnden Augen an. Siebels sah den Wahnsinn in den stahlblauen Augen aufblitzen. »Aber dann bist du von der Bildfläche verschwunden. Gregor hat erfahren, dass du deinen Journalistenfreund erschlagen hast. Mit einer Weinflasche. Das hat mir gefallen. Dann hat Gregor mir berichtet, dass du als Kronzeugin beim BKA und bei Europol gegen World Consulting aussagen würdest. Dass du alle deine kriminellen Verbindungen und Machenschaften offenlegen würdest. Das hat Gregor sehr nervös gemacht. Er wollte dich ausschalten. Das wäre für ihn kein Problem gewesen. Aber ich war dagegen. Ich konnte mir nicht vorstellen, dass meine Nitribitt mich verraten würde. Im Gegenteil. Ich war davon überzeugt, dass du World Consulting zerstörst, damit Mühlendorf Consulting schneller wachsen kann. Damit die Loge 6 sich entfalten kann. Und ich schien recht zu behalten. Mühlendorf Consulting und die Loge 6 blieben unbeschadet. Und wir konnten tatsächlich viele neue Kunden und Mitglieder gewinnen. Ich habe auf dich gewartet, Nitribitt. Mit dir an meiner Seite wollte ich die Welt erobern. Aber du hast dich vor mir versteckt.«

»Jetzt bin ich da«, sagte Liliane kokett. »Ich habe dich nicht verraten, weil ich nichts über dich wusste, Damian. Du hast mich gefickt, das war alles. Ich hatte nur mit de Rossi zu tun. Für ihn habe ich das Geschäft mit der SilSil Import-Export in die Wege geleitet und Silotti habe ich in das Wettgeschäft gebracht. Darüber habe ich auch ausgesagt. Aber Silotti kam heil aus der Sache raus. Ich weiß nicht, wer ihn gedeckt hat. Wahrscheinlich hat Hellweg dafür gesorgt, dass die Ermittlungen gegen ihn eingestellt wurden.«

»Nein«, meldete sich nun Maria zu Wort. »Dafür hat Sandro gesorgt. Außer de Rossi gab es auch einige ihm nahestehende Regierungsbeamte, die von den Wettmanipulationen profitiert haben.«

»Dann hätten wir das ja auch geklärt«, stellte Liliane fest. »Sprich weiter«, forderte sie Mühlendorf auf.

»Nachdem du deine Aussagen gegen World Consulting gemacht hast, bekam Gregor den Auftrag, die länderübergreifende Ermittlung zu koordinieren. Er wusste über alle Schritte gegen World Consulting Bescheid. Und dabei bekam er mit, dass in Italien etwas faul war. Die Verbindungen zwischen dir, de Rossi und Maria blieben unerwähnt. Weder Maria noch de Rossi kamen bei den italienischen Ermittlungen in Bedrängnis. Aber die Gefahr kam von einer anderen Seite. Die Amerikaner begannen sich für Antonio de Rossi und die Monieri zu interessieren. De Rossi hatte allzu sorglos seine Waffen an Rebellengruppen in den Irak geliefert. Vor den Augen der Amerikaner. Die Luft wurde für ihn immer dünner. Gregor bekam kalte Füße. Wenn die Amerikaner eine Anklage gegen de Rossi durchgesetzt hätten, wäre er eine Gefahr für die Loge 6 geworden. Gregor wollte unseren Plan B in die Tat umsetzen. In seiner Funktion bei Europol wollte er de Rossi ans Messer liefern. Er wollte als Chefermittler auftreten und mich als seinen verdeckten Informanten bei Europol präsentieren. Maria Monti wollte er als Kronzeugin gegen de Rossi und die Monieri einsetzen. Sie sollte deinem Vorbild folgen, allerdings nach unseren Vorgaben. De Rossi wäre isoliert gewesen. Gegen einen hochrangigen Beamten von Europol und einen renommierten Unternehmensberater, der im Auftrag von Europol die Geschäfte von de Rossi durchleuchtet hat, hätte er nichts ausrichten können. Mit Maria als Kronzeugin, die in unserem Sinne aussagen und dafür Straffreiheit zugesichert bekommen sollte, wäre de Rossi erledigt gewesen und die Loge 6 hätte unbeschadet weiter expandieren können. Die Sache hatte nur einen Haken. De Rossi besaß Videoaufzeichnungen von den Festen, die auf seinem Anwesen stattfanden. Videos, die den Mann von Europol zeigten, wie er als Cäsar Cleopatra im Käfig fickte. Wie der Unternehmensberater Mühlendorf als Damian die Nitribitt fickte und wie der angeklagte Waffenhändler die Kronzeugin fickte. Mit diesen Aufnahmen hatte de Rossi sich abgesichert. Er hat uns Ausschnitte davon geschickt, nachdem meine Nitribitt World Consulting hat hochgehen lassen. Da hat er schon geahnt, dass es bald eng für ihn werden würde. Gregor hat sich trotzdem mit Maria getroffen. Maria schien von Gregors Angebot sehr angetan gewesen zu sein. Sie hatte mit World Consulting ihre Organisation verloren und stand ziemlich alleine da. Sie sagte Gregor, dass sie wüsste, wo de Rossi die Videoaufnahmen aufbewahren würde. Sie wollte sie besorgen. Zwei Tage später erfuhren wir von ihrem Tod. Wir hielten zunächst de Rossi dafür verantwortlich. Aber er stritt das vehement ab und erklärte uns obendrein, dass die Videobänder und einige andere brisante Unterlagen aus dem abgebrannten Büro verschwunden wären. Wir wussten nicht, was wir davon halten sollten. Jedenfalls konnten wir de Rossi nicht mehr so einfach aufgeben. Wir misstrauten uns alle gegenseitig. Gregor versuchte auszusteigen. Er nutzte die erstbeste Gelegenheit, um den Job bei Europol loszuwerden und trat die Stelle bei der Frankfurter Staatsanwaltschaft an. Das war für ihn ein entscheidender Schritt, um sich von der Loge abzukoppeln. Er hoffte wohl, dass er mit seinen hinterlassenen frisierten Akten bei Europol aus der Sache heil rauskäme, falls doch noch alles auffliegen würde. Er fickte regelmäßig meine Schwester und war darauf bedacht, diese Affäre am Leben zu erhalten. Damit hatte er wenigstens eine schwache Erklärung für die Videoaufnahme von dem Fest, falls die ihn eines Tages in Bedrängnis bringen sollte. So leicht wollte ich ihn aber nicht davonkommen lassen, diesen Cäsar. Seine Triebe hatte er nämlich weiterhin nicht im Griff. Ich habe ihn auf eine Party eingeladen, hier in unserer Frankfurter Villa. Zoran besorgte dazu die passenden jungen Mädchen. De Rossi war nicht anwesend. Vielleicht war das der Grund, warum Gregor den gleichen Fehler noch einmal machte und sich wieder auf Film bannen ließ. Oder sein Gehirn ist ihm beim Anblick der unschuldigen Mädchen komplett in die Hose gerutscht. Ich habe die Sache mit Zoran abgesprochen. Wir haben die Mädchen versteigert. Jungfrauen, wie wir Cäsar versicherten. Ihm ist das Wasser im Mund zusammengelaufen. Er ersteigerte ein wirklich schönes Exemplar. Zoran brachte sie nach der Versteigerung zu Cäsar ins Zimmer, aber vorher verabreichte er ihr einen Drink. Einen tödlichen Cocktail. Das Zeug wirkte nach einer halben Stunde. Sie hatte seinen Schwanz im Mund, als sie zu röcheln anfing. Cäsar drückte ihn ihr noch tiefer rein, als sie keine Luft mehr bekam. Sie verreckte mit seinem Schwanz im Mund. Auf dem Video sieht es eindeutig aus. Der Herr Staatsanwalt war wieder da, wo er hingehörte. In einer aussichtslosen Lage.« Mühlendorf nickte mit schnellen Kopfbewegungen und unterstrich seine Aussage mit theatralischer Mimik.

»Ja, ja«, flötete Liliane ihm entgegen. »Du hast ihn wieder zu dir ins Boot geholt und ihr seid gemeinsam weitergerudert. Nicht wahr?«

»So ist es. Es lief alles wie am Schnürchen. Die Loge 6 blieb unangetastet, Mühlendorf Consulting ein renommiertes Unternehmen und ich ein geachteter und bewunderter Geschäftsmann. Ich habe weiter auf dich gewartet, Nitribitt. Gregor berichtete mir, dass du mittlerweile vom LKA in Wiesbaden betreut wurdest und dort über Paulsen & Partner geplaudert hast. Du warst also ganz nah bei mir und hast trotzdem nichts von dir hören und sehen lassen. Das hat mich sehr wütend gemacht. Ich habe Gregor beauftragt, deinen Wohnort ausfindig zu machen. Deinen neuen Namen herauszufinden. Habe ihm sogar damit gedroht, seinen Videoclip bei der Staatsanwaltschaft vorzuführen. Aber es hat nichts genutzt. Er hat nichts über dich herausfinden können.«

»Ich heiße jetzt Liliane. Wie gefällt dir der Name?«

Siebels stöhnte leise in sich hinein. Sie genoss das Spiel mit dem Feuer und Siebels befürchtete, dass dieses Feuer sie und ihn verbrennen würde.

»Liliane«, murmelte Mühlendorf vor sich hin. »Vergiss es«, schrie er dann aufgebracht. »Du bist meine Nitribitt. Meine kleine Nutte.«

»Wie du meinst«, sagte Liliane und lächelte ihn verwegen an.

»Ich hätte dich gefunden. Bald schon hätte ich dich gefunden. Ich wusste, dass es nicht mehr lange dauern kann, bis du wieder bei mir bist. Aber zunächst bekam ich ein anderes Problem. Nämlich diesen verfluchten de Rossi. Sein Anwesen und sein Festsaal wurden observiert, wer weiß, wie lange schon. Seine Gespräche wurden abgehört, seine Leute wurden beschattet und seine Firma wurde durchsucht. Er wurde zu einer unberechenbaren Gefahr für uns. Er verlangte Hilfe von mir. Drohte mir plötzlich, dass er doch noch im Besitz dieser Videos sei. Dann rief mich Gregor an und berichtete mir, dass ein internationaler Haftbefehl gegen de Rossi ausgestellt werden würde. Bevor der Haftbefehl offiziell war, holte ich de Rossi her und versteckte ihn auf dem Gestüt meiner Schwester. Der fühlte sich dort wie zuhause und glaubte anscheinend, dass er einen unbefristeten Urlaub angetreten hätte. Ich verabredete mich mit Gregor im La Taverna. Dort wollten wir bei einem Abendessen über das Schicksal von de Rossi entscheiden. Neben uns am Tisch saß Pastori mit einer Frau. Ich habe diese Frau gar nicht beachtet. Aber plötzlich sprang sie vom Tisch auf und verließ fluchtartig das Restaurant. Ich war mit der Speisekarte beschäftigt und habe das nur am Rande mitbekommen. Erst als Gregor sich zu mir über den Tisch beugte und mir zuflüsterte, dass diese Frau Maria Monti gewesen sei, habe ich mich nach ihr umgedreht. Aber da war sie schon weg. Ich glaubte auch nicht, dass sie es gewesen sein könnte und sagte Gregor, dass er Gespenster sehen würde. Daraufhin ist Gregor zu Pastori an den Tisch gegangen und hat ihn direkt nach ihr gefragt. War diese Frau Maria Monti? Pastori wurde leichenblass, verneinte und verließ im nächsten Moment ebenfalls das Restaurant. Er hatte es sehr eilig, dort wegzukommen. Weder Gregor noch ich haben rechtzeitig geschaltet. Es war einfach unglaublich, dass Maria Monti noch lebte und ausgerechnet jetzt an unserem Nebentisch auftauchte. Wenn sie tatsächlich noch lebte, musste sie auch die Videoaufnahmen besitzen. Jetzt fragte ich mich natürlich, warum Maria noch lebte und ob de Rossi die ganze Zeit davon gewusst hatte. Ich fuhr auf das Gestüt und konfrontierte ihn damit. Ich wollte sehen, wie er auf diese Nachricht reagierte.

Er reagierte völlig hysterisch und glaubte mir nicht. Ich wollte mir die Sache noch einmal in Ruhe durch den Kopf gehen lassen. Am nächsten Tag berichtete de Rossi mir, dass er das Problem auf seine Art lösen würde. Er hätte seinen besten Mann damit beauftragt, die Wahrheit aus Pastori herauszuholen. Der wäre auch schon unterwegs. De Rossi wollte von mir wissen, an wen sein Mann die Informationen weitergeben sollte, die er aus Pastori herausholte. Ich ließ mich auf die Sache ein und instruierte Caluzi. Den sollte de Rossis Mann anrufen, falls er die Adresse von Maria herausfinden würde. Pastori hat nicht lange durchgehalten. Er hat ausgespuckt, dass es sich bei seiner Muse tatsächlich um Maria Monti handelte. Dann hat er auch ihre Adresse herausgegeben. De Rossis Mann hat Caluzi informiert und der hat mich informiert. Ich bin dann sofort mit Gregor dorthin gefahren. In die Rotlintstraße. Dort hast du dich also die ganze Zeit versteckt, Maria.« Mühlendorf blickte zu Maria und verzog das Gesicht. »Eine biedere Dreizimmer-Wohnung im Frankfurter Nordend. Nofretete hätte ich dort wirklich nicht vermutet, muss ich zugeben. Aber du hast es irgendwie geschafft, dich rechtzeitig aus dem Staub zu machen. Hast du die Videos mitgenommen? Wir haben sie leider nicht finden können. Aber wahrscheinlich lagen sie in einem Bankfach, habe ich recht?«

Maria zuckte nur mit den Schultern.

»Na ja, jetzt hast du sie ja dabei. Wollen wir sie uns gemeinsam anschauen, bevor ich den Rest dieser wunderbaren Geschichte erzähle?«

»Bringen wir erst mal deine Geschichte zu Ende«, schlug Liliane vor. »Möchtest du noch ein Glas Wein?«

Mühlendorf hielt ihr das leere Glas hin. In der anderen Hand hielt er weiter die Pistole auf Siebels gerichtet. Er trank einen großen Schluck Wein, bevor er das Ende seines Vortrages einläutete. »Wir hätten die Leiche von Pastori verschwinden lassen sollen. Dann hätten wir mehr Zeit gehabt. Aber wir hatten nicht damit gerechnet, dass Maria noch rechtzeitig die Kurve kriegt. Obwohl wir ja wussten, mit was für einem ausgekochten Biest wir es zu tun hatten. Wir fuhren zum Gestüt und unterrichteten de Rossi. Dem fiel dann ein, dass Maria einen Schwager in Frankfurt hatte. Silvio Silotti. Mit dem hatte de Rossi geschäftlich zu tun gehabt. Ein Mann mit Frau und Kind. Die Italiener wissen so etwas sehr zu schätzen. Besonders Kinder sind ein wunderbares Druckmittel. Ich habe für den Job Dr. Westphal ausgewählt. Dieses Mal sollte nichts schiefgehen und Westphal war ein guter Mann. Ein Mann, der nicht auffiel. Westphal schnappte sich Marco gleich am nächsten Morgen auf dem Weg zur Schule und brachte ihn auf das Gestüt. Dort hatten wir ihn unter Kontrolle. De Rossi konnte auf ihn aufpassen. Ich rief die Silottis zuhause an und sagte ihnen, dass sie ihren Sohn wiederbekommen würden, wenn Maria sich bei uns meldet. Aber Maria wollte wieder schlauer sein als wir. Sie engagierte einen Privatdetektiv, der Marco ausfindig machen sollte.« Mühlendorf kam mit vorgehaltener Pistole einen Schritt auf Siebels zu. »Nicht irgendeinen dahergelaufenen Schnüffler. Nein, Maria ging zu dem Mann, der mir meine Nitribitt weggenommen hat. Zu dem ehemaligen Hauptkommissar Siebels. So, Herr Siebels, jetzt lernen wir uns auch mal kennen. Gregor hat mir schon einiges über Sie erzählt. Seitdem Sie auf der Bildfläche erschienen sind, ging ja alles drunter und drüber. Darüber war ich nicht sehr amüsiert, wie Sie sich vorstellen können. Bis zu Ihrem Auftritt vor dem Haus der Lust war die Lage durchaus noch überschaubar. Aber als Sie dann eines von Zorans Mädchen entführten, hatten wir ein echtes Problem mit Caluzi. Dem war die Mordkommission wegen Pastori schon auf die Pelle gerückt. Im Zusammenhang mit unseren kleinen Nutten durfte der nicht auch noch auffällig werden. Also musste ich wieder handeln und habe Zoran beauftragt, das Problem zu beseitigen. Zoran hat das umgehend von Elena erledigen lassen. Aber dann stürmte die Polizei unsere hübsche kleine Villa und verhaftete Elena. Dass unser hiesiges Partyhaus so schnell von der Polizei gefunden wurde, hat mich natürlich stutzig gemacht. Wir achten bei unseren Objekten nämlich sehr auf Diskretion. Bis ich von Gregor erfuhr, dass sich der Mordkommission zwei Kronzeugen angedient haben. Dr. Westphal sollte sich eigentlich um die Freilassung unserer russischen Sicherheitsmitarbeiter kümmern. Nun hatte auch noch mein geschätzter Anwalt völlig versagt. Diese russischen Bastarde wussten nicht viel, aber genug, um uns gefährlich zu werden. Die beiden haben zum Beispiel das Mädchen entsorgt, das mit Gregors Schwanz im Mund verreckt ist. Gregor war natürlich sehr daran interessiert, diese Verräter aus dem Weg zu räumen. Er schaffte es aber nicht, an sie ranzukommen. Das machte ihn zusehends nervöser. Er fing sogar an, mir zu drohen. Als Staatsanwalt wäre er in der Lage, alles mir in die Schuhe zu schieben, behauptete er. Ich war mittlerweile zu dem Entschluss gekommen, dass es besser wäre, wenn de Rossi für immer verschwindet. Dessen Ableben wollte ich dem Herrn Staatsanwalt Hellweg in die Schuhe schieben. Meine Schwester durchsuchte de Rossis Zimmer und seinen Laptop und fand heraus, wie wir den Killer kontaktieren konnten. Meine Schwester bestellte ihn her. Belozzi wusste, dass sein Chef mit internationalem Haftbefehl gesucht wurde und deswegen nicht mehr haltbar war. Er kam und erledigte den Job. Gregor hat leider Lunte gerochen und hat sich verkrochen. Aber es hätte wohl auch nichts mehr genutzt, wenn er ohnmächtig mit der Tatwaffe im Wagen seines Sohnes am Tatort aufgefunden worden wäre. Unser eifriger Privatdetektiv hier musste natürlich wieder einmal alles durcheinanderbringen. Wenigstens konnte der Killer de Rossi noch erledigen. Aber den Jungen haben Sie gerettet. Der hätte aber auch sterben müssen. Meine Schwester wurde verhaftet, sie wird früher oder später reden. Da mache ich mir nichts vor. Genauso wie Gregor. Der hat zwar Zoran und Elena noch wegpusten lassen, an die aussagewilligen Russen ist er aber nicht mehr herangekommen.«

Mühlendorf nahm das Weinglas und trank es mit einem Zug aus. Er warf das leere Glas hinter sich. Das Glas zersprang klirrend auf dem gefliesten Fußboden und markierte den Abschluss einer unglaublichen Beichte.

»Tja, Herr Siebels. Nun kommt es zum Showdown. Sind Sie bereit, sich mit mir um die Nitribitt zu duellieren?« Mühlendorf grinste hämisch, als er den verwirrten Blick von Siebels bemerkte. »Was haben Sie denn gedacht, warum ich Ihnen die ganze Zeit über Ihre Pistole nicht abgenommen habe? Weil Sie die jetzt brauchen! Sie müssen aber schnell ziehen, Cowboy. Sehr schnell. Sonst sind Sie ein toter Mann.«

»Ich werde mich nicht mit Ihnen duellieren«, presste Siebels hervor.

»Doch. Das werden Sie. Oder wollen Sie sich einfach von mir abknallen lassen? Das glaube ich nicht, Herr Privatdetektiv.«

Siebels sah direkt in die Mündung von Mühlendorfs Pistole. Er hatte keine Chance. »Das LKA hat mir nur eine Stunde für dieses Treffen gegeben. Diese Stunde ist gleich vorbei. Wenn ich mich dann nicht melde, stürmen die Beamten das Lokal. Sie haben keine Chance mehr, Herr Mühlendorf.«

»Quatschen Sie nicht dumm rum«, schrie Mühlendorf aufgebracht. »Schießen Sie endlich.«

Siebels schloss die Augen, dachte an Sabine und Dennis und an die vielen Fälle, die er gemeinsam mit Till gelöst hatte. Er behielt die Augen auch geschlossen, als er mit einer schnellen Armbewegung hinter seinen Rücken griff und den Griff seiner Pistole zu fassen bekam. Im nächsten Moment ließ er sich auf den Fußboden fallen und hörte kurz nacheinander zwei Schüsse. Siebels blieb reglos auf dem Boden liegen. Er spürte keinen Schmerz. Als er die Augen wieder aufschlug, sah er Mühlendorf vor sich auf dem Boden liegen. Siebels hob den Kopf. Liliane und Maria saßen noch am Tisch. Beide hatten sie eine Pistole in der Hand. Mühlendorf hatte zwei Löcher in der Stirn. Siebels rappelte sich mit zittrigen Knien wieder auf.

Maria Serano verstaute die kleine Handfeuerwaffe wieder in ihrer Handtasche und nahm einen USB-Stick heraus. Den hielt sie Siebels entgegen. »Darauf sind die Videos. Gehen Sie sorgsam damit um und schauen Sie sich die Filme besser nicht an, wenn Sie Liliane und mich in guter Erinnerung behalten wollen.«

»Das überlasse ich den Kollegen vom LKA und der Mordkommission«, sagte Siebels und nahm den Stick entgegen. »Was hat Mühlendorf Ihnen denn als Gegenleistung für die Videos übergeben?«

»Das erfahren Sie vielleicht in einigen Tagen. Ich muss mich jetzt verabschieden. Ich hoffe, Sie haben die letzten Minuten gut überstanden?«, fragte Maria etwas mitfühlend.

»Sie haben alle beide die ganze Zeit über gewusst, wie die Sache hier ausgeht, oder?« Siebels begriff immer noch nicht, in was er hier eigentlich hineingeraten war.

Liliane warf einen Blick auf den toten Mühlendorf. »Er hätte Sie nicht erschossen. Er hat auf mich gezielt, als Sie sich auf den Boden geschmissen haben. Er wollte mich erschießen, um sich dann von Ihnen erschießen zu lassen. Aber er hat seine Rechnung ohne die kalten Bräute gemacht. Kommen Sie, Herr Siebels. Unser Taxi wartet.«

34

Zwei Wochen später.

Siebels, Till und Charly saßen im Doktor Flotte, einer alteingesessenen Kneipe an der Bockenheimer Warte. Charly bestellte gerade die vierte Runde Bier.

»Ich soll euch auch schöne Grüße ausrichten«, sagte Siebels bedeutungsvoll.

»Von wem?«, wollte Till wissen.

»Von Maria. Ich habe gestern eine Postkarte von ihr bekommen. Abgestempelt auf den Cayman Islands. Als Gegenleistung für die Videoaufnahmen hat sie von Mühlendorf eine Nummer erhalten, hat sie mir geschrieben.«

Charly schaute Siebels begriffsstutzig an. »Eine Nummer?«

Siebels genehmigte sich einen großen Schluck Bier, bevor er Charly aufklärte. »Die Nummer von einem Konto. Einem Konto, auf dem die Überschüsse aus den Geschäften der Loge 6 eingezahlt wurden.«

Charly pfiff leise durch die Zähne. »Das werden wohl ein paar Millionen gewesen sein. Warum hat Mühlendorf das gemacht? Die Videos haben ihn doch gar nicht mehr interessiert.«

»Das war der Preis für sein letztes Treffen mit der Nitribitt«, erläuterte Siebels.

»Ich glaube, sie teilen sich das schwesterlich«, kommentierte Till. »Liliane hat ihre Aussagen beim LKA abgeschlossen und wurde von uns in die Freiheit entlassen. Zum Abschied hat sie uns verraten, dass sie nun erst mal eine Weltreise machen will. Zusammen mit einer guten Freundin.«

»Hauptkommissar Lemgo hat sich von uns auch schon wieder verabschiedet«, verriet Charly seinen ehemaligen Kollegen. »Der will sich ein Häuschen in der Toskana kaufen und dort Wein anbauen. Er hofft noch, dass seine Freundin mit ihm kommt, eine junge Psychologiestudentin.«

Siebels trank sein viertes Bier aus und bestellte eine neue Runde. »Sabine hat die Geschichte ziemlich mitgenommen«, sagte Siebels nachdenklich. »Seit der Begegnung mit Zoran denkt sie darüber nach, ob wir nicht doch wieder tauschen sollten. Vielleicht hält sie mich aber als Hausmann und Vollzeitpapa auch nur für unfähig«, grübelte Siebels laut vor sich hin.

Till und Charly schauten Siebels mit großen Augen an.

»Die Mordkommission braucht einen neuen fähigen Mann«, sagte Charly euphorisch.

»Beim LKA ist eine Stelle frei. Thomas Heck wechselt in drei Monaten zum BKA. Der Job wäre wie geschaffen für dich«, frohlockte Till.

»Jetzt macht die Familie Siebels erst mal Urlaub«, wehrte Siebels ab. »Und dann sehen wir weiter.«

ENDE